KB139254

조선후기 한글 유배일기 연구

A Study on the Exile Diary recorded in Hangeul in the Late Joseon Dynasty

지은이 **조수미**

부산대학교 사학과를 졸업하고, 동 대학원 국어국문학과에서 박사학위를 받았다. 조선시대의 유배일기를 포함한 일기류 작품을 주요 연구대상으로 삼고 있으며, 현재 부산대학교와 인제대학교에 출강하고 있다.

민족문화학술총서 66

조선후기 한글 유배일기 연구

1판 1쇄 인쇄_2016년 04월 20일
1판 1쇄 발행_2016년 04월 30일

지은이_조수미
펴낸이_양정섭

펴낸곳_도서출판 경진
등록_제2010-000004호
블로그_http://kyungjinmunhwa.tistory.com
이메일_mykorea01@naver.com

공급처_(주)글로벌콘텐츠출판그룹
대표_홍정표
편집_송은주 디자인_김미미 기획·마케팅_노경민 경영지원_안선영
주소_서울특별시 강동구 천중로 196 정일빌딩 401호
전화_02) 488-3280 팩스_02) 488-3281
홈페이지_http://www.gcbook.co.kr

값 17,000원
ISBN 978-89-5996-503-8 93810

※ 이 도서의 국립중앙도서관 출판예정도서목록(CIP)은 서지정보유통지원시스템 홈페이지(http://seoji.nl.go.kr)와 국가자료공동목록시스템(http://www.nl.go.kr/kolisnet)에서 이용하실 수 있습니다. (CIP제어번호: CIP2016007278)

민족문화학술총서 66

A Study on the Exile Diary recorded in Hangeul in the Late Joseon Dynasty

조선후기 한글 유배일기 연구

조수미 지음

민족문화학술총서를 내면서

21세기의 새로운 미래를 향해 나아가는 현 시점에서 한국학 연구는 새로운 전기를 맞이하고 있다. 한국은 물론이고, 아시아·구미 지역에서도 한국학에 대한 관심은 고조되고 있으며 여러 분야에서 다각도로 심층적인 분석이 이루어지고 있다. 이러한 추세에 발맞추어 우리나라의 한국학 연구자들도 지금까지의 연구를 기반으로 하여 방법론뿐 아니라, 연구 영역에서도 보다 심도 있는 연구가 요청되고 있는 형편이다. 따라서 우리는 동아시아 속의 한국, 더 나아가 세계 속의 한국이라는 관점에서 민족문화의 주체적 발전과 세계 문화와의 상호 관련성을 중시하는 방향에서 연구를 진행하여야 할 것이다.

부산대학교 한국민족문화연구소는 한국문화연구소와 민족문화연구소를 하나로 합치면서 새롭게 도약의 발판을 마련한 이래 지금까지 민족문화의 산실로서 중요한 역할을 수행해 왔다. 그런 중에 기초 자료의 보존과 보급을 위한 자료총서, 기층문화에 대한 보고서, 민족문화총서 및 정기학술지 등을 간행함으로써 연구소의 본래 기능을 확충시켜 왔다. 이제 이러한 성과를 바탕으로 한국학 연구자의 연구 성과를 보다 집약적으로 발전시켜 나아가기 위해서 민족문화학술총서를 간행하고자 한다.

민족문화학술총서는 한국 민족문화 전반에 관한 각각의 연구를 체계적으로 정리함으로써 본 연구소의 연구 기능을 극대화하는 역할을 할 것으로 기대한다. 또한 민족문화학술총서의 간행을 계기로 부산대학교 한국학 연구자들의 연구 분위기를 활성화하고 학술 활동의 새로운 장이 되기를 바란다.

아울러 민족문화학술총서는 한국학 연구의 외연적 범위를 확대하는 의미에서 한국학 관련 학문과의 상호 교류의 장이자, 학제 간 연구의 중심 기능을 수행함으로써 명실상부한 한국학 학술총서로서 자리잡을 수 있도록 해야 할 것이다.

부산대학교 한국민족문화연구소

머리말

유배일기라는 것이 있다는 것을 알았을 때 처음 든 생각은 '도대체 왜?'와 '과연 어떻게?'라는 의문이었다. 유배인들이 왜 그런 힘든 상황 속에서 일기를 기록하여 남기려고 했는지, 그리고 그런 상황에서 어떻게 기록이 가능했는지 궁금했던 것이다. 물론 연구를 시작하고는 곧 위의 의문들은 우문이라는 것을 깨달았다. 일기라고 해서 꼭 매일 기록한 것만을 말하는 것이 아닐 뿐만 아니라, 유배라고 해서 상상하는 것처럼 기록이 어려운 상황만은 아니라는 것을 알았기 때문이다. 그러나 시간이 흐를수록 훨씬 복잡하고 흥미로운 궁금증이 처음의 의문들을 대신해서 계속 생겨나는 바람에 아직까지 유배일기 언저리를 맴돌고 있다.

이 책은 크게 2부로 구성되었다. 그 중 1부는 한글 유배일기를 종합적으로 연구한 결과물인데 필자의 박사학위논문을 수정, 보완한 것이다. 우선 1장에서는 한글 유배일기 연구의 필요성을 말하고, 2장에 한글 유배일기 작품에 대한 서지적 설명을 배치하여 앞으로의 논의를 쉽게 이해할 수 있도록 하였다. 3장에서는 한글 유배일기가 여성 주도 사대부 가문 이야기판의 성립, 여성의 한글사용 확대 및 한글 텍스트에 대한 수요 증가를 배경으로 형성되었음을 밝혔다. 1장에서 3장까지의 내용이 한글 유배일기를 깊이 이해하기 위한 기초적, 배경적 정보들이었다고 한다면 4장은 본격적으로 유배일기를 분석한 결과라고 할 수 있다. 이 장에서는 유배의 특수한 양상이 일기에 어떻게 반영되어 나타나는지를 중심으로 유배일기의 문학적 실상을 살폈다. 먼저 유배지에서의 죽음을 목전에 두고 있는 상황에서 작성된 유배일기의 경우 유언 주체의 목소리와 유언을 기록하는 일기 서술자의 목소리가 합쳐진 독특한 유언문학적 특성을 갖게 됨을 밝혔다. 다음으로 유배 여정과 유배지에서의 생활을 통해 견문한 인정세태와 낯선 풍속 등을 유배일기가 어떤 식으로 기록하고 있는지도 살폈다. 원하지 않았겠지만 유배인들은 다양한 사람들을 만날 수밖에 없었고, 다양한 풍속을 접할 수밖에 없었다. 이럴 때 유배인들은 주로 자신의 입장과 이해관계에 따라 인정과 풍속들을 평가하기도 하고, 미처 깨닫지 못했던 다양한 인간군상과 낯선 풍속들에 놀라거나 감탄하기도 하였는데, 이처럼 유배인들이 유배과정에서 겪은 경험의 생생한 기록이 일기에 남아있음을 밝혔다. 마지막으로 5장에서는 한글 유배일기가 가진 가족문학으로서의 의의에 대해 서술하였다.

2부는 학위논문 이후의 연구 성과들을 수정, 보완한 것이다. 1장에서는 한문 유배일기 〈태화당북정록〉을 중심으로 유배인의 꿈과 결핍의 관계에 대해 논의하였다. 유배라는 사건은 유배객들에게 가족 이산이라는 예상치 못한 새로운 결핍 상황을 발생시키기도 하고, 기존에 가지고 있던 결핍을 해소하기 어려우리라는 어두운 전망을 하게 하는 것이기도 하였다. 유배기간의 추이에 따라 이러한 결핍의 상황은 다른 양상으로 꿈에 반영되어 나타나고 있었다. 2장에서는 단종 전설을 중심으로 하여 유배 인물 전설의 신원적 성격과 그 서술방식에 대해 살폈다. 이야기의 전승자들은 만약 단종의 원혼이 있다면 그 원혼이 느꼈음직한 슬픔과 억울함, 분노에 감정이입하여 그 슬픔과 분노에 공감하고 억울함을 풀어 나가는 것을 이야기로 만들어 전승함으로써 일종의 설화적 진혼을 수행하고 있음을 알 수 있었다.

꽤 오랫동안 유배일기를 붙잡고 씨름한 결과임에도 불구하고, 이 책이 담고 있는 유배일기의 문학적 실상은 유배일기라는 광대한 영토의 극히 일부를 말하고 있을 뿐이다. 유배일기 연구 영역은 아직까지 갈 길이 먼 개척지와 같다. 동행할 연구자들이 많아지길 바란다.

이 책이 나올 수 있기까지 많은 분들의 도움이 있었다. 우선 박사학위논문을 지도해 주신 한태문 교수님과 이헌홍 교수님, 조태흠 교수님, 정상진 교수님, 김형태 교수님께 말로 할 수 없는 감사함을 느낀다. 선생님들의 조언과 격려 속에서 논문이 점차 제 모습을 갖춰가는 것을 경험하는 일은 무척 신나는 일이었음을 뒤늦게나마 말씀드리고 싶다. 뿐만 아니라 출판을 후원해 주신 부산대학교 한국민족문화연구소와 예쁘고 튼튼한 책으로 엮어주신 도서출판 경진 관계자분들께도 감사드린다.

무엇보다 늘 기꺼이 나의 든든한 지원군이 되어주시는 어머니와 가족들에게 깊은 감사를 드린다.

조수미

목차

제2부 유배문학 연구의 전개

제1부

조선후기 한글 유배일기 연구

1장 한글 유배일기 연구의 가치

1. 유배일기의 문학적 가치와 한글 유배일기

표기문자는 '한글'이고 내용요소는 '유배(流配)'이며 장르는 사실 기록을 본질로 하는 1인칭의 문학 '일기(日記)'라는 것으로 한글 유배일기를 규정할 수 있다. 조선후기인 18세기에 주로 기록된 8편의 한글 유배일기들이 '한글'을 선택해서 유배를 기록한 이유 및 결과와 '유배'의 특수한 양상이 어떻게 글에 반영되었는지를 살폈다.

유배일기 중에서도 하필이면 한글로 기록된 것들에 관심을 기울인 이유는 유배라는 특수한 경험과 한글의 어울리지 않는 조합 때문이다. 유배는 대부분 양반 남성들에게 내려진 형벌이다. 그런데 한글 유배일기는 이런 양반 남성의 경험을 한글로 기록한 것이다. 여성이 자신의 경험을 한글로 기록하였다면 이상한 일이 아니겠지만, 경험의 주체가 남성인 유배의 일을 굳이 한글로 기록하여 전하게 된 이유가 무엇인가 하는 것이다.

아울러 유배의 모습이 글의 내용에 어떻게 반영되었는지도 살펴보았다. 유배는 경우에 따라서는 죽음을 전제로 하는 형벌이므로 이 절체절명의 상황이 유배일기에 어떻게 반영되었는지 검토하는 것은 중요하다. 또한 유배일기는 낯선 곳으로의 여정과 낯선 곳에서의 생활을 기록하게 된다. 유배 노정에 들어서면 어쩔 수 없이 많은 사람을 만나게 되고 낯선 것들을 보게 되는데, 이처럼 타의에 의해 확대된 경험의 세계를 유배객들은 어떻게 받아들였는지 그 양상도 살펴보았다. 마지막으로 유배라는 달갑지 않은 상황을 극복하기 위한 심리적, 정신적 투쟁의 모습이 일기에 어떻게 반영되었는지도 살펴보았다.

한글 유배일기의 서술방식 및 내용의 특수성은 방대한 한문 유배일기를 이해하는 데에도 중요한 단서를 제공할 것이다. 한문 유배일기에 대한 시론(試論)으로서 앞으로의 연구 방향에 중요한 지침을 줄 것이라고 기대한다. 즉, 한글 유배일기의 연구는 한문 유배일기뿐만 아니라 더 나아가 유배문학 전반에 대한 이해를 위한 과정으로서의 의의를 지니는 것이다.

지금까지 유배와 관련하여 국문학적 측면에서 주목해 왔던 것은 주로 한시, 시조, 가사, 소설 등 문학의 정통장르에 속하는 것들이었다. 그리고 유배문학이란 "流刑囚가 유배지에서 겪은 유배적 사실의 직접 체험과 그 감정적 내용, 그리고 유배적 상황에 직면한 정신적 상황을 그대로 문학화한 작품"[1]이라고 정의하곤 하였다. 여기서 '문학화'란 우리가 흔히 알고 있는 바대로, 서사적·문예적 조작이 가미된 허구적·창조적 형태로의 변화를 말한다. 그러나 '일기'는 흔히 문학성과는 거리가 멀다고 여겨지는, 사실적 기록을 본질적 특성으로 갖는다. 그래서인지 지금까지 문학 연구의 영역에서 일기문학은 문학의 한 변방으로 여겨져 소홀히 다루어졌다.

일기문학은 1인칭 화자가 직접 보고 듣거나 경험한 사실을 기록한 글이 문학성을 지니게 될 경우에 그것을 작품으로 일컫는 말이다. 여기서 말하는 사실이란 "객관적 현실성을 가진 존재나 현상으로, 실제의 공간과 시간 속에서 구현되었거나 가시적으로 검증할 수 있는 것"[2]이라고 정의하고 있다. 따라서 구조와 형식의 미적 성취를 중요하게 여기는 오늘날의 문학적 잣대로 볼 때 일기가 사실의 단순한 기록물에 지나지 않는 것으로 취급될 우려 또한 다분하다.

그러나 상상조차 하기 힘들 만큼의 놀라운 경험, 경이적 경험 그 자체가 지닌 파급성과 충격의 현실 등을 핍진하게 전달하려는 의도에 의해 기록된 일기가 표현의 측면에서 얼마나 가치 있는 성취를 보이고 있는지를 간과해서는 안 된다. 임진왜란 등의 전쟁체험을 기록한 일기들이 구조와 형식의 특별한 배려가 없는 듯하면서도 전율과 감동, 더 나아가 삶의 진실을 전하고 있는 경우가 적지 않음을 보더라도 잘 다듬어진 일기의 문학적 가치는 분명하다. 말하자면 일기의 근원사실을 배제하더라도 사실의 기록

1) 양순필, 「조선조유배문학연구: 제주도를 중심으로」, 건국대학교 박사논문, 1982, 8쪽.

2) 유기룡, 『한국기록문학연구』, 형설출판사, 1978, 16~18쪽.

인 일기 그 자체가 텍스트로서의 조직(짜임)과 독자적 형상성을 지닐 경우에 일기는 문학 텍스트가 된다. 요컨대 일기는 문학성보다 진실성이 중요한 특성이라고 생각하기 쉽지만, 문학 연구의 대상으로서 일기는 경험의 '문학적 형상화'라는 전제하에 살펴야 하며, 경험 자체가 문학적이라는 접근은 최대한 삼가야 한다는 것이다.

효과적으로 표현된 일기가 문학적 가치를 가질 수 있다는 점에서 유배일기 또한 문학적 자료로서의 가치를 지니고 있다. "아! 지금 그가 기록한 것을 보니 단지 울분과 비애의 감정을 부닥치는 상황에 따라 직설적으로 기록하였다. 언어와 문장의 묘미를 감상할 겨를이 없지마는 인간으로서 해야 할 윤리의 중요성을 증대시키고, 사람을 감동시켜 울분을 일으키게 하는 것이 어찌 그리도 많은가?"[3]라는 〈북천일록(北遷日錄)〉 서문이야말로 유배일기의 문학적 가치를 잘 표현한 것이다.

유배는 남성 관료에게 가해지던 정치적 소외일 뿐만 아니라 한 가문의 존속을 좌우하는 사건이었다. 특히 조선시대에는 사화와 당쟁이 치열하였던 까닭에 유배의 쓰라린 경험은 환로(宦路)에 나선 양반들이 흔히 겪는 일이었다. 그런데 유배는 유배를 가는 사람의 신분, 관련된 사건의 성격, 정치적 분위기 등에 따라 매우 다양한 모습을 보인다. 휴식에 가까운 유배에서부터 애초부터 죽음을 각오할 수밖에 없는 유배, 귀향과 같은 즐거운 행로부터 절

---

3) 임재완 편역, 『백사 이항복 유묵첩과 북천일록』, 다운샘, 2005, 11쪽.
"噫. 今觀其所記, 直以憤懣悲哀之意, 隨遇而直書之耳. 非有暇於言語之妙, 文章之美. 而所以增夫天常民彞之重, 使人感發而興起者, 一何多也."

해고도(絶海孤島)로의 목숨을 건 행로, 지나는 길목마다 지방관의 후한 대접을 받는 경우에서부터 끼니를 빌어 가며 가야 하는 경우까지 그 편폭이 매우 크다.[4)]

이처럼 유배의 경우에 따라 편차는 있겠지만, 일반적으로는 유배의 체험이 유배당사자에게 정신적·심리적 고양상태를 야기하여, 절실한 글쓰기가 가능할 수 있는 계기를 제공하였을 것이라고 추측하기는 어렵지 않다. "그(李鵝溪)의 시가 초년부터 당을 법받았으며 늘그막에 平海에 귀양 가서 비로소 심오한 경지에 이르렀다. 高霽峰의 시 또한 벼슬을 내놓고 한거하는 가운데 크게 진보된 것을 볼 수 있었으니, 이에 문장이란 부귀영화에 달린 것이 아니라 험난과 고초를 겪고 강산의 도움을 얻은 후에라야 묘경에 들 수 있음을 알 수 있다."[5)]라고 한 허균의 말처럼 고난과 시련은

---

4) 조선시대 형률은 기본적으로 명나라 법전인 『대명률』에 의거했는데, 세종대 조선의 실정에 따라 2000리는 20식(息: 1식은 30리), 2500리는 25식, 3000리는 30식으로 조정하였다. 압송관은 고위 관직자에서 일반사족에 이르기까지 그 위치에 따라 의금부 도사, 서리, 나장, 역졸이 맡았다. 『의금부노정기』에는 각 유배지마다 도착 일정과 경유하는 역이 상세하게 도표로 작성되어 있는데, 전국적으로 336개 고을이 지정되었고 하루 평균 86.1리를 이동하도록 되어 있었다. 이 규정은 잘 지켜지지 않았고, 하루 30~40리 정도밖에 가지 않는 일이 많았다. 경비는 유배인 스스로 부담하는 것이 원칙이지만, 유배인의 신분과 직위에 따라 큰 차이가 났다. 유배객이 관직자인 경우 경유하는 각 고을에서 말과 음식을 제한적으로 제공하였고, 유배 길목에 있는 지역의 수령들은 유배객들에게 말과 음식을 제공하도록 허용되었기 때문에 유배를 후히 접대하는 것이 상례였다. 유배객에게 규정 외의 물품을 제공하거나 후하게 접대하는 관례는 때로 정도를 지나쳐 폐단으로 지적되기도 했다. 반면, 일부 수령들이 개인적 이유나 정치적 문제로 세상의 이목에 구애되어 접대를 소홀히 함으로써 유배객을 섭섭하게 하는 경우도 있었다. 유배의 일반적인 규정에 대해서는 한창덕의 「조선시대 유형에 관한 연구」(연세대학교 석사논문, 1997)를 참조하였다.

5) "其詩初年法唐 晩謫平海 始造其極 而高霽峯詩 亦於閑廢中 方覺大進乃知文章不在富貴榮耀而經歷險難得江山之助 然後可以入妙"(『惺所覆瓿藁』 권25, 說部 4, 〈惺叟

문학창작에 중요한 동기를 제공하기 때문이다. 뿐만 아니라 경우에 따라서는 유배가 시간적 여유를 제공하여 문학에 몰입할 수 있는 기회를 만들어 주기도 하였을 것이다. 결국 유배를 계기로 하여 한 작가의 작품세계가 한층 심화되거나 변화할 뿐만 아니라 다른 작가와 작품에 영감을 주기도 하였다.

창조적 조탁이 많이 가해지지 않은 유배일기도 유배라는 매우 절박한 상황에서 겪은 일을 기록하고 그때의 심정을 토로한 글이기 때문에, 문학이 가질 수 있는 진정성을 분명히 내포하고 있다. 더군다나 그것이 문학적 소양이 탁월한 사대부 문인들의 글이라는 점도 주목해야 한다. 유배일기의 문학적 가능성에 대한 기대를 하는 이유는 바로 '고난'이라는 문학적 동기와 '수준 높은 문학적 소양'을 지닌 선비라는 작가적 요소 때문이다.

앞서 유배라는 내용요소와 한글이라는 표기문자의 조합이 어울리지 않는다고 하였다. 남성에게 보다 더 일반적인 경험인 유배를 여성에게 더 적합해 보이는 '한글'로 기록한 것이 어울리지 않는다는 의미인데, 그 이유는 바로 조선시대에 '한글'이라는 문자가 갖는 특수한 위치 때문이다. 조선의 양반 남성들에게 있어서 한글은 '비공식적'이고 '사적인' 문자였다. 공식적인 글쓰기는 대부분 한자로 하였다.

한글이 창제된 이후 오랫동안 양반 지식인들에게 배척되었다는 것은 잘 알려져 있는 사실이다. 물론 그 시간 속에서도 한글이 완전히 배제된 것은 아니었다.[6] 한글창제 직후인 세종과 세조 연

詩話〉)

간에는 한글이 언문청(諺文廳), 간경도감(刊經都監) 등의 국가기관에 의해 국가 정책으로 보급되거나 국가고시 제도를 통해 보급되기도 하였고, 여러 가지 언해 정책이 경국대전에 명시되기도 하였다. 그리고 왕실여성이 섭정을 하거나 정치적 의사표현을 할 때에도 언문교지(諺文敎旨)를 사용하였고, 빈번한 것은 아니었지만 임금이 행정문서에 한글을 사용하기도 하였다. 국가정책을 백성들에게 반포할 때에도 물론 한글을 사용하였고, 외국에 간 사신이 국내에 보내는 보고문들도 한글로 한 일이 종종 있었다. 특히 주목할 만한 일은 한글을 비밀스러운 문자로 사용하기도 하였다는 것이다. 병서(兵書)를 한글로 베껴 써 보관하고 한자로 된 것은 불태우자고 한다든지, 한글을 외국인에게 가르치거나 한글로 된 책을 보여준 것을 큰 죄로 여겼다든지 하는 것은 한글이 가진 암호로서의 기능을 인식한 결과이다.[7] 병서와 같은 책들은 그 자체로 중요한 군사작전이 될 수 있는데 중세 동아시아의 공용문어인 한문이 아닌 조선의 고유한 문자로 작성했다는 것은 한

---

6) 조선시대 한글의 제도적 사용에 대해 이어지는 서술은 김슬옹의 『조선시대 언문의 제도적 사용 연구』(한국문화사, 2005)를 참조하였다.

7) ① "신이 그윽이 생각하건대 〈총통등록〉은 병가의 비장이 되는 서적으로서 (…중략…) 그런데 이제 춘추관에 한 건이 있고 문무루에 21건이 있는데, 만일 간사한 사람이 훔쳐 가서 利를 삼는다면 백성들이 입는 피해를 어찌 다 말하겠습니까? 신이 원하건대 지금 이후부터 성상께서 보는 한 건 외에는 모두 언문으로 서사하여 내외 사고에 각기 한 건씩 보관하게 하며, 해당하는 신하로 하여금 굳게 봉하도록 하고, 군기시에 한 건을 두어서 제조로 하여금 굳게 봉하도록 하고, 그 나머지 한자로 서사된 것은 모두 불태워 버려서 만세를 위하는 계책으로 삼게 하소서."(『성종실록』, 13년 2월 13일)
② "군기시 판관 주양우는 지난날 북경에 갔을 때 중국 사람과 교통하여 언문을 가르쳤으니 잘못됨이 매우 심합니다."(『중종실록』, 38년 6월 22일)

글을 암호의 기능을 하는 것으로 여겼다는 의미가 된다. 정치적 책략을 꾸민다든지, 비밀리에 진행되는 작전에 한글로서 소통한 것도 마찬가지이다. 그 외에도 통신사와 같은 사행의 관리가 임금에게 보내는 보고서를 한글로 작성한 경우도 많다.[8] 요컨대 조선의 양반 남성 관리들이 한글을 중요한 용도로 쓴 경우가 많았다는 것이다. 흔히 왕을 비롯한 남성지배층이 한글을 사용하는 경우는 여성 가족이나 백성들과의 문자를 통한 의사소통이 필요할 때일 것이라고 생각한다. 그러나 남성 지배층이 특히 외교와 관련하여 한글을 암호로 사용하였다는 것은 여성이나 백성들과의 관계에서뿐만 아니라 그들 스스로 한글을 매우 적극적이고 창조적으로 사용하고 있었다는 것을 말해 주고 있다. 백성들도 상소(上訴)나 소장(訴狀), 익명서(匿名書)나 투서(投書), 벽서(壁書) 등을 한글로 써서 의사표현을 시도하기도 하였다.

이렇듯 다양한 방면에서 한글이 중요하게 쓰이기도 하였지만 엄연히 남성 사대부들에게 한글은 인정받지 못하는 글자였다. 현재 전하는 조선선비들의 문집에 한글로 작성된 글이 실린 경우는 거의 없다시피 하다는 점이 그 사실을 분명히 말해 준다. 한글 유배일기가 8편 정도밖에 전하지 않고, 그나마 모두 비교적 한글이 보편화되어 갔던 조선후기에만 집중되어 나타난다는 것은 어쩌면 당연한 일일 것이다.

---

8) 申錫愚(1805~1865)의 문집 『海藏集』 권16 〈入燕記〉에는 '諺狀'이라는 항목이 있다. 제목으로도 알 수 있듯이 한글장계이다. 비록 문집에는 한문본으로 실려 있지만, 중국으로 사신 간 사람들이 한글로 작성한 일종의 보고서를 보내왔음을 알 수 있는 자료이다.

비록 그 자료가 부족하기는 하지만, 한글 유배일기에 대한 탐색은 궁극적으로는 한문 유배일기를 포함한 유배일기문학 전반에 대한 이해로 나아가기 위한 초석을 놓는 것이고, 그 출발점에 서는 것이며, 유배일기의 문학적 연구에 대한 전반적인 조감도를 완성하기 위한 과정으로서의 의미가 있다. 유배일기문학의 전모를 알기 위해서는 작가·작품론적 탐색, 시대적 구분에 따른 통시적 연구, 지역성에 기초한 공시적 탐색 등 다양한 영역의 연구가 필요한 것처럼 '한글로 된' 유배일기에 대해서도 분명히 연구가 필요한 시점이 되었다.

2. 유배일기 연구의 성과

유배문학작품에 대해서는 다양한 방면에서 연구되어 왔다. 유배문학 연구의 초창기에는 유배문학이 권력을 둘러싼 이전투구인 당쟁의 결과물로서, 그 발생의 동기가 문학적으로나 사상적으로 별 가치가 없는 문학이라고 폄하하거나,[9] 기본적으로 매우 보수적인 유형의 글이라고 하는 평가가 많았다.[10] 그러나 연구가

9) 서동협(「유배문학고」, 『文湖』 1, 건국대학교, 1960, 34쪽)은 유배문학이 ① 위대한 철학도 없고, ② 목적의식에 의한 것이거나 단순한 餘技로 쓰인 것이며, ③ 당파별 개성도 없고, ④ 위선적 가면적이라 문학적으로 가치가 없다고 하였다.

10) 최상은은 "유배가사는 일반적으로 매우 보수적인 작품군이다. 신분적 지위와 이념적 주장을 굳게 지키려는 의지와 그를 좌절시키는 현실 사이에서 일어나는 갈등을 형상화한 것이 유배가사이기 때문이다."(「流配歌辭의 保守性과 開放性: 〈萬言詞〉와 〈北遷歌〉를 중심으로」, 『어문학연구』 4, 상명대 어문학연구소, 1996, 127쪽)라고 하였다. 비록 유배가사에 한정하여 말하고 있지만 유배문학이 기본

진행되면서 작품성을 인정받는 글들도 다수 발굴되어 유배문학이 점차 문학연구의 대상으로 자리 잡아갔다.

장르적 측면에 있어서는 가사, 시조, 한시와 같이 고전문학의 정통장르에서는 물론이려니와 일기와 편지 등의 장르에서도 두루 연구되었다. 이들 중 가장 활발히 연구된 것은 유배가사이다. 가사의 장르적 특성상 유배상황을 곡진하게 노래하기에 용이해서인지 몇몇 대표적인 유배가사 작품은 탁월한 문학성으로 많은 연구자들의 관심을 모았다. 유배가사는 개별 작품론에서부터 유형적 특징, 사적 전개, 다른 장르와의 비교 검토, 작가론적 검토 등 다양한 방면에서 연구되었다.

작가론적 논의도 활발하다. 유배는 특히 조선후기에 있어, 내로라하는 양반사대부들에게는 하나의 통과의례와 같은 흔한 일이 되었다. 치열한 당쟁과 사화의 소용돌이에서 유배 한 번 없이 관료생활을 마무리하기란 쉬운 일이 아니었다. 그래서인지 조선시대의 많은 문인 학자들이 유배와 관련한 작품들을 남기고 있다. 한 작가의 작품세계를 연구하는 데 있어서, 유배시기를 기점으로 하여 유배 전후의 작품을 비교하거나, 유배시기에 창작된 작품에만 초점을 맞추어 작가론을 전개하기도 한다. 유배라는 상황은 한 개인에게 있어 무척 중요한 경험의 원천이자 사고전환의 계기가 되었으므로 이러한 연구를 통해 작가이해의 완성과 깊이를 꾀할 수 있다. 유배문학과 관련하여 연구된 작가는 많지만 그 중에서도 다산 정약용에 대한 연구가 눈에 띈다. 다산은 유배생

적으로 보수적이라는 견해는 이외의 연구 성과에도 많이 보인다.

활 중 '다산학'이라 불리는 범학문적인 사상체계를 완성하였다. 그만큼 다산의 삶에 있어서 유배시절은 고통의 시간인 동시에 많은 것을 이룰 수 있었던 기회의 시간이기도 했다. '다산 정약용론'의 중요한 일부로서, 다산의 유배시절의 시와 글들이 많이 연구되었다.

유배지와의 관련성에서의 유배문학 연구도 드물지 않게 이루어지고 있다. 조선시대에 혹독한 절도유배(絶島流配)의 장소로 이름났던 곳은 제주도, 남해도, 진도, 거제도, 흑산도 등이었다.[11] 오늘날 각 지역사회에서 유배객의 문학과 사상을 그 지역 문화형성의 중요한 요소로 인식하면서부터 이러한 연구가 활발해진 측면이 있다. 그러나 유배객과 유배지역의 영향관계는 일방적이지 않다. 즉 유배객의 입장에서 본다면 유배지의 풍토가 유배객 자신에게 많은 영향을 미쳤을 것이므로 유배지역에 대한 이해와 작가, 작품을 함께 논하는 것은 의미 있는 일임이 분명하다.[12]

다방면에 걸쳐 유배문학에 대한 연구가 진행되었음에도 불구하고, 유배'일기'에 대한 연구는 소외되었다. 일기가 수필의 범주에서 매우 중요한 부분을 차지한다는 점을 인정하면서도 문학성이 탁월하다고 여겨지는 몇몇 작품에만 연구가 집중되었는데,[13]

---

11) 김경숙, 「조선시대 유배길」, 『역사비평』 67, 역사문제연구소, 2004, 265쪽.

12) 지역과 유배를 관련짓는 문학 및 문학외적 연구경향에서 가장 두드러진 지역은 제주도이다. 제주도의 유배문학은 양순필에 의해 일찌감치 연구되었다. 제주도 유배문학에 대한 초기 연구는 거의 1970~80년대에 이미 많은 연구가 이루어진 것이다. 그런데 2000년대를 전후로 하여 제주도의 유배문학에 대한 연구의 열의가 재점화된 것 같은 모습을 보이는데, 이것은 지방자치제의 사회적 분위기와 관계가 있다고 판단된다.

13) 이우경, 『한국의 일기문학』, 집문당, 1995, 7~8쪽.

정작 그런 작품들이 가진 문학성의 실체를 파악하고 분석하는 데까지는 나아가지 못한 것이다. 따라서 유배일기 연구의 본격화, 활성화를 위해서는 많은 고민이 필요하다.

우선 유배일기에 대한 연구가 본격적으로 진행되기 위해서는 대상작품의 발굴이 선행되어야 한다. 황위주[14]는 국립중앙도서관의 '한국고전적종합목록시스템'과 연결된 도서관 27개, 개별적 조사대상 도서관 7개, 민족문화추진회의 한국문집총간, 전국대학 도서관 논저목록에서 '일기, 일록, 일지, 행록' 등 표제상 일기일 가능성이 높은 자료를 모두 검색하는 방법을 이용하고, 더불어 정구복,[15] 염정섭[16]의 연구를 참고로 하여 최종적으로 약 1,600건의 일기자료를 정리하였다. 내용별로 관청일기와 일지, 공동체의 일기와 일지, 개인의 생활일기, 기타 내용 미확인 일기로 구분하였는데, 그 가운데 개인의 생활 일기 중 유배일기를 31편으로 분류하였다. 최은주[17]는 여기에 몇 편을 더 보충했다. 이렇게 완성된 40여 편의 목록에 연구자들이 개별적으로 발굴한 자료를 참고하고 필자의 조사를 보충한 결과 현재 약 60여 편의 유배일기 목록을 확인할 수 있다. 개인이 소장한 것이나 아직 발굴이 되지 못하여 누락된 것도 많을 것이므로 계속 보완해 나가야 하는 것

---

14) 황위주, 「조선시대 일기자료의 현황과 활용방안」, 『국역 조선시대 서원일기』, 한국국학진흥원, 2007.

15) 정구복, 「朝鮮朝 日記의 資料的 性格」, 『정신문화연구』 19(4), 한국학중앙연구원, 1996.

16) 염정섭, 「조선시대 일기류 자료의 성격과 분류」, 『역사와 현실』 24, 한국역사연구회, 1997.

17) 최은주, 「조선시대 일기 자료의 실상과 가치」, 『대동한문학』 30, 대동한문학회, 2009.

은 물론이다.

이러한 기초연구를 토대로 하여 전개해 나가야 할 것은 유배일기에 대한 문학적 탐색이다. 그런데 유배일기에 대한 문학적 연구 성과는 지금 현재 그리 풍부한 편이 아니다. 지금까지의 연구 상황을 요약해 보면 다음과 같다.

첫째, 연구자들의 본격적인 연구를 위한 기초연구, 즉 원본의 정리와 번역작업이 아직 미흡한 실정이다. 한문으로 기록된 일기의 경우, 초창기 국역 대상은 사행일기와 전쟁관련일기였으나 근래 들어 유배일기를 포함한 각종 생활일기로 영역이 확대되었다. 이전에는 주로 역사 자료로 주목되었던 일기가 서서히 문학텍스트로 인정받고 있기도 하다. 그러나 대부분 장기적이고 원칙적인 계획 없이 어수선하게 국역이 이루어지고 있는 실정이다.[18]

둘째, 기초연구가 미흡하기 때문에 필연적으로 일부작품에만 관심이 집중되어 논의가 진행될 수밖에 없었다. 유배일기에 대한 국역총서가 발간되어 연구자들의 연구의욕을 고취시킬 수 있기를 기대한다.

셋째, 해제 작업이나 단순한 내용설명을 넘어선 본격적 연구가 미흡하다. 주로 일기의 내용에 대한 천착이 중심이고 문학적 분석은 부족해 보인다. 즉, 일기라는 산문문학이 기본적으로 가지고 있는 진실성, 사실성의 특성 때문에 상대적으로 문학적 특성에 집중하는 논의가 부족했다.

이제 〈기사유사〉, 〈임인유교〉, 〈선고유교〉, 〈남정일기〉, 〈적소

18) 일기자료의 국역과 관련해서는 황위주, 「일기류 자료의 국역 현황과 과제」, 『고전번역연구』 1, 한국고전번역회, 2010을 참고하였다.

일기〉, 〈신도일록〉, 〈남해문견록〉, 〈북관노정록〉에 대한 연구 성과들을 보자.

이승복[19]은 〈기사유사〉, 〈임인유교〉, 〈선고유교〉의 원문과 주석을 소개하고, 『유교(遺教)』에 전하는 이본 3종과 『임인유사 몽와성주유교 부죽취부녕유교(壬寅遺事 夢窩星州遺教 附竹醉富寧遺教)』(이하 『壬寅遺事』)에 전하는 이본 2종을 비교 하였다. 더불어 기사환국(己巳換局), 신임사화(辛壬士禍) 등에 대한 검토를 바탕으로 작가론을 전개하고, 내용상·서술상의 특성도 분석하였다.

최강현[20]은 〈남정일기〉가 처음에 가람 이병기 선생에 의해 박창수(朴昌壽)의 기록으로 소개되었으나, 박창수가 아닌 박조수(朴祖壽)에 의해 기록된 것임을 실증적 검토를 통해 밝혔다. 〈남정일기〉의 내용에 대한 검토는 이승복[21]의 논저에서 계속 이어졌다. 그는 한글 유배일기 중 유배체험의 양상에 따라 유배와 귀환의 여정을 다룬 것으로는 〈남정일기〉를, 유배의 실상을 다룬 것으로는 〈적소일기〉를, 후명(後命)과 죽음에 이르는 과정을 다룬 것으로는 〈임인유교〉를 예로 들어 설명하였다. 그리고 유배일기가 인간의 다양한 삶을 접하게 하고 이해하게 한다는 면에서 교육적 의미를 갖고 있다고 하였다.

〈적소일기〉의 작자인 김약행(金若行)에 대해서는 안동김씨 문

---

19) 이승복, 「『遺教』의 書誌와 文學的 性格」, 『奎章閣』 20, 서울대학교 규장각, 1997; 이승복, 「『遺教』 원문 및 주석」, 『문헌과 해석』 5, 문헌과해석사, 1998.

20) 최강현은 「〈南征日記〉를 살핌」(『어문논총』 4·5, 충남대학교 국어국문학과, 1985)에서 〈남정일기〉를 기행일기로 분류하였다.

21) 이승복, 「유배체험의 형상화와 그 교육적 의미: 조선후기 국문일기 자료를 중심으로」, 『고전문학과 교육』 14, 한국고전문학교육학회, 2007.

중에서 발간한 김희동[22]의 책에 자세하다. 그리고 이승복[23]은 〈적소일기〉에 대해 작가론 이외에도 내용상·서술상 특징을 소개하고 있고, 김호[24]는 주로 '유배객의 생활과 의료'라는 역사적 관점에서 작품을 분석하였다. 유배일기 연구가 설명적 차원에서 벗어나 본격적이 문학연구가 되어야 한다는 점에서는 〈적소일기〉의 서술방법에 대해 언급한 이옥희[25]의 연구도 바람직해 보인다.

〈신도일록〉에 대해서는 진동혁[26]의 연구를 참고할 만하다. 그는 이세보(李世輔)의 유배시조를 이해하기 위한 자료로 그의 유배기록인 〈신도일록〉의 내용을 검토하였다. 조동일[27]의 견해에 따르자면 유배야말로 이세보의 현실인식과 작품세계에 큰 영향을 미친 사건이었다. 그의 시세계가 유배로 인해 다채로워지고 깊이 있어졌다면, 그런 경험을 기록한 〈신도일록〉이야말로 그의 문학을 이해하는 데 매우 중요한 자료가 될 것이다.

최강현[28]은 〈남해문견록〉과 〈북관노정록〉에 대해 각각 서지학적 검토 및 작가고증과 작가론을 전개했다. 그리고 두 작품에 대하여 유배기를 겸한 '기행문학작품', '민속지에 해당할 만큼 훌

22) 김희동, 『선화자 김약행 선생의 꿈과 생애』, 목민, 2003.

23) 이승복, 「〈謫所日記〉의 文學的 性格과 價値」, 『고전문학과 교육』 5, 한국고전문학교육학회, 2003.

24) 김호, 「18세기 후반 진도로 유배된 선화자 김약행의 삶과 고통: 〈적소일기〉를 중심으로」, 『문헌과 해석』 27, 문헌과해석사, 2004.

25) 이옥희, 「조선 후기 유배인과 유배지의 실상, 김약행의 적소일긔연구」, 『국학연구론총』 7, 택민국학연구원, 2011.

26) 진동혁, 「李世輔의 流配時調 硏究」, 『논문집』 15, 단국대학교, 1981.

27) 조동일, 『한국문학통사』 3(4판), 지식산업사, 2008, 304~306쪽.

28) 유의양 지음, 최강현 옮김, 『후송 유의양 유배기 남해문견록』, 신성출판, 1999; 유의양 지음, 최강현 옮김, 『후송 유의양 유배기 북관노정록』, 신성출판, 1999.

륭한 기록문학작품'이라고 평하고 특히, 한글로 저술하였다는 점에 작품의 가치가 있다고 하였다. 이외에도 현전 〈북관노정록〉의 3권 중 '仁'책(권1)이 실질적으로는 '義'책(권2)에 해당되는데, 이렇게 표제가 잘못 기록되어 전해진 이유가 수집과정에 있다는 사실도 밝혀냈다.

지금까지 살펴본 바에 따르면, 한글 유배일기에 대한 연구는 개별 작품에 대한 자료소개 및 내용분석의 단계를 크게 벗어나지 않는 수준에서 머문 듯하다. 여러 편의 한글 유배일기를 함께 다루는 경우는 극히 드문데, 일기문학의 시간표시방식에 대한 연구[29]와 유배기록의 교육적 의미[30]에 대한 연구에서 함께 다루어지기는 하였다. 이제 각 편에 대한 연구를 토대로 한글 유배일기 전반을 함께 다룰 수 있는 종합적인 연구로 나아가야 할 것이다. 그리고 그 결과는 한문 유배일기의 연구, 더 나아가 유배일기 전반에 대한 연구에 중요한 단서들을 제공할 수 있어야 할 것이다.

---

29) 정우봉, 「조선시대 국문 일기문학의 시간의식과 回想의 문제」, 『고전문학연구』 39, 한국고전문학회, 2011.

30) 이승복, 「유배체험의 형상화와 그 교육적 의미: 조선후기 국문일기 자료를 중심으로」, 『고전문학과 교육』 14, 한국고전문학교육학회, 2007.

2장 한글 유배일기의 예비적 고찰

한글 유배일기의 저자, 유배 당사자, 일기의 성격을 간략히 정리하면 다음과 같다.

〈한글 유배일기의 현황〉

	제목	작자	유배 당사자	비고
1	기사유사	미상	金壽恒 (1629~1689)	김수항을 배행한 후손의 유배(배행)일기
2	임인유교	金信謙 (1693~1738)	金昌集 (1648~1722)	백부 김창집을 배행한 김신겸의 유배(배행)일기
3	선고유교	金元行 (1702~1772)	金濟謙 (1680~1722)	생부 김제겸을 배행한 김원행의 유배(배행)일기
4	남해문견록	柳義養 (1718~1788)	본인	유배(기행)일기
5	북관노정록			유배(기행)일기
6	남정일기	朴祖壽 (1756~1820)	朴盛源 (1711~1779)	조부 박성원을 배행한 박조수의 유배(배행)일기
7	적소일기	金若行 (1718~1788)	본인	금갑도 유배일기
8	신도일록	李世輔 (1832~1895)	본인	신지도 유배일기

『遺敎』에는 김수항(〈기사유사〉), 김창집(〈임인유교〉), 김제겸(〈임인유교〉)의 유배를 기록한 일기가 차례대로 모두 실려 있고, 『壬寅遺事 夢窩星州遺敎 附竹醉富寧遺敎』(이하 『壬寅遺事』)에는 김창집(제목 없음)과 김제겸(〈선고유교〉)의 유배를 기록한 일기가 실려 있다. 이본에 따라 똑같은 글인데도 제목이 같지 않다는 것을 알 수 있다. 이 글에서는 김수항과 김창집에 대한 기록은 『遺敎』의 제목에 따라 〈기사유사〉, 〈임인유교〉라고 하고, 김제겸에 대한 기록은 〈선고유교〉라고 하여 서술하였다. 〈기사유사〉의 인용은 이승복의 원문 및 주석[31]을 이용하였고, 〈임인유교〉와 〈선고유교〉는 『壬寅遺事』를 원전으로 하였다. 유의양이 쓴 두 편의 유배일기는 이본에 따라 한글과 한문으로 된 여러 가지 표제와 내제가 사용되고 있는데 이 글에서는 각각 〈남해문견록〉, 〈북관노정록〉으로 하여 서술하였고, 인용은 최강현의 원문 및 주석[32]을 이용하였다. 〈남정일기〉는 표제가 '南行錄'이라고 되어 있고, 내제는 '남정일긔'라고 되어 있는데, 〈남정일기〉라고 하겠다. 인용은 원전 자료를 이용하였다. 김약행의 일기는 '젹소일긔', '謫所日記'라는 내제가 있으므로 〈적소일기〉라고 하기로 하고, 인용은 김희동의 자료[33]를 이용하였다. 마찬가지로 〈신도일록〉도 '신도일녹'이라는 표제가 있지만 〈신도일록〉이라고 하였고, 인용은 『이세보시조집』에 있는 원전을 이용하였다.[34]

31) 이승복, 「『遺敎』 원문 및 주석」, 『문헌과 해석』 5, 문헌과해석사, 1998.

32) 최강현의 『후송 유의양 유배기 남해문견록』(신성출판사, 1999)과 『후송 유의양 유배기 북관노정록』(신성출판사, 1999)을 말한다.

33) 김희동, 『선화자 김약행 선생의 꿈과 생애』, 목민, 2003.

필사로 전해지는 자료들은 여러 가지 이유로 인해 읽기 어려운 글자가 종종 있다. 이 글에서 인용한 부분 중 □로 표시된 것이 그런 글자들이다. 글의 내용을 이해하는 데 크게 장애가 없는 한 무리하게 글자를 확정하지 않았다. 인용페이지는 원전이나 참고한 자료의 페이지를 그대로 표시한 것이다.

1) 문곡(文谷) 가문의 〈기사유사〉, 〈임인유교〉, 〈선고유교〉

〈기사유사〉와 〈임인유교〉, 〈선고유교〉는 차례대로 문곡(文谷) 김수항(金壽恒), 몽와(夢窩) 김창집(金昌集), 죽취(竹醉) 김제겸(金濟謙)의 3대가 유배되었다가 사사(賜死)될 때까지 급박한 며칠 동안의 일들을 기록한 것이다. 이들은 모두 기사환국, 신임사화 등에 직·간접적으로 연루되어 사사되었다.[35] 한 가문의 조손(祖孫) 3명이 30여 년 사이에 모두 유배 갔다가 사사되는 일도 흔치 않지만, 그들의 마지막 모습에 대한 생생한 기록이 남아 있는 경우는 더욱 드물다.

『유교(遺敎)』에는 위의 세 편의 글이 합철된 것이고, 『임인유사(壬寅遺事)』는 제목에서 알 수 있듯이 김창집과 김제겸의 유배기록만 합철된 것이다. 『遺敎』는 김수항의 여섯째 아들 택재(澤齋) 김창립의 11대손 김충현씨가 소장하고 있었는데 이승복이 원문을 소개하고 주석 작업을 하였고,[36] 『壬寅遺事』는 서울대 규장각

---

34) 이세보, 『李世輔時調集』, 단국대 동양학연구소, 1985.

35) 지두환, 「文谷 金壽恒의 家系와 政治的 活動」, 『한국학논총』 32, 국민대학교 한국학연구소, 2009.

에 소장되어 있다. 모두 한글필사본 형태로 전하고 있다.

『遺教』에는 김수항, 김창집, 김제겸의 기사가 순서대로 수록되어 있는데, 김수항에 대한 기록에는 ‘긔ᄉᆞ유ᄉᆞ’라는 제목이 붙어 있고, 김창집와 김제겸에 대한 기록에는 모두 ‘임인유교’라는 제목이 각각 붙어 있다.[37] 『壬寅遺事』는 김창집과 김제겸의 기사가 차례로 수록되어 있다. 김창집에 대한 기록은 ‘임인ᄉᆞ월스므닐웬날’이라는 말로 시작하는데 따로 제목이 없다. 반면 김제겸에 대한 기록은 ‘임인팔월이십ᄉᆞ일’이라는 말로 시작하는데 ‘션고유교’라는 제목이 붙어 있고, ‘션고유셔[38]’라는 부제가 부기(附記)되어 있다. 요컨대, 〈기사유사〉는 1종, 〈임인유교〉와 〈선고유교〉는 각

36) 이승복, 「『遺教』 원문 및 주석」, 『문헌과 해석』 5, 문헌과해석사, 1998.

37) 이승복, 「≪遺教≫의 書誌와 文學的 性格」, 『奎章閣』 20, 서울대학교 규장각, 1997, 56쪽.

38) ‘션고유셔’는 〈선고유교〉에 언급되어 있는 ‘안보에서 써 주신 글’을 말하는 것이다.

“부군이 ᄒᆞ시ᄃᆡ 울산으로셔 나ᄅᆡᄒᆞᆯ ᄶᅢ 안보셔 여든 거시 잇더니 두엇ᄂᆞ냐 원힝ᄃᆡ답ᄒᆞᄃᆡ 두어ᄉᆞᆸᄂᆞ이다 부군이 ᄒᆞ시ᄃᆡ 이밧 다시 므ᄉᆞᆫ 말이 이시리 네 어마님 병이 그ᄣᅢ 듕ᄒᆞ고 내 살 니 업ᄉᆞ매 ᄒᆞᆫ가지로 죽어 뭇치이면 무언ᄒᆞᆯ 거시매 약을 구ᄐᆡ여 말나 ᄒᆞ얏더니 그 됴건이 이제 ᄉᆡᆼ각ᄒᆞ니 도리 미안ᄒᆞ고 ᄉᆞ셰도 다ᄅᆞ니 네 먹으로 에우라 임인ᄉᆞ월이십ᄉᆞ일 안보셔 원힝元行 ᄡᅥ 주오신거시라”(〈선고유교〉, 18쪽)

“네 어머님 병이 그때 중하고 나도 살 수 없을 것 같아 같이 죽어 묻히고자 약을 구태여 말라하였는데 이제 생각하니 미안하다. 네가 먹으로 지워라.”고 한 당부가 인상적인데 ‘선고유서’에는 실제로 “-此間三行漏落-”이라고 표기한 부분이 있다. 누락된 이 세 줄이 부군이 먹으로 지우라고 당부한 ‘네 어머님’에 대한 내용인지, 단순히 유통과정에서 생긴 일인지 단정할 수는 없다. 그러나 부군이 먹으로 지우라고 한 것이라면 그냥 지워버리면 되는 것인데, 그 부분을 굳이 누락된 것이라고 표시할 필요는 없었을 것이다. 그리고 ‘션고유셔’의 다른 부분에서 이미 ‘네 어머님’의 ‘수의’와 ‘관판’ 준비를 언급하고 있다는 점, 누락된 세 줄의 앞뒤 문맥이 ‘네 어머님’에 관련한 내용이 아니라는 점 등으로 미루어 보아 지워진 부분이 부군의 명에 따른 것이라고 판단하기는 어렵다.

각 2종의 한글본이 있다.

한글본간의 이본비교를 통해 선본(先本) 확정을 시도해 보았다. 『遺敎』와 『壬寅遺事』에 전하는 〈임인유교〉를 비교해 본 결과, 약 330여 군데 차이점을 보이고 있었다. 그러나 대부분이 내용의 차이라기보다는 단지 표기와 맞춤법상에 있어서의 차이일 뿐인데 필사시기에 따른 표기상 특징이 일관성을 띠고 있지 않아 선본(先本)을 확정하기 어렵다. 선후를 주정하는 것은 어렵지만 선본(善本)을 확정하는 것은 가능한지 검토해 보았다. 두 한글본의 비교에 있어서 표기상의 차이보다 더 중요한 차이는 다른 부분에서 찾을 수 있다. 먼저 『遺敎』본보다 『壬寅遺事』본에 보충설명들이 더 많았다. 주로 인물의 이름이나 지역명 등 이해를 돕기 위한 간단한 기록들이었다.[39] 단 한 군데, 오히려 『遺敎』본에만 있는 부분이 있었는데, '가노호시고묘말진초의고죵ᄒᆞ시다'라는 마지막 구절이다.[40] 실수로 낙장된 것으로 보이는 이 마지막 부분을 제외하면 『壬寅遺事 夢窩星州遺敎 附竹醉富寧遺敎』의 기록 양상

---

39) "後命도ᄉᆞ의 일홈은 됴문보라/풍양 니참판 희됴라/오진사라/踈齋/도ᄉᆞ의 일홈은 됴문보"와 같은 인물에 대한 주석이나 "셤이란 말ᄉᆞᆷ이라/정ᄌᆞ째ᄂᆞᆫ 당단이라/마뎡리ᄂᆞᆫ 파쥐라"와 지역에 대한 주석, "승지 알고 종도 그곳을 아ᄂᆞ니 이시니/" 등 이해를 돕기 위한 간단한 설명들이 『遺敎』에는 생략되었다. 그 외에도 '부군이'라는 주어는 자주 생략되었고, '아직/임의/어이' 등의 간단한 부사어도 『遺敎』본에는 자주 생략되었다. 'ᄇᆞ람이 니라면 일만남기 춤추단 말이라'라는 시에 대한 해석도 생략되었으나 이것은 단순실수로 판단된다.

40) 문맥상으로 보면 『壬寅遺事』본의 기록(용겸이 안기ᄅᆞᆯ 져기 멀리 ᄒᆞ얏더니 이에 손을 달라ᄒᆞ야 쥐엿다)보다 『遺敎』본의 기록(용겸이 안기ᄅᆞᆯ 져기 멀니 ᄒᆞ엿더니 이에 손을 달나ᄒᆞ여 쥐엿다가 노호시고 묘말진초의 고죵ᄒᆞ시다)이 타당해 보인다. 아마도 『壬寅遺事』가 합철되는 과정에서 실수로 낙장된 것인데 그렇게 판단할 수 있는 이유는 마지막의 생략된 부분이 시작되기 바로 직전에 종이가 끝이 나고 있기 때문이다.

이 『遺敎』보다 상세하다. 『遺敎』와 『壬寅遺事』에 전하는 〈선고유교〉를 비교해 본 결과도 위와 유사하다. 약 180여 군데 차이를 보이고 있으나 대부분 표기상의 차이이다. 보충설명이 좀 더 상세한 것도 물론 『壬寅遺事』에 전하는 〈선고유교〉이다.[41]

결론적으로 말하자면 『遺敎』와 『壬寅遺事』의 선후를 판단하기는 힘들고, 비록 마지막 부분이 누락되기 했지만 『壬寅遺事』본이 『遺敎』본보다 조금 더 상세하다.

한편, 〈임인유교〉와 거의 동일한 내용의 한문본 〈성산유사(星山遺事)〉가 증소(橧巢) 김신겸(金信謙)의 문집 『증소집(橧巢集)』에 있으므로 함께 검토해야 한다. 표기문자만 다를 뿐 내용상으로는 거의 동일하지만, 몇 가지 면에 있어서 차이점을 보인다.

첫째, 한문본에는 전문(全文)이 실려 있는 김창집의 시들이 한글본에는 거의 생략되어 있다. 한글본인 〈임인유교〉에는 시를 지었다는 언급만 있고 시의 전문이 생략된 경우가 6번 있고, 단 한 번만 시의 전문이 기록되어 있다. 그런데 〈星山遺事〉에는 〈임인유교〉에 생략된 6편의 전문이 모두 실려 있다.

41) "훈션이ᄂᆞᆫ 독낙뎡ᄃᆡᆨ 죵이라/삼원이ᄂᆞᆫ 창솰ᄃᆡᆨ 죵이라/橧巢/니집/홍듕쥬/민챵슈/됴채ᄎᆡᆨ"와 같은 인물에 대한 설명, "부군이 니ᄅᆞ시ᄃᆡ/이러ᄒᆞ면/향등" 또는 "셕증이ᄅᆞᆯ 보젼티 못ᄒᆞ면 션조제ᄉᆞᄅᆞᆯ 삼ᄃᆡ재 내려와 져(□)러 졀ᄉᆞᄒᆞ올가"와 같은 제법 긴 문장도 생략되었다. "그러ᄒᆞ오이다 원힝이 ᄉᆞᆯ오ᄃᆡ"는 오히려 『壬寅遺事』에 생략되었고, '원힝이/부군이'와 같은 중요한 주어들은 『遺敎』에서 자주 생략되었다.

〈 임인유교와 星山遺事의 삽입한시 비교〉

	〈임인유교〉	〈星山遺事〉
가	오언뉼시는 ᄠᅳ즐 뵈시미오	五律見志 詩曰 欲報先王德 孤忠質鬼神 所論多許世 斯禍敢尤人 雲斷蒼梧暮 花開玉座春 帝鄉還可樂 灑落舊君臣
나	오언고시는 승지ᄭᅴ 브티신 거실러라	五古一首寄濟謙 其詩曰 與汝分携路 吾今被逮過 汝先八圓扉 待我意如何 三世一牢陛 此禍古無多 死生但任天 公議分賢邪
다	(민ᄐᆡ 그 말재 아ᄃᆞᆯ 통슈ᄅᆞᆯ 보내여 조희ᄒᆞ고 ᄯᅩ ᄉᆞ언시 일편을 드리니) 부군이 즉시 그 글을 ᄎᆞ운ᄒᆞ야 보내시고	遂次四言韻回呈其詩曰 攀髥莫及 嗟我奚適 斷斷危忠 夷險不擇 報效曾蔑 一死循國 先王鑑臨 實無愧怍
라	부군이 오언고시 ᄒᆞᆫ편을 지어 ᄡᅢ주시고	府君詠五古一篇書與之 詩曰 汝早寄吾家 相視猶父子 半世共休戚 永言保恩義 隨我入拵棘 嶺海杳千里 有子不相隨 非汝誰復倚 那知被逮路 忽聞賜我死 見爾號且泣 自然傷我意 收骨是爾責 勉爾且收淚 吾兒出圓扉 若爲傳此事
마	ᄃᆞᆰ 울 ᄣᅢ예 션왕고 님명ᄣᅢ 지으신 칠언절구ᄅᆞᆯ ᄎᆞ운ᄒᆞ시고 누어 입으로 블러 信謙ᄒᆞ야 ᄡᅳ이시고	鷄鳴次先王考臨命時七絶韻 口號使信謙書之 詩曰 聖世曾無塵露裨 此時罹禍豈非宜 巖廊白髮惟衷赤 謾荷先王特達知
바	이윽ᄒᆞ야 니블을 두로고 니러 안ᄌᆞ샤 손조 칠언뉼시 ᄒᆞᆫ편을 ᄡᅳ시니 이는 삼연공이 졔야의 도듕의 지어 보내신 운을 ᄎᆞ운ᄒᆞ시다	少頃擁衾起坐 手書七言一律 此卽次三淵公除夜寄島中韻也 詩曰 孤燭靑熒問幾更 自然臨命意難平 隣鷄喔喔夜何短 城角鳴鳴天已明 吉語乍傳那足喜 凶音更至不須驚 泉臺此去隨諸弟 應勝人間獨苟生
사	ᄒᆞᆫ졀구ᄅᆞᆯ 입으로 지어 을프시ᄃᆡ ᄋᆡ군여ᄋᆡ부 님금ᄉᆞ랑ᄒᆞ믈 아비사랑ᄒᆞᆷ ᄀᆞᆺ치 ᄒᆞ니 텬일됴단튱 하ᄂᆞᆯ날이 블근 ᄆᆞᄋᆞᆷ을 비최엿ᄯᅩ다 션현ᄎᆞ귀어 션현의 이 글귀말이 비졀고금동 비졀ᄒᆞ미 고금의 ᄒᆞᆫ가지라	卽口號一絶曰 愛君如愛父 天日照丹衷 先賢此句語 悲絶古今同

(가) 뜻을 밝히는 시, (나) 조카인 승지(즉 서술자인 신겸)에게 전하는 시, (다) 민태가 막내 아들을 통해 보내온 사언시에 차운한 시, (라) 이명룡에게 준 시, (마) 선왕고 임명시에 지은 칠언시에 차운하여 지은 시, (바) 동생인 삼연의 시에 차운하여 지은 시 등이 한문본인 〈성산유사(星山遺事)〉에는 전문이 실려 있다.[42] 마지막 (사)는 〈임인유교〉와 〈성산유사〉에 다 실려 있는데, 한글본인 〈임인유교〉에는 한자를 음독하고 그 뜻을 풀어놓은 것이 주목된다. 〈기사유사〉에도 시를 지었다는 언급만 있고 시의 전문이 없는 경우가 2번 있다.

> 초뉵일 새벽의 <u>(아) 칠언절구 ᄒᆞᆫ 슈</u>ᄅᆞᆯ 구뎜ᄒᆞ야 졔ᄌᆞᄅᆞᆯ 뵈야 ᄀᆞᄅᆞ샤ᄃᆡ 이 비록 가희 휘ᄒᆞᆯ 말이 업ᄉᆞ나 오ᄂᆞᆯ날이셔ᄂᆞᆫ ᄯᅩᄒᆞᆫ 용이히 뎐파ᄒᆞ미 맛당티 아니ᄒᆞ니라 ᄯᅩ <u>(자) 오언절구 ᄒᆞᆫ 슈</u>ᄅᆞᆯ ᄡᅳ시니 손ᄋᆞ의 명ᄌᆞ 뎡ᄒᆞ노라 뎨ᄅᆞᆯ하야 겸손가지ᄆᆞ로뻐 경계ᄒᆞ신 ᄯᅳᆺ이시러라[43]

이 시들의 실체는 김수항의 『문곡집(文谷集)』에서 찾을 수 있었다. 4월 5일 저녁 식후에 후명(後命)을 듣는 것으로 〈기사유사〉는 시작되고 있는데, 이 글에서 언급된 시는 위에서 살핀 칠언절구와 오언절구 각 한 편씩 모두 두 편뿐이다. 『문곡집』에 있는 '聞後命'이라는 제목의 시가 〈기사유사〉에 언급된 칠언절구임이 분명

---

42) 〈星山遺事〉뿐만 아니라 金昌集의 문집인 『夢窩集』의 〈남천록〉에도, 한글필사본인 〈임인유교〉에는 생략되어 있는 시들 全文이 거의 모두 실려 있다. 〈星山遺事〉와 마찬가지로 한문 간행본이기 때문이다.

43) 〈기사유사〉, 186쪽.

하고, '謙'이라는 한자를 아이들의 이름에 붙여주면서 경계하도록 한 오언절구 또한 『문곡집』에 전문이 실려 있다.44)

요컨대 한글본인 〈임인유교〉에는 시를 지었다는 언급만 되어 있는 시들이 김신겸의 한문 문집에 있는 〈성산유사〉에는 全文이 모두 실려 있었고, 마찬가지로 한글본인 〈기사유사〉에 언급만 되었던 시가 한문으로 간행된 김수항의 문집인 『문곡집』에 전문이 모두 실려 있었다는 것이다. 즉, 한글필사본인 한글 유배일기에는 그 존재만 확인되고 전문은 생략되어 있던 시가 저자의 다른 저서, 특히 한문으로 간행된 문집 등에 그대로 실려 있는 것이다. 다른 한글 유배일기에 나타나는 삽입시(한시)의 현황은 다음과 같다.

〈한글 유배일기의 삽입한시 현황〉

	삽입시의 全文이 있는 경우(횟수)	시에 대해 언급만 한 경우(횟수)
기사유사	×	2
임인유교	1	6
선고유교	×	1
남해문견록45)	2	×
북관노정록	10	4
적소일기	×	×
신도일록46)	3	×
남행록	×	×

44) 인용문에 언급된 칠언절구인 (아)는 "聞後命: 三朝忝竊竟何裨一死從來分所宜唯有愛君心似血九原應遣鬼神知"이고 오언절구인 (자)는 "定諸孫名書示兒輩: 盛滿招神忌榮名作禍根須將一謙字勉勉戒諸孫"이다(모두 『文谷集』 권6, 詩, 九十八首).

45) 〈남해문견록〉과 〈북관노정록〉에는 표에서 언급한 것 외에도 많은 한시 작품이 실려 있지만 대부분 다른 사람의 시를 옮겨 적은 것이다.

46) 〈신도일록〉에는 다수의 가사와 시조작품이 포함되어 있다. 그러나 여기에서는 한시에 한해서만 논의하였다. 가사와 시조는 어차피 한글로 기록되는 것이므로

그 구체적인 상황을 요약하자면 다음과 같다.

〈기사유사〉, 〈임인유교〉, 〈선고유교〉는 대부분 칠언절구, 오언절구, 오언율시, 오언고시 등, 시의 형태에 대해 자세히 밝히고 관련된 상황이나 내용에 대해 간략하게 설명하였다. 그러나 시의 전문을 실은 경우는 드물다. 시의 전문을 실은 경우는 의금부 도사 조문보의 재촉을 받은 뒤 부군인 김창집이 지은 절구 한 수를 한글로 음을 달고, 풀이를 더해 기록한 것이 전부다.

〈남해문견록〉과 〈북관노정록〉에는 시의 전문을 밝힌 경우가 많다. 그러나 한시를 한글로 음독한 경우는 드물고 시의 내용을 우리말로 풀어쓴 경우가 많다. 〈신도일록〉에는 절구, 율시 등, 시의 형태에 대한 정보를 밝힌 뒤 시의 내용을 한글로 풀어서 썼으며 한글로 음독하지는 않았다. 그 외에 〈적소일기〉, 〈남정일기〉에는 지은 시나 주고받은 시에 대한 언급이 드물다. 시가 많이 실려 있고 없고는 저자의 성향이나 기록의 태도 및 기록시기 등이 골고루 관여한 결과이다.

요약하자면 한글 유배일기에는 시의 전문을 실은 경우도 많지만 시를 지었다는 언급만 하고 넘어가는 경우도 많았다. 시의 전문을 밝혀 쓴 경우에는 대체로 우리말로 음독을 하지는 않고, 한글로 번역하여 실었다. 한글음독만으로는 뜻을 제대로 전달하기 어렵기 때문이다. 시에 대해 언급만 하고 전문을 싣지 않은 이유는 시가 우수하지 않거나(혹은 중요하지 않거나, 위험한 내용), 문집이나 유고집 등에 정식으로 기록할 의도가 있었기 때문이다.[47]

한글본과 한문본의 차이를 비교하는데 있어서는 별 의미가 없기 때문이다.

둘째, 한글본과 비교해 볼 때, 한문본에는 의도적으로 생략한 내용이 있다는 점이다.

(차)-1. 샹후의 안부를 무ᄅᆞ시니 <u>도ᄉᆡ 두렷〻ᄒᆞ고 ᄃᆡ답 못ᄒᆞ야 ᄒᆞ더니 민챵싊 섬 아래셔셔 쳔셰〻ᄒᆞ니 도ᄉᆡ 그대로 ᄃᆡ답ᄒᆞ더라</u>[48]

(차)-2. 問 上候安否[49]

(차)-1은 한글본인 〈임인유교〉의 한 부분이고, (차)-2는 한문본인 〈성산유사〉의 해당내용이다. 인용한 부분의 전후 내용은 거의 동일한데, 〈임인유교〉에만 위의 내용이 있다. 〈성산유사〉에서는 부군이 임금의 안부를 도사에게 물었다고만 나와 있는데, 한글본인 〈임인유교〉에는 부군의 질문에 도사가 제대로 대답하지 못하자 부군의 사위 민창수가 끼어들고, 도사가 민창수를 그대로 따라한다는 내용이 이어진다. 이처럼 부군의 유배행렬을 책임졌던 의금부 도사 조문보가 다소 융통성과 예의가 없었던 것으로 그려지는 장면들이 종종 나온다. 따라서 부군이 앞서 자신이 지은 시를 도사에게 불러줄까 하고 희롱삼아 이야기하는 장면[50]과 도사

---

47) 이종묵은 그의 글(「황윤석의 문학과 이재난고의 문학적 가치」, 『조선 지식인의 생활사』, 한국학중앙연구원, 2007)에서 문집에 실리지 않는 초고본의 작품들의 특징을 거론한 바 있다. 정치적으로 민감한 작품이나 당대인의 기준으로 볼 때 비리하다고 판단되는 작품, 형식적으로 잡체로 된 담박한 생활시 등이 간행되는 문집에서 배제된다고 하였다.

48) 〈임인유교〉, 18~19쪽.

49) 〈星山遺事〉.

50) 부군이 상후의 안부를 묻는 장면 앞에 “또 도ᄉᆡ ᄌᆡ촉ᄒᆞ믈(도ᄉᆞ의 일홈은 됴문보)

가 부군의 질문에 선뜻 대답을 하지 못하는 장면이 함께 기록되어 있는 것은 자연스럽다. 그러나 언뜻 중요해 보이지 않는 간단한 내용이지만, 한문본에는 이런 내용이 생략되었는데, 그 이유는 한글필사본보다는 한문으로 간행된 책에 조금 더 조심스러운 면이 있기 때문이다.

셋째, 한문본에는 글의 말미에 장의준비와 절차에 대한 간략한 요약이 첨부되어 있으나 한글본에는 이 내용이 생략되어 있다.[51]

이상의 차이점들을 제외하면 한글본과 한문본이 거의 동일하여 같은 글의 다른 이본이라고 할 만하다.

한편 한문본과 한글본의 선후관계를 단정하는 것도 좀 더 본격적인 탐색이 전제되어야 가능하다.[52] 그러나 위의 차이점들은 한

드ᄅᆞ시고 니ᄅᆞ시ᄃᆡ 제 됴뎡암의 ᄌᆞ손이면 어이 저희 한아바님 일을 도라 ᄉᆡᆼ각지 아니ᄒᆞ고 사ᄅᆞᆷ을 이대ᄃᆞ록 핍박ᄒᆞᄂᆞ냐 곳애ᄒᆞᆫ절구ᄅᆞᆯ 입으로 지어 을프시ᄃᆡ ᄋᆡ군여ᄋᆡ부(님금 ᄉᆞ랑ᄒᆞᄆᆞᆯ 아비 사랑ᄒᆞᆷ ᄀᆞᆺ치 ᄒᆞ니) 텬일됴단튱(하ᄂᆞᆯ날이 블근ᄆᆞᄋᆞᆷ을 비최엿ᄯᅩ다) 션현ᄎᆞ귀어 (션현의 이 글귀말이) 비졀고금동(비졀ᄒᆞ미 고금의 ᄒᆞᆫ가지라). 좌우ᄅᆞᆯ 도라보시며 우서 니ᄅᆞ시ᄃᆡ 뎐지 드ᄅᆞᆫ 후에 도ᄉᆞᄅᆞᆯ 향ᄒᆞ야 이 글을 니ᄅᆞ미 엇더ᄒᆞ뇨 챵발이 ᄃᆡ답ᄒᆞᄃᆡ 가티아닐가 ᄒᆞᄂᆞ이다 信謙이 ᄀᆞᆯ오ᄃᆡ 희롱ᄒᆞ신 말솜이니 엇디 뎡 이리 ᄒᆞ시리오"라는 내용이 있다. 뒤에 이어지는 도사의 어리버리한 모습과 어울리는 내용이다. ( )의 내용은 원문각주이다.

51) "午時行襲斂養謙飯含李命龍張濯執事彦謙信謙閔通洙助之"(『檜巢集』,〈星山遺事〉)
이처럼 망자의 죽음의 과정과 장의준비에 대해 서술한 글의 양식으로 考終記와 愼終錄이 있다. 考終한 당일의 皐復에서 시작하여, 小殮, 大斂, 成服, 啓殯, 下官, 三虞, 卒哭, 祔祭, 小祥, 禫祭, 吉祭 등의 절차와 각 절차마다 필요한 도구의 목록 및 수량을 날짜별로 적는다(柳龍桓, 「尤庵 宋時烈 喪葬禮에 관한 硏究: 「楚山日記」를 중심으로」, 한남대학교 석사논문, 2005, 4쪽). 〈기사유사〉 등은 엄연히 본격 고종기나 신종록으로 볼 수는 없다. 다만 후명으로부터 사사에 이르기까지의 과정에 대한 기록이 고종기와 신종록의 전반부와 비교가 가능한 측면이 있어 주목할 만하다.

52) 한문본과 한글본의 선후관계를 밝히는 것은 매우 중요한 일이다. 그러나 한문본인 〈星山遺事〉와 한글본인 〈임인유교〉의 선후관계를 밝힐 근거가 명확하지 않으므로 이 글에서는 본격적으로 다루지 않기로 한다. 단, 한글본이 先本이거나

글본과 한문본, 필사본과 간행본의 차이에 대한 중요한 단서를 제공한다.[53]

저자에 대해 살펴보자. 〈기사유사〉의 저자는 아직 밝혀지지 않았다. 다만 김수항의 후손 중 누군가가 김수항의 유배 길을 따라다니며 보고 들은 것을 기록한 것이라는 것은 분명하다. 기록연도는 김수항이 사사된 기사년(1689)에서 그리 멀지 않은 시기이다.

> 네 아ᄋᆡ 무덤을 홀노 ᄇᆞ려두디 못 ᄒᆞᆯ 거시니 브ᄃᆡ 신복ᄒᆞᆫ 뫼흐로 옴겨가미 올흐니라 (…중략…) 아뫼–몽와 ᄆᆞᆺ분– (…중략…) 아뫼–둘재분 농암–울며 쳥ᄒᆞ야 ᄀᆞᆯ오ᄃᆡ (…중략…) 아뫼–다ᄉᆞᆺ재 분 포음–ᄃᆡ ᄒᆞ여 ᄀᆞᄅᆞᄃᆡ (…중략…) 아뫼–넷재분 가ᄌᆡ–ᄀᆞᆯ오ᄃᆡ[54]

적어도 선본을 필사한 이본이라고 조심스럽게 추측해 본다. 그 이유는 첫째, 삽입시만 제외한다면 한글본이 한문본보다 조금 더 상세한데 이는 초고본과 문집본의 일반적인 관계와 유사하기 때문이다. 大山 李象靖의 考終日記는 草稿와 改稿, 문집본이 모두 남아 있다. 그런데 비교결과 草稿는 교정한 흔적이 많고, 改稿 또한 교정의 흔적이 있는 필사본인데 모두 문집본보다 상세하였다. 문집에 실린 글은 초고의 대의는 그대로 수록하되 분량은 초고에 비해 많이 생략되어 있었다는 것이 오용원의 연구에서 밝혀졌다(오용원, 「考終日記와 죽음을 맞는 한 선비의 日常: 大山 李象靖의 「考終時日記」를 중심으로」, 『대동한문학』 30, 대동한문학회, 2009). 둘째, 삽입시의 존재 또한 한글필사본이 선본이라는 추측을 가능하게 하는 이유다. 부군들은 시를 지어서 누군가에게 주거나, 다른 종이에 적었다가 글자 하나하나를 틈틈이 고치기도 하는데, 한글본에는 부군이 시를 짓는 상황만 기록되어 있고 시의 全文이 생략되어 있다. 그 시들은 다른 사람에게 주어졌거나 혹은 다른 종이에 적혀 있었을 것이기 때문이다. 한글본이 만약 초고라면 시들의 全文이 빠져 있다는 것은 어쩌면 당연한 일일 것이다. 시를 쓰는 정황만 기록되어 있고 정작 시의 全文은 생략되어 있는 한글본은 초고본의 자연스러운 모습을 보이는 것이므로 한문본보다 앞선 이본이거나, 그 이본의 필사본이라고 추측된다.

53) 한글필사본과 한문간행본의 차이를 거칠게 요약하자면, 한문간행본에는 한시가 충실히 실려 있고 곤란한 장면은 삭제되어 있다는 것이다.

54) 〈기사유사〉, 175~177쪽.

김수항이 사사되기 전에 이미 세상에 있지 않은 아들, 즉 여기서 '네 아ᄋᆡ(네 아우)'라고 표현된 사람은 김수항의 여섯 째 아들 김창립이다. 김수항과 김수항의 다섯 아들이 나눈 대화를 직접화법으로 서술하는 장면에서 서술자가 김수항의 아들들을 지칭할 때는 '아뫼~분'이라는 존칭어를 사용하고 있고,[55] 김수항의 손자 제겸, 후겸의 이름은 존칭표시 없이 그냥 쓰고 있는 점을 들어 1차 서술자가 '謙'항렬의 사람일 것이라고 추측하기도 하였다.[56] 비록 서술자가 명확히 밝혀지지는 않았지만, 합철되어 유통되고 있는 〈임인유교〉, 〈선고유교〉와 함께 고려한다면, 김수항의 후손 중 누군가가 〈기사유사〉를 서술했을 것이라고 판단된다.

〈임인유교〉는 김수항의 넷째 아들 노가재 창업의 셋째 아들인 증소 김신겸이 백부인 김창집의 유배 길을 따라다니며 기록한 것이다. 한글본에는 김신겸이 저자인 것을 명백히 하고 있지 않지만 신겸의 문집인 『증소집(橧巢集)』에 〈임인유교〉와 동일한 내용의 〈성산유사〉가 실려 있으므로 저자를 김신겸으로 확정하는 것이다. 그는 "자손에게 전하여 보이고, 훗날의 군자들로 하여금 또한 참고할 수 있도록 하고자" 기록하였다고 스스로 밝히고 있다.[57] 기록 시기는 〈기사유사〉와 마찬가지로 사건이 있었던 임인

55) '壽-昌-謙-行'의 순서로 항렬이 내려간다. '昌'항렬은 높이고 '謙'항렬은 높이지 않았으니, '謙'항렬자의 서술자라고 추측하는 것이다. 그런데 글의 다른 부분에 보면 '昌直', 즉 金壽恒의 조카이름이 존칭표시 없이 그냥 쓰인 적이 있다. 이는 필사자가 주에 사용되는 이름에는 일률적으로 존칭표시를 생략했기 때문이므로 서술자의 항렬 추측의 근거와는 관계없다.

56) 이승복, 「『遺敎』의 書誌와 文學的 性格」, 『奎章閣』 20, 서울대학교 규장각, 1997, 61쪽.

57) "盖欲傳示子孫 而使後之君子亦得以參考也"(〈星山遺事〉)

년(1722년)의 4월에서 그리 멀지 않은 날일 것으로 추측할 수 있다. 〈선고유교〉의 경우 사건이 일어난 해가 끝나기 전에 기록하였는데, 이런 사정은 그 성격이 유사한 〈기사유사〉나 〈임인유교〉가 모두 비슷할 것이기 때문이다.

〈선고유교〉는 저자와 기록시기가 명확하다. 글의 말미에 "임인납월블쵸남원힝읍혈근녹"이라고 적혀 있기 때문이다. 미호(渼湖) 김원행(金元行)은 김수항의 장손인 김제겸의 셋째 아들로 태어나 종숙부인 김창협의 양자가 되었는데, 생부인 김제겸이 유배를 당하자 길을 따랐던 것이다. 그리고 그해 12월에 피눈물을 흘리며 이 일을 기록한다고 하고 있다.

2) 유의양의 〈남해문견록〉, 〈북관노정록〉

후송(後松) 유의양(柳義養, 1718~1788)[58]은 영조 47년(1771)에 남해로, 이듬해에는 아산으로, 그 이듬해에는 함경도 종성으로 유배되었다. 〈남해문견록〉은 유의양이 그의 나이 53세 때 경상도 남해로 귀양 갔다가 해배된 일을 기록한 것이다. 유배체험보다는

---

58) 柳義養의 생몰연대에 대해서는 다소 논란이 있다. 전주 유씨 족보에 의하면 정조 10년(1786) 6월 24일에 몰한 것으로 되어 있으나, 조선왕조실록에는 정조11년(1787) 5월 24일(경인)(유의양이 致仕를 원하는 상소를 올렸으나 윤허하지 않았다)과 7월 3일(무진)(오례의에서 고쳐야 할 예절에 대한 상소문을 올림), 1788년 봄까지 상소를 올리거나, 왕으로부터 어명을 받는 모습이 기록되어 있기 때문이다. 순조10년(1818) 6월 24일의 기사에는 정조가 유의양에게 『五禮通編』을 지어 올리라는 명을 내렸으나 완성되지 못하였다는 내용이 있다. 따라서 유의양은 1788년 봄 이후에 사망한 것으로 보인다. 최강현의 『후송 유의양 유배기 남해문견록』(신성출판사, 1999, 17~21쪽, 53쪽)과 『후송 유의양 유배기 북관노정록』(신성출판사, 1999, 27쪽), 『조선왕조실록』을 인용.

유배 길에 거쳐 간 지역과 유배지에 관련된 역사, 문학, 풍속, 언어 등을 집중적으로 제시한 인문지리서 성격의 기록이다. 〈남해문견록〉은 〈북관노정록〉과 함께 한글산문으로 지어진 최초의 기행문으로 평가받고 있다. 지금 현재는 국립 중앙도서관에 소장되어 있으며, 한글 필사본 1책으로 간수되어 오던 것이 최강현에 의해 발굴 보고되었다. 〈남해문견록〉은 순 한글 필사본으로써 31장 분량이다. 끝장은 한 쪽이 잘려 나가고 없는데 남은 내용으로 미루어볼 때 지은이가 귀양이 풀려나기 직전에 꾼 꿈 이야기라고 판단된다.[59]

〈북관노정록〉은 유의양이 영조 49년(1773)에 그의 나이 55세 때 함경도 종성으로 귀양 갔다가 해배된 일을 기록한 것이다. 유배생활이 끝난 뒤 집에 돌아와서 부인과 어린 딸에게 유배 갔을 때의 이야기를 들려주었고, 11세 딸이 그 이야기를 받아 적은 것이다. 원래 4권 4책으로 이루어졌던 것인데, 첫째 책은 소실되었고, 둘째 책과 셋째 책은 개인 소장가와 연구자의 손을 거쳐 현재 대전대학교에 소장되어 있고, 넷째 책은 고려대학교 도서관에 보관되어 있는데, 이것도 역시 최강현에 의하여 학계에 보고되었다. 원래 '仁, 義, 禮, 智'로 완성되는 책에서 '仁'권은 권1이어야 하고 권2는 '義'권이어야 한다. 그런데 현재 전하는 '仁'권은 권2의 내용에 해당하는 것이다. 개인 수집가가 두 번째 책에 '義'라고 해야 하는 것을 잘못해서 '仁'이라고 적어 넣었기 때문이다.

〈남해문견록〉과 〈북관노정록〉은 물론 유의양의 1인칭 시점으

59) 〈남해문견록〉에 대한 서지적 정보는 최강현의 『후송 유의양 유배기 남해문견록』(신성출판사, 1999, 3~4쪽)을 참조하였다.

로 서술되었다. 그런데 〈북관노정록〉의 경우 직접적인 기록에 있어서는 유의양의 딸이 일정부분 참여했음이 드러나고 있다. 최강현은 현전본의 권4에 '십여셰예 동필셔ᄒᆞ다.'라고 한 장난 글씨를 참고할 경우 후송과 그의 어린 딸이 협력하여 새로 정서할 때 후송은 불러 주고 그의 9~10세 된 딸이 받아 쓴 것이라고 하였다. 원문의 필체로 보더라도 두 사람이 협력하여 쓴 것이 분명하다고 하였다. 한편 〈북관노정록〉의 기록 시기는 영조 49년(1773) 12월을 전후하여 저술되었을 것이 확실하다.[60]

〈남해문견록〉과 〈북관노정록〉에는 유배생활의 고단함이 두드러지게 드러나지 않는다. 특히 〈남해문견록〉은 보수주인[61]의 아들이 귀양객을 받지 않으려고 행패를 부리는 장면을 묘사하는 인상적인 서두로 시작하였다. 그러나 유의양이 이 일에 더 이상 관여하지 않고 물러난 덕에 험한 일을 피하였다. 이후 대체적으로 유배지에서의 생활은 넉넉하지는 않지만 크게 어렵지는 않아서, 과하거나 이유 없는 도움은 거절하고 원칙을 지키며 생활해 나갈 수 있을 정도는 되었다. 그리고 대체적으로 호의적인 사람들과의 관계 속에 있었다.

유배노정, 유배지의 풍광, 풍속(언어, 민속 등), 열녀와 효자에 대한 상세한 묘사와 설명 등이 많고, 유배객으로서보다 목민관으로서의 입장과 시각을 자주 보였다. 풍속교화에 대한 의지가 강하게 드러나기도 하고, 백성의 고충에 대한 관찰과 개선의지가

---

60) 〈북관노정록〉의 지어진 연대를 포함한 서지적 정보는 최강현의 『후송 유의양 유배기 북관노정록』(신성출판사, 1999)을 참조하였다.

61) 保授主人. 유배객이 머무는 집의 주인. 유배객이 지내는 집은 관청에서 정해 준다.

드러나기도 한다. 유배노정은 소략하고 유배생활에 집중되어 있다. 결론적으로, 유배생활이 그다지 고단하지는 않았고 유배가 길지도 않았다. 그래서인지 〈적소일기〉나 〈신도일록〉과는 달리 주변 풍경이나 그 지역 풍속 등의 문화에 대해 비교적 자유롭게 관심을 갖고 기록하고 있다.

〈북관노정록〉은 〈남해문견록〉에 비해 그 내용이 방대하다. 지나는 곳마다 관련된 고사나 일화, 시 등을 언급하였다. 특히, 해배노정이 중심인 마지막 권은 시화와 여행이 어우러진 기행문이라 해도 과언이 아니다. 그리고 '일기에 기록한다', '일기에 올려' 등의 언급이 자주 등장하는 것으로 보아 기록하는 행위에 대한 나름의 자각이 있었다. 한편, 앞서도 언급하였듯이 '여기는 싣지 않는다.', '내 희롱하여 글을 지었으되 여기에는 싣지 않는다.', '차운하여 지어 보았으나 여기는 싣지 아니한다.'[62]는 언급과 함께 여러 편의 시를 소개만 하고 전문(全文)을 실지 않는 경우가 많은데 한글본과 한문본, 필사본과 간행본의 차이에 대한 중요한 단서를 제공하고 있다.

---

62) ① "한포재 이상국이 이 임명관을 지나실 때에 시를 지어 가로되, (…중략…) 내 돌아올 때에 차운하였으나 여기에는 싣지 아니한다."(〈북관노정록〉, 60쪽)
② "의병들이 몸죽기를 아끼지 아니하고 싸움을 힘써 하여 왜적을 많이 죽여 공을 크게 새우다가 마침내 죽기를 면하지 못하니, 절의가 남보다 훨씬 뛰어나서 장순, 허원들과 한 전에 족히 들음직하다. 내 글 한 수를 지어 감회를 부쳐 보았으나 여기는 싣지 아니한다."(〈북관노정록〉, 64쪽)
③ "수성에 와 공의 시를 읽으니, 경모하는 회포가 더욱 간절하여 드디어 그 글을 차운하여 지어 보았으나 여기는 싣지 아니한다."(〈북관노정록〉, 77~79쪽)
④ "내 희롱하여 글을 지었으되 여기에는 싣지 아니한다."(〈북관노정록〉, 124쪽)
인용한 시는 대부분 全文을 다 기록했으나 자기가 지은 시는 기록으로 남기기도 하고 남기지 않기도 하였다.

3) 박조수의 〈남정일기〉

〈남정일기〉는 대사간이던 박성원(朴盛源, 1711~1779)이 흑산도로 위리안치[63] 된 일을 손자인 박조수(朴祖壽, 1756~1820)가 기록한 일기이다. 박성원의 유뱃길을 따랐던 손자 박조수는 조부가 방면된 2년 뒤에 이때의 일을 한글로 기술하였다.[64] 조부인 박성원의 유배와 관련해서는 왕조실록에 비교적 상세한 기록이 남아 있다. 영조51년에 집의(執義) 남강로(南絳老)가 이조판서 리담(李潭)에게 죄 줄 것을 청하는 상소를 올렸다가[65] 도리어 다음 날 임금

---

63) 유형 중에 安置라는 형벌도 있었다. 안치는 일정한 장소에 격리하여 거주하게 하는 것으로 주로 왕족이나 고위직에 있는 자에 한하여 적용되었다. 고향의 집에 구금하는 안치도 있지만, 사형에 버금가는 중죄를 지었을 경우에는 거제도나 진도, 남해도 등의 絶島에 안치하였다. 절도안치보다 가혹한 것이 위리안치이다. 위리안치는 가시나무로 울타리를 치고 중죄인을 가두는 형벌이다. 중국의 문헌에는 위리안치라는 용어가 보이지 않으니, 우리나라에서만 시행된 형벌로 추정된다(이종묵, 「조선전기 圍籬安置의 체험과 그 형상화」, 『한국문화연구』 9, 이화여자대학교 한국문화연구원, 2005, 34쪽). 〈남정일기〉와 〈신도일록〉에 가시나무 울타리가 지어지는 장면이 나온다. 조선의 땅이 좁으니 중국처럼 유배형의 거리를 멀리 조정할 수 없었기 때문에 유배형의 또 다른 극한의 형식으로 고안된 것이 위리안치나 절도안치이다. 특히 위리안치와 관련해서는 여러 편의 '위리기'들이 있다. '위리기'들도 유배문학의 하위범주로 살펴볼 만하다.

64) 저자 추정에 대해서는 최강현의 글(「〈南征日記〉를 살핌」, 『어문논총』 4·5, 충남대학교 국어국문학과, 1985)을 참조하였다. 그러나 명칭에 있어서는 '남행록'이나 '남정일기' 외에 최강현의 견해처럼 '南征日記'를 쓰는 것에 대해서는 회의적이다. 원문의 표제와 내제, 본문 어디에도 '南征'이라는 말이 쓰이지 않았으므로, '南征日記'라는 명칭을 쓸 이유가 없기 때문이다. 표제는 '南行錄'이라고 되어 있고, 내제에는 '남졍일긔'라고 되어 있으므로, 한글필사본이라는 특성을 고려한다면 〈남정일기〉라는 명칭으로 통일하는 것이 타당하다.

65) 집의 남강로가 아뢰기를, "총재의 직임은 인물을 권형하여 백관에게 본보기가 되어야 하니, 그 직임을 돌아보건대, 중요하고도 존귀한 자리입니다. (…중략…) 청컨대, 이조 판서 이담을 영구히 전장과 문임의 망단에서 뽑아버려 관방을 중하게 하고, 퇴폐한 풍속을 면려시키소서." 하였는데, (…중략…) 임금이 성난 목소리

에게 직접 추문(推問)을 당하고 결국 목숨을 잃게 되었다. 이 일에 대해 사신은 "남강로가 리담을 논척한 것이 이적보의 소장과 우연히 교묘하게 주합하여, 뢰정같은 노여움으로 마침내 중도에 지나친 잘못을 하였으나, 대신과 삼사는 감히 신구하지 못하였다. 대신으로 하여금 한낱 탐욕스럽고 비루한 총재를 논핵하다가 마침내 몸과 목이 떨어지는 사형을 당하게 되었으니 성명의 허물을 마땅히 어떠하겠는가?"[66]라고 평하고 있다. 즉 대간이 재상의 잘못을 탄핵했다고 해서 목숨까지 잃게 된 것은 옳은 일이 아니라는 것이다. 남강로가 다음해에 결국 신원이 되는 것을 보면 사신의 이 판단은 옳았다. 그런데 박성원은 임금의 분이 풀리기 전에 너무 일찍 남강로의 신원을 청하는 상소[67]를 올렸다가 임금의 노여

로 문을 치면서 말하기를, "속히 본부에 국청을 설치하여 남강로를 엄중히 형신해서 공초를 받아 아뢰도록 하라. 이적보는 물어 볼 만한 것이 없으니, 흑산도에 천극하고, 삼족을 서민으로 삼도록 하라." 하였다(『영조실록』, 51년 3월 15일).

66) 『영조실록』, 51년 3월 16일.

67) 상소의 내용에 대해서는 실록보다 〈남정일기〉에 더 자세하다. 비교해 보면 다음과 같다.

① "대사간 박성원이 상소하였는데, <u>대략 이르기를,</u>
'지난번 남강로의 소어가 비록 알맞다고 하기에는 흠이 있지만 그 당시에 대료가 정청하여 그 죄를 성토하고 마침내는 주륙하게 되니, 도성의 백성들이 눈물을 흘리고 사방에서 놀라워하였습니다. 이는 대개 그가 대신이었고, 언사였기 때문입니다. 언관이 견책을 당하게 되면 대관이 신구하는 것은 실로 우리 왕조의 아름다운 일인데, 오늘에 와서는 도리어 죄를 성토하는 행위를 하였으니, 식자들이 한심하게 여기는 것이 마땅히 어떻겠습니까? 특별히 남강로를 신원하여 주시고 이어서 그 벼슬을 회복시켜 주어 그의 고아인 자식과 과부인 아내를 위로하여 주시고 또한 온 세상으로 하여금 우리 전하께서 悔悟하신 성덕을 모두 알게 하소서'."(『영조실록』, 51년 11월 17일)

② "십칠일 새ᄇᆡᆨ의 ᄇᆡᆨ번 절ᄒᆞ고 샹소ᄒᆞ시니 그□복이운운져즈음긔 남강노의 상소□의 비록 침경치 못ᄒᆞ나 그때 대신이 올흔 사ᄅᆞᆷ을 구ᄒᆞ기ᄂᆞᆫ ᄉᆡᆼ각디 아니코 도로혀 정청ᄒᆞ여 죄를 일워 필경의 죽이기에 니ᄅᆞ니 도셩만민이 보고 슬허하매

움을 사서 유배를 가게 된다. 영조는 "(…전략…) 감히 신원 두 자를 가지고 장주에 써서 올렸으니, 당을 비호하는 것도 역시 역적이다. 이와 같은 김일경·박필몽의 당파가 지금도 남아서 역시 신원하기를 청하니, 이는 나라가 나라 구실을 하지 못하게 하고 임금이 임금 구실을 하지 못하게 하는 커다란 관절이다. 박성원을 흑산도에 천극하게 하여 세 사람이 함께 놀도록 하라."[68]고 하면서 크게 노하였다. 그러나 영조는 얼마 지나지 않아 결국 남강로를 복직시키고 박성원의 석방을 명하였다. 문제의 발단이 되었던 남강로의 상소로부터 박성원이 남강로의 신원을 청하였다가 유배되고 해배되기까지 만 1년이 채 걸리지 않았다. 영조가 박성원의 유배를 명한 것이 영조 51년 11월 17일이고, 또 해배를 명한 것이 영조 52년 1월 2일이므로 박성원의 실제 유배기간은 채 두 달이 되지 않았다. 이때 박성원을 배행한 손자 박조수가 집에 돌아와 아내를 위해 기록한 것이 바로 이 〈남정일기〉이다.

친쳑이 아니로ᄃᆡ 휘쳬ᄒᆞ시의니□방 ᄇᆡᆨ셩이 드ᄅᆞ매 친ᄒᆞ미 업서도 ᄆᆞᄋᆞᆷ을 놀나지 아닐 재 업ᄉᆞ니 이 다ᄅᆞ미 아니라 그 대간으로 죽으며 언관을 죽으ᄆᆞᆯ 놀나와ᄒᆞ미라 녯 언관이 죄를 닙으면 대신이 구ᄒᆞ는 법은 실노 우리나라 ᄉᆞᄇᆡᆨ년 아ᄅᆞᆷ다운 일이어ᄂᆞᆯ 이제 대신은 구키ᄂᆞᆫ 도로혀 정청ᄒᆞ여 죄ᄅᆞᆯ 더ᄒᆞ니 식쟈의 한심ᄒᆞ미 맛당이 엇더ᄒᆞ리잇가 언노의 열니이며 다치이미 실노 국가의 망ᄒᆞ며 흥ᄒᆞ매 관계ᄒᆞ거늘 요ᄉᆞ이 대산의 집우희 건건ᄒᆞ며 악악ᄒᆞᆫ말은 듯디 못ᄒᆞ고 암안ᄒᆞ여 벙어리되기를 습이 일워 언관을 시기□쳔방ᄇᆡᆨ계로 □피ᄒᆞ다가 나죵의 엄명의 박쵹ᄒᆞ야 혹 잠간 나나 다만 녯의 쁜거ᄉᆞᆯ 벗겨 젼ᄒᆞ기로 ᄉᆡᆨ칙을 삼고 ᄒᆞᆫ말과 ᄒᆞᆫ일을 의논ᄒᆞᆯ 제 잇단 말을 듯디 못 ᄒᆞ오니 신이 실노 ᄡᅥ 개연ᄒᆞ고 부탄ᄒᆞᄆᆞᆯ 이긔디 못ᄒᆞ여 ᄒᆞ노이다 업드려 원컨대 간ᄒᆞᆯ 말이 오는 길ᄒᆞᆯ 삼으시고 인ᄒᆞ야 남강노의 원억이 죽으믈 신셜ᄒᆞ시며 특별이 그 관쟉을 회복ᄒᆞ샤 ᄡᅥ 그의 □은 ᄌᆞ식과 홀노 이ᄉᆞᆯ 안ᄒᆡ를 위로ᄒᆞ시며 ᄯᅩᄒᆞᆫ 팔방으로 ᄡᅥ 우리 뎐하의 뉘웃고 ᄉᆡᆨ ᄃᆞᄅᆞ신 큰 덕을 알게ᄒᆞ소셔 신이 죽기를 부릅ᄡᅳ고 일노 ᄡᅥ 알외노이다 ᄒᆞ엿더라"(〈남정일기〉, 2~5쪽)

68) 『영조실록』, 51년 11월 17일.

이 책은 현재 서울대학교 규장각 도서관에 소장되어 있으며, 겉표지에는 '南行錄'이라는 한문제목이 붙어 있다.69) 책의 첫 면과 마지막 면에도 필사자가 아닌 다른 사람에 의해 기록된 것으로 보이는 낙서가 제법 많이 보인다. 이 책과 관련된 부분만 추려보면 '싀증조모필셔 도ᄒᆞᆸ오권'이라는 기록과 '남정일긔'라는 한글제목이 주목된다. 이 제목 아래에는 '남뎡일긔'라고 해서 제목을 따라 글씨 연습한 듯한 글자가 보이는데, 글씨체가 다른 것으로 보아 이것도 낙서로 판단된다. 전체 분량은 70면이고, 글씨체로 보아 한 사람이 처음부터 끝까지 정서한 것으로 보인다. 특이한 점은 앞에서도 언급하였듯이 기록의 동기가 아내의 요구에 의한 것임을 글의 말미에 밝힌 것이다.

> 집안 여연ᄂᆡ ᄆᆞ양 ᄒᆞᆨ도 왕환의 간신ᄒᆞᆷ과 게 가 머무던 일을 듯고져 ᄒᆞ야 일긔를 뻐ᄂᆡ라ᄒᆞ되 내 ᄉᆡᆼ품이 게어르기 심ᄒᆞ여 이제야 이 ᄎᆡᆨ을 일워시되70)

그 서술양상을 살펴보면, 서두에 먼저 유배를 가게 된 배경에 대해 상세히 기록하고 있다. 실록에도 박성원의 유배와 관련된 기록이 남아 있다. 그리고 실록에는 그가 올린 상소가 간략하게 요약되어 있는데, 〈남정일기〉에는 보다 상세하게 상소의 내용이

69) 그런데 이 한문제목은 필사한 사람이 직접 쓴 것이 아니라 훗날 다른 사람이 임의로 써서 붙인 것으로 보인다. 책의 마지막에 쓰여 있는 '南行錄單'이라는 글씨와 책 겉표지에 있는 글씨가 전혀 다르기 때문이다.

70) 〈남정일기〉, 69쪽.

기록되어 있다. 이어서 유배노정과 유배생활에 대한 기록이 이어진다. 유배지인 흑산도에 도착하기 전까지는 날짜, 날씨, 지나는 지역의 이름, 그 지역의 지방관(이름 및 자신과의 관계), 지방관이 유배행렬을 찾아왔는지 행찬을 도왔는지에 대한 기록, 이동 거리, 점심을 먹은 장소, 다시 출발한 시간 등을 거의 빠짐없이 기록하였다. 날짜와 날씨 등은 노정기의 일반적인 요소라고 할 수 있는데, 특이한 것은 지나는 지역의 관장들이 유배일행을 어떻게 대접했는지를 간략하나마 반드시 기록했다는 점이다. 유배지인 흑산도에 도착한 12월 1일 이후부터는 노정이 따로 없으므로 지나는 지역명이나 지방관에 대한 내용은 거의 없고, 그 대신 유배지에서의 생활, 해배소식을 기다리는 마음 등에 대해 날짜를 명시하며 기록하였다.

4) 김약행의 〈적소일기〉

선화자(仙華子) 김약행(金若行, 1718~1788)은 관직 생활 중 3차례 유배를 겪었다. 1768년(영조44)에는 상소를 올렸다가 흑산도로 유배를 당했고, 1776년(정조 즉위년)에는 장물죄로 직산현에 유배를 당했다. 1781년(정조5)에는 '여염집을 빼앗아 들어간 죄'[71]로 유배를 가게 되었는데, 〈적소일기〉는 김약행이 마지막 유배지인 금갑도에 머물 때의 일을 기록한 유배기록이다. 김약행은 1781년에

71) "신축 ᄉᆞ월의 집을 셔빙고 이ᄉᆞ하얏더니 남부봉ᄉᆞ 윤영긔가 녀가찰입이라 ᄒᆞ고 한셩부의 무함ᄒᆞ여 보ᄒᆞ고 인ᄒᆞ야 본부당샹을 좌우로 튱동ᄒᆞ야"(〈적소일기〉, 73~01쪽)

유배되어 1788년 1월 18일에 유배지인 진도 금갑진에서 사망하였다. 일기의 말미에 "슬프도다. 8년 적객의……"라고 쓰여 있는 것으로 보아, 지난날들을 회상하면서 일기를 기록한 뒤,[72] 얼마 지나지 않아서 사망한 듯하다.

> 가히 슬프도다 팔년 적ᄀᆡᆨ의 만단 비감ᄒᆞᆫ 회포ᄅᆞᆯ 이긔디 못ᄒᆞ야 금갑뎍거록을 디어 도라가ᄂᆞᆫ 날의 집안 사ᄅᆞᆷ들을 븨고 ᄂᆡ 고ᄒᆡᆼ 격근 말을 니아기삼아 니ᄅᆞ려ᄒᆞ니 삼장의 팔십일난이나 다ᄅᆞ디 아니ᄒᆞᄃᆡ ᄆᆞᄎᆞᆷᄂᆡ 필경 ᄒᆞᆯ 거시 업서 헛도이 고ᄒᆡᆼ만 져글 ᄯᆞᄅᆞᆷ이로다.[73]

〈적소일기〉는 전체 1책 73면 분량의 국문 필사본으로 전해지고 있다. 표지의 안쪽에는 '승지공 젹소일긔'라는 제목이 한글과 한문으로 병기되어 있고, 조금 아래 '戊申'이라는 한자표기가 부기되어 있는데, 무신년은 바로 김약행이 〈적소일기〉를 기록한 해이면서 그가 죽음을 맞이한 해이다. 돌아갈 날 이야기꺼리 삼을까싶어 기록을 했지만, 돌아갈 기약이 없어 헛되이 고행만 적을 따름이라는 쓸쓸한 자조가 안타깝다. 그리고 68면부터 73면까지

72) 화자는 집필시점에서 과거를 회상하여 8년 여 간의 유배 생활을 회고하였다. 이 점에서 그 날 그 날의 일상을 기록하는 일자별 일기작성과는 크게 다르다(정우봉, 「조선시대 국문 일기문학의 시간의식과 回想의 문제」, 『고전문학연구』 39, 2011, 214쪽). 〈적소일기〉뿐만이 아니라 〈남정일기〉, 〈신도일록〉 등 일기형식을 표방하고 있는 작품들이 대부분 매일을 그때 그때 기록하는 일반적인 일기작성과는 다른 작성패턴을 보여주고 있다. 유배지에서의 상황이 여의치 않았기 때문에 어느 시점에서 한꺼번에 기록하거나 혹은 틈틈이 여러 날 동안의 기억을 기록할 수밖에 없었기 때문이다.

73) 〈적소일기〉, 73~67쪽.

는 '션화종시유ᄉᆞ'가 기록되어 있는데 이 또한 글씨체로 보아 한 사람이 처음부터 끝까지 정서한 것으로 판단된다.

어느 시점에서 한꺼번에 지난날들을 기록한 것이기 때문에 〈적소일기〉에는 구체적인 날짜가 정확히 표시되어 있지 않은 경우가 많다. "辛丑年 사월에, 팔월에, 시월 초생에, 시월에, 납월이 다하고, 임인년 봄과 여름을 지내니, 구월에, 납월에, 그해 겨울에, 오월에, 계묘년이 지나고 갑진년 가을에 다다르니, 지월 초생에, 을사년 정월에 들어와, 오월 旬間, 유월이 다하고 칠월을 맞으니, 칠월 망일에, 칠월에, 여름내, 칠월에"처럼 월별, 계절별 시간 표시 방식이 많이 사용되었다. 한편, 일자를 정확하게 기록한 경우도 있기는 하다. 예컨대 유배지인 진도로 들어온 날짜, 보수주인 노모의 초상일, 유배 거처를 옮긴 날 등은 특별하게 날짜를 명기해 둠으로써 작가에게 중요한 의미를 가진 사건이었음을 강조하였다.[74]

> 처음에는 배소를 9백 리가 되는 곳에 정하였는데, 이는 유 3천리의 뜻이 없었기 때문에 구례(舊例)에 의거하여 한 바퀴를 빙 돌아 압부하게 함으로써 김약행 같은 자에게 부끄러움을 느껴 조정에 유 3천리를 시키는 법제가 있는 것을 알게 하려 한 것이다.[75]

김약행은 관직생활 중 세 차례나 유배를 당한다. 게다가 위의

74) 정우봉, 「조선시대 국문 일기문학의 시간의식과 回想의 문제」, 『고전문학연구』 39, 2011, 215쪽.

75) 『정조실록』, 정조 즉위년 10월 6일.

실록 기록에서 알 수 있듯이 그 당시 꽤나 조정에서 미움을 받고 있었던 것으로 보인다. 그 까닭은 그의 정치적 성향과 당대 정치 상황에서 기인한 것이다. 김약행은 철저한 노론의 정치사상적 입장을 여러 차례 표명하였다. 그가 소론이 숭상하던 남계(南溪) 박세채(朴世采)와 명재(明齋) 윤증(尹拯)을 비판하는 상소를 올리자, 탕평책을 필생의 과업으로 여겼던 영조의 노여움을 샀을 뿐만 아니라, 소론 집권세력의 집중적인 공격을 받았다. 여러 차례의 유배와 오래고 힘든 유배생활은 이런 정치적 역학관계에 기인한 것이었다. 그럼에도 불구하고 〈적소일기〉에는 정적에 대한 비판이나 정치적 견해에 대해서는 거의 언급이 없다. 아마도 기회가 되었다면 다른 방식으로 정치적 발언을 하였을 것이다. 따라서 〈적소일기〉는 순전히 사적이면서도 일상적인, 솔직한 내면의 고백이 중점이 되었다.

5) 이세보의 〈신도일록〉

〈신도일록〉은 경평군(慶平君) 이세보(李世輔, 1832~1895)의 유배일기이다. 이세보는 선조대왕의 후손으로, 비교적 능력 있고 인정도 받았던 종친이었다. 그러나 철종 앞에서 당시 안동김씨의 세도정치에 따른 폐해를 직언하다가 화를 입어 신지도로 위리안치 되었다. 1860년에 유배되어 1863년에 해배되었는데, 〈신도일록〉은 바로 이때의 일을 기록한 것으로 유배노정을 포함하여 약 2년간의 유배생활이 담겨 있다. 글의 말미에는 유배시조를 다수 수록하고 있고, 글의 중간 중간에는 가사작품도 몇 편 실려 있다.[76]

이세보는 능력 있는 종친이라는 이유로 안동김씨 세도가들의 견제를 많이 받았던 것으로 보인다. 신지도에서의 유배에서 돌아온 지 얼마 되지 않은 1864년(고종1년)에 또다시 이세보에 대해 국문을 청하는 상소가 빗발치고 있는 것을 보아서도 알 수 있다.77) 이처럼 이세보는 비록 유배와 해배를 거듭하였지만 완전히 중앙정계에서 물러나지는 않았다.

현재 전하는 〈신도일록〉은 표제와 내제가 '신도일녹'이라고 되어 있고, 전체 56면 분량의 한글필사본이다. 42면부터 시작되는

---

76) 가사는 3편 수록되어 있는데 모두 '노래를 지어 가로되'라는 말로 가사의 시작을 알리고 있다. 한시작품과 달리 국문시가를 '노래'로 인식했다는 사실이 잘 드러난다. 그 중 '손이 잇셔 ᄂᆡ게 읍ᄒᆞ고 무러 가로ᄃᆡ'로 시작하는 1편은 대화체로 구성되었다는 점, 입몽장면은 없으나 각몽장면이 있어 꿈의 구조를 보이고 있다는 점에서 정철의 〈속미인곡〉과 매우 유사하다. 정철의 가사작품만큼이나 표현의 미가 있는데, 시조에 능했던 이세보가 시조와 마찬가지로 우리말 시가인 가사에도 능했던 것으로 보인다. 나머지 두 편('멀니 별니ᄒᆞ미여 셔로 ᄉᆡᆼ각ᄒᆞ기를 괴로이 ᄒᆞ니', '오회라 한번 노리ᄒᆞ미여')은 처음 작품만큼 기교가 두드러지지는 않아 보인다.

77) ① 심의원에게 전교하기를, "이세보의 일을 가지고 해를 넘겨 가면서 시끄럽게 떠드는 것은 매우 온당치 못하다. 양사의 여러 대간들을 즉시 패초하여 정계시키라." 하였다(『승정원일기』, 고종 1년 1월 10일).
② 대사헌 이유응, 대사간 정류, 집의 강진규 등이 상차하기를, "삼가 아뢥니다. 신들이 조금 전에 대왕대비전께서 전교를 내리신 것을 보니, 죄인 세보에 대해서 정계하라는 명이 있었습니다. 이에 신들은 서로 돌아보며 놀라면서 우려와 탄식을 금할 수 없었습니다. (…중략…) 삼가 바라건대, 성상께서는 우러러 대왕대비전께 여쭈신 다음 속히 잡아다가 국문하여 국헌을 바르게 하소서. 재결하여 주소서."(『승정원일기』, 고종 1년 1월 11일)
③ 또 의금부의 말로 아뢰기를, "신지도에 위리안치한 죄인 세보를 향리로 내쫓는 일에 대한 승전을 계하하셨는데, 대간의 아룀이 바야흐로 한창이어서 거행하지 못하였습니다. 지금 대간의 아룀을 이미 정계하였으니 즉시 향리로 내쫓으라고 압송해 오는 도사에게 분부하는 것이 어떻겠습니까?" 하니, 윤허한다고 전교하였다(『승정원일기』, 고종 1년 1월 13일).
이처럼 李世輔에 대한 견제와 공격은 끊이지 않았다.

시조에는 각 시마다 '○'표를 해서 구분하고 있다. 마지막 페이지 일부에 글씨체가 다른 기록이 있는데, 한때 책을 소장했던 사람이 이세보의 다른 시들을 보충해서 써 넣었던 것으로 보이고 글씨체는 앞부분의 글씨체에 비해서 단정하지 않다. 나머지 부분은 전체적으로 단정한 한 종류의 글씨체로 정서되어 있는 것으로 보아 한 사람이 처음부터 끝까지 필사한 것이다.

시간을 표시하는 방식은 노정을 다룬 부분과 유배지에서의 생활을 다룬 부분이 다르다. 서울을 출발하여 유배지인 신지도에 도착하기까지는 날짜별 표시방식을 따랐다. 그러나 유배지에 도착한 이후에는 여러 날 동안의 기억을 한꺼번에 기록하거나, 특정한 날의 기억을 틈틈이 적는 방식을 사용하였다.[78)]

> 봄졀리 다 지ᄂᆡ고 여름졀 ᄯᅩ 이르니 슬푸다 ᄂᆡ 일이여 여긔 와 이 고ᄉᆡᆼ이 거연이 두ᄒᆡ가 되엿구나 남방의 씨는 더위 ᄌᆞ고로 유명이라 모진 볏 ᄉᆞ오나온 불ᄭᅩᆺ 가온ᄃᆡ 숨 쉬이기를 헐ᄯᅥᆨ이며 홍노샹의 안진 것 갓고 ᄯᅡ이 ᄯᅩ한 비습ᄒᆞ니 누긔는 올나와셔 방돌의도 물리난다 (…중략…) ᄆᆡ양 셔울 불켜는 데셔 연긔가 나면 셤중 ᄉᆞᄅᆞᆷ드리 가로ᄃᆡ

78) "대체로 계절적 변화를 나타내는 단어를 사용해서 시간의 흐름을 표현했다. 예컨대 "동짓달 긴긴 밤에 잔등은 명멸하는데……"라고 하거나, "봄이 한창 무르익으니 온갖 꽃들이 다투어 피는데……"에서처럼 계절의 순환 속에서 시간의 추이를 표현했다. 때로는 부친의 죽음을 전해 듣게 된 충격적인 사건을 서술할 때에는 '1월 13일'이라고 해서 날짜를 분명하게 밝히기도 했고, 때로는 "하루는 어떤 한 사람이 가시 울타리 틈으로 찾아와 문안하거늘……"이라고 하여 특정한 사건을 이야기 방식으로 서술하기도 했다. 요컨대 작품 후반부에서는 日字別 표기 방식 대신에 각각의 상황에 맞게 시간 표기 방식을 다양하게 운용했다(정우봉, 「조선시대 국문 일기문학의 시간의식과 回想의 문제」, 『고전문학연구』 39, 2011, 206쪽).

이는 반다시 위리한 가온ᄃᆡ 희보로다 ᄒᆞ고 쌜니 ᄂᆡ게 고ᄒᆞ니 ᄂᆡ가 말하되 날 놏는 ᄉᆞ문이 나려오는구나ᄒᆞ고 급히 소동으로 ᄒᆞ여금 나가보라한즉 불과 각셤으로 ᄀᆞ는 ᄉᆞᄅᆞᆷ이라 이갓치 마음의 놀라기를 몃ᄇᆡᆨ 번인 줄 어이 알며 일부일월부월의 답답헌 회포만 더ᄒᆞ도다.[79]

위 내용은 〈신도일록〉의 마지막 장면이다. 유배 온 지 2년이 된 여름에 더위와 해충, 기다림의 고통이 얼마나 심한지에 대한 넋두리가 이어지고 있다. 섬에 봉화불이 오르면 서울에서 누군가 온다는 것인데, 혹시나 해배소식인가 해서 기대했다가 실망하기를 여러 번 하였다는 탄식으로 글이 끝나고 있다. 이어서 유배지에서의 생활을 읊은 시조들이 기록되어 있다. 1860년에서 1863년까지의 유배 생활 중 유배 2년이 된 해의 여름이라면 1862년의 여름이다. 그리고 이세보가 유배지에서 편찬한 시조집 『풍아(風雅)(大)』, 『풍아(風雅)(小)』의 발문에 보면 1862년 가을에 유배지에서 시름을 잊고자 시조집을 편찬한다는 말이 있다. 〈신도일록〉의 마지막 장면과 시조집들의 편찬관련 정황을 함께 고려해 본다면 〈신도일록〉의 집필 시기는 1862년 여름에서 가을 사이이다.

79) 〈신도일록〉, 40~42쪽.

3장 한글 유배일기의 형성배경

유배는 주로 양반 남성 관료가 겪는 정치적 형벌이다. 한편 한글은 조선시대에 오랫동안 여성[80]의 문자로 여겨져 왔다. 남성 관료의 특수한 경험이라 할 수 있는 유배와 여성문자인 한글이 만나는 지점이 바로 한글로 기록된 유배일기이다. 이러한 한글 유배일기가 조선후기에 이르러 나올 수 있었던 이유는 무엇일까.

우선 남성 사대부의 유배일기를 한글로 기록하여 전할 수 있었던 것은 사대부 가문을 중심으로 이미 형성되어 있었던 이야기판

---

80) 고전문학작품의 독자를 분류할 때 어린이를 여성 독자와 별개로 다루기도 한다. 즉 '어린이'를 '여성'과 구별되는 독자군으로 바라보기도 한다는 것이다. 그러나 어린이는 결국 성인이 되어 남성 독자와 여성 독자로 구분된다. 즉 '어린이'라는 한시적인 독자군이라는 뜻이다. 게다가 어린이는 남자 어린이든 여자 어린이든 상관없이 가족 구성원들과의 의사소통 수단인 한글을 배우기 위해 주로 여성 가족과 문자적 유대관계 및 교육관계를 형성하므로, 여성 독자의 범주에 포함시켜도 무방하다. 그러나 어린이 대상의 특별한 텍스트에 대한 연구에서는 마땅히 '어린이'를 개별 독자군으로 보아야 할 것은 물론이다.

이라는 '이야기의 場'이 있었기에 가능하였다. '여성'이 주도하던 이야기판에서 '한글'로 된 텍스트로 남성 가족의 경험(궁극적으로는 가문의 경험)을 전승하는 것은 무척 자연스러운 일로 여겨진다.

그리고 보다 직접적으로는 조선후기로 갈수록 증대되어 가던 한글의 보편화와 대중화에 힘입은 바가 크다. 시조, 가사와 같은 우리말 노래갈래, 언간과 일기 등의 산문갈래가 폭넓고 다양하게 마련되었다. 다양한 한글 텍스트의 전통이 마련되어 있었을 뿐만 아니라, 여성들은 새로운 한글 텍스트를 강렬히 요구하였다. 파적거리 삼아 자질구레한 이야기들을 기록한 것들에서부터 성현의 말씀을 한글로 풀어쓴 것에 이르기까지 다양한 한글 텍스트에 대한 여성들의 요구는 더욱 증대되어 갔다. 이러한 분위기에 힘입어 유배의 일을 한글로 짓거나 옮기는 일이 자연스럽게 이루어질 수 있었던 것이다.

1. 사대부 가문 이야기판의 성립

조모 정경부인은 85세가 되었는데도 건강하셨다. 어느 날 옆에서 모시고 있던 자손들이 모두 일들이 생겨 떠나가고 나(박동량) 혼자 잠자리 시중을 들게 되었다. 한밤이 되자 천둥 번개가 치고 비바람이 몰아쳤다. 조모께서 "너는 무얼 하려고 일어나 앉았느냐?" 하고 물으시기에, "천둥 번개와 비바람이 심해지면 반드시 얼굴빛을 달리하라고 일찍이 들었습니다."라고 응대했다. (…중략…) 다음 날 아침 여러 숙부들이 돌아와 문안을 드리니 조모께서는 나의 그 말을 들어 말씀

하시기를 "아홉 살 아이가 어찌 그것을 알까?" 하시니 서로들 감탄하셨다.[81]

위의 글은 사대부가문에서 만들어지곤 했던 이야기판의 모습을 보여주는 장면이다. 박동량이 어느 천둥 번개가 치던 날 밤에 조모의 시침(侍寢)을 들다가 의젓한 모습을 보인 적이 있었다. 조모는 다음날 곁에 모인 가족들에게 박동량의 일을 들려주면서 어린아이가 보여준 담대함을 칭찬하였고, 그 이야기를 들은 친지들도 감탄하였다는 내용이다. 이 장면에서 주목할 점은 박동량의 이 일화가 조모를 중심으로 해서 가문의 구성원들에게 전해졌을 것이고, 그 전승이 공시적·통시적 양 측면으로 모두 이루어졌을 것이라는 점이다. 즉 박동량의 이 일화는 아마도 그 자리에 모인 가족 구성원들에 의해 퍼져나가 오랫동안 전승되었을 것이다.

이처럼 사대부가문의 이야기판[82]에서 주된 역할을 한 사람은 여성 가족이다. 조모나 외조모, 모친 등이 가문의 인물이나 사건 등에 대해 가족들에게 들려주었고, 그 이야기들은 가문의 결속을 다지고 구성원들로 하여금 가문에 대한 자긍심을 느끼게 하였다. 여성들이 주도한 이러한 이야기판에서 조모나 외조모 등 여성 가

---

81) 이강옥, 『한국야담연구』, 돌베개, 2006, 254쪽.
"祖妣貞敬大夫人八十五歲康寧無恙　一日子孫之在傍者皆有故散居　召翁使侍寢夜半大雷電以 風大夫人問曰 爾起欲何爲 對曰 嘗聞迅雷風烈必變 (…중략…) 明朝諸叔父皆來問候大夫 人首擧其語以告之曰九歲兒亦知此耶相與歎賞"(朴東說·朴東亮, 〈扶寧漫書〉, 『鳳村集付鳳洲稿』, 민족문화사, 1986)

82) 사대부 가문의 이야기판에 대해서는 이강옥의 『한국야담연구』(돌베개, 2006, 253~259쪽) 참조.

족들은 주로 기억에 의지하여 이야기들을 풀어놓았겠지만 한편으로는 글로 기록된 이야기들도 전해졌다. 한글로 기록된 선조들의 유배이야기를 함께 읽거나 혹은 읽은 기억들을 떠올리며 이야기판을 꾸려나가는 장면이 쉽게 상상된다. 다시 말하자면, 사대부 가문의 이야기판에서 조모나 외조모, 어머니 등의 여성 어른이 자손들을 모아놓고 선조의 일들을 들려주었던 것처럼, 한글로 기록된 유배일기는 일종의 글로 소통되는 이야기판에서 조모에게서 손자손녀에게로, 혹은 어머니에게서 아들, 딸에게로 전해졌다.

〈남정일기〉를 포함한 몇 편의 작품은 애초에 여성 가족을 중요한 독자로 하여 기록되었음을 밝히고 있다. 〈남정일기〉는 아내가 남편인 박조수에게 조부를 모시고 다녀온 유배에서 겪은 일을 이야기해 달라고 요구해 그에 응하여 기록하였다고 했다. 그런데 만약 흑산도 유배의 일을 궁금해 한 것이 아내이기만 했다면 굳이 기록을 할 필요가 있었을까하는 의문이 생긴다. 표면적으로는 아내의 요구에 의해, 아내의 궁금증을 풀어주기 위해 기록을 했다고 했지만 실은 아내를 포함한 여성 가족 전부를 독자로 전제하였기 때문에 굳이 기록을 한 것이다. 요컨대 '아내의 요구'라는 서술 동기는 '가탁(假託)'의 서술 전략일 수 있다. 〈북관노정록〉도 마찬가지이다. 〈북관노정록〉은 유의양이 함경도 종성에서 몇 개월간의 유배를 마치고 돌아온 뒤 11살의 어린 딸에게 불러주어 기록하게 하였다.

> 내 殿庭에 內入하였다가 天恩을 입어 동대문으로 내어 보내시니, 떠메어 대궐문을 나올 때에 눈을 잠깐 떠 보니, 아들이 머리를 두드려

얼굴이 핏빛이 되고, 驚魂을 정하지 못하여 열 번이나 길에 엎더지며 길에 따라오고, 집의 아홉 살 먹은 딸이 어른과 같이 하늘에 축수하며 땅을 허위어 손가락에서 피가 땅에 흘렀다고 하니[83]

유의양의 딸이 아버지의 유배에 얼마나 충격을 받았을지 짐작할 수 있는 장면이다. 어느 부녀간이 특별하지 않겠냐만 유의양 부녀의 일화를 통해 그가 한글로 그 긴 글을 기록할 수 있었던 이유를 이해할 수 있다.

내가 온 후에 어린 딸이 생각하고 주야로 울고 편지하여 왔으니, 재작년(영조 47, 1771)에 내가 남해 적소에 있을 때에 제가 언문을 급히 배워 편지하고, 작금 양년에 연하여 적소로 편지하니, 내가 年年이 집에 못 있어 그렇게 하는 일을 스스로 追懷하고, 글을 지어 보내어 제 울음을 달래노라. 시에 가로되,[84]

83) 〈북관노정록〉, 115쪽. 외동딸은 청송인 沈尙祖 공의 아내가 되었다.

84) 〈북관노정록〉, 117쪽. 이어지는 시는 다음과 같다.
"내 딸이 겨우 일곱 살에/능히 문안 편지를 쓰는지라/아비는 남해 밖에 있어/편지를 보고 저를 보는 듯 하도다./명년엔 서호에 있고/또 명년에는 북새로다/딸이 오히려 열 살이 못 되어서/아비는 귀양을 삼년이나 했도다./가늘게 쓴 손 가운데 글씨를/해마다 적소에서 보는도다./오던 때 집에 들지 못하였으니,/듣자니 네 눈물이 얼굴에 가득했다며/부끄러운 바는 매양 손이 되어/너로 하여금 멀리 생각을 수곯게 하도다./또 천은을 입어 돌아가기를 기다려/일실이 한 가지로 모여 즐기리로다./굴원의 누이는 꾸짖지 아니하고/소진의 형수는 기소ㅎ지 않도다./너의 모씨는 하례하는 잔을 권하고/너의 오라비는 채의로 춤추도다./네 또한 내 띠를 잡고/조석으로 좌우에 모셔 있도다./내 연명의 말을 들으니/큰 즐거움은 처자식에 있다더라."

유의양은 어린 딸을 두고 여러 차례 유배를 떠났다. 딸은 아버지에게 편지를 쓰기 위해 급히 한글을 익혀 서투른 글씨로 편지를 쓰곤 했다. 해배에서 돌아온 아버지 유의양은 어린 딸을 앉혀 놓고 헤어져 있었던 동안의 부정을 만회라도 하듯, 유배지에서 보고 들은 것들을 받아 적게 하면서 딸을 위로했을 것이다.[85] 그런데 정말 유의양이 어린 딸을 위해서만 유배의 경험을 들려줄 생각이었다면 굳이 그 긴 글을 한글로 기록하게 했을 리가 없다.

이처럼 〈남정일기〉와 〈북관노정록〉이 가장 일차적이면서 표면적으로 내세우고 있는 독자는 아내와 딸이지만, 그들만을 위한 기록이라기보다는 여성 가족 전부를 대상으로 한 기록이었다. 〈남정일기〉가 아내를 가탁하였지만 실은 여성 가족 전체를 잠정적인 독자로 가정하였고, 〈북관노정록〉도 딸을 위로한다는 의도로 딸의 손을 빌려 기록하는 것이지만 여성 가족 전체를 향해 있는 기록물이라는 것이다.

사회를 향한, 더 정확히 말하자면 君과 역사를 향한 글쓰기와 인간으로서 당연히 느끼게 되는 두려움과 소외감, 그리움과 고통에 대해 자연스럽게 표현할 수 있는 글쓰기가 동시에 필요한 상황이 바로 유배의 상황이다. 전자의 글쓰기를 공적(公的) 글쓰기라고 하고 후자를 사적(私的) 전언(傳言)의 글쓰기라고 할 때,[86]

---

85) 〈남해문견록〉과 〈북관노정록〉의 내용상 특징을 살필 때, 어린 딸이 필사자인 것을 고려해야 할 것이다. 딸을 1차적 독자 겸 書寫者로 하였으므로, 유배의 고통이나 현실에 대한 부정적 내용보다는 풍경, 풍속, 선조들의 이야기 등이 주를 이루었다.

86) 박무영은 그의 글(「거세된 언어와 私的 傳言: 이광사의 유배체험과 글쓰기 방식」, 『한국문화연구』 9, 이화여자대학교 한국문화연구원, 2005)에서 이광사의 유배

유배일기는 후자에 해당하는 글쓰기이다. 세 편의 유배일기 〈기사유사〉, 〈임인유교〉, 〈선고유교〉를 묶어서 붙인 『遺教』라는 표제는 가족과 후손들에게 남기고자 하는 사적 전언의 다른 이름인 것이다. 이렇듯 유배일기는 사회보다는 가족 내부를 향한 글쓰기이다. 특히 한글로 기록된 유배일기는 '여성'가족이라는 특별한 내부를 향해 있는 사적 전언이다.[87]

이제ᄂᆞᆫ 부모 업ᄉᆞ시고 동ᄉᆡᆼ들 다 죽고 나 혼자 ᄉᆞ라셔 병이 드러 아모 제 죽을 줄 모ᄅᆞ니 나 곳 니ᄅᆞ지 아니면 비록 ᄌᆞ식이라도 그리 신고ᄒᆞ여 죽다가 사라ᄂᆞᆫ 줄 모ᄅᆞᆯ 거시라. 일가 사ᄅᆞᆷ이나 예아기 삼아 보게 ᄒᆞ여 긔록ᄒᆞ노라.[88]

칠월 초ᄉᆡᆼ의 몬져 집의 와 구월 금음날 셔산 감ᄋᆡ 뫼ᄋᆡ 영장ᄒᆞ니 그적ᄉᆞ셜이 대강이라. 임진년 ᄉᆞ셜과 한ᄃᆡ 써 ᄌᆞ식들을 주어 제 아븨 평ᄉᆡᆼ 셩뤄 ᄒᆞ던 줄을 알게 ᄒᆞ노라.[89]

위 인용문은 조선시대에 한글로 된 일기가 집안사람들 사이에

지에서의 글쓰기를 공적 글쓰기와 사적 전언으로서의 글쓰기로 나누고 있다. 전자에 해당하는 것이 感君을 강박적으로 강조한 한시들이고 후자에 해당하는 것이 贈詩의 형태에 녹아 있는 편지시들이라고 하였다.

87) 심노숭은 가족 내 여성들과 소통하기 위해 한글로 글을 쓰거나 한문으로 쓴 글을 번역하였다(정우봉, 「沈魯崇의 〈南遷日錄〉에 나타난 내면고백과 소통의 글쓰기」, 『한국한문학연구』 52, 2013, 273쪽). 즉, 애초에 한문으로 쓴 글이라도 여성가족에게 읽히기 위해 한글로 번역하는 일이 드물지 않았다.

88) 유진 지음, 홍제휴 옮김, 『역주 임진록』, 영남대학교 출판부, 2000, 56쪽.

89) 위의 책, 126쪽.

서 유통되었던 정황을 알려준다. 서술자는 '이야기삼아 보게' 혹은 '아비 평생 설워 하던 줄 알게 하기 위해'서 기록을 하였고, 그 독자는 '일가 사람'이나 '자손'처럼 가족 내부를 향한다. '일가 사람'이나 '자손'의 범위에 여성 가족 구성원이 포함됨은 두 말할 필요가 없다. 이처럼 한글 유배일기만이 아니라 한글 일기들도 이미 여성 가족들에게 읽히고 있었다.

사대부가문의 이야기판이라는 '이야기 전승의 장(場)'에서는 박동량 집안에서 보았던 것 같은 '구전(口傳)'뿐만 아니라 한글 일기를 포함한 한글 독서물이 '기전(記傳)'되기도 하였을 것이다. 다시 말하자면, 내부를 향한 이러한 글쓰기는 사대부가문의 이야기판이라는 '이야기 전승의 장(場)'이 이미 형성되어 있었기에 더욱 활발히 기록되고 유통될 수 있었다.

2. 다양한 한글 텍스트에 대한 요구 증대

여성을 독자로 전제한 한글유배기록이 나올 수 있었던 배경을 살피기 전에 조선시대 여성의 일반적인 문자생활 실태에 대해 알아보자.

조선시대 여성은 이두에서 한글, 한자에 이르기까지 남성들과 마찬가지로 그 당시 사용되던 모든 문자를 이용하기는 하였다. 그러나 이두로 작성된 문서의 경우, 읽거나 그 문서의 작성에 참여는 할 수 있었지만 직접 쓸 수는 없었고, 한자의 경우 읽고 쓰는 일에 모두 참여할 수는 있었으나 매우 제한된 극소수의 여성에게 해당되는 일이었다.[90] 그러므로 무엇보다도 조선시대 여성의 문자생활 중 가장 큰 비중을 차지한 것은 한글이었다. 중전과 대비는 언문교서를 썼고, 빈궁과 궁녀 등 궁중 여성은 서간문, 기록문 등 사적인 기록물을 한글로 남겼다. 일반 여성들은 한글편지를 쓴 비중이 가장 크다. 여비(女婢)는 한글을 학습하여 궁중생활에 활용하기도 하였다. 그 중에서도 모든 계층을 통틀어 조선시대에 무엇보다도 여성의 문자생활에 있어서 가장 대표적인 것은 언간이다.[91] 거의 대부분의 문자생활을 남성이 독점하다시피 하고 있는 상황에서 여성이 주도하고 있는 유일한 문자생활이 바로 한글편지라는 점이 중요하다. 요컨대 여성에게 가장 중요한 문자는 언간을 중심으로 하는 '한글'이었다.

여성들은 더 나아가 한글의 교육과 보급에도 가장 직접적인 역할을 했다. 아이들의 한글 교육을 집안의 여성 어른이 주로 담당한 것이다. 남성 가족들은 집안의 여성 어른에게 자식들의 한글 교육을 부탁하곤 하였다.[92] 여성 가족 구성원과 언간으로 의사소통을 하기 위해서는 남성 가족 구성원들도 한글을 익힐 필요가 있었다. 예컨대, 대략 17세기 초의 것으로 추정되는, 곽주가 장모

---

90) 백두현, 「조선시대 여성의 문자 생활 연구: 조선왕조실록 및 한글 필사본을 중심으로」, 『진단학보』 97, 진단학회, 2004, 169쪽.

91) 언간의 수수관계에서 어머니, 아내의 역할이 가장 중요하고, 여성이 발신자인 경우는 약 55%, 남성이 발신자인 경우는 약 45%로 10%정도 차이가 난다. 그리고 여성이 수신자인 경우는 약 77%, 남성이 수신자인 경우는 약 22%이다. 남성이 남성에게 보낸 언간이 대상 언간 중에서 채 1%가 되지 못했다는 것으로 보아 언간이 얼마나 여성중심의 글쓰기 형태였는지를 알 수 있다(백두현, 「조선시대 여성의 문자생활 연구: 한글편지와 한글 고문서를 중심으로」, 『어문론총』 42, 한국문학언어학회, 2005, 39~85쪽).

92) 위의 책, 66쪽.

에게 보낸 편지에 "거기에 간 김에 언문을 가르쳐 보내주십시오, 수고로우시겠지만 언문을 가르쳐 주십시오."라는 구절이 있는 것으로 보아, 이 시기에 이미 여성 중심으로 한글이 활발하게 교육되고 있었다는 것을 알 수 있다.

여성들이 언간이나 일기 외에도 일상생활에 한글을 폭넓게 사용한 예는 더 찾아볼 수 있다.

> 이 ᄎᆡᆨ을 이리 눈 어두온ᄃᆡ 간신히 써시니 이 ᄯᅳ즐 아라 이ᄣᅢ로 시ᄒᆡᆼᄒᆞ고 ᄯᆞᆯᄌᆞ식들은 각각 벗겨 가오ᄃᆡ 이 ᄎᆡᆨ 가뎌 갈 ᄉᆡᆼ각을안 ᄉᆡᆼ심 말며 부ᄃᆡ 샹치 말게 간쇼ᄒᆞ야 수이 ᄡᅥ러 ᄇᆞ리다 말라.[93]

'이 책'은 가문의 조리비법을 기록한 음식조리서를 말한다. '가져갈 생각 말라', '잘 간수하라'는 당부에서 가문의 조리비법을 지키고자 하는 의지가 드러난다. 여기서 주목해야 할 것은 '각각 베껴가라'는 말이다. '베낀다.'는 것은 한글로 기록된 원래의 책을 '그대로 옮긴다.'는 것이다. '베끼는 행위'는 동일한 텍스트의 단순한 반복재생산에 그치는 것이긴 하지만, 한글 텍스트가 양적으로 확대되도록 하였다. 이미 한글 텍스트는 일상생활의 다양한 국면을 충분히 표현하고 기록해 내고 있었던 것이다.

교육의 목적, 유희의 목적으로도 한글 텍스트는 만들어졌다. 계녀가사와 한글소설을 그 예로 들 수 있다. 계녀가사와 같은 규방가사는 시집가서 해야 할 행실을 알기 쉽고 외기 쉽게 만든 것

93) 백두현, 「조선시대 여성의 문자생활 연구: 한글 음식조리서와 여성 교육서를 중심으로」, 『어문론총』 45, 한국문학언어학회, 2006, 293쪽.

이다. 주로 집안의 웃어른들이 미혼의 딸들에게 시집살이 할 때 조심할 일과 수많은 여성의 도리를 교육할 목적으로 짓거나 베껴 쓰도록 한 것이 계녀가사다. 그리고 한글소설이 조선후기에 얼마나 선풍적인 인기를 끌었으며, 사회문제로까지 여겨질 정도로 여성들이 소설에 탐닉했는지는 이미 널리 알려진 바다.

일상생활의 기록에서 교육과 유희의 측면에 이르기까지 한글 텍스트는 다양하게 만들어지고 있었다. 그러나 여성들은 여기서 그치지 않고 사상적·학문적으로 깊이 있는 텍스트에까지 관심의 영역을 넓혀나갔다.

> 이 ᄒᆡ ᄆᆡᆼ츈에 ᄂᆡ으 실여와 죵ᄆᆡ 형졔 ᄂᆞ히 ᄃᆞ 십여세라. 랄노 세종죠의 지은 ᄇᆡ 국문 ᄇᆡ오십일ᄌᆞ을 ᄇᆡ와 ᄃᆞ 통ᄒᆞ고 ᄂᆡ으게 쳥ᄒᆞ야 왈 녀ᄌᆞ으 ᄇᆡ올 그리 이 섄이니ᄀᆞ ᄂᆡ 드로니 옛 ᄉᆞᄅᆞᆷ은 글얼 ᄇᆡ우ᄆᆡ 고금을 통달ᄒᆞ야써 그 도리을 ᄒᆡᆼᄒᆞ고 뮨견을 널리 ᄒᆞ야 써 그 덕ᄒᆡᆼ을 ᄃᆞᆨ거ᄂᆞᆯ 이졔 녀ᄌᆞ으그리 이ᄇᆡᆨ여 ᄌᆞ에 근치면 무엇스로 고금을 통ᄒᆞ고 문견을 너룻계 ᄒᆞ리잇고. ᄂᆡ 듯고 기히 너겨 ᄃᆞᆸ 왈, (…중략…) 이졔 ᄂᆡ 너으 등을 위ᄒᆞ야 ᄎᆡᆨ ᄒᆞᆫ 권을 ᄆᆞᆫ들 일ᄒᆞ고 이에 죵ᄉᆞᄒᆞᆫ 겨를로 고인으 아름ᄃᆞᆫ ᄆᆞᆯ과 어진 ᄒᆡᆼ실 ᄇᆡᆨ여 언을 기록ᄒᆞ야 ᄃᆞᆯ포ᄆᆞᆫ에 ᄃᆞ 허니 글리 ᄀᆞᆯ약ᄒᆞ고 ᄆᆞᆯ리 귓세여 ᄎᆞᆼ졸에 보기 어련고로 혹 ᄌᆞᆫ쥬도 씨고 혹 ᄀᆞ으로 협서도 ᄒᆞ고 규절ᄒᆞᄃᆞᆼ 쥬점을 쥬어 ᄋᆞᆯ기 쉬ㅂ게 ᄒᆞ야 ᄒᆞ야곰 ᄂᆞᆯ로 잇켜 고인으 덕ᄒᆡᆼ과 언어을 ᄉᆡᆫ ᄇᆞᆺ게 ᄒᆞ노니 너으 등은 삼ᄀᆞᄒᆞ고 공경ᄒᆞ야 이 글을 ᄇᆡ드ᄅᆞ. 계묘 계츈 하한의 호상죠슈ᄒᆞᆫ 쓰노ᄅᆞ.[94]

94) 위의 책, 299~300쪽의 『훈규록』 일부 재인용.

더욱 적극적으로 한글로 된 읽을거리를 요구하는 장면이다. 10여세가 될 때 쯤에 이미 한글로 된 읽을거리들 중 구할 수 있는 것들은 다 읽은 여성 가족들이 왜 한글로 된 읽을거리가 이토록 부족한지 의문을 품는다. 그리고 자기들도 '고금을 통하고 문견을 넓히기 위한' 한글로 된 읽을거리가 필요하다고 요구하고 있다. 여성들이 한글을 막 익히고 난 후 다양한 읽을거리들을 적극적으로 구하고자 하였으며, 그 범위는 일상의 기록이나 교육, 유희의 목적에서 그치지 않았음을 알 수 있다.

이러한 여성들의 독서 욕구는 다양한 읽기자료가 한글로 번역되거나 창작될 수 있도록 하는 데 중요한 역할을 하였다. '여자나 읽어야 하는 것'의 한계는 점차 무의미해지는 반면, '여자가 읽어도 되는 것'의 범위는 점점 확장되었다. 결국에는 남녀의 읽을거리가 구분되지 않는 '지점'이 등장하게 되는 것이 한글이라는 문자 발달사의 한 국면이라고 본다면, 그 지점에서 발견되는 것이 바로 한글 유배일기이다.

요컨대 여성의 한글 사용이 활발해지고 한글 텍스트들이 많이 생산되어 갔을 뿐만 아니라, 다양한 한글 텍스트에 대한 여성들의 욕구가 증대되어 가던 조선후기의 분위기는 한글 유배일기가 나올 수 있었던 배경으로서 중요한 의미가 있는 것이다.

4장 유배체험의 양상과 서술방식

한글 유배일기들을 몇 가지 내용 요소를 기준으로 하여 분석해 보면 두 유형으로 나눌 수 있다.

〈한글 유배일기의 내용요소 분석〉

작품 / 내용 요소	기사 유사	임인 유교	선고 유교	남해 문견록	북관 노정록	남정 일기	적소 일기	신도 일록
① 유배 이유	×	×	×	×	?(권1 不傳)	○	○	○
② 해배 소식	×	×	×	○	○	○	×	×
* 賜死 여부	○	○	○	×	×	×	×	×
③ 유배 여정	×	×	×	○	○	○	○	○
④ 유배 생활	○	○	○	○	○	○	○	○
* 해당 기간	2일	4일	하루	5개월	6개월	2개월 보름	8년	2년

유배일기의 중요한 내용요소로는 '유배의 이유, 유배 여정과

유배 생활, 해배 소식'을 들 수 있는데, 작품에 따라 그 모든 내용 요소들이 충실히 다 들어가기보다는 선택적으로 포함되거나 일부 요소가 강조되었음을 알 수 있다.

'① 유배 이유'가 가장 자세히 설명되어 있는 작품은 〈남정일기〉이다. 〈남정일기〉에는 박성원의 유배에 발단이 되었던 상소의 전문이 실록보다 자세하게 실려 있다. 〈적소일기〉와 〈신도일록〉에도 유배의 이유에 대한 간단한 언급이나 유배를 명받는 장면 및 당시의 심경 등이 기록되어 있다. 〈기사유사〉, 〈임인유교〉, 〈선고유교〉에는 유배이유에 대한 기록이 없는 대신 후명(後命)소식을 전해 듣는 시점부터 기록되고 있다는 특징이 있다. '사사(賜死) 여부'의 비교에서 보이듯이 〈기사유사〉, 〈임인유교〉, 〈선고유교〉만이 사사되는 주인공을 다루고 있다.

'② 해배 소식'에 대한 기술이 가장 자세하게 되어 있는 작품도 〈남정일기〉이다. 흑산도의 속신에 의지하면서까지 해배 소식을 기다리는 일행의 초조한 모습과 해배 소식을 듣고 난 뒤 기뻐하는 모습 등이 구체적으로 기록되어 있다. 〈기사유사〉, 〈임인유교〉, 〈선고유교〉는 후명부터 사사까지의 일을 집중적으로 기록한 것이므로 해배에 대한 기록이 있을 수 없고, 〈적소일기〉에는 김약행이 해배되기 전에 유배지에서 사망했기 때문에 해배기록이 없으며, 〈신도일록〉에는 실제 이세보가 해배되기는 하였지만 해배소식이 언급되어 있지 않다.

'③ 유배 여정'과 '④ 유배 생활'은 〈기사유사〉, 〈임인유교〉, 〈선고유교〉를 제외한 나머지 다섯 작품에는 매우 풍부하게 기록되어 있는 내용이다. '해당 기간'에서 비교하고 있듯이 이 세 작품은 며칠 안 되는 짧은 기간의 일을 기록한 것인 반면, 나머지 작품들은 길게는 8년, 짧아도 2달 이상의 유배기간을 기록한 것이기 때문이다.

8편의 작품들을 유배일기의 내용 요소에 따라 위와 같이 분석해 본 결과 한글 유배일기는 크게 〈기사유사〉, 〈임인유교〉, 〈선고유교〉와 그 외 나머지 작품들로 이분(二分)할 수 있다.[95] 〈기사유사〉 등은 후명과 사사로 이어지는 죽음의 과정이 중심이 되는 기록물인 반면, 나머지 다섯 작품들은 유배의 여정과 유배지에서의 오랜 생활에 대한 기록물이기 때문이다. 따라서 한글 유배일기를 위와 같이 2가지 유형으로 나누고 각 유형의 서술방식 및 내용상 특성에 대해 분석하였다.

1. 후명(後命)과 죽음에 이르는 과정

유배는 대부분 '정치적 소외'에 따른 정신적 고통 외에도 '사사(賜死)'에 대한 두려움, 혹은 끝내 해배되지 못할지도 모른다는 두

---

95) 이승복은 「〈謫所日記〉의 文學的 性格과 價値」(『고전문학과 교육』 5, 한국고전문학교육학회, 2003)에서 유배의 양상을 '유배와 귀환의 여정, 유배생활의 실상, 후명과 죽음에 이르는 과정'으로 三分하고 그러한 양상을 가장 잘 형상화한 작품으로 각각 〈남정일기〉, 〈적소일기〉, 〈임인유교〉를 꼽았다. 이승복은 유배여정이 강조된 작품과 유배생활의 기록이 강조된 작품을 구분하고 있는 것이다. 그러나 필자가 볼 때, '유배와 귀환의 여정'의 대표작인 〈남정일기〉에 유배생활에 대한 기록이 소략한 것도 아니고, '유배생활의 실상'의 대표작인 〈적소일기〉에 유배여정이 생략된 것도 아니므로 이 두 가지를 구분하는 것은 무의미하다고 판단된다.

려움에서 완전히 벗어날 수는 없다. 유배를 간다고 해서 모두 사사되는 것은 아니지만 아무리 믿는 구석이 있는 유배라 할지라도 유배형은 원래 사형의 바로 아래단계에 해당하는 중형이기 때문이다. 특히, 관련된 사안이 심각할수록 유배는 바로 죽음을 의미하는 것이므로 유배일기 속에 유언의 성격이 포함되어 있다는 것은 이상한 일이 아니다.

가족에 대한 당부나 여러 가지 가족사적 문제에 대한 지침, 자기의 삶에 대한 회고나 정치적 정당함에 대한 해명 등 유배객이 남기고자 하는 말은 많다. 그런데 유배지에서 사사를 당하거나, 예기치 못하게 생을 마감하게 될 지도 모르므로, 자신의 삶을 돌아보고 가족들과 후손들에게 당부하고 싶은 말들을 서둘러 정리해야 할 필요를 느낄 것이다.

일반적으로 양반 사대부들은 유배라는 특수한 상황에 처하지 않는다면 차분하게 생을 정리하고 마감하는 글을 남긴다. '유교(遺敎)'의 글도 심사숙고해서 쓸 시간적 여유가 많으므로, 후손들은 그 글들을 잘 간추려서 문집에도 실을 수 있었을 것이다. 그러나 유배를 당한 이상 '유교(遺敎)'를 쓸 시간적 여유가 있을지, 후손들이 문집을 엮을 수 있을 만큼 가문이 유지될 수 있을지 확신할 수 없게 되어 버린다. 바로 이런 막연한 두려움 때문에 유배일기에는 유언 문학적 성격이 존재하는 것이고, 스스로 자신의 유배가 얼마나 위험한 지경에 이른 것인지를 아는 사람일수록 더욱 마지막 순간까지 하고자 하는 말을 남김없이 쏟아내고자 했던 것이다.

이 장에서 중점적으로 다루고자 하는 연구대상은 『遺敎』의 〈기사유사〉, 〈임인유교〉, 〈선고유교〉이다. 이 작품들은 후명도사(後命都事)를 기다리는 상황에서 가족들이 나누는 대화가 중심을 이루고 있다.

조선시대의 사화 중 가장 큰 사화로 알려진 신임사화에서 멸문을 당하다시피 한 대표적인 가문은 노론 4대신이라고 하는 이이명, 이건명, 김창집, 조태채의 집안이었다. 대부분 조부에서 손자, 심지어 여성과 노비까지도 연루되어 유배되거나 사사 혹은 장살(杖殺)되었다.[96] 그 중 특히 김창집 집안에서 유배와 사사의 현장을 대를 이어 기록하여 전한 것이 바로 『遺教』의 세 일기작품이다. 따라서 이 글들이야말로 유언으로서의 특징을 가장 잘 보여주는 유배기록이라 할 수 있다. 『遺教』의 세 유배일기에는 죽음을 앞두고 있는 집안의 어른이 남은 자들에게 전하고 싶어 한 유언의 말들은 무엇이었는지, 그리고 남은 자들은 무엇을 보고 듣고 싶어 했는지가 특히 잘 드러난다.

남기고 싶은 말들 중에 가장 중요한 것은 자신의 사후 발생할 문제들에 대한 지침과 당부이다. 그리고 해명해야 될 정치적, 가문내적 문제들에 대한 것들도 확실히 해 두어야 했다. 특히 정치적 문제는 가문의 미래와도 관련될 수 있으므로 분명히 해 둘 필요가 있다. 자신의 죽음과 함께 희미해질지도 모르는 가문의 인물이나 사건과 관련된 기억, 묏자리나 치상범백(治喪凡百), 제사의 규모에 이르기까지 가족사적 여러 문제들에 대해 세세하게 당부하는 것도 중요하다. 그리고 살아서 미처 하지 못한 가족에 대한

96) 오갑균, 「신임사화에 대하여」, 『논문집』 8, 청주교육대학교, 1973, 204쪽.

사랑과 후회의 말들도 남겨야 한다. 마지막으로, 죽음 앞에서도 당당하고 굽힐 줄 몰랐던 어른으로서의 모습도 보여주고 싶었을 것이다.

그런데 중요한 사실은 위의 내용들이 오로지 떠나는 자(부군)가 말하고자 의도한 것들로만 이루어진 것은 아니라는 점이다. 즉 남은 자(후손)들이 보고 싶어 하고, 듣고 싶어 하고, 보아야 하고, 들어야 하는 것들에 대한 요구와 의지가 함께 반영되어 조직된 내용이라는 점이다.

유배는 유배를 당하는 당사자만의 문제는 아니다. 남성 중심의 가부장제사회에서 가부장 혹은 남성 가족 구성원이 유배를 당하는 것은 가문 전체의 큰일이므로 여성 가족 구성원들에게도 중요한 일임이 분명하다. 그러나 조선 전기만 하더라도 한글로 이러한 가문의 엄청난 사건을 운명공동체인 여성 가족들에게 알리기 위해 기록을 한 예는 드물었다. 그런데 조선후기에 들어서면서 한글 유배일기가 등장하는데 그 이유는 사화와 당쟁이 격화되었던 시대적 분위기와 무관하지 않다. 사화와 같은 가문의 재앙에 대처하여 멸문을 막은 여성들의 역할을 살펴보면 유배의 일들을 한글로 기록해야 할 필요성과 당위성을 이해하기 쉽다. 신임사화 때 노론 4대신인 이이명, 이건명, 김창집, 조태채 가문의 여성들이 어떤 역할들을 해 내었는지 살펴보자. 이이명의 넷째 딸이자 김신겸의 처인 이씨 부인은 하나뿐인 오빠 이기지가 고문 끝에 사망하고 그 아들이자 대를 이를 마지막 남성 혈육인 이봉상이 위기에 처하자, 집안의 어린 종복(從僕)의 시체를 조카 이봉상으로 속여 조카를 살렸다.[97] 이봉상의 처 김씨 부인은 시조부 이이명, 시부 이기지, 조부 김창집, 부 김제겸, 오빠 김성행이 모두 목숨을 잃은 상황에서 시가의 살림을 책임지고 남편 이봉상이 학문에 전념하도록 뒷바라지를 하였을 뿐만 아니라, 시조모와 시모를 극진히 봉양하였다. 이건명의 조카딸이자 김용택의 처인 완산 이씨는 둘째 아들의 목숨을 구하기 위해 여장을 시키고, 염병에 걸렸다고 거짓 장례를 치렀다. 김제겸의 처이자 김성행의 어머니인 송씨 부인은 시부, 남편, 아들이 모두 죽은 후 스러져가는 가문을 잇고자 후손들의 교육에 힘썼다. 조태채의 딸은 종들과 짜고 허수아비를 만들어 죽이거나 화상에 활시위를 당기는 등 정적의 집안에 대한 저주를 하다가 유배되었다.[98] 이처럼 여성 가족 구성

97) 실록에 이 흥미로운 일의 전말이 기록되어 있다. 이이명의 처 김씨 부인이 올린 상언에 담긴 내용인데, 실제적인 일의 도모는 김씨 부인의 넷째 딸이자 김신겸의 처인 이씨 부인이 주도하였다고 한다.

"망부는 단지 아들 하나 이기지를 두었습니다. 이기지는 아들 둘을 두었는데, 하나는 장님이어서 폐인이 되었고 유독 이봉상이 후사를 이을 수 있었습니다. 화란이 일어날 때에는 나이 겨우 16세였는데, 이기지를 고장한 뒤 왕부에서 가산을 몰수하고 처자는 노예를 만들도록 했다는 소식이 또 이르렀습니다. 그러나 신이 어떻게 일신에 닥칠 엄주를 두려워하여 두 세대에 걸쳐 하나 남은 핏줄을 보존시키지 않을 수 있겠습니까? 그래서 자부에게 말하기를, '이 아이가 이미 이곳을 떠났으니 이로 인하여 목숨을 도모할 수 있다면 어찌 천명이 아니겠는가? 그러나 조씨의 거짓 고아가 된 사람이 없으니 어찌하면 좋겠는가?' 하였는데, 마침 가동 가운데 나이와 용모가 이봉상과 비슷한 아이가 있었으므로 신이 대신 죽어줄 수 있겠느냐는 뜻으로 말하였더니, 그 가동이 비분 강개한 마음으로 사양하지 않고 강에 몸을 던져 죽어서 이봉상을 도망하여 갈 수 있게 만들었습니다. 그리하여 가동의 시체를 염하고 관에 넣어 官府의 부검을 거친 다음 무덤을 쓰고 신주를 만들었습니다."(『영조실록』, 1년 5월 9일)

98) 사족의 부녀가 유배를 당하는 일은 흔한 일이 아니었는데, 신임사화와 관련해서는 여성의 유배가 종종 있었다. 특히, 조태채의 딸을 유배 보낸 일에 대해서는 실록에 그 관련된 기록이 남아 있는데, 여성 가족 구성원이 가문의 흥망성쇠에 얼마나 주도적으로 관여하고 있었는지 짐작하게 하는 내용이다.

"고 사인 이정영의 처는 곧 조태채의 딸입니다. 자기 아비가 역모에 빠져 죽음을 받게 되자 그 원망을 사직을 부지시킨 대신에게(조태구를 가리킨 것이다.)

원들의 가문을 지키기 위한 노력들이 없었다면 이후 영조가 그들 가문을 신원시켜 주었을 때 옛 지위를 제대로 회복하기 힘들었을 것이다.[99]

노가재의 한글본 연행일기는 연행록이 한글 독자를 위한 배려로 이중구조로 기록된 초기의 작품으로 주목된다.[100] 위에서 살핀 것처럼 여성의 가문 내 역할이 두드러졌던 가문에서 한글 연행일기와 한글 유배일기가 함께 기록되고 읽혀졌다는 점은 여성의 위상과 한글 작품 생성의 관계의 관련성에 대해 짐작하게 한다.

즉 유배는 남성 양반관료들 당사자만의 일이 아니었던 것이다. 특히 김수항의 집안에서처럼 한글로 유배일기를 유통한 것은 가족 내에 여성의 역할에 대한 인식이 뚜렷해지고 있었다는 증거가 된다. 단순히 글자를 익히도록 하기 위해서나 파적삼아 제공된 읽기자료가 아니라 가문의 구성원으로서의 결속을 다지기 위한 의도의 가족문학이었던 것이고, 그 가족문학의 중요한 독자로서

돌려 늘 작은 수레에다 허수아비를 만들어 실어놓고 주륙을 가하는 짓을 하고 있습니다. 또 토역한 제신의 형상을 그려서 바람벽에 걸어놓고 손으로 활을 당겨 쏘았으며, 또 자기 계집종을 시켜 남편의 자형인 김동필 집의 두 계집종과 교결하게 하여 동모해서 흉한 물건을 김동필의 집에 묻어 저주하게 하였습니다. 또한 외삼촌인 임원군 표와 남편의 동기인 집안들에도 그런 짓을 하게 한 정상이 다 드러났고, 그 흉한 물건들을 발굴해 낸 것이 낭자합니다. 이런 흉역스런 마음을 품고 있는 것은 본디 내력이 있는 것으로 어찌 이루 다 주토할 수 있겠습니까? 세 계집종은 이미 죽어버렸으므로 옥사를 성립시킬 계제가 없으니, 청컨대 절도에 정배하소서." 하니, 임금이 모두 그대로 따랐다(『경종수정실록』, 3년 12월 17일).

99) 사화와 여성의 역할에 대해서는 황수연의 「사화의 극복, 여성의 숨은 힘」(『한국고전여성문학연구』 22, 한국고전여성문학회, 2011)을 참조하였다.

100) 김태준, 「연행록의 교과서 『노가재 연행일기』」, 『국제한국학연구』 1, 명지대학교 국제한국학연구소, 2003, 97쪽.

여성을 당당히 세웠다는 것을 보여주는 것이 바로 한글 유배일기들이다.

1) 서술시점의 이중성

(1) 유언(遺言)의 주체와 서술자의 불일치

『遺教』에 수록된 세 편의 유배일기들은 모두 사사(賜死)로 종결되는 유배를 기록한 것이다. 한 가문의 조·부·손 3명이 30여 년 사이에 유배에 처해졌다가 모두 사사되는 일도 흔치 않지만, 그들의 마지막 모습에 대한 생생한 기록이 남아 있는 경우는 더욱 드물다. 그런데 『遺教』에는 바로 그러한 3대에 걸친 유배와 사사의 기록이 차례대로 실려 있으니, 이는 역사적으로나 문학적으로나 무척 흥미 있는 자료임이 분명하다.

특히 『遺教』[101]와 그 이본인 『임인유사(壬寅遺事)』의 표제(表題)와 내제(內題)에 사용된 '遺教'와 '遺事'라는 문체와 서술시점의 문제에 주목하여 한글 유배일기가 가지고 있는 독특한 유언문학으로서의 특성에 대해 살펴보고자 한다. 먼저 '유교'와 '유사'가 제목에 혼용되어 사용되고 있는 상황을 정리해 보면 다음과 같다.

---

101) 『遺教』에 대해서는 이승복, 「『遺教』의 書誌와 文學的 性格」, 『奎章閣』 20, 서울대학교 규장각, 1997; 이승복, 『遺教』 원문 및 주석, 『문헌과 해석』 5, 문헌과해석사, 1998; 김태준, 「귀양과 賜死의 가족사: 〈임인유사〉를 중심으로」, 『우리 한문학과 일상문화』, 소명출판, 2007을 참조하였다.

〈『遺教』와 『壬寅遺事』의 表題와 內題〉

내용	『遺教』	『壬寅遺事』 (부제: 夢窩星州遺教 附竹醉富寧遺教)	表題
문곡 金壽恒의 유배	기사유사	(내용 없음)	內題
몽와 金昌集의 유배	임인유교	제목 없음	
죽취 金濟謙의 유배	임인유교	선고유교	

'유교'라는 표제 안에 '유교'와 '유사'라는 내제의 글이 함께 실려 있고, '유사'라는 표제 안에 '유교'라는 내제의 글이 실려 있다. 이러한 제목 상의 혼란은 단순한 표기상 실수의 문제라기보다는 각 문체에 대한 서술자(기록자) 나름의 판단에 의한 것인데, '유교'와 '유사'가 제목에 일관성 없이 쓰이고 있는 것처럼, 작품들의 특성 또한 '유교'와 '유사' 두 가지 문체의 특성을 동시에 가지고 있다고 본다.

원래 '遺敎'라는 문체는 임금이나 부모가 죽을 때에 내린 명령을 기록한 것을 말한다. 〈제례유교(祭禮遺敎)〉, 〈행사의절(行祀儀節)〉(『秋坡先生文集』 권2), 〈임술유교(壬戌遺敎)〉(『霞谷集』 7권), 〈예왕유교(睿王遺敎)〉(『東文選』 23권) 등에서 볼 수 있듯이 그 내용은 제사나 범절 전반 등 가족사적 문제들에 대한 지침이나 신하에 대한 충성 당부 등이 주를 이룬다.

한편 '遺事'는 죽은 사람이 남긴 사적이다. 〈가승유사(家乘遺事)〉, 〈선인유사(先人遺事)〉, 〈방친유사(旁親遺事)〉(『茶山 詩文集』 17권), 〈외가묘문유사(外家墓文遺事)〉(『眉叟記言』 45권)처럼 망자의 후손들이 작성하거나, 〈해좌공유사(海左公遺事)〉, 〈번옹유사(樊翁遺事)〉, 〈병조참판류공의유사(兵曹參判柳公誼遺事)〉(『茶山 詩文集』 17

권), 〈우시중유사(禹侍中遺事)〉(『眉叟記言』 20권)처럼 망자와 정서적·학문적으로 가까웠던 사람이 쓰는 것이 일반적이다. 따라서 행장(行狀)이나 묘지명 등처럼 망자에 대한 추모와 기림의 정서가 바탕에 깔린다.

즉, 작품들이 표제로 삼고 있는 한문문체인 '유교'의 일반적인 특징에 따른다면 『遺敎』의 〈기사유사〉는 김수항이, 〈임인유교〉는 김창집이, 〈선고유교〉는 김제겸이 서술자여야 한다. 앞서도 말했듯이 '유교'는 자신의 사후를 가정하여 집안의 대소사나 정치적 당부 등을 남겨질 사람들에게 전하는 글이기 때문이다. 물론 남아 있는 '유교'의 작품들 중에는 간혹 유언의 주체와 작성자가 일치하지 않는 경우들도 있다. 동문선(東文選)에 전하는 〈예왕유교(睿王遺敎)〉는 김부식이 작성하였고, 〈숙왕유교(肅王遺敎)〉는 김녹이 작성하였다. 그런데 중요한 것은 어디까지나 작성자들은 자신의 인격을 완전히 감추고 온전히 유언의 주체인 왕의 목소리로 유언을 전달하고 있다는 점이다.

> 내외 문무 신료와 승도 및 군민 등에게 교한다. 짐이 천지의 큰 명을 맡아 조종의 물려 준 기업을 이어 받아 삼한을 차지한 지가 18년이 되었다. (…중략…) 바라건대 종묘 사직은 복을 쌓고, 신하들은 마음을 합하여 사군을 도와서 길이 왕실을 편안케 하라. 그리하여 우리나라 운수로 하여금 무궁하게 누리게 하라. 슬프다, <u>너희 신민들은 나의 지극한 뜻을 알지어다</u>.[102]

102) "敎內外文武臣寮僧道軍民等. 朕荷天地之景命. 承祖宗之遺基. 奄有三韓. 十有八載. (…중략…) 尙賴廟社儲 祉. 臣鄰協心. 用輔嗣君. 永康王室. 使我國祚. 垂于 無窮. 咨

이 글을 쓴 사람은 김부식이지만 자신의 인격을 감추고 예왕(睿王)의 목소리로 서술하고 있다. 즉 작성자가 따로 있기는 하지만 유언의 주체와 서술자(화자)는 동일하다는 것이다.

그런데 『遺教』의 세 작품들은 그렇지 않다. 〈기사유사〉, 〈임인유교〉, 〈선고유교〉는 각각 김수항, 김창집, 김제겸의 목소리로, 그들이 화자인 것처럼 서술되어 있지 않다. 김부식이 작성한 〈예왕유교(睿王遺教)〉와 달리 유언의 주체와 서술자가 일치하고 있지 않은 것이다.

『遺教』의 세 작품들은 모두 아들이나 조카 등이 아버지나 숙부의 유배를 배행하며 쓴 글이다.[103] 김창집의 유배는 조카인 김신겸이 배행하고 기록하였고, 김제겸의 유배는 호적상으로는 조카이지만 실제로는 셋째 아들인 원행(元行)이 배행하고 기록하였다. 서술자가 명확하지 않은 〈기사유사〉 또한 마찬가지로 아들이나 조카 등 가까운 후손이 기록한 것이다. 그리고 유언의 주체가 되어야 할 김수항, 김창집, 김제겸은 글 속에서 '부군(府君)'으로 객관화되어 지칭되고 있다. 부군이란 죽은 아버지나 남자 조상을

爾多方. 體予至意."(金富軾, 〈睿王遺教〉, 『東文選』 권23, 教書)

103) 한 사람들이 〈기사유사〉, 〈임인유교〉, 〈선고유교〉의 서술자이거나, 유배당사자이다. 부자관계 혹은 숙질관계의 사람들이다. 『안동김씨파보』(智) 참조.

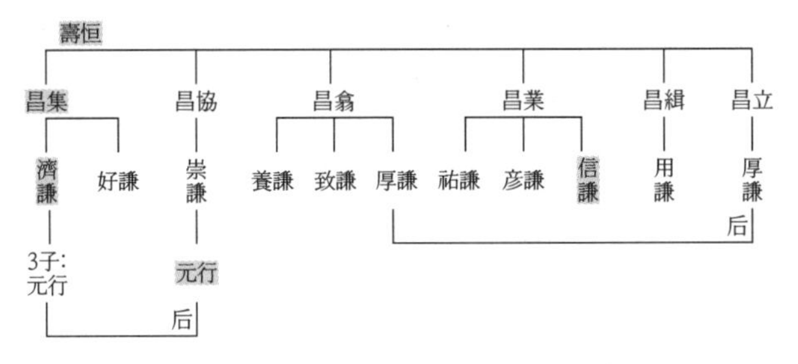

일컫는 말이다. 즉, 유언의 주체는 아버지나 숙부이지만 서술자는 아들이나 조카라는 것을 분명히 하고 있다.

유배일기에는 이렇게 유배의 당사자와 유배기록의 서술자가 일치하지 않는 관찰자시점의 글들이 다수 있다. 박조수의 〈남정일기〉는 손자가 할아버지를 배행하고 기록한 것이고, 이병탁(李秉鐸)의 〈병인일기(丙寅日記)〉, 이재(李栽)의 〈창구객일록(蒼狗客日錄)〉, 이교(李喬)의 〈가정경술일기(嘉靖庚戌日記)〉는 아들이 아버지의 유배를 배행하고 기록한 것이고, 정충신(鄭忠信)의 〈백사선생북천일록(白沙先生北遷日錄)〉은 제자가 스승의 유배를 기록한 것이다.

그런데 유배당사자와 서술자가 일치하지 않고, 유배당사자인 아버지, 할아버지, 스승의 행동을 제3자인 서술자가 기록하였다는 점은 '遺事'의 성격에 가깝다.

요컨대, 〈기사유사〉, 〈임인유교〉, 〈선고유교〉는 부군들의 남기시는 말씀들이 주 내용이기 때문에 '遺教'이기도 하지만, 부군들에 대한 추모와 기림의 마음으로 후손들이 그 남기는 말씀을 기록한 것이므로 '遺事'이기도 하다. 이러한 문체상의 혼란과 중첩이 이본들의 표제와 내제에 반영된 것이다.

그런데 『遺教』의 세 한글 유배일기인 〈기사유사〉, 〈임인유교〉, 〈선고유교〉는 서술자와 유배당사자가 일치하지 않는 데서 그치는 것이 아니라 서술자인 것이 명백한 아들이나 조카 등이 자신의 목소리를 숨기고 서술하고 있다는 점이 특이하다.

> 내 ᄆᆞᆯ을 ᄌᆡ촉ᄒᆞ야 젼진ᄒᆞ다가 십니ᄅᆞᆯ 못 가 힝ᄎᆞᄅᆞᆯ 만나니 부군이 가ᄉᆞᆯ 버ᄉᆞ시고 총감토만 ᄡᅳ시고 두에 업ᄉᆞᆫ 가마의 안자겨신ᄃᆡ 훤자

리보로 두로왓더라 내 ᄆᆞᆯ게 ᄂᆞ려 길ᄉᆡ의 셧더니 부군이 보틈으로 ᄂᆞᄎᆞᆯ 보시고 무러 ᄀᆞᆯ오시ᄃᆡ 드ᄅᆞ니 네 샹쥐셔 머믄다 ᄒᆞ더니 어이ᄒᆞ야 예ᄉᆡ디왓ᄂᆞᆫ다 ᄃᆡᄒᆞ야 ᄀᆞᆯ오ᄃᆡ ᄐᆞᄂᆞᆫ ᄃᆞᆺ 답〃ᄒᆞ야 나아왓ᄂᆞ이다 도ᄉᆡᆨ 교ᄌᆞ 뒤ᄒᆡ ᄇᆞ롯셔고 쇼촌찰방 챵발과 니쳠디명농이 그 뒤ᄒᆡ 셧거ᄂᆞᆯ 힝ᄎᆡ 져기 멀우신 후 <u>信謙이</u> 챵발과 니명농으로 더브러 ᄆᆞᆯ게 ᄂᆞ려 통곡ᄒᆞ니 ᄣᅢ예 부군이 후명긔별을 미처 모ᄅᆞ시미라[104]

위의 글에서 '나(ㅣ)'와 '信謙'은 동일인물이다. 성주에서 머물다가 후명도사(後命都事)가 부군을 뒤좇아 오고 있다는 소식을 듣고 '내'가 말을 달려 부군 곁에 온다. 부군은 '성주에서 머문다고 하더니 어찌 여기까지 왔느냐'고 묻는다. 차마 사사(賜死)의 명을 받들고 후명도사가 오고 있다는 말을 잇지 못하고, 부군이 잠시 멀어진 틈에 말에서 내려 다른 사람들과 더불어 통곡하는 장면이다. 이후의 글들도 주로 부군과 신겸이 나누는 대화나 신겸이 동석한 자리에서 나누는 부군과 다른 사람과의 대화, 신겸이 목격하거나 전해들은 부군의 행동 등을 기록하고 있다. 따라서 신겸이 바로 1인칭 관찰자이면서 실질적인 서술자인 것을 알 수 있다. 작품의 문면만으로도 충분히 확인할 수 있지만 〈임인유교〉의 한 문본 이본이라고 할 수 있는 〈성산유사(星山遺事)〉의 저자 또한 김신겸이라는 사실을 보태면 김신겸이 서술자임은 명백하다.

그런데 김신겸은 글의 제일 처음 부분에 '나(ㅣ)'를 잠시 드러냈다가, 이후로는 끝까지 스스로를 '신겸(信謙)'이라고 객관화하여

104) 〈임인유교〉, 1~2쪽.

지칭하고 있다. 신겸은 스스로를 1인칭으로 드러내지 않고 객관화하여, 서술자가 관찰하는 대상 중 한 명인 것처럼 서술하고 있어 3인칭의 객관적인 관찰자 시점처럼 보이도록 하고 있다. 이러한 서술상의 특성은 〈선고유교〉에도 보이고 있다.

> <u>부군</u>이 셰슈ᄒᆞ시고 됴곡ᄒᆞ신 후 쥭 잡ᄉᆞᆸ고 ᄌᆞ친씌 ᄒᆞ시ᄃᆡ ᄉᆞᄉᆡᆼ이 다 명이니 관겨티 아니니라[105]

'부군, 자친' 등의 가족관계어와 여러 높임표현들, 그 외에도 여러 가지 정황들을 통해 이미 서술자는 자신의 정체(金元行)를 드러낸 것이나 마찬가지다. 이 또한 작품의 문면만으로도 확인할 수 있는 것이지만, 글의 말미에 스스로 '원행읍혈근록'이라고 밝히고 있으므로 원행(元行)이 서술자임도 명백하다. 그런데도 굳이 본인을 1인칭(나)으로 지칭하지 않고 객관화하였다. 그래서 표면적으로는 3인칭의 객관적인 관찰자 시점으로 일관하고 있는 것처럼 보인다. 그러나 실질적으로는 1인칭 관찰자의 시점으로 글을 기술하고 있다. 즉, 3인칭 관찰자의 외피를 쓴 1인칭 관찰자 시점인 것이다. 이러한 시점의 특징은 〈기사유사〉, 〈임인유교〉, 〈선고유교〉에 모두 공통적으로 나타난다.

한글 유배일기들의 유배당사자와 서술자와의 관계, 즉 시점을 살펴보면 다음과 같다.

---

105) 〈선고유교〉, 1쪽.

〈한글 유배일기의 시점〉

번호	제목	작자	유배자	시점
1	기사유사	미상	文谷 金壽恒	1인칭 관찰자 (3인칭 관찰자[106])
2	임인유교	金信謙	(백부) 夢窩 金昌集	1인칭 관찰자 (3인칭 관찰자)
3	선고유교	金元行	(부친) 竹醉 金濟謙	1인칭 관찰자 (3인칭 관찰자)
4	남해문견록	後松 柳義養	본인	1인칭 주인공
5	북관노정록	後松 柳義養	본인	1인칭 주인공
6	남정일기	朴祖壽	(조부) 朴盛源	1인칭 관찰자
7	적소일기	金若行	본인	1인칭 주인공
8	신도일록	李世輔	본인	1인칭 주인공

4편이 자신의 유배를 스스로 기록한 1인칭 주인공시점이고, 4편은 유배를 배행했던 자가 기록한 1인칭 관찰자 시점이다. 그런데 앞서 살폈듯이 〈기사유사〉, 〈임인유교〉, 〈선고유교〉는 즉 3인칭 관찰자의 외피를 쓴 1인칭 관찰자 시점이었다.

요컨대, 〈기사유사〉, 〈임인유교〉, 〈선고유교〉는 '遺敎'가 일반적으로 주인공(주체)의 목소리로 서술되는 점과 다르고, '遺事'가 일반적으로 서술자가 명확한 1인칭 관찰자의 시점으로 서술되는 점과도 다르다.

---

106) 이렇게 표현한 이유는 시점상에 문제가 있기 때문이다. 표면적으로 볼 때 기록자 스스로를 객관화하여 표현함으로써 3인칭 관찰자시점 같은 느낌을 준다. 그러나 정황상, 내용상 분명히 현장에 있었던 1인칭 관찰자임이 드러나기 때문에 1인칭 관찰자 시점으로 보는 것이 타당하다. 1인칭 주인공 시점이 아닌 것은 분명하다. 〈임인유교〉와 〈선고유교〉의 시점도 마찬가지다.

(2) 서술자 개입에 의한 유언의 완성

앞서 살펴보았듯이 〈기사유사〉, 〈임인유교〉, 〈선고유교〉는 유언의 주체와 유언의 서술자가 동일하지 않았고 결과적으로 '遺教'라는 문체와 '遺事'라는 문체가 섞여 있는 모습을 보이고 있다.

유언을 남기고자 하는 사람(유언의 주체)과 그것을 서술하는 사람이 다르다는 점은 〈기사유사〉, 〈임인유교〉, 〈선고유교〉의 내용을 결정하는 데 있어서 중요한 역할을 하게 되었다. 이 기록들의 서술자는 유배당사자와 혈연적, 정서적으로 매우 가까운 관계였으므로, 있는 사실의 객관적 전달이 쉽지 않았을 것이다. 〈선고유교〉의 말미에 보면 "임인 납월블쵸남원힝읍혈근녹"이라고 하여 부군의 마지막을 가까이에서 지켜볼 수밖에 없었던 '피를 토하는' 심정이 표현되어 있다. 서술자에 의해 선택·기술된 유언의 내용들은 서술자의 이러한 관계적 특성이 반영된 결과일 것이다.

유배당사자의 입장에서 후손들에게 당부하고 싶은 이야기들과 후손들의 입장에서 듣고 싶은 이야기, 기억하고 싶은 이야기는 다를 수 있는데 그런 것들이 일기 속에 섞여 있다. 물론 두 이야기가 거의 동일한 것일 수 있다. 그러나 같은 이야기라고 할지라도, 당부하는 사람의 입장에서 서술한 것인지, 후손의 입장에서 서술한 것인지에 따라 이야기의 초점은 미묘하게 다를 수밖에 없는데, 그런 것들이 섞여서 기록되고 있다는 것이다. 즉, '유교'와 '유사' 의 명칭이 혼동되고 있는 것처럼, 그 내용에 있어서도 유교적 성격과 유사적 성격이 섞여 있는 것을 확인할 수 있다.

주인공의 시점이 아니라 관찰자의 입장에 서는 경우에는 남은 사람의 입장에서 꼭 들어야 할 말들, 사건들, 장면들이 더 보태어지거나 혹은 어떤 것들은 의도적으로 삭제된다. 예를 들어, 죽음 앞에서 의연하고 당당한 부군의 모습은 부각되는 한편, 죽음을 앞둔 인간에게서 볼 수 있는 너무나 자연스러운 두려움이나 왜소함 등은 삭제되거나 축약되었다.

부군이 하신 '내 무덤 가까이에 먼저 죽은 너희들 아우의 무덤을 두도록 하라'는 간단한 당부에도, 여러 가지 사정을 가정하여 캐묻고 또 묻는 이유는 부군이 남기신 말씀을 최선을 다해 지키고자 하는 자식들의 욕구가 있었기 때문이다. 부군은 자식들이 품을 수 있는 여러 가지 의문들에 대해서는 짐작도 하지 못했을 것이다. 그러나 자식들의 입장에서는 이 의문들이 무척이나 중요한 것이다. 따라서 그런 것이 반영되어 그토록 길고 지루한 문답이 기록될 수 있었던 것이다. 이를 요약하여 도식화하면 다음과 같다.

〈한글 유배일기의 유언문학적 성격〉

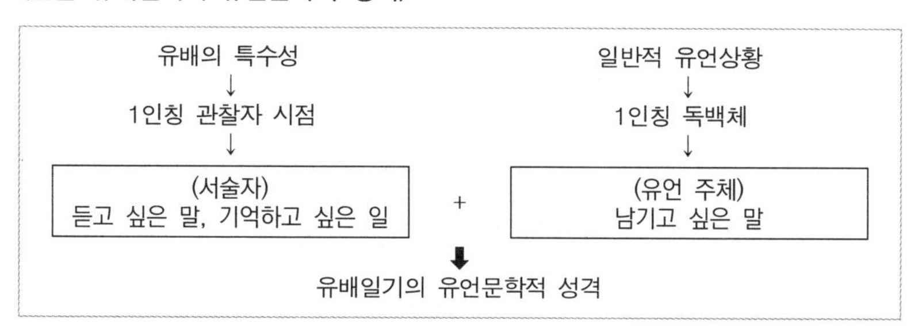

일반적으로 유언은 유언주체의 목소리로 서술되어야 한다. 그러나 유배를 당한 상황에서 갑작스럽게 유언을 남겨야 하는 일이

발생했을 때, 유언주체가 직접 유언의 내용을 기록하고 완성하기 힘들어질 수 있다. 그래서 배행했던 서술자들이 유언주체의 말씀을 기록하여 유언을 완성한 것이다. 그런데 서술자가 이렇게 개입을 하다 보니, 유언주체의 말씀만으로 유언이 구성되는 것이 아니라, 서술자가 듣고 싶은 것과 보고 싶은 것이 불가피하게 선택되어 기록될 수밖에 없었다. 즉, 서술자가 개입하여 유언을 완성한 것이다.

지금까지 살펴보았듯이 『遺敎』의 〈기사유사〉, 〈임인유교〉, 〈선고유교〉는 서술자의 욕망이 개입된 결과 일반적인 '遺敎'의 글들과는 차별성을 보이고 있었다. 서술자가 알고자 하는 것, 기억하고자 하는 것을 적극적으로 기록한 결과 '遺事'의 성격을 많이 띠게 된 것이다. 즉 『遺敎』는 '遺敎'라는 문체와 '遺事'라는 문체 사이에서 방황하고 있는 것이다.

요컨대 『遺敎』에 수록된 세 편의 한글 유배일기는 '부군에 대한 유사(遺事)'이기도 하고 '부군이 남기는 遺敎'이기도 하다. 이러한 문체상의 중첩은 유배와 사사라는 특수한 정황에서 비롯되었다. 숱한 유배기록들 중에서 이러한 절박한 상황에서 남겨진 유언을 바탕으로 작성된 것들은 서술에 있어서 혼란과 중첩의 가능성을 품고 있다. 이러한 서술시점의 혼란과 문체의 중첩은 비단 한글로 작성된 것만이 아니라 한문으로 작성된 것을 포함한 유배일기 전반에 적용될 수 있는 것이다. 즉, 한글 유배일기인 『遺敎』의 〈기사유사〉, 〈임인유교〉, 〈선고유교〉는 유배와 사사의 급박한 상황에 몰려 서술시점과 문체의 혼란과 중첩이라는 특수한 유언문학적인 모습을 보여주었다.

문학적 기억은 작가의 현재욕망이 개입된 의도적 기억이다.[107] 마찬가지로 『遺敎』는 서술자(와 그가 대변하는 후손 및 남겨진 사람들)의 현재욕망이 개입된 선택적 기억이라고 할 수 있다. 따라서 유교를 이해하기 위해서는 서술자의 현재욕망(의도)을 살펴보아야 한다. 서술자는 아들이거나, 조카이고 그들의 욕망은 죽음을 앞둔 부군을 통해 가문의 역사를 마지막으로 확인하고 기록하는 것이다. 그런데 기존의 연구는 『遺敎』에 서술되어 있는 유배 주인공의 행위와 말씀들이 어느 정도는 서술자의 욕망에 따른 선택의 결과들이라는 점을 간과하고 있다.

선조의 마지막을 지키는 후손들이 기억하고 싶은 선조의 모습과 기억해야만 하는 선조의 말씀은 무엇이었을까? 『遺敎』의 글들이 그것에 대한 답을 제시하고 있다.

107) "소설이란 시간이 활성화되어 기억의 과정에 망각이 개입한 경우, 기억의 흔적을 상상력으로 펼치는 것을 말한다. 이렇게 되면 저장과 인출 사이에는 근본적인 불일치가 일어나는데 그 근본적인 불일치를 감행하는 것이 바로 인간의 현재욕망이다. …… 그 욕망이 과거를 다시 보게 하는 것이다."(변학수, 『문학적 기억의 탄생』, 열린책들, 2008, 29쪽) 이 책에서는 소설을 대상으로 삼고 있다. 그러나 기억과 기술, 그리고 기술과 사실의 여부 사이에서 발생하는 의문은 모든 기술문에 다 해당되는 말이라고 생각된다. 특히 기억의 변형을 가져오는 요인이 시간이라고 하였는데, 유배실기 또한 여러 가지 정황상 사건의 시간과 기록의 시간에는 분명히 간격이 있을 것이므로, 시간에 의한 기억 변형의 가능성은 정도의 차이는 있겠지만 소설과 크게 다르지 않을 것이라고 생각한다.

2) 유언[108]의 내용

(1) 가문의 영속(永續)을 위한 기억과 그 전승

〈기사유사〉, 〈임인유교〉, 〈선고유교〉에는 가문의 중요한 역사라고 할 수 있는 기억들과 미래의 운명을 좌우할 해명, 가족사적 문제들에 대한 지침에 대한 대화가 많이 기록되어 있다.

가장 많이 보이는 내용은 부군에게 선대에서부터 내려오는 가문의 역사(중요한 사건이나 인물, 일화 등)에 대한 설명을 부탁하는 것인데, 이러한 것들은 남겨질 사람들의 입장에서는 부군의 죽음과 함께 잊혀 지도록 둘 수 없는 중요한 기억들이다.

(가) 셋재 분이 묻ᄌᆞ오ᄃᆡ 어려서 가졍의 이실 적 반ᄃᆞ시 슈샹으로셔 칭예ᄒᆞ고 긔ᄃᆡᄒᆞ시ᄂᆞᆫ 말솜이 잇ᄉᆞ올 거시니 원컨대 ᄌᆞ셔이 듯ᄌᆞ와디이다

답왈 내 어려서 과인ᄒᆞᆫ 실이 업ᄉᆞ니 엇디 칭예 긔ᄃᆡᄒᆞᄂᆞᆫ 밀이 이시리오 (…중략…) 션괴 드ᄃᆡ여 녕남으로 ᄃᆞ려가 처엄으로 왕고를 안동셔 어더 뵈오니 시년이 십이셰러니라 (…중략…) 잇다감 혹 고풍 약간 귀를 지어 드리거나 혹 젹은 부 모양으로 디으면 왕괴 믄득 그 긴졀ᄒᆞ

108) 죽음을 앞두고 마지막으로 남기는 말이라는 범주에서는 유서도 유언문학의 하나이다. 조선시대의 한글유서들은 대부분 여성들이 남긴 것들이다. 한글로 전해지고 있으며, 남은 가족들에 대한 당부와 가족사적 문제들에 대한 지침 등이 담긴 점들은 이 장에서 살피고자 하는 남성들의 유언과 다르지 않지만, 자신의 삶에 대한 한탄과 탄식이 솔직하게 담겨 있고 자결하면서 남긴 것들이라는 점에서 큰 차이를 보인다. 조선시대 유서에 대해서는 권호, 「비지 애사류 및 유서류 연구」(건국대학교 박사논문, 1993)를 참조하였다.

야 탁톄ᄒᆞ다 기리시고 일ᄌᆞᆨ 고젼당부ᄅᆞᆯ 보시고 산풍긔혜츄림ᄒᆞ니 여유인혜삽〃이라 ᄒᆞᆫ 귀ᄅᆞᆯ 비뎜ᄒᆞ야 ᄀᆞᄅᆞ샤ᄃᆡ 이 비록 젼사ᄅᆞᆷ의 시나 고젼당의 쓰미 극히 긴탹ᄒᆞ야 유미타ᄒᆞ시며 도졍 ᄌᆞᆼ고죄 일ᄌᆞᆨ 모든 아ᄒᆡ ᄌᆡ품이 뉘 나으믈 뭇ᄌᆞ온대 왕괴 답왈 제ᄋᆡ 다 특이ᄒᆞᆫ ᄌᆡ죄 아니로ᄃᆡ 아모의 글은 뎨 도라보기ᄅᆞᆯ 묘히 ᄒᆞ야 ᄀᆞ장 뎨웅ᄒᆞ니 젼두 과거ᄒᆞ기ᄂᆞᆫ 반ᄃᆞ시 ᄂᆞᆷ이에셔 몬져 ᄒᆞ리라 ᄒᆞ시더라[109]

셋째 아들 창흡(昌翕)이 아버지 김수항에게 살아생전의 특별한 일화에 대한 질문을 하였다. 김수항은 특별한 일이 없었다고 서두를 열지만, 왕고(王考, 돌아가신 할아버지)에게서 어렸을 적 들었던 칭찬의 기억을 떠올려 들려주었다. 김수항의 할아버지는 병자호란 당시 주전론(主戰論)을 주장하여, 조선시대 내내 충절의 상징으로 숭앙받았던 청음(淸陰) 김상헌(金尙憲)이다. 그는 조선후기 세도가문으로 알려진 이른바 '장동 김씨(壯洞金氏)'의 실질적 시조라고 할 수 있다. 할아버지 김상헌으로부터 어렸을 때부터 남다른 문재(文才)를 인정받은 김수항은 그 후손들 중에서 정승과 왕비를 숱하게 배출시키며 명실상부한 권세가로 가문을 이끌었다.

(나) 둘재 분이 츌신ᄒᆞ신 초의 니력 대개ᄅᆞᆯ 뭇ᄌᆞ온대 (…중략…) 오란 후의 비로소 교리ᄅᆞᆯ ᄒᆞ여 ᄒᆞᆫ 번 연셕의 입시ᄒᆞ엿더니 이리 ᄒᆞᄆᆞ로브터 므릇 주의ᄒᆞ미 이시매 믄득 다 낙뎜을 무ᄅᆞ오니 긔쳔 홍정승이 일ᄌᆞᆨ 희롱ᄒᆞ여 니ᄅᆞᄃᆡ 녯 신공민일이 여러 번 ᄃᆡ시의 의망ᄒᆞᄃᆡ

---

109) 〈기사유사〉, 184~185쪽.

ᄎᆞᄉᆡᆼ 슈뎜을 못ᄒᆞ더니 ᄣᅢ의 모공이 므ᄅᆞᄃᆡ 그ᄃᆡ 일ᄌᆞᆨ 연듕의 입시ᄒᆞ엿더냐 신공이 ᄀᆞᆯᄋᆞᄃᆡ 아모 ᄣᅢ의 일ᄌᆞᆨ ᄒᆞᆫ 번 입시ᄒᆞ엿노라 모공이 왈 그러ᄒᆞ도다 ᄒᆞ니 그 ᄠᅳᆺ이 대강 샹이 그 브룽ᄒᆞᆫ 거동을 친히 보신 고로 졔ᄇᆡ 앗기미 이러타 ᄒᆞ미라 자ᄂᆡ 요ᄉᆞ이 년ᄒᆞ야 은뎜을 닙으미 ᄉᆡᆼ각건ᄃᆡ 향일의 입시ᄒᆞᆫ 연고라ᄒᆞ더라[110]

둘째 아들 창협(昌協)이 이어서 아버지 김수항의 환로(宦路) 이력에 대해서 묻고 있다. 물론 김수항의 이력에 대한 기록이 다른 곳에 없지는 않을 것이나, 당사자인 부군의 기억과 말씀으로 다시 한 번 더 확인하고 기록하고자 했는데, 이는 앞서 살폈던 문재(文才)에 대한 문답과 마찬가지로 훗날 김수항의 문집을 엮거나 행장(行狀) 등을 엮을 때 반드시 필요한 정보들이기도 하다. 김수항은 비교적 이른 나이에 과거에 급제한 이후, 정승의 자리에까지 오르며 승승장구하다가 기사년에 유배되고 결국 사사되었다. 그 끝이 비록 사사로 막을 내렸지만, 사사된 이후 얼마 지나지 않아 신원이 되었으며, 아들들도 다시 정국을 좌지우지하는 위치에 오르게 되었으니 평생의 이력이 결코 초라하다고 할 수 없고 오히려 화려한 이력을 가졌다고 할 수 있다.

이처럼 부군이 돌아가시기 전에 부군의 살아생전의 일화나 이력을 물어서 기록해 두는 것은 남은 자식들이 마땅히 해야 될 일이다. 그런데 다소 이해하기 힘든 부분은 죽음을 앞두고 마음으로는 경황이 없을 어른에게 집안의 다른 어른들에 대한 기억을

110) 〈기사유사〉, 185쪽.

들려주십사 청하는 내용이 있다는 것이다. 이는 자칫 몰인정하고 눈치 없는 행동처럼 보일 수 있다. 그러나 실은 무척이나 중요한 일이었다. 집안의 어른들에 대한 기억은 바로 가문의 역사다. 그러한 역사가 부군이 돌아가시고 나면 자칫 망각되거나 흐릿해 질 위험이 있기 때문에 반드시 기록해 두어야 하는 것이다. 가문의 과거를 기록하는 것은 궁극적으로는 가문의 미래와 운명을 위해서 필요한 일이다.

> (다)-1. 信謙이 ᄀᆞᆯ오ᄃᆡ 삼연아ᄌᆞ바님 어려 겨실젹 힝젹이 므ᄉᆞᆫ 특이ᄒᆞᆫ 뎐ᄒᆞ얌즉ᄒᆞᆫ 일이 이ᄉᆞᆸᄂᆞ니 잇가 부군이 니ᄅᆞ시ᄃᆡ 긔록디 못ᄒᆞᆯ다 다만 어려셔브터 ᄉᆞ쇼ᄒᆞᄂᆞᆫᄆᆞᄃᆡ과 말과 일을 범쇽과 달리ᄒᆞ랴ᄒᆞ더니라[111]

신겸이 부군인 김창집에게 묻고 있는 '삼연(三淵)'은 김수항의 셋째 아들인 김창흡이다. 김수항의 여섯 아들들이 모두 문재가 뛰어나 '육창(六昌)'이라고 불리며 기림을 받았는데, 그 중에서 특히 둘째인 농암(農巖) 김창협과 셋째 삼연(三淵) 김창흡은 각각 문(文)과 시(詩)로 당대에 명망이 높았던 대문장가였다. 삼연은 신겸에게는 숙부이고 창집에게는 둘째 아우인데, 임인년(1772년) 당시에는 이미 사망한 후였다. 신겸은 바로 그 숙부 삼연에 대해서 백부인 김창집에게 묻고 있는 것이다. 창집은 지금 기억나는 것은 많지 않지만, 삼연이 살아생전에 비범했었다고 전해 주고 더

---

111) 〈임인유교〉, 5쪽.

이상의 말이 없다. 그러나 삼연에 대한 기억이 더 필요한 후손들은 부군에게 더 많은 이야기를 들려줄 것을 집요하게 청하였다.

(다)-2. 양겸이 뭇ᄌᆞ와 ᄀᆞᆯ오ᄃᆡ 션군 어려겨실적 힝젹이 무ᄉᆞᆫ 니ᄅᆞ실 말솜이 잇ᄂᆞ니잇가 ᄃᆡ답ᄒᆞ시ᄃᆡ 별노 긔록ᄒᆞᄂᆞᆫ 거시 업노라 티겸이 ᄀᆞᆯ오ᄃᆡ 혹 글브티 일노 어룬의게 기리임 바ᄃᆞ신 일이 이솝더니잇가 ᄃᆡ답ᄒᆞ시ᄃᆡ 그런 일이야 어이 업ᄉᆞ리 信謙이 티겸ᄃᆞ려 무ᄅᆞᄃᆡ 풍동녹듁보신츄(ᄇᆞ람이 ᄑᆞ른 대ᄅᆞᆯ 운ᄌᆞᆨ여 새 ᄀᆞ올을 보ᄒᆞ단 말이라) 이 글이 어ᄂᆞ희 지으신 글이며 사ᄅᆞᆷ이 닐오ᄃᆡ 증왕고운 내야 지이신 글이라ᄒᆞ니 올흔가 부군이 니ᄅᆞ시ᄃᆡ 이 글이 임인년의 지은 글이니 그ᄧᅢ (…중략…) 왕고와 어루신내ᄭᅴ셔 크게 일ᄏᆞᄅᆞ시고 이 밧ᄭᅴ도 짓ᄂᆞᆫ 글을 만히 기리고 긔ᄃᆡᄒᆞ시더니라 (…중략…) 듯ᄂᆞᆫ 재 다 긔특이 너기더니라.[112]

부군은 거듭 '기억하지 못한다.', '기억하는 것이 없다.'고 말씀하셨지만, 양겸과 치겸, 신겸은 부군이 기억을 떠올릴 수 있도록 자기들이 알고 있는 삼연의 시에 대해 이야기하였다. 양겸은 삼연의 첫째 아들이고 치겸은 둘째 아들이다. 양겸과 치겸은 번갈아 가며 '돌아가신 아버지의 어리실 적 특별한 일'이 무엇인지, '(아버지께서) 집안 어른들에게 글재주로 칭찬 들으신 일'이 없었는지 묻는다. 양겸과 치겸의 입장에서 볼 때 백부이신 창집이 돌아가시고 나면 아버지 삼연에 대한 기억을 누구를 통해 더 들을

112) 〈임인유교〉, 13~14쪽.

수 있겠는가. 앞서도 말했지만 이러한 상황이 다소 몰인정해 보일 수도 있지만 양겸과 치겸은 끈질기게 백부인 창집에게 아버지 삼연의 일을 물었다. 신겸도 거들어서 이들과 함께 삼연에 관련된 일에 대해 이 말 저 말을 늘어놓고 있는 와중에 창집이 삼연에 대한 온전한 기억을 풀어놓은 것이다.

한편, 오해를 사거나 모함을 받을 만한 일에 대해 오랫동안 문답하는 장면이 자주 등장하는데, 가문의 운명을 위해서 부군과 후손들이 이러한 문제들에 대해 분명히 해명해 두고 싶어 한다는 것을 알 수 있다.

(라) 져녁의 민챵쉬 뭇ᄌᆞ와 ᄀᆞᆯ오ᄃᆡ 흉인이 ᄆᆞ양 션훈 어그로왓다 말을 삼으니 당일 유계ᄅᆞᆯ 임의 ᄌᆞ셔히 아ᄋᆞᆸ고 젼후츌쳐ᄒᆞ신 것도 분명이 아ᄋᆞᆸ거니와 이 밧씌 혹 더 아올 일이 이ᄉᆞᆸ더니잇가 부군이 답ᄒᆞ시ᄃᆡ 무릇 우리 ᄌᆞ손이 벼ᄉᆞᆯᄒᆞ면 맛당히 현요ᄒᆞᆫ ᄃᆡ 피ᄒᆞ라ᄒᆞ야겨시니 이거시 션훈이오 이 밧근 다ᄅᆞᆫ 말ᄉᆞᆷ이 아니 겨시니라 (…중략…) 두로혀 ᄉᆡᆼ각ᄒᆞ니 졍승 벼ᄉᆞᆯ을 비록 ᄀᆞ라낼디라도 졍승관교ᄂᆞᆫ 인ᄒᆞ여 거드실 리 업ᄉᆞ니 혓도이 졍승일홈만 밧ᄌᆞᆸᄂᆞ니 보다가ᄂᆞᆫ 출히 졍승 벼ᄉᆞᆯ을 힝공ᄒᆞ여 션인지ᄉᆞᄅᆞᆯ 닛ᄌᆞᆸᄂᆞᆫ 거시 ᄯᅩᄒᆞᆫ 도리라ᄒᆞ야 민면ᄒᆞ야 숙비ᄒᆞ고 낫다가 믈너오ᄆᆞᆯ 구ᄒᆞᄃᆡ 엇디 못ᄒᆞ고 오ᄂᆞᆯ날 일을 만나니 처엄 ᄠᅳᆺ을 도라 보건대 븟그럽고 ᄒᆞᆫᄒᆞ미 무궁ᄒᆞᆯ와 민챵쉬 ᄀᆞᆯ오ᄃᆡ 젼후의 현요ᄒᆞᆫ 벼ᄉᆞᆯ은 힝공ᄒᆞ신 일 업고 졍승슉비 ᄒᆞ시기ᄂᆞᆫ ᄉᆞ셰 응당 그러ᄒᆞ오니 오ᄂᆞᆯ날 일도 응당 그러ᄒᆞᆯ 일이라 죠곰이나 븟그러오미 어이 겨시리잇가 쇼ᄌᆞ의 ᄆᆞᄋᆞᆷ의도 션덕의 유광ᄒᆞᆯ가 ᄒᆞᄂᆞ이다 부군이 우스시다.[113]

김창집은 2남 2녀를 두었는데 장남이 바로 〈선고유교〉의 주인공인 김제겸이고 둘째 아들이 호겸(好謙)이다. 장남 제겸은 아버지 창집이 사사된 지 약 넉 달 뒤에 부령에서 사사되었고, 둘째 아들 호겸은 종숙부인 창숙(昌肅)의 양자가 되었다. 두 딸은 민계수(閔啓洙)와 민창수(閔昌洙)에게 각각 출가시켰는데, 창집의 곁을 지키며 여러 가지를 묻고 있는 민창수가 바로 둘째 사위이다.[114]

이날 민창수는 '흉인들이 늘 선훈을 어겼다는 말로 모함'을 일삼는데, 이 일의 전후사정에 대해 잘 알고 있기는 하지만 더 알아야 할 일이 있지 않은지 부군인 김창집에게 물었다. '이미 알고 있지만 더 알아야 할 것이 있습니까?'라고 물었다는 것은 그만큼 이 문제가 분명히 해 두어야 할 중요한 것이라는 점을 말해 준다. 김창집은 먼저 '현요한 벼슬을 멀리하라.'고 하신 아버지 김수항의 유훈을 명확히 일러준다. 김수항의 이 유훈은 그의 문집인 『문곡집(文谷集)』에도 분명히 명시되어 있다.

> 무릇 내 자손들은 마땅히 나를 경계로 삼아 언제나 謙退의 뜻을 지니도록 해라. 벼슬길에 나가서는 높은 요직을 멀리 피하라.[115]

그런 다음, 자신의 출사 이력에 대해 상세하게 해명하고 있다. '유훈을 어겼다'는 모함에 대해서 전체 글의 분량 중 10% 가량을

---

113) 〈임인유교〉, 8~11쪽.

114) 『안동김씨파보』(智)

115) "凡我子孫 宜以我爲戒 常存謙退之志 仕宦則避遠顯要"(『文谷集』 권26, 遺戒, 〈六則〉)

차지할 만큼 상세하게 해명하고 있는 것으로 보아, 이 문제에 대해 김창집이 얼마나 마음을 많이 썼는지를 알 수 있다. 그의 해명 내용은 요컨대, 지위는 높으나 현요한 벼슬에 앉은 적은 없었으며, 정승벼슬은 아버지에 대한 기림의 의미로 임금께서 내려주신 자리인데 이름만 받고 있느니 차라리 행공(行公)하여 선조들의 뜻을 잇자는 생각으로 머물러 있었을 뿐이며, 물러날 때를 구하지 못하는 차에 이런 일을 당하게 되었다는 것이다. 사위 민창수가 선훈을 어겼다는 모함에 대해 '부끄러워하실 일이 없다.'고 하며 김창집의 마음을 위로해 주었고, 부군은 희미한 웃음으로 사위의 그러한 마음에 답하였다.

'현요한 벼슬을 멀리하라.'는 김수항의 유훈뿐만 아니라 그 유훈을 둘러싼 이런 저런 논란의 기억들은 모두 뒷사람들에게 정확히 전해져야 할 것들이므로, 민창수와 김창집은 후명(後命)을 기다리는 절박한 상황이지만 이렇게 장황하게 묻고 답한 것이다.

> (마) ᄯᅩ 현묘 고명ᄒᆞ시던 ᄯᅢ 일을 뭇ᄌᆞ온대 답왈 (…중략…) 내 나아가 업ᄃᆞ니 샹이 처엄은 능히 아라보시디 못ᄒᆞ시더니 허젹이 좌샹의 드러와 형셰 난안ᄒᆞᆫ ᄯᅳᆺ을 계달ᄋᆞ오니 이 ᄯᅢ 샹이 거의 말을 못ᄒᆞ시게 되여 겨시더니 왈학 즉시 작긔ᄒᆞ야 소ᄅᆡᄒᆞ오셔 안심 ᄒᆡᆼ공ᄒᆞ라 ᄒᆞ오시니 옥음이 심히 분명ᄒᆞ야 경녕ᄒᆞᆫ ᄯᅳᆺ이 겨시더라.[116]

김수항은 현종이 승하할 때 좌의정으로서 와내(臥內)에 들어가

116) 〈기사유사〉, 186쪽.

임종하고 고명대신(顧命大臣)이 되었다.[117] 이때의 일에 대해 물으니 김수항이 길게 답한 내용이다. 실록에도 현종이 승하할 때의 급박한 상황이 기록되어 있는데, 지금 그가 전해 주는 상황과 거의 동일하다. 김수항이 조정에 참여할 즈음은 1~2차에 걸친 예송논쟁의 소용돌이가 세차게 불어 닥쳤던 시기이다. 현종을 이은 숙종 대에 송시열을 위시한 노론의 세력들은 당쟁의 거센 칼바람에 스러질 운명이었는데, 현종의 임종을 지켰던 김수항은 그것을 예감하였을까. 어찌되었든, 왕의 마지막을 지킨 고명대신이 될 기회와 자격은 아무에게나 주어지는 것이 아니다. 후손들은 현종의 고명대신이 되신 김수항의 일을, 당사자의 말을 통해 생생하게 전해 듣고 그것을 기록으로 남기길 원했을 것이다.

(바) <u>두환 ᄣᅢ예 일이야 그 ᄣᅢ 쵸우ᄒᆞ고 노췌ᄒᆞ던 거동은 밧사ᄅᆞᆷ이 ᄯᅩᄒᆞᆫ 엇디 다 알니오</u> (…중략…) ᄯᅩ ᄌᆞ셩이 승하ᄉᆞ신 변을 만나니 더옥 다시 우의 망조ᄒᆞᆫ ᄃᆡ 셩복이 디나디 못ᄒᆞ시고 졍텽이 발티 못ᄒᆞᆫ

117) ① 허적 등이 물러나와 선화문에 가서 좌의정 김수항, 우의정 정지화를 빨리 들어오도록 독촉하여 즉시 함께 탑전에 들어갔다. (…중략…) 적이 아뢰기를, "신들이 여기 모두 있는데 무슨 하교할 일이라도 있으신지요?" 하니, 상이 작은 목소리로 말하기를, "대신이 오기는 왔어도 긴 얘기는 할 수가 없구나." 하였다. 허적이 아뢰기를, "소신만 심정이 불안한 것이 아니라 좌의정 김수항도 불안한 심정을 가지고 있습니다. 왜 편안한 마음으로 공무를 수행하라는 뜻으로 좌상에게 전교를 않으십니까?" 하니, 상이 한참 만에 이르기를, "편안한 마음으로 공무수행을 하라고 하라." 하였다. (…중략…) 삼공 이하 모두 나와서 선화문 안에 앉아 있다가 유시에 다시 상의 앞으로 갔다. 장선징이 아뢰기를, "삼공이 다 와서 하교를 듣고 싶어 합니다." 하니, 상이 이르기를, "내 어찌 대신의 뜻을 모르겠는가. 다만 정신이 이러하여 말을 할 수가 없는 것이다." 하여, 제신들 모두가 울먹이며 물러나왔다(『현종개수실록』, 15년 8월 18일).
② 상이 창덕궁 재려에서 승하하다(『현종개수실록』, 15년 8월 18일).

젼의 옥톄 결단ᄒᆞ야 부디ᄒᆞ시기 어려운 ᄃᆡ 다른 변통홀 길히 업서 마디 못ᄒᆞ야 타락을 권진홀 ᄯᅳᆺ을 대왕대비젼의 구젼으로 계달ᄒᆞ야 ᄀᆞᄅᆞᄃᆡ (…중략…) 후의 드ᄅᆞ니 박화슉셰치 이 일로 군샹을 속엿다 ᄒᆞ니 사ᄅᆞᆷ의 소견이 진실로 각각 ᄀᆞᆺ디 아니ᄒᆞ고 ᄯᅩᄒᆞᆫ 그 ᄯᅢ 위박ᄒᆞᆫ 형셰를 혜아리디 아녀 그러ᄒᆞ니라 므ᄅᆞᆺ 이 니ᄅᆞᄂᆞᆫ 말이 스ᄉᆞ로 나의 슈구를 펴ᄂᆞᆫ 거시 아니라 너희들로 ᄒᆞ여곰 그 ᄯᅢ 실상을 알과져 ᄒᆞ미니라[118]

'너희들로 하여금 그 때 실상을 알도록 함이니라.'고 말한 이 일은 후에 소론의 영수가 되었던 화숙(和叔) 박세채(朴世采)가 '군상을 속였다.'고 모함하였던 일을 말하는데, 그 일의 전말은 이러하다. 숙종 9년 왕이 두질(痘疾)에 걸렸다.[119] 당시 약방(藥房) 도제조(都提調)였던 김수항은 숙종을 가장 가까운 곳에서 모시며 치병에 전념하였다.[120] 그런데 병이 치료되어 가던 즈음에 갑자기 왕대비가 훙서(薨逝)하였고 국상을 치르느라 왕의 병은 다시 악화되었다. 대왕대비와 대신들이 왕의 건강을 걱정하여, 지나치게 왕대비의 죽음을 슬퍼하지 말고 몸을 돌볼 것을 왕께 거듭 청하여 겨우 몸을 추스르기에 이르렀다.[121] 숙종이 두질에 걸려 호전

118) 〈기사유사〉, 181~182쪽.

119) 임금이 불예하였으니, 곧 두질이었다(『숙종실록』, 9년 10월 18일).

120) 약방에서 입진하고, 좌의정 민정중 또한 입시하였다. 이날부터 임금이 단지 약방 도제조 김수항과 하번인 한림 이현조가 의관과 함께 침소에 입시하고, 그 나머지 여러 사람들은 모두 외무 아래에서 진후하라고 명하였다(『숙종실록』, 9년 10월 21일).

121) 이때 임금의 병이 나았으나, 곧 대척을 만나 시훼하여서 거의 견디지 못하였다. 대왕 대비가 밤낮으로 근심하여 권도를 따를 것을 청하고 삼사에서 복합하여

과 악화를 거듭하였던 일들이 모두 김수항이 약방 도제조를 맡을 때 일어났다.[122] 나중에 노론의 정적인 소론에서는 이 당시의 일들을 두고 정치적 공세를 펴곤 하였던 것이다.

숙종의 병이 얼마나 위급한 상태였는지 당시 약방 도제조였던 김수항만큼 잘 아는 사람은 없었을 것이다. 김수항은 특별한 다른 방도를 찾지 못하고 타락죽(駝酪粥)을 진어(進御)하였다. 승정원일기에 따른다면 왕실에서 가장 많이 진어되던 죽이 바로 타락죽이다. 특히 상중(喪中)에 소식(素食)으로 인한 병을 다스리는 식치(食治)의 방법으로 조선왕실에서는 이미 보편화되어 있던 방법이었다.[123] 김수항이 숙종에게 타락죽을 진어할 것을 청한 것은 결과적으로 전혀 문제가 될 것이 없는 일이었던 것이다. 그런데 그때의 상황을 모르던 사람들은 타락죽이 진어된 과정과 절차를 문제 삼으며 그 일을 꼬투리 잡기 좋았을 것이다. 김수항은 남은 가족들에게 그때의 일을 다시 정확히 알려주며 뒷날 생길지도 모를 오해와 위협에 대비하도록 하였다.

한편, 가족사적인 여러 가지 문제들에 대한 문답들 또한 많이 보인다. 자신의 묏자리나 치상범백처럼 곧 닥칠 가까운 일에 대한 지침에서부터, 자손들의 이름이나 字 지어주기, 심지어 제사의 규모 등에 대한 것까지 문답하였다. 주로 곁에 앉아 모시고 있는

다투며, 대신들이 백료를 거느리고 정청하기를 며칠 동안 그치지 아니하니, 임금이 울면서 허락하였다(『숙종실록』, 9년 12월 12일).

122) 약방 도제조 김수항이 새로 장성한 아들을 잃었으므로 여러 번 차자를 올려 힘껏 사퇴하니, 임금이 마지못하여 윤허하였다(『숙종실록』, 10년 1월 5일).

123) 왕실에서 타락죽을 사용한 예는 김호의 「조선의 食治 전통과 王室의 食治 음식」(『朝鮮時代史學報』 45, 朝鮮時代史學會, 2008, 153쪽)을 참조.

후손들이나 찾아온 사람들이 생각나는 대로 부군에게 먼저 묻고 부군이 이에 답하는 형식이다. 부군이 문득 먼저 생각이 나면 앞뒤 없이 옆의 사람에게 생각난 것들을 이야기해 주기도 한다. 주변 사람들은 부군이 유언해야 할 일들을 생각해내도록 돕기도 하고 기억을 보태기도 하는 식이다. 그래서인지 유배일기에는 일반적인 '遺敎'나 '遺事'처럼 그 내용이 체계적으로 정리되어 기록되지 못한 것이다.

죽음을 앞둔 부군에게 장례는 어찌 치러야 할지, 제사는 어찌해야 할지, 심지어 가족들의 묏자리는 어찌해야 될지에 대해 묻고, 자손들의 이름자를 지어달라고 부탁하는 행동이 일견 이상해 보일 수도 있다. 그러나 급박한 상황에서 유언을 완성해 나가며 나눈 대화들은 양반사대부들이 가문의 뿌리를 지키기 위해 가장 중요하게 여긴 것이 어떤 것이었는지를 여실히 보여주는 것이기도 하다.[124] 『遺敎』에서 다루어지는 가족사적 문제들 중에는 상장례와 묏자리에 대한 이야기가 가장 큰 비중을 차지한다. 자신의 사후 묏자리, 먼저 죽은 아이와 아내 등 가족의 묏자리, 심지어 조상묘의 이장에 대해서도 당부를 남긴다. 또한 자신의 사후 치상범백에 대해서도 당부하고 앞으로 가문에서 이어나갈 제사의례의 규모에 대해서까지 구체적으로 언급하고 있다.

송수찬·권지평과 함께 상례를 치르는 일에 대해 의논하였다. 권 지평이 말하기를 '선생께서 유훈하시기를, 『가례』를 위주로 하되 미비

124) 후손에게 당부하는 유언의 내용을 통해 당대의 집단가치를 알 수 있다. 김유미, 「유언설화연구」, 한국교원대학교 석사논문, 2004, IV장 참조.

된 것이 있으면 『상례비요』를 참고하여 쓰라고 하셨다.' 하기에 박광일이 '한결같이 유명을 따르는 것이 좋겠다.'고 하였다.[125)]

김수항과 같은 해 4월에 후명(後命)을 받은 송시열의 상장례를 기록한 한문 유배일기 〈초산일기(楚山日記)〉[126)]에도 송시열이 자신의 사후 상례절차에 대해 서술자 및 주변인들에게 지침을 내리고 있는 장면이 있어 〈기사유사〉와 비교된다. 〈초산일기〉는 후명과 사사의 과정이 주변인에 의해 기록되었다는 점에서도 〈기사유사〉와 유사하다. 이처럼 후명과 사사의 목전에 놓인 상황을 배경으로 한 유배일기에는 한글 유배일기와 한문 유배일기에 모두 자신의 사후(死後)에 대한 준비를 스스로 내리는 모습이 기록되는 공통점을 보이고 있다.

(사)-1. 영장ᄒᆞ게 되면 브ᄃᆡ 네 아ᄋᆡ 무덤의 갓가이ᄒᆞ여 혼ᄇᆡᆨ으로 ᄒᆞ여곰 서로 의지케 ᄒᆞ라 나의 소원은 샹해 션산근쳐의 무치고져ᄒᆞ여 ᄆᆞᄋᆞᆷ 먹어 경영ᄒᆞ연디 ᄯᅩᄒᆞᆫ 오랜디라 (…중략…) 마디 못ᄒᆞ여 신복ᄒᆞᄂᆞᆫ 일이 이셔도 혹 션산 머디 아닌 ᄃᆡ 어드면 다ᄒᆡᆼ커니와 만일 죵시

125) "宋修撰權持平 講治喪禮 權持平曰 先生遺訓 當以家禮爲主 而其未備者 以備要參用 光一 曰 一遵遺命可也."(『宋子大全續拾遺』 附錄 권2, 〈楚山日記〉)

126) 〈楚山日記〉는 우암 송시열이 사사되기 직전과 그 후의 상례과정을 그의 문인인 민진강 등이 일지 형태로 기술한 책이다. 이 일기는 원자정호문제로 제주에 위리안치되어 있던 송시열이 국문을 받기 위해 올라오다 남인들의 주청으로 후명을 받게 되는 정읍에 도착한 날인 1689년(숙종15) 6월 8일부터 수원 萬義에 장사 지낸 후 같은 해 7월 22일 懷德 南澗으로 반혼하며 문상객들이 흩어지는 것으로 끝을 맺고 있다(류용환, 「尤庵 宋時烈 喪葬禮에 관한 硏究: 「楚山日記」를 중심으로」, 한남대학교 석사논문, 2005, 5~25쪽).

히 엇디 못ᄒᆞ여 먼 ᄃᆡ 뎡ᄒᆞ면 네 아ᄋᆡ 무덤을 홀노 ᄇᆞ려두디 못 ᄒᆞᆯ 거시니 ᄇᆞᄃᆡ 신복ᄒᆞᆫ 뫼흐로 옴겨가미 올흐니라[127]

김수항에게는 여섯 아들이 있었는데(昌集, 昌協, 昌翕, 昌業, 昌緝, 昌立), 김수항이 사사된 기사년(己巳年)에는 막내아들 창립이 이미 사망한 후였다.[128] 김수항은 이 아들의 이른 죽음에 큰 충격을 받고 상심하여 벼슬에서 물러날 것을 청하기도 했었다. 〈기사유사〉에 거듭 언급된 '네 아ᄋᆞ(너희들의 아우)'가 바로 막내아들 창립을 말하는 것이다. 김수항은 일찍 죽은 아들의 남겨진 아들인 후겸(厚謙)[129]과 이언신(李彦臣)에게 시집보낸 딸을 잘 돌보아 주라고 자신의 남은 아들들에게 거듭 당부하고, 또한 막내아들의 묘를 자신의 묘 가까이에 두도록 하라고 하였다.[130] 혹시라도 자신의 묘를 예상치 못한 먼 곳에 쓰게 되면 아들의 무덤도 홀로 둘 수 없으니 반드시 자신의 묘 옆으로 이장하여 자신과 가까이 두도록 하라고 거듭 당부하였다. 그런데 그 아우의 무덤자리와 관련하여 매우 구체적인 문답이 길게 이어지고 있다.

---

127) 〈기사유사〉, 175쪽.

128) 김수항은 1689년 4월9일에 유배지 진도에서 後命을 받았고(肅宗己巳四月九日受後命于珍島謫所), 막내아들 창립은 몇 해 전인 1683년 12월 26일에 사망하였다(肅宗癸亥十二月二十六日卒). 따라서 〈기사유사〉에서 언급한 '네 아ᄋᆞ(너희들의 아우)'는 창립이다. 첫째 창집은 경종 임인 4월 29일에 후명을 받고 성주에서 사사되었고, 둘째 창협은 숙종 무자년 4월 11일, 셋째 창흡은 임인년 2월 21일, 넷째 창업은 경종 신축 12월 12일, 다섯째 창즙은 숙종 계사년 5월 3일에 卒하였다(『안동김씨파보』(智)).

129) 후겸은 창흡의 셋째 아들인데, 季父인 창립의 양자가 되었다.

130) "네 아ᄋᆡ 무덤의 갓가이 ᄒᆞ여 혼ᄇᆡᆨ으로 ᄒᆞ여곰 서로 의지케 ᄒᆞ라"(〈기사유사〉, 175쪽)

(사)-2.

[問][131]아뫼-넷재분가지-ᄀᆞᆯ오ᄃᆡ 신복ᄒᆞᆫ 뫼히 혹 션산의셔 심히 머디 아닌 곳이 이셔도 망뎨의 무덤을 옴기리잇가

[答]니ᄅᆞ시ᄃᆡ 만일 수리 ᄉᆞ이면 어이 구ᄐᆞ여 이동ᄒᆞ리오 수십 니 밧긔 니ᄅᆞ러ᄂᆞᆫ 슈호ᄒᆞ기 어려울 ᄃᆞᆺᄒᆞ고 ᄆᆞᄎᆞᆷ내 고단ᄒᆞᆯ 념네 이시니 아니 옴기디 못ᄒᆞ리라

[問]아뫼 ᄀᆞᆯ오ᄃᆡ 하괴 이러ᄐᆞᆺ ᄒᆞ시니 맛당이 이러 ᄒᆞ오려니와 다만 ᄉᆡᆼ각ᄒᆞ오니 망뎨의 무친 곳이 안온ᄒᆞ여 다른 념네 업서 ᄌᆞᄆᆞᆺ 엇기 쉽디 아닐 ᄃᆞᆺᄒᆞ고 ᄯᅩ 션산의셔 머디 아니ᄒᆞ고 ᄯᅩ 계후ᄒᆞ니 이시니 쟝ᄂᆡ 아조 고단ᄒᆞᆫ ᄯᆞ히 되디 아닐거시오 신산의 여혈 잇기를 ᄯᅩᄒᆞᆫ 긔필티 못ᄒᆞ니 그러면 쳔이ᄒᆞ기를 용이히 못ᄒᆞᆯ거시니 그러면 엇디 ᄒᆞ리잇가

[答]니ᄅᆞ시ᄃᆡ 내 네 아ᄋᆞ 무친 ᄃᆡ와 서ᄅᆞ 멀고져 아니ᄒᆞ미 이 지졍이라 신산 여혈이 만일 대단쳔만 못ᄒᆞ디 아니ᄒᆞ면 ᄒᆞᆫ 뫼희 옴겨 가미 올흐니라

[問]아뫼 ᄀᆞᆯ오ᄃᆡ 신복ᄒᆞᆫ 뫼히 만일 져기 먼 ᄃᆡ 이시면 망뎨의 무덤을 맛당이 옴겨 가오려니와 다만 여혈이 무해ᄒᆞᆫ 곳 엇기 어려우니 혹 제 ᄌᆞ식 되엿ᄂᆞ니 별노 길디를 신산 십수 리 ᄉᆞ이에 어드면 비록 ᄒᆞᆫ 도곡 안히 아니라도 ᄡᅳ미 해롭다 아니리잇가

[答]니ᄅᆞ시ᄃᆡ 고인이 ᄀᆞᆯ오ᄃᆡ 혼긔ᄂᆞᆫ 아니 가ᄂᆞᆫ ᄃᆡ 업다 ᄒᆞ니 과연 길디를 어드면 십수 리 ᄉᆞ이를 어이 머다 ᄒᆞ리오 이런 형셰ᄂᆞᆫ 미리 졍티 못ᄒᆞᆯ 거시니 엇디 슈련ᄒᆞ야 ᄒᆞ미 업ᄉᆞ리오 그러나 ᄇᆞᄃᆡ 서로

131) 원문에는 없지만 인용문의 이해를 돕기 위해 [問][答]을 표시하였다.

갓갑기를 쥬ᄒᆞ미 올흐니라. 젼두의 신산을 구ᄒᆞ여 만일 무해ᄒᆞᆫ 싸흘 션산 근쳐의 어드면 진실노 다힝커니와 쉽디 아니ᄒᆞᆯ 듯ᄒᆞ니 비록 슈십 ᄇᆡᆨ 니 ᄉᆞ이의 가 어더도 싸히 과연 길ᄒᆞ고 혈이 유여ᄒᆞ야 가히 두어 ᄃᆡ 장ᄉᆞ를 용납ᄒᆞᆯ 양이면 잡아 쓰미 가ᄒᆞ니라

[問]아뫼 ᄀᆞᆯ오ᄃᆡ 셜ᄉᆞ ᄇᆡᆨ 니 밧긔 ᄯᅳᆺ의 마ᄌᆞᆫ 곳이 이시면 쓰오리잇가

[答]니ᄅᆞ시ᄃᆡ ᄇᆡᆨ 니의 디나면 너모 머니 갓가온 대를 ᄇᆞ리고 멀니 가기ᄂᆞᆫ 마치 분명히 ᄇᆡ히 나아야 가ᄒᆞ니라 구산을 다만 평온ᄒᆞ야 무해ᄒᆞᆫ 곳을 어드미 올코 브ᄃᆡ 대디ᄅᆞᆯ 어드려 ᄯᅳᆺᄒᆞ미 올티 아니ᄒᆞ니라[132]

‘새로 꾸민 선산이 이전의 선산과 멀지 않아도 아우의 무덤을 옮겨야 합니까?’, ‘새로 꾸민 선산에 적당한 묏자리가 없으면 어떻게 할까요?’, ‘아우의 자식들이 길지를 얻으면 가까운 곳이 아니라도 써야 할까요?’, ‘백 리 밖에 좋은 곳이 있으면 (아우의 묏자리로) 써도 될까요?’라고 계속 묻고 있다. 이런 질문들에 대한 김수항의 답을 요약하자면 ‘상황에 따라 잘 판단해서 하되, 중요한 것은 부디 내 무덤과 너희들 아우의 무덤이 멀지 않은 곳에 있도록 신경을 써라.’는 것이다.

묏자리 하나를 두고 이렇게 많은 질문을 던진 이유는 남은 아들들의 입장에서 볼 때, 아버지가 남기신 말씀을 이행하기 위해서는 의문스러운 부분을 지금 분명히 해 두어야 할 필요가 있었기 때문이다. 부군이 ‘내 무덤 가까이에 먼저 죽은 너희들의 아우의 무덤을 두도록 해라’는 당부가 매우 간단한 것처럼 보임에도

132) 〈기사유사〉, 176~177쪽.

불구하고, 여러 가지 사정을 가정하여 묻고 또 묻는 이유는 부군이 남기신 말씀을 반드시 지키고자 하는 자식들의 욕구가 있었기 때문이다. 부군은 자식들이 품을 수 있는 여러 가지 의문들에 대해서는 아마 미처 생각하지 못했을 테지만, 자식들의 입장에서는 부군의 유지를 받들기 위해서는 이 의문들이 무척이나 중요한 것이었다. 따라서 그런 것이 반영되어 그토록 길고 지루한 문답이 기록될 수 있었던 것이다. 일찍 죽은 아들의 무덤을 걱정하는 아버지의 마음과 부군의 뜻을 지키려는 후손들의 조바심이 함께 이토록 길고 긴 대화를 만들어 낸 것이다. 안동 김씨 세보(世譜)에 의하면 김수항의 묘는 양주(楊州) 금촌(金村)에, 막내아들 창립의 묘는 양주(楊州) 운곡리(雲谷里)에 있는 것으로 보아 남은 아들들이 김수항의 유지를 잘 받들었음을 알 수 있다. 그리고 이때의 상황에 대해서는 김창집도 〈임인유교〉에 잠시나마 언급을 하고 있다.[133]

이 외에도 "부군께서 돌아가시면 누구에게 묘표를 쓰게 하고, 명정은 어떻게 쓰고, 묏자리를 어떻게 할까요?"라고 집요하게 묻는다. 이런 문제들도 결국 부군이 돌아가시고 나면 그 답을 듣기 힘든 문제들이다. 즉, 부군의 일방적인 당부로만 유언이 완성된 것이 아니라, 서술자(를 포함한 후손들)의 의문과 그에 대한 대답이 함께 유언을 완성하고 있다.

이상에서 보았듯이 죽음을 앞둔 절박한 상황에서 가문의 역사와 운명에 관련된 일들과 가족사의 여러 문제들을 끊임없이 확인

133) "다만 긔ᄉᆞ년은 우리 형뎨 다ᄉᆞ시 다 무고히 슬하의 뫼셔 종효ᄅᆞᆯ ᄒᆞ얏더니"(〈임인유교〉, 3쪽)

하고 당부한 이유는 가문의 미래에 대한 희망과 의지가 있었기 때문이다.

(아)-1. 손ᄌᆞ 아희들은 가히 브즈런이 ᄀᆞᄅᆞ쳐 ᄒᆞ여곰 각〻 사ᄅᆞᆷ이 되게 아니티 못ᄒᆞᆯ 거시니라 고인이 니ᄅᆞ들 아녓ᄂᆞ냐 독셔죵ᄌᆞᄅᆞᆯ ᄭᅳᆫ티 말나 ᄒᆞ니 맛당이 이 ᄯᅳᆺ을 ᄉᆡᆼ각ᄒᆞ여 힘ᄡᅥ 잘 ᄀᆞᄅᆞ쳐 튱효 문헌의 뎐ᄒᆞ믈 일티 말게 ᄒᆞ미 가ᄒᆞ니라 (…중략…) 멸셩ᄒᆞ기의 니ᄅᆞ기 가티 아니코[134]

(아)-2. ᄯᅩ ᄒᆞ시ᄃᆡ 우리 아희들 형뎨ᄅᆞᆯ 혹 양ᄌᆞᄅᆞᆯ 청ᄒᆞ야도 허락디 못ᄒᆞ리라 ᄌᆞ친ᄭᅴ셔 ᄉᆞᆯ오ᄃᆡ 년못ᄉᆞᆯ 아ᄌᆞ바님형뎨ᄂᆡ가 달나ᄒᆞ야도 못ᄒᆞ오리잇가 부군이 ᄀᆞᆯ오시ᄃᆡ 긔라도 못ᄒᆞ리라[135]

김수항은 자신과 아들, 조카들은 이번 일에 휩쓸려 많이 죽거나 다치게 되겠지만 손자들 대에 이르러서는 분명히 나라의 쓰임을 입을 수 있을 것이니, 그때를 대비하여 꾸준히 공부를 시켜 가문의 '독서종자가 끊어지지 않도록' 해야 한다고 당부하였다. 멸성하지 않도록 하라는 말 역시 후손들의 안위에 대한 당부이다. '멸성한다.'는 것은 부친의 상사에 너무 상심하여 몸을 상하여 죽음에 이른다는 뜻이므로, 효를 위해 몸을 상하는 것이 결국 효를 어기는 것이 될 것임을 경고하고 있다.

---

134) 〈기사유사〉, 178쪽.

135) 〈선고유교〉, 9쪽.

김제겸도 집안 아이들을 다른 곳에 양자로 보내지 말라는 당부를 엄히 하고 있다. 지금 집안이 거의 결단이 난 상황에서 그나마 살아남은 자식들을 양자로 보낸다는 것은 가문의 후사에 대한 포기와 다름없다. 서술자인 김원행(金元行)의 모친이 거듭 물었으나 부군의 대답은 단호하다.

(자) 긔ᄉᆞ년의 증조고 님명의 지으신 글을 셩쥐셔 ᄎᆞ운ᄒᆞ야겨시더니 ᄯᅩ ᄎᆞ운 ᄒᆞ시고 니ᄅᆞ시ᄃᆡ 삼ᄃᆡ 이 글이 하 고이ᄒᆞ니 ᄡᅳ디 말고도시브다 ᄒᆞ시고 ᄡᅳ신후 더러 고티시고 다시 졍히 ᄡᅳ쟈 ᄒᆞ시다가 ᄯᅩ ᄒᆞ시ᄃᆡ ᄌᆞ손이라도 고틴 거ᄉᆞᆯ 보게 그저 두쟈ᄒᆞ시다[136]

삼대를 이은 비극을 받아들이는 모습이 드러나는 장면이다. 할아버지가 후명을 받으시면서 지으신 시를 아버지가 또 사사되시면서 차운(次韻)하시고, 여기에 또 김제겸 자신이 후명을 기다리며 아버지의 시에 차운을 해야 하는 상황이 되었다. 이렇듯 연이은 비극이 하도 괴이하여 시를 짓고 싶지 않은 마음이 들기도 하지만, 후손들이 볼 수 있도록 고친 것조차 그대로 남기기로 마음을 먹는다.

집안 어른들의 생전 일화나 유훈들, 논란이 될 만한 일들에 대한 해명 등을 기록하는 이유는 이처럼 가문의 영속(永續)을 믿고 있기 때문이다. 요컨대 이런 장면들이 전하고자 하는 것은 자신의 죽음 이후에도 가문이 영원히 이어질 것에 대한 믿음과 영속

136) 〈선고유교〉, 10쪽.

에 대한 의지를 후손들에게 전하고자 하는 당부의 메시지이다.

(2) 남겨진 가족에 대한 걱정

죽음을 앞둔 상황에서 가장 후회스러운 일은 과연 무엇이었을까. 바로 가족에 대한 못 다한 사랑과 안타까움 등이 아닐까.

> (가) ᄆᆡ양 <u>저</u>ᄅᆞᆯ 놈의셔 낫게 ᄀᆞᄅᆞ치려ᄒᆞ기로 내 너모 ᄒᆞ다가 저ᄅᆞᆯ 죽인 후 뉘웃븐 일이 만흐니 ᄒᆞᆫ번 졔문이나 ᄒᆞ려 ᄒᆞ더니 못ᄒᆞ니 블샹타[137)]

김제겸은 아들에 대한 기대와 사랑으로 잘 가르치려는 생각이 앞선 나머지 너무 엄하게 키운 일을 후회하고 있다. 이토록 경황없이 죽음으로 이별할 줄 알았더라면 그리 하지 않았을 것이라는 후회가 마음 아프다. 죽은 아들을 위해 제문도 하나 지을 수 없는 자신의 처지와 먼저 죽은 아들에 대한 안타까움이 잘 드러난다. 김성행(金星行)은 할아버지 김창집, 아버지 김제겸과 더불어 신임사화에 연루되었으며 국청(鞫廳)에서 사망하였다. 그는 자신이 형장에서 육체적 고통에 못 이겨 역모를 인정하게 될까 봐 형리에게 부탁하여 머리카락을 형틀에 묶어 달라고까지 하였다.[138)] 그런 아들이 아홉 차례의 형신(刑訊) 끝에 옥사(獄死)하는 것을 목격한

137) 〈선고유교〉, 12쪽.

138) 이승복, 「『遺教』의 書誌와 文學的 性格」, 『奎章閣』 20, 서울대학교 규장각, 1997, 65쪽.

김제겸은 남은 가족들에게 부디 살아남으라는 말을 거듭하였다.

(나) 부군이 도라 信謙ᄃᆞ려 니ᄅᆞ시ᄃᆡ 네 브ᄃᆡ 살거라 네 부ᄃᆡ 살거라 용겸이 안기ᄅᆞᆯ 져기 멀리 하얏더니 이에 손을 달라 ᄒᆞ야쥐엿다가 노호시고 묘말진초에 고종하시다.[139]

부군이 남기는 여러 당부 중에서 그 무엇보다도 절실하고 진심어린 당부는 바로 이 말일 것이다. '부디 살거라, 살거라.' 부귀와 명예 그 무엇보다도 먼저 목숨을 부지하라는 당부를 거듭하고, 떨어져 앉아 있던 어린 후손의 손을 달라 하여 쥐는 장면이야말로 자식들을 두고 먼저 떠나는 부군의 애끓는 정이 인상적으로 표현된 장면이라고 할 만 하다.

(다) 업-넷재 분-, 즙-다ᄉᆞᆺ재 분-은 병들고 여외기 특심ᄒᆞ야 샹해 늠〃ᄒᆞ던 거시라 내 더옥 념녀ᄅᆞᆯ 노티 못ᄒᆞ던 거시니 브ᄃᆡ 이 ᄯᅳᆺ을 깁히 바다 보젼ᄒᆞ도록 ᄒᆞ라 아뫼-다ᄉᆞᆺ재 분-, 포음-ᄃᆡᄒᆞ여 ᄀᆞᄅᆞᄃᆡ 맛당이 하교ᄅᆞᆯ 밧ᄌᆞ와 고기 먹기라도 당ᄎᆞᆺ ᄒᆞ리이다 니ᄅᆞ샤ᄃᆡ 네 진실노 이리 ᄒᆞ면 내 근심이 업노라[140]

부군의 마음을 편케 하기 위해 '고기 먹기라도 하겠습니다.'라

139) 〈임인유교〉(마지막 밑줄 친 부분은 『遺教』에는 있으나 『壬寅遺事 夢窩星州遺教 附竹醉富寧遺教』에는 누락된 부분이다. 이 책에서는 『壬寅遺事 夢窩星州遺教 附竹醉富寧遺教』를 저본으로 하여 페이지를 표시하였으므로 이 경우는 페이지를 생략한다).

140) 〈기사유사〉, 178쪽.

고 말하는 자식의 마음과 '그러면 내가 근심이 없겠다.'고 말하는 부군의 대화 또한 인상적이다. 자신은 죽음이 코앞에 있는데도 장성한 아들이 고기라도 먹고 건강을 돌보겠다고 하는 말이 반가운 것은 아버지이기 때문이다.

(라) 부군이 민챵슈ᄃᆞ려 니ᄅᆞ시ᄃᆡ 셔홍ᄃᆡᆨ과 네안해 정ᄉᆡ 가련ᄒᆞ고 셔홍ᄃᆡᆨ을 더옥 닛디 못ᄒᆞᆯ다 그러나 서홍ᄃᆡᆨ은 여의고 약ᄒᆞᄃᆡ 졸긔여 댱슈ᄒᆞ려니와 네 안해ᄂᆞᆫ 본ᄃᆡ 슈질이 아니니 평시예도 민망코 념녀ᄒᆞ더니라 후겸이 ᄀᆞᆯ오ᄃᆡ 즉금 긔력과 긔뷔 심히 튱원ᄒᆞ시니 진실노 오ᄂᆞᆯ날 홰업ᄉᆞ면 응당 팔슌을 넘고실너니이다.[141]

부군은 또한 사위에게, 남겨진 딸들에 대한 걱정도 전한다. 딸들에 대한 가장 큰 걱정도 건강이다. 후겸은 이러한 부군의 걱정을 덜어드리려고, 이번에 큰일을 당하시지만 않으신다면 장수하실 것이라고 말씀 드린다.

(마) ᄯᅩ ᄀᆞᆯ오시ᄃᆡ 블샹타 내 한강셔 셕즁이가 와 보아디라 ᄒᆞᄂᆞᆫ 거ᄉᆞᆯ 못 ᄒᆞ얏더니 제 어이 내 얼골을 긔록ᄒᆞ리 셕즁이가 블샹타 원힝ᄃᆞ려 ᄒᆞ시ᄃᆡ 네 고톄ᄒᆞᆫ 일이 만흐니 ᄒᆞ시기ᄅᆞᆯ 두세번 ᄒᆞ시다 ᄯᅩ 니ᄅᆞ시ᄃᆡ 희셕이가 블샹타 심히 허수ᄒᆞᆫ 거시 애뻐엇디 오ᄂᆞᆫ고 희셕이 블샹타 말ᄉᆞᆷ 년ᄒᆞ야 ᄒᆞ시다.[142]

---

141) 〈임인유교〉, 12~13쪽.

142) 〈선고유교〉, 8쪽.

(바) 원힝ᄃᆞ려 ᄒᆞ시ᄃᆡ 길히셔 곡들 말라 ᄯᅩ 니ᄅᆞ시ᄃᆡ ᄇᆞ람들 ᄲᅩ이디 말고 ᄃᆞᆯ 아래 글 보디말라[143)]

어린 손자들이 불쌍하다는 말을 거듭하였다. 일찍 사별하여 자신의 얼굴을 기억이나 할 수 있을지 걱정이고, 건강하게 장성하는 것을 보지 못하고 떠나는 것이 마음에 걸려서 '불쌍타'를 반복하였다. 길에서 곡하지 말고, 바람을 쏘이지 말고, 어두운 곳에서 글 보지 말라는 당부는 오늘날의 부모들이 자식들에게 하는 당부와 다르지 않다. 이러한 사소한 당부는 부군의 평소 자상한 모습을 알 수 있게 한다. 한편 남겨진 자식들뿐만 아니라 한평생을 같이 해 온 아내에 대한 걱정과 사랑이 없을 수 없다.

(사)-1. 네어마님 병이 그ᄣᅢ 듕ᄒᆞ고 내 살니 업ᄉᆞ매 ᄒᆞᆫ가지로 죽어 뭇치이면 무언ᄒᆞᆯ거시매 약을 구틔여 말나ᄒᆞ얏더니 그 됴건이 이제 ᄉᆡᆼ각ᄒᆞ니 도리 미안ᄒᆞ고 ᄉᆞ셰도 다ᄅᆞ니 네 먹으로 에우라[144)]

(사)-2. ᄌᆞ친ᄭᅴ ᄒᆞ시ᄃᆡ 브ᄃᆡ 죽디 말나 실노 죽을 의 업ᄉᆞ니[145)]

(사)-3. 달힝ᄃᆞ려 니ᄅᆞ시ᄃᆡ 이젼의 차방의 ᄀᆞᆫ슈병을 ᄀᆞᆷ초ᄂᆞᆫ 양을 보왓더니 네 어마님 못 보게 급히 업시ᄒᆞ라[146)]

---

143) 〈선고유교〉, 14쪽.

144) 〈선고유교〉, 2~3쪽.

145) 〈선고유교〉, 5쪽.

146) 〈선고유교〉, 10쪽.

(사)-4. ᄯᅩ 니ᄅᆞ시되 모ᄅᆡ브터ᄂᆞᆫ 네 어마님 약 남은 거ᄉᆞᆯ 달혀ᄡᅳ라[147]

'네 어머님'이자 서술자의 '자친(慈親)', 그리고 부군의 지어미인 송씨 부인에 대한 걱정과 당부가 자주 등장하는 것이 눈에 띈다. 김제겸은 부인과 함께 죽으려는 생각을 잠시나마 하였지만 이내 후회하고, 혹시라도 부인이 나쁜 마음을 먹을까 걱정한다. 자신은 이렇게 죽음을 맞이하지만 부인까지 따라 죽을 필요는 없다고 거듭 강조하면서 남은 자식들에게 어머니를 잘 보살필 것을 당부하였다. 시아버지 김창집, 남편 김제겸, 아들 김성행을 잃고 딸마저 유배지로 쫓겨난 상황에서 송씨 부인은 남편의 이 당부를 잊지 않고 유배지 금산에서 힘든 생활을 견뎌 내었다. 그리고 그 와중에도 자식들의 교육에 힘써 장래를 준비하여 멸문을 막는데 큰 역할을 하였다.[148]

시대를 호령했던 가문의 가부장(家父長)이 가족들에 남긴 유언의 핵심이 '부디 살아 남아라', '부디 건강해라'라는 것이 어찌 보면 어울리지 않아 보이기도 한다. 그러나 가장 진성성 있는 가족에 대한 사랑의 표현일 것이다. 후손들은 이 기록들을 읽거나 이 일들을 전해 들으면서 남다른 감회에 젖을 것이다. 같은 가문의 구성원들이라면 더 잘 이해하고 감동받을 수 있는 가문의 기억이며 역사의 일부분이기 때문이다. 요컨대 후명(後命)에서 사사(賜

147) 〈선고유교〉, 14쪽.

148) 송씨 부인의 일에 대해서는 황수연의 「사화의 극복, 여성의 숨은 힘」(『한국고전여성문학연구』 22, 한국고전여성문학회, 2011)을 참조하였다.

死)로 이어지는 죽음의 과정을 기록한 유배일기의 경우, 남겨진 가족들에 대한 안타까운 부정(父情)이 두드러지게 기록되기 마련이다. 이는 가족 구성원들을 주된 독자로 전제한 유배일기의 독특한 면모라고 할 수 있다.

(3) 사사(賜死)를 대하는 당당한 자세[149]

한편 죽음에 임하는 부군의 모습이 일정한 경향성을 띠고 묘사되어 있다는 점에 주목하자. 후명을 기다리는 부군들의 태도는 일관되게 당당하고 의연하다. 죽음이 코앞에 닥쳤는데도 집안의 대소사를 처리하고 시를 짓고 후손들을 격려하고 걱정하며, 여러 가지 당부를 잊지 않는 모습이 중점적으로 묘사되어 있기 때문이다. 사사를 당하는 그들에게서 느껴지는 엄숙함에 고개를 숙이고, 그들에게 닥친 비장한 운명에 안타까워하기는 하겠지만 연민을 느끼기는 힘들다. 그들의 태도가 연민을 느끼기에는 너무나 당당하고 의연하기 때문이다.

---

149) 오용원은 『遺敎』의 글들을 고종일기로 분류하였다. 고종일기란 대부분 제자들이 스승의 죽음을 옆에서 지키면서 스승의 유훈 등을 적어놓은 글을 말한다(오용원, 「考終日記와 죽음을 맞는 한 선비의 日常: 大山 李象靖의 「考終時日記」를 중심으로」, 『대동한문학』 30, 대동한문학회, 2009). 오용원이 논의한 고종일기와는 다소 차이점도 있다. 고종일기는 주로 門人 여러 사람이 함께 기록하여 유사가 정리하는 것으로 죽음에 이르기까지의 일들 외에도 사후에 행해지는 상장례 관련 과정도 기록한다는 특징이 있다. 그러나 〈기사유사〉, 〈임인유교〉, 〈선고유교〉는 사후의 상장례에 대한 기록이 따로 없고 대화 내용 속에 포함되어 있으며, 주로 아들이나 조카 등 혈족이 기록하였다. 그러나 전반적인 상황으로 보아서는 고종일기로 분류하여도 무방하다. 한편 〈남해문견록〉과 〈북관노정록〉을 여행기로 분류하는 경우가 일반적인 것처럼, 모두 유배일기로만 한정할 수는 없다. 고종기나 여행기이기도 하면서 유배일기이기도 한 것이다.

(가) 부군이 니ᄅᆞ시ᄃᆡ 後命이 ᄂᆞ렷ᄂᆞ냐 信謙이 ᄀᆞᆯ오ᄃᆡ 그러타 ᄒᆞᄋᆞᆸᄂᆞ이다 도ᄉᆡ 오ᄂᆞᆯ 져녁의 ᄢᅵ조차 오리라 ᄒᆞ오니 이ᄅᆞᆯ 어이 ᄒᆞ오리잇가 부군이 니ᄅᆞ시ᄃᆡ 쾌ᄒᆞ고 쾌ᄒᆞ다 네 셜워 말라 긔ᄉᆞ년 딘도적의 듕귀 나평강 션인ᄭᅴ 고ᄒᆞ야 ᄀᆞᆯ오ᄃᆡ 드ᄅᆞ니 오시슈광남옥ᄉᆞ일노 장ᄎᆞᆺ 나문ᄒᆞᆯ 의논이 잇다ᄒᆞ니 원정초ᄅᆞᆯ 아ᄆᆞ커나 슈렴ᄒᆞ옵소ᄒᆞ시니 션인이 손을 저어 니ᄅᆞ시ᄃᆡ ᄎᆞᆯ히 예셔 죽을디언뎡 어이 ᄎᆞ마 국쳥의 나아가리오 ᄒᆞ시더니 내 이제 피톄ᄒᆞ야 예ᄉᆡᆺ디 니ᄅᆞ러시니 뉴욕이 블셔 극ᄒᆞ거니와 그러나 ᄯᅩ 어이 이 형상으로 한강을 건너가 류ᄒᆞ고 옥에 나아가리오 예셔 슈명ᄒᆞ미 도로혀 쾌ᄉᆞ로다[150]

김창집이 후명(後命)이 내린 소식을 듣고 오히려 "쾌하다"고 답하는 장면이다. 더불어 앞서 기사년에 돌아가신 아버지 김수항이 후명을 받으실 때, 목숨을 연장할 방도에 대해서는 잠시라도 생각하지 않고 명예롭게 명을 받을 도리를 생각했었다는 것을 떠올린다. 그리고 나(김창집)도 아버지와 마찬가지로 삶을 구걸할 생각은 없으니 이곳에서 후명을 받는 것이 오히려 '쾌사'라고 하였다.

(나) 도라 信謙ᄃᆞ려 니ᄅᆞ시ᄃᆡ 도듕의 이실 적의(셤이란 말ᄉᆞᆷ이라) 남ᄒᆡ편지ᄅᆞᆯ 보니 ᄒᆞ시되 오ᄇᆡ 죽어도 븟그러오미 업다ᄒᆞ야 겨시니 이 말이 실노 올흐니라[151]

---

150) 〈임인유교〉, 2~3쪽.

151) 〈임인유교〉, 3쪽.

그리고 아버지 김수항도 기사년에 진도에 유배되었다가 사사되실 때, 죽음이 부끄럽지 않다고 하셨는데, 나(김창집) 또한 마찬가지라고 하였다.

(다) ᄯᅩ 니ᄅᆞ시ᄃᆡ 싀훤타 셩쥐셔도 이리 ᄒᆞ시더냐ᄒᆞ더니 과연 올타[152]

〈임인유교〉의 김창집이 죽음 앞에서 기사년의 아버지 김수항을 자신의 처지와 연결 지었던 것처럼 〈선고유교〉에서는 김제겸이 자신의 처지를 약 넉 달 전에 성주에서 사사된 아버지 김창집과 연결 짓고 있다. '시원하다 성주에서도 이리 하시더라하더니 과연 옳다.'고 하면서, 할아버지 김수항에서 아버지 김창집을 거쳐 자신에게까지 이어진 비극 안에서 당당하고 의연했던 그들의 태도를 강조하고 있다.

(라) 어루신내 죄명이 본ᄃᆡ 허무ᄒᆞᆫ 거ᄉᆞᆯ 얽어 낸 일인ᄃᆡ 내 그 연좌로 죽으니 붓그러우미 업고[153]

(마) 티상범ᄇᆡᆨ을 도듕의 이실 적의 블셔 챵발과 비겸ᄃᆞ려 니ᄅᆞᆫ 말이 잇거니와 이제 ᄯᅩ 너ᄃᆞ려 니ᄅᆞ니 브ᄃᆡ 긔ᄉᆞ년대로 준힝ᄒᆞ라[154]

---

152) 〈선고유교〉, 3쪽.
153) 〈임인유교〉, 4쪽.
154) 〈임인유교〉, 4쪽.

죽음 앞에 당당하고 의연한 자세는 의식적으로 기사년에 사사된 김수항을 염두에 두고 있다. 비극적인 상황이 대를 이은 것은 안타까운 일이긴 하지만 그 고난 속에는 대를 잇는 당당함과 의연함, 한 치의 부끄러움도 없는 떳떳함이 함께 있음을 엄숙하게 강조하고 있다. 이 당당함은 죽음의 모습까지 부군을 닮고자 하는 마음으로 이어진다. 〈선고유교〉의 김제겸은 〈임인유교〉에서 아버지 김창집이 그랬던 것처럼 죽음이 부끄럽지 않다고 한다. 왜냐하면 애초에 '어르신들의 죄명이 본디 허무한 것을 얽어낸 일'이기 때문이다. 따라서 연좌되어 죽는 나도 부끄러움은 없다는 것이다.

(바) 내 무슐년 병에 죽어시면 산사ᄅᆞᆷ 셜워ᄒᆞ기 오ᄂᆞᆯ의셔 덜ᄒᆞ랴 이러나져러나 죽기ᄂᆞᆫ ᄒᆞᆫ가지니 셜워ᄒᆞ야 브졀업ᄂᆞ니라 ᄯᅩ 유하의 죽ᄂᆞ니도 잇고 열다ᄉᆞᆺ스믈의 죽ᄂᆞ니도 잇고 벼ᄉᆞᆯ업고 혈쇽업시 죽ᄂᆞ니도 이시니 나ᄂᆞᆫ 벼ᄉᆞᆯ이 ᄌᆡ샹이오 나히 ᄉᆞ십이오 ᄌᆞ손이 만흐니 군산ᄀᆞᄐᆞᆫ 죽ᄂᆞ니 보다가야 소득이 아니 만흐냐 ᄌᆞ친씌셔 ᄒᆞ시ᄃᆡ 내 집의셔 병 드러 죽ᄂᆞ니 ᄀᆞᆺᄐᆞ면 뉘 셟다 ᄒᆞ오리잇가마ᄂᆞᆫ 비명으로 이러ᄒᆞ니 그거시 아니 셟ᄉᆞ오니잇가 부군이 ᄒᆞ시ᄃᆡ 다 명이라 녯글에도 죽어 즐거우미 님금되야 즐겁기예 비ᄒᆞ야시니 죽ᄂᆞᆫ거시 실노 즐거우니라[155]

더 나아가 죽음을 즐겁게 받아들일 준비를 하는 의연하고 호탕

155) 〈선고유교〉, 3쪽.

한 모습을 보이기까지 한다. '죽는 것이 실로 즐거우니라.'라는 언명은 그러한 태도를 극명하게 보여주는 말이다. 자신은 비교적 후회 없는 삶을 살았고, 옛말에도 죽는 것을 임금 되어 즐겁기에 비교하고 있으니, 즐거이 죽음을 맞겠다고 하였다.

물론 죽음에 대한 상념과 죽음 앞에 나약한 인간적 면모가 전혀 드러나지 않을 수는 없다.

(사)-1. 후겸과 양겸과 티겸이 니음ᄃᆞ라 드러와우니 부군이 ᄯᅩᄒᆞᆫ 우ᄅᆞ시니 이ᄂᆞᆫ 삼연 상ᄉᆞ후에 처엄으로 보시미라 민챵슈과 용겸이 와우니 부군이 말리시다[156]

(사)-2. 한숨ᄒᆞ시며 니ᄅᆞ시ᄃᆡ 사ᄅᆞᆷ이 죽으면 과연 신녕이 아ᄂᆞᆫ 일이 잇ᄂᆞᆫ가 언겸이 ᄀᆞᆯ오ᄃᆡ 이런 일은 진실노 알기 어렵ᄉᆞᆸ거니와 반ᄃᆞ시 신녕이 업슬니 업ᄉᆞ니 녕이 이시면 엇디 아ᄅᆞᆷ이 업ᄉᆞ 오리잇가 티겸이 ᄀᆞᆯ오ᄃᆡ 응당 녕이 이시나 다만 산사ᄅᆞᆷ으로 더브러 다ᄅᆞ기ᄂᆞᆫ 감동ᄒᆞ리 이시면 응ᄒᆞ고 샹신은 고요ᄒᆞ야 절노 운용ᄒᆞ디 아니ᄒᆞ리이다 信謙이 ᄀᆞᆯ오ᄃᆡ 이 말이 올ᄉᆞ오니이다 만일 사ᄅᆞᆷ이 제ᄉᆞᄒᆞ면 녕이 엇디 흠향티 아니ᄒᆞ며 산이 고ᄒᆞ면 녕이 엇디 모ᄅᆞ며 ᄒᆞ믈며일긔 ᄌᆞ손은 더 다ᄅᆞᆯ듯 ᄒᆞ니이다 부군이 ᄃᆡ답ᄒᆞ시ᄃᆡ 그러ᄒᆞᆯ ᄃᆞᆺᄒᆞ다[157]

죽음과 그로 인한 이별에 대한 아픔이 없을 수는 없었다. 조카

156) 〈임인유교〉, 8쪽.
157) 〈임인유교〉, 12쪽.

들이 쫓아와 울음을 터트리는 것을 보고 결국 눈물을 보이고야 만 것이다. 그러나 곧 눈물을 거두고는 울고 있는 가족들을 오히려 위로한다.

'죽으면 과연 신령이 있을까?' 하는 물음은 '죽으면 정말 이 모든 것이 끝이 나는 것일까?' 하는 것과 같은 물음이며 안타까움이다. 죽어도 신령이 있어서 후손들이 바치는 제사를 흠향할 수 있을 것이며, 또한 같은 일가의 자손들은 죽은 신령을 더 잘 느낄 수 있을 것이라는 조카들의 대답은 그러한 안타까움과 아쉬움에 대해 위로가 되었을 것이다. 부군이 던진 질문에 앞 다투어 대답하며 부군을 위로하는 조카들에게 김창집은 그저 '그러할 듯하구나.'라고 짧게 답할 뿐이다.

이처럼 죽음에 대한 상념과 죽음 앞에 갈등하는 인간적 면모가 일기 속에 드러나기도 한다. 그러나 이런 모습은 죽음에 대한 두려움이나 살아남고자 하는 절박함, 비참함과는 다르다.

> (아) 원힝ᄃᆞ려 니ᄅᆞ시ᄃᆡ 악슈ᄒᆞᆯ 줄을 아ᄂᆞᆫ다 ᄒᆞ시고 죠히로 악슈모양쳐로 ᄆᆡᆫᄃᆞ라 ᄀᆞᄅᆞ치시다.[158]

'악수(握手)'는 소렴(小殮) 때에 시체의 손을 싸는 헝겊을 말하는 것[159]이므로, '악수(握手)한다'는 것은 염을 할 때 망자의 손을 싸는 것을 말한다. 불혹을 갓 넘긴 아버지 김제겸은 곧 자신의 시신

158) 〈선고유교〉, 12쪽.

159) 한국정신문화연구원, 『17세기 국어사전』, 태학사, 1995.

을 염해야 하는, 약관의 아들 김원행에게 악수하는 법을 가르친다. 장황한 설명이나 구구절절한 감회는 없지만 이 장면 하나만으로도 죽음을 받아들이는 의연한 부자의 이심전심을 느낄 수 있다.

(자) 밧씌셔 엇디 이 ᄡᅢᄭᆞ디 ᄎᆞᆺ디 아니ᄒᆞᄂᆞᆫ고 내가 규챠히 시ᄀᆞᆨ이나 살고져 ᄒᆞᄂᆞᆫ가 너기리라 못미처 출혓ᄂᆞᆫ가 언남을 블머 무ᄅᆞ시니 언남이 알외ᄃᆡ 못 미처다ᄒᆞᄋᆞᆸᄂᆞ이다 이러ᄐᆞᆺ ᄒᆞ기ᄅᆞᆯ 세 번을 ᄒᆞ시다[160]

김제겸은 명을 받들고 온 도사에게 빨리 후명을 거행하라고 재촉한다. 그는 조금이라도 더 살아남고자 구차하게 굴지도 않을 뿐만 아니라, 삶을 구걸하는 것으로 오해 받는 것조차 불명예스럽다고 여긴다. 부군이 도사를 세 번이나 거듭 재촉하였음을 서술자는 명확히 기록하였다.

(차) 초경의 금부공문이 오니 사ᄅᆞᆷ들이 다 깃븐 긔별이라ᄒᆞ얏더니 막 ᄡᅥ혀보니ᄂᆞᆫ 환발ᄇᆡᆨ소 비망을 도로 거둔 긔별이로ᄃᆡ (…중략…) 부군이 오언고시 ᄒᆞᆫ편을 지어 ᄡᅢ주시고 (…중략…) ᄃᆞᆰ 울ᄡᅢ예 션왕고님명ᄡᅢ 지으신 칠언절구ᄅᆞᆯ ᄎᆞ운ᄒᆞ시고 (…중략…) 손조 칠언뉼시 ᄒᆞᆫ편을 쓰시니 (…중략…) 부군이 압낭ᄇᆡᆨ발유틍덕이란 글귀에 유ᄶᆞᄅᆞᆯ ᄀᆞᄅᆞ쳐 닐오시ᄃᆡ 오직유ᄶᆞ와 오히려유ᄶᆞ와 어ᄂᆡ 나으뇨 (…중략…) 부군이 고쳐 ᄡᅳ셔 信謙을 주시고 ᄯᅩ뉼시만 ᄯᆞ로 ᄡᅧ 양겸을 주시다 (…중략…) ᄯᅩ 도ᄉᆡ ᄌᆡ촉ᄒᆞ믈(도ᄉᆞ의 일홈은 됴문보) 드ᄅᆞ시고 니ᄅᆞ시ᄃᆡ 제 됴뎡

160) 〈선고유교〉, 10쪽.

암의 ᄌᆞ손이면 어이 저희 한아바님일을 도라 ᄉᆡᆼ각지 아니ᄒᆞ고 사ᄅᆞᆷ을 이대ᄃᆞ록 핍박ᄒᆞᄂᆞ냐 곳애 ᄒᆞᆫ 절구ᄅᆞᆯ 입으로 지어 을프시ᄃᆡ (…중략…) 좌우ᄅᆞᆯ 도라보시며 우서 니ᄅᆞ시ᄃᆡ 뎐지 드ᄅᆞᆫ후에 도ᄉᆞᄅᆞᆯ 향ᄒᆞ야 이 글을 니ᄅᆞ미엇더ᄒᆞ뇨 챵발이 ᄃᆡ답ᄒᆞᄃᆡ 가티 아닐가 ᄒᆞᄂᆞ이다 信謙이 ᄀᆞᆯ오ᄃᆡ 희롱ᄒᆞ신 말솜이니 엇디 뎡 이리 ᄒᆞ시리오[161]

그 밖에도 '환발배소(渙發配所)'하라는 명인 줄 잘못 알고 있다가 후명임을 뒤늦게 깨닫고 난 뒤의 장면도 흥미롭다. 초저녁에 금부의 공문이 당도하였는데 처음에는 후명을 취소하고 다시 유배지로 가서 명을 기다리라고 하는 것인 줄 알고 가족 친지들이 서로 치하하며 기뻐하였다. 그런데 신겸이 어명이 적힌 글을 다시 살펴보니 오히려 후명을 거행하라는 내용이었다. 이 사실을 뒤늦게 깨달은 가족들이 통곡하고 우왕좌왕 하며 정신없이 구는데, 부군은 오히려 여유롭게 시를 짓고, 꼼꼼하게 다시 그 시를 다듬고, 유머를 잃지 않는 모습이 길게 묘사되고 있다. 오히려 남은 자들이 부군의 여유를 이해하지 못하고 당황하는 모습이 흥미롭다.

지금까지 살펴본 것처럼 죽음이 코앞에 닥쳤는데도 의연하고 당당한 부군의 모습은 서술자가 기억하고 싶었던 부군의 모습일 것이다. 그것을 기록하여 전하고자 한 이유도 명백하다.

(카) 신시예 나가시니 지게예 나실제 곡셩이 진동ᄒᆞ고 원힝 달힝이

161) 〈임인유교〉, 16~19쪽.

손을 밧드러 ᄯᆞ로더니 부군이 죵내 우슴거동으로 변티 아니ᄒᆞ시고 ᄌᆞ친을 도라보아 죵용히 ᄒᆞ시되 브ᄃᆡ 아희들ᄒᆞ고 편히 디내읍소ᄒᆞ시고 힝뵈 안〃ᄒᆞ야 그곳의 거의 니ᄅᆞ되 원힝 달힝이 우러러보오되 죵내 빗티 다ᄅᆞ미 업더라 부군이 원힝 달힝ᄃᆞ려 채 ᄯᆞᆯ와오디 말나 ᄒᆞ시매 밧가온대셔 울고 멀니 홰블아래로 ᄇᆞ라보오니 단졍이 ᄭᅮ러안자 겨시더니 오라게야 도ᄉᆞ의 압ᄒᆡ 텽뎐지ᄒᆞ라 올나가시매 원힝 달힝이 듕간으로 마자 손을 밧드러 곡ᄒᆞ고 텽뎐지ᄒᆞ고 도라오실제 ᄯᅩ 손을 밧드러 곡ᄒᆞ니 부군이 희미히 우ᄉᆞ시고 열 사흔날 대신 삼ᄉᆡᆨ청ᄃᆡᄒᆞᄂᆞᆫᄃᆡ 니현쟝이도 참예ᄒᆞ야시니 혹 아ᄆᆞ곳의 가만 나도 네 어마님ᄭᅴ가 ᄉᆞᆯ오라 유시예 슈명ᄒᆞ시니 님명의 언남ᄃᆞ려 분부ᄒᆞ시ᄃᆡ 브ᄃᆡ 평안히 힝ᄎᆞᄅᆞᆯ 뫼옵고 아희들ᄃᆞ려 내 ᄂᆞᆺ출 보디 말라 ᄒᆞ시ᄆᆞᆯ 뎐ᄒᆞ더라.
임인납월일블쵸남원힝읍혈근녹[162]

〈선고유교〉의 마지막 장면은 서술자(와 그가 대변하는 후손 및 남겨진 사람들)가 부군의 마지막을 어떻게 기억하고 싶어 하는지, 부군의 어떤 모습을 기억하고 싶어 하는지를 잘 이해할 수 있는 매우 인상적인 장면이다.

후명을 받들기 위해 부군이 걸음을 뗀다. 가족 친지들이 울며 곁을 따르는데 부군은 슬픔이나 두려움에 전혀 동요되지 않고 오히려 희미하게 웃음을 머금으시며 남은 자들에게 부디 잘 지내라는 당부를 하신다. 자신의 죽은 얼굴을 아이들이 보고 놀라고 슬퍼할까봐 '아이들에게 내 낯을 보지 말라고 하라.'는 마지막 말을

162) 〈선고유교〉, 16~17쪽.

남기는 장면이야말로 서술자가 반드시 기록하고 싶었던 것이라고 생각된다.

'부군들은 죽음 앞에서도 굴하지 않으셨고, 당당하셨다. 그리고 가족에 대한 당부와 걱정을 놓지 않으셨다.'는 기억은 남은 자들을 위한 것이다. 부군들의 이런 모습들은 살아남은 자들의 욕망과 자의식이 반영되어 채색된 것이다. 이것은 미화나 과장과는 다르다. 단지 부군들의 내면에서 일어났을 갈등과 두려움 같은 감정을 곁에서 살피는 서술자들로서는 속속들이 알 수 없었을 것이고, 따라서 내면의 고뇌를 승화한 뒤 드러내는 부군들의 언행들만 기록할 수 있었을 것이라는 점을 이해해야 한다. 무엇보다도 부군들의 여러 모습들 중에서 서술자(를 포함함 후손)들은 특히 당당하고 의연한 부군의 모습을 기록하고자 하였을 것이므로 이렇게 표현한 것이다.

스승이나 부군을 배행하고 가서 사사되는 것을 기록한 유배일기들에는 이러한 장면이 매우 비장하고 의미심장하게 묘사되곤 하였다.

> 그리고 다시 일어나 앉아서 말하기를 '선생님께 감히 묻습니다. 죽음과 삶은 역시 큰 일입니다. 오늘의 일을 곁에서 지켜보는 사람이라 하더라도 마음을 안정시킬 수 없습니다. 제가 옆에서 모시면서 선생님을 살펴보았는데 선생님은 편안하고 태평이시고 조금도 평상시와 다름이 없습니다. 군자는 삶과 죽음의 경계에서도 이처럼 태연합니까?' 하고 하였다. (…중략…) 아! 이상의 일은 가승(家乘)에는 실려 있지 않고 지금 연양공 어르신도 역시 세상을 떠났다. 항상 문장가에

게 부탁해서 들었던 그 일을 기록하고 싶었는데 그렇게 하지를 못하였다. 대략 처음부터 끝까지의 경과를 기록하여 사라지게 될 것에 준비하고 아울러 온 집안의 조카들에게도 보여준다."고 하였다.[163]

이항복이 유배지에서 사사될 때 배행해 갔던 정충신이 스승의 마지막 말씀과 행동을 기록한 유배일기 〈북천일록(北遷日錄)〉[164]의 한 장면이다. 죽음 앞에서도 너무나 태연했던 선생의 모습을 기록하는 이유는 이 아름다운 일이 잊히지 않기를 바라는 마음에서이다. 〈기사유사〉, 〈임인유교〉, 〈선고유교〉 등 사사를 다룬 한글 유배일기에도 마찬가지 의지가 엿보인다. 부군들의 마지막 장면을 조금은 비장한 어투로 기록하는 이유는 그 마지막의 아름다움과 자랑스러움을 가문의 일원들이 모두 공유하고 그 긍지를 전승하기를 바랐기 때문이다.

〈창구객일(蒼狗客日)〉[165]은 아들인 밀암(密菴) 이재(李栽)가 아버지 갈암(葛菴) 이현일(李玄逸)의 유뱃길을 배행하며 기록하였으므로, 유배당사자와 서술자가 다르다는 점에서 위의 작품들과 비슷한 점이 있다.

---

163) 임재완 편역, 『백사 이항복 유묵첩과 북천일록』, 다운샘, 2005, 20~21쪽.
"因更坐曰, 敢問於先生. 死生亦大矣, 今日之事, 雖傍觀者, 亦不能自定. 小子侍側, 仰察謦咳, 先生安閑舒泰, 少無異於平時. 君子於死生之際, 若是其恝耶. (…중략…) 噫, 此一款, 不載於家乘, 今則延爺, 亦已捐館, 每欲請於秉筆者, 以識其事, 而未能焉. 略書顚末, 以備遺忘, 兼示一家子姪云爾."

164) 白沙 李恒福(1556~1618)이 광해군의 인목대비폐비론에 반대하여 北靑으로 귀양 갈 때 그의 門人 鄭忠信(1576~1636)이 수행하며 적은 일기문이다.

165) 〈蒼狗客日〉은 갑술환국을 역사적 배경으로 密菴 李栽가 아버지 葛菴 李玄逸 1627~1704)의 유뱃길을 배행하며 기술한 17세기 한문 유배일기이다(최윤영, 「〈蒼狗客日〉의 서술방식과 기록의식」, 경북대학교 석사논문, 2010, 1쪽).

아버지께서 경계하여 말씀하시기를, "너는 늙은 아비를 부축하여 먼 곳으로 가고 있으니 마음이 절로 평심할 수 없을 것이다. 하지만 일이 이미 이 지경에 이르렀으니 응당 하늘이 명하는 것만을 들어야 할 것이다. 군자는 우환에 처해서는 우환대로 행한단다. 너는 주자께서 적으신 바 『東坡帖』을 보지 못하였더냐. 장부가 마음을 세우는 것은 응당 이와 같아야 하느니라. 아녀자의 슬픔이 되어서는 아니 되느니라."[166]

"아버지를 관찰하고 글로 형상화하는 과정은 아버지라는 상징성을 이해해 가는 과정이며 동시에 기술자의 내면에서 아버지의 표상을 만들어 가는 과정이다."[167] 비록 후명을 기다리고 있는 것만큼의 급박한 상황은 아니지만, 유배라는 사건에 휘둘리고 마음을 진정치 못하여 눈물을 보이는 아들을 타이르며 아버지는 '철석(鐵石)같은 마음'을 가질 것을 당부했다.

아들이 아버지를 배행해서 기록했다는 점에서는 한글 유배일기인 〈기사유사〉, 〈임인유교〉, 〈선고유교〉, 〈남정일기〉와 한문 유배일기인 〈창구객일(蒼狗客日)〉이 유사한 측면이 있다. 곧 '작자의 이중구조'라고 요약할 수 있다. 또한 아버지(혹은 백부)에 대한 기록을 통해 아버지의 상징성을 이해하고 아버지의 표상을 만들어 가고 있다는 점에서는 비슷한 면모를 보인다. 〈기사유사〉 등에서 부군들이 죽음을 맞아들이는 자세와 마음가짐을 비장하고

166) 위의 논문, 66쪽 재인용.

167) 위의 논문, 75쪽.

숭고하게 묘사하여 그 정신을 내면화하고자 하고 있는 것과 마찬가지로 〈창구객일〉은 끊임없이 아버지의 '사의식(士意識)'을 관찰하고 기록하며 내면화하는 모습을 보이고 있기 때문이다.

요컨대 한글 유배일기와 한문 유배일기를 막론하고, 후명과 사사로 이어지는 죽음의 상황을 전제로 한 경우, 유배 당사자가 아닌 가족이나 문인이 배행하며 그 과정을 기록하는 것이 드문 일이 아니었다. 그리고 서술자들은 힘든 유배를 의연한 자세로 견뎌내고 당당하게 후명(後命)을 기다리는 어른의 모습을 비장한 필체로 기록하곤 하였다.

2. 유배의 여정과 유배생활의 실상

『의금부노정기』에는 각 유배지마다 도착 일정과 경유하는 역이 상세하게 도표로 작성되어 있는데, 전국적으로 336개 고을이 지정되었고 하루 평균 86.1리를 이동하도록 되어 있었다. 유배지는 주로 전라도와 경상도의 섬들과 함경도 같은 국토의 가장자리에 정해졌으므로, 유배객은 유배지에 도착하기 위해 바삐 먼 길을 달려야만 한다. 『의금부노정기』에서 명시한 속도는 현실적 상황과 동떨어진 너무나 무리한 것이었다. 그래서 유배객들은 밤을 새워 달리거나 악천후를 뚫고서 무리하게 유배지로 향했다.[168] 이렇듯 먼 길을 달려가면서 만난 많은 사람과 낯선 지역에서 접

168) 김경숙, 「조선시대 유배길」, 『역사비평』 67, 역사문제연구소, 2004, 262~282쪽.

한 다양한 풍속들이 유배일기에 묘사되어 있다. 그리고 힘든 유배 노정과 유배생활 속에서 자신을 잃지 않으려는 노력 또한 일기의 문면 속에 은연중에 드러나고 있다.

1) 제한적 경험과 세태·풍속의 기술

유배는 목적지와 경로가 이미 정해져 있고, 만날 수 있는 사람의 범위와 운신의 폭이 좁기 때문에 경험이 제한적일 수밖에 없다. '제한적 경험'이라고 표현한 이유는 바로 이런 상황을 표현하기 위해서이다. 비록 제한적이긴 하였지만, 유배객들은 자신을 둘러싼 인적 환경과 물적 환경에 대한 관찰과 판단을 쉬지 않았다.

(1) 인정세태의 자기중심적 묘사

양반 사대부들은 유배노정과 유배지에서의 생활을 통해 원치 않더라도 여러 유형의 인간 군상들을 만나게 된다. 유배객인 자신이 처한 처지에 따라 대하는 태도가 달라지는 사람들도 보게 되고, 그 전에는 미처 직접 대해 보지 않았던 다양한 계층의 사람들도 만나게 된다. "인간의 사악함과 정의, 세상인심의 浮沈, 무상한 세상인심, 사라지지 않는 공명정대한 논의, 죽어서는 영광, 살아서는 수치, 사람을 알아보는 지혜, 친구들이 인정해 준 사실에 대한 보답 등이 한결같이 이 책에 구비되어 있지 않음이 없다."[169)]

---

169) 남구만, 〈北遷日錄〉 서문(임재완 편역, 『백사 이항복 유묵첩과 북천일록』, 다운샘, 2005, 12쪽). "至若人品之邪正, 世道之乘降, 無常之物態, 不泯之公議, 死而有榮

는 〈북천일록(北遷日錄)〉 서문의 지적은 유배일기에 나타난 인정세태에 대한 적절한 표현이다.

다양한 인간형들을 접하기는 하였지만, 변화하는 시대에 따라 새롭게 등장하는 인간형을 적극적으로 발견하고 그 사회적·역사적 의미를 탐색하는 정도로까지 나아갔다고 할 수는 없다. 그동안 부리며 함께 살았던 하인이나 겸인들, 주변에 늘 존재해 왔던 백성들은 유배객이 된 이들의 일상에 항상 함께 있어 왔던 사람들이다. 단지 그런 사람들의 행위들이 급작스럽게 변화된 상황 때문에 새삼스럽게 관찰과 기록의 대상이 되었던 것일 뿐이다.

그 결과, 거룩하거나 신이하거나 훌륭하거나 악랄하거나 혹은 적어도 조금이라도 특별해서 역사에 기록될 가능성이 있는 사람들이 아닌, 그냥 보통사람들의 그저 그런 일상들이 스치듯이 관찰되고 기록되었다. 전(傳)이나 야담 등이 특별한 이인들을 찾아내어 그 인간적 가치와 미덕을 부각시키는 것과는 다른 지점에 유배일기의 가치가 있다.

물론 유배일기 또한 그 당시에 벌어지고 있었던 사회변화의 조짐들에 관심을 기울여 작품으로 승화시키곤 했던 조선후기의 문학적 분위기와 무관하지는 않다. 그러나 새롭게 등장하는 인간유형과 변화하는 시대상에 대해 깊이 있게 통찰하고, 이들의 시대적 의미에 대해 본격적으로 탐색한 작품들과 대등하게 여길 수는 없다는 것이다.

조선후기의 중요한 사회현상 중 하나였던 추노(推奴)가 어떻게

耀, 生而爲 羞辱, 人倫藻鑑之明, 知遇許與之報, 無不一備於是."

기록되는지를 전이나 야담등과 비교해 보면 이해가 쉽다. 유배일기인 〈태화당북정록(太和堂北征錄)〉에 추노하는 양반에 대한 언급이 종종 보인다.[170] 그런데 추노 자체에 대해서는 별로 언급을 하지 않았다. 야담이나 전의 일부작품에서 보여주는 것처럼 추노의 과정이나 추노가 일어날 수밖에 없는 사회적 분위기에 대한 깊이 있는 관찰과 설명은 전무하다. 단지 저자인 이광희(李光憙)가 자신이 만난 사람에 대해 간략히 기록하는 도중에 잠시 언급될 뿐이다. 물론 이러한 언급들이 간접적으로 변화하는 사회상을 짐작하게 할 수는 있다. 그러나 어디까지나 서술자 스스로 그런 것에 대해 관심을 기울여 의식적으로 서술한 것은 아닌 것이다.

유배는 사회변화에 의도적으로 접근한다기보다는 변화하는 사회의 현장으로 의도치 않게 내쳐지게 되는 계기가 되는 사건이다. 게다가 유배생활은 한정된 공간과 한정된 인간관계만을 허용했으므로 관찰의 영역은 협소할 수밖에 없다. 뿐만 아니라 주변 인물들을 관찰하고 기록할 여유가 없을 정도로 유배생활이 고단

---

170) ① 고배천 도홍을 여기에서 만났는데 곧 고양의 사인으로 도망간 종을 찾기 위하여 온 것이다. "高生配天道弘相見於此卽高陽士人而爲推奴來也."(71쪽)

② 식후에 친우 권씨와 선달 이지발 그리고 허유와 첨지 허섬이 찾아왔다. 두 허씨는 곧 허건의 종제로 도망간 종을 찾으려고 여기 온 자이다. 이지발은 충주 사람으로 북쪽 병영에서 돌아가는 길에 여기에 머무는 자이다. "食後權友及李先達枝發許生鍒許僉知銛來訪二許卽許鍵之從弟而推奴來此者也."(73~74쪽)

③ 서울 사는 사인 정운장이 찾아왔는데 도망간 종을 찾으러 온 사람이다. "京居士人鄭運章來見推奴客也."(93쪽)

④ 서울 사는 선달 박경덕이 찾아왔는데 즉 사인 박행의의 재종질이다. 도망간 종을 찾기 위하여 온 것인데 처음 만나 잠시 이야기 하였는데도 마치 예전부터 사귄 사이 같았다. "京居朴先達慶德來訪卽朴舍人行義之再從姪也推奴到此傾蓋如舊."(205쪽)

이상은 『國譯 太和堂北征錄』(鶴城李氏 越津派 汝堂門會, 다운샘, 2007) 인용.

할 수도 있다. 즉, 유배의 당사자들은 자신의 유배생활과 직접 관련된 인물에 대해서만 주로 기록했을 뿐이다. 자의든 타의든 변화하는 사회에 대해 관심을 기울일 여유가 없었기 때문이다.

늘 함께 있었지만 관찰과 기록의 대상은 아니었던 하인이나 청지기, 겸인 등이 새로운 관심의 대상이 되었고, 자신이 처한 상황에 따라 대하는 태도가 달라지는 세상인심이 새삼 절절하게 다가왔을 것이다. 실제로, 작품 속에 드러나는 주변 인물에 대한 평가는 주로 유배객인 자신에게 호의적인지, 그렇지 않은지를 중심으로 이루어지고 있다. 그 인물이 가지고 있는 인간적인 면모나 됨됨이, 사고방식 등에 대한 평가는 대부분 생략된다. 즉, 비교적 자기중심적인 기준으로 인정세태를 묘사하였다고 말할 수 있다. 자신에게 호의적인 사람은 '선'하게 묘사하고, 자신에게 호의적이지 않은 사람은 '매정'하게 묘사함으로써 어디까지나 자기의 입장을 중심으로 사람들을 평가하고 있다. 한편 한정된 공간에서 여러 가지 제약을 받으며 지내고 있는 유배객들을 힘들게 한 사람들에 대한 묘사는 매우 장황하게 서술되고 있어, 그들에게 느낀 분노와 억울함이 솔직하게 드러나기도 하였다. 악인에 대한 징치(懲治)가 아니라 '나'를 힘들게 한 인물에 대한 고발의 의도로 서술하고 있다.

이러한 인정세태의 기술 태도는 다양한 인간형에 대한 관심이라고까지 평하기는 어렵고, 어디까지나 자신의 입장을 중심으로 자신을 둘러싼 인적 환경을 이해하려고 한 것이라고 판단된다.

① 주변인에 대한 새로운 관심

하인이나 청지기, 겸인들은 유배를 겪기 전에도 양반들인 유배객의 일상을 구성하고 있었던 인적 요소였다. 그러나 유배라는 뜻밖의 사건 앞에서 이들의 행동은 새삼 관심의 대상이 되고, 더 나아가 이전보다 더 중요한 의미를 띠게 되었다. 이전에는 미처 몰랐던 이들의 인간적인 미덕을 발견하게 된다든지, 혹은 이들의 행동이 직접적으로 유배객들의 삶의 질에 영향을 미칠 수도 있다든지 하는 이유로, 관심과 기록의 대상이 된 것이다.

특히 자주 언급되고 있는 이들은 바로 가까이서 양반들을 모시던 하인들이다. 한글 유배일기에는 이러한 하인들에 대한 서술이 자주 보인다.

> (가) 셔울셔 ᄯᅥ날ᄯᆡ의 소위 겸인이라ᄒᆞ고 ᄯᅡ라ᄂᆡ닷기의 그ᄯᆡ를 당ᄒᆞ여 비록 ᄒᆞ인이라도 ᄯᅡ라오는 거시 유감ᄒᆞ여 오지말난 말 아니ᄒᆞ엿ᄯᅥ니 먼질의 병샹이 그럿케 심ᄒᆞ나 겻ᄒᆡ 잇지안코 죽막을 만나면 술이나 먹고 공연이 남과 시비만 ᄒᆞ는고로 도로가고져ᄒᆞ되 한ᄉᆞᄒᆞ고 ᄯᅡ라오니 마음의 헤아리되 져놈이 그랴도 혹인졍이 잇셔 그러한가ᄒᆞ엿ᄯᅥ니 밋도즁의 드러오ᄆᆡ 일졀 겻ᄒᆡ 잇는 일업고 밤낫즈로 도인들과 추축하여 술 먹기를 소일ᄒᆞ고 잡기ᄒᆞ기를 위ᄉᆞᄒᆞ니 남의 소치ᄒᆞ는 거시 ᄯᅳᆺ기의 도루여 피연ᄒᆞ며 ᄯᅩ 거짓말과 남ᄒᆞ고 시비가 비경ᄒᆞ니 이즁의 이놈으로ᄒᆞ여 더욱 셩화ᄒᆞ겟ᄯᅩ다 이런고로 겻ᄒᆡ 한ᄉᆞ룸도 구호ᄒᆞ여주리 업쓰니 젼측ᄒᆞ기도 ᄯᅩ한 어렵ᄯᅩ다[171]

유배를 당한 자신을 따라 나서는 하인을 보고 처음에 이세보는 내심 믿는 마음이 들었다. 그러나 곧 이 하인이 오히려 골칫거리요, 자신의 외로움을 더하기만 한다는 것을 알고 실망한다. 이 하인은 유배 가는 양반어른을 배행해 왔으면서도 상전을 모시는 일은 등한시하고 술 마시고 노는 것으로 소일할 뿐만 아니라 마을 사람들과 시비가 붙어 사고를 일으키기도 하였다. 적소에서 이 하인 때문에 구설에 휘말린다면 큰 낭패일 것이다. 이세보는 이 하인이 오히려 '성화'라고 여길 수밖에 없다. 결국 이 '하인놈' 때문에 이세보는 외로움을 더욱 크게 느낀다.

(나) 내 삼 년째 귀양살이를 하니, 두루 소문을 들으니, 전후 이름난 벼슬아치들이 귀양살이하는 곳마다 다 조용히 귀양살이를 하고자 하여도 奴子, 婢子와 裨將, 傔從이 여럿이 가면 자연히 적객을 말 듣게 하는 이가 있었으므로, 나는 겸종 1인과 노자 1인을 데리고 와서 밥 짓고 반찬 익히기를 저희만 부리고, 술 빚기도 저희만 시키고, 밤낮으로 앞에 두고 사립문 밖에는 잠깐도 내보내지 아니하였더니, 들으니 동네 사람들이 이르기를, 이번 적소에 오신 이는 하인도 아니 데려온 듯하다. 고 하였다.[172]

유의양은 유배지에 하인들을 여러 명 데려오다 보면 사고를 일으키는 하인이 있게 마련이고 '자연히 적객을 말 듣게 하는 자'가

---

171) 〈신도일록〉, 26~27쪽.

172) 〈북관노정록〉, 123~124쪽.

있게 마련인 것을 소문을 통해 알게 되었다. 죄를 짓고 내려온 유배객들이 그런 구설수에 휘말려서는 안 될 것이므로 유의양은 적은 수의 하인만 데리고 와서 일을 시키는 한편 집 밖으로 나가서 쓸데없는 사고를 일으키지 않도록 철저히 단속하였다. 어찌나 하인들을 잘 단속하였는지 유배지의 사람들은 유의양이 하인을 아무도 데리고 오지 않았다고 생각하였다.

대체적으로 유배객들은 가까이 부리고 살았던 하인들이 유배지에서 새로운 근심거리가 될 줄은 몰랐을 것이다. 어쩔 수 없이, 주변에 늘 있어 왔던 하인들의 언행을 그 전보다 더 자세히 살피게 되었는데, 그러한 관찰의 결과가 자주 기록되어 있는 것이 유배일기의 독특한 점이다.

> (다) 처음의 놈이라ᄒᆞ는 ᄒᆞ인을 ᄃᆞ리고가시ᄒᆞ어니감샹의 니ᄅᆞ러 취ᄒᆞ여 사당의 눕고 ᄯᆞ라오지아니ᄒᆞ니 그 힝ᄉᆡ 심히 고이ᄒᆞ되 날이 차기 심ᄒᆞ니 얼어죽을 염네 만ᄒᆞᆫ디라 도로혀 블샹ᄒᆞ더라[173]

'놈이'라는 하인도 유배를 가는 상전을 따라나섰다. 그러나 배행하는 상전을 제대로 모시기는커녕 술에 취하여 정신을 차리지 못해 제대로 따라오지도 못한다. 박조수는 이를 괘씸하게 여기지만 할아버지를 배행하는 다급한 처지라서 그런지 마땅히 '놈이'를 다그치지 못한다. 추운 날씨에 술 먹고 밖에서 잠을 자다 얼어 죽지나 않을지 도리어 불쌍하다고만 할 뿐이다.

---

173) 〈남정일기〉, 12쪽.

(라) 언남이 영만이 돌몽이 츈션이 츈션이는 독낙뎡되 죵이라 삼원이 삼원이는 창쏠되죵이라 거리쇠닙으시던 옷 각〃 ᄒᆞ나식 주시고 언남이ᄃᆞ려 분부ᄒᆞ시되 샹뎐이 이런 ᄣᅢ를 당ᄒᆞ야실제는 더고나 샹시예 편히 디낼적과면 잘 셤겨야 올코 항거시 비록 ᄉᆡ골이나 팀쳬ᄒᆞ야이셔도 시졀이 ᄆᆡ양 이러치 아니면 아는 원이라도 너희 잘 셤기면 술잔이라도 먹일거시오 너희를 그리ᄒᆞ리라 ᄒᆞ는거시 아니라 형셰업다ᄒᆞ고 샹뎐을 ᄇᆡ반ᄒᆞ면 듯ᄂᆞ니라도 다 통분이 너기ᄂᆞ니라[174]

김제겸은 삶을 마무리하는 절차의 하나로 따라온 하인들에게 입던 옷을 나누어 준다. 그리고 어려운 때일수록 상전을 잘 모셔야 한다는 당부도 잊지 않는다. 상전이 처한 상황이 어렵다고 해서 상전을 배반하면 다른 사람들이 다 괘씸하게 여길 것이라는 말은 한편으로는 남은 가족들을 잘 보좌해 줄 것을 부탁하는 말이기도 하지만 실은 엄중한 경고이기도 하다. '너희들이 그렇게 할 것이라고 하는 것이 아니라'고 하는 말 또한 그들에 대한 믿음을 표현한 말이기도 하지만 동시에 믿음을 저버리지 말라는 부탁이기도 하다. 아마도 상전이 어려움에 처했을 때 하인들이 방자하게 구는 일을 자주 목격했기 때문일 것이다.

(마) 십삼일 일변 치힝 홀쇠 삼뇌 그제야 드러오니 드르니 뉵노의 셔도 지쳬홀 분 아니라 모든 셤의 드러 개 자바먹고 술 츄심ᄒᆞ여 낭반의□는 줄 ᄉᆡᆼ각지 아닌□치□고 시브되 짐쟉ᄒᆞ여 두니라[175]

174) 〈선고유교〉, 5쪽.

해배소식은 당연히 적소에 있는 유배객들에게 있어서는 가장 반가운 소식이다. 한시라도 빨리 그 소식을 듣고 싶어 하는 것은 당연한 일이다. 그런데 하인들의 입장에서 볼 때는 상전이 유배지에 있으나 해배되어 돌아가나 별반 차이가 없을 수도 있다. 그래서인지 그 반가운 소식을 전하러 오는 하인이 도중에 술도 마시고 개도 잡아먹어 가며 게으름을 피운 것이다. 박조수는 해배의 기쁜 소식을 이미 다른 경로로 듣고 난 뒤라 마음이 너그러워져 있는 상황이니 망정이지, 그렇지 않았다면 게으름 피우며 내려온 하인을 크게 꾸짖었을 것이다. 비록 크게 나무라지는 않지만 박조수는 이 하인에 대한 괘씸한 마음을 속에 담아 둔다.

(바)-1. 도라보매 청직이 김거삼이라ᄒᆞᄂᆞᆫ 재 좌의잇기로 젹소의 ᄒᆞᆫ가지로 뫼시고 갈 일을 일너 제집의 ᄃᆞ녀오라ᄒᆞ니 거삼은 ᄌᆞᆺ오시적부터 조부쥬좌우의뫼셔 졍이 골육이나 다르디 아니ᄒᆞ매 제 ᄯᆞᄒᆞᆫ 그러ᄒᆞ여 개연히 허락ᄒᆞ거늘 이에 충충이집의드러와 힝ᄌᆞ와 마필을 쥬변ᄒᆞ랴 죄집의이술거시업기 마필만 계유엇고 조부금침만 슈습ᄒᆞ여 출이나 힝낭은 쥬변이 업ᄉᆞ니 민망터라176)

(바)-2. 처음은 거삼을 ᄃᆞ리고 가다가 듕노의셔 면쳔으로 보ᄂᆡ여 이리가는 소문을 뎐ᄒᆞ려 ᄒᆞ엿더니 길희셔 ᄆᆞᆯ게 차이여 능히 것지 못ᄒᆞᆯ분 아니라 미춰 노□□쥬면치 못ᄒᆞ여시매 도로 셔울노 보내여 노ᄌᆞ

175) 〈남정일기〉, 56쪽.
176) 〈남정일기〉, 9~10쪽.

를 어더가지고 면쳔으로 가라 분부ᄒᆞ다.[177]

청지기 김거삼은 〈남정일기〉에 등장하는 인물 중 가장 자주 묘사된 인물 중 한 명이다. 거삼은 유배 가시는 조부 박상원과는 어렸을 적부터 가까이 지낸 '정이 골육이나 다르지 아니'한 사람이다. 그래서인지 함께 적소까지 뫼시고 가자고 하니 선뜻 따라 나선다. 그런데 거삼의 사람됨이 다소 칠칠치 못해 보인다. 도중에 말에 채여서 걷지 못하게 될 뿐 아니라 대체 준비를 어떻게 해 온 것인지 노자도 부족해 도로 서울로 돌아가는 일이 발생하였다.

(바)-3. 거삼이 여긔와 힝식이 심히 경황 업ᄂᆞᆫ 듕 오히려 ᄒᆞᆫ□을 내여ᄒᆞᄇᆡ를□ 합셤이라ᄒᆞ는 기ᄉᆡᆼ의 집의 가 자니 심히 가증ᄒᆞ고 경황 업ᄂᆞᆫ 듕 ᄯᅩᄒᆞᆫ 우ᄉᆞᆸ더라[178]

(바)-4. 거삼이 예와 고경을 찻고□머믈 ᄯᅳ지 이셔ᄒᆞ더니 ᄯᅥ나기를 뎡ᄒᆞ매 남네 ᄯᅥ나기를 서로 섭섭ᄒᆞ여ᄒᆞ고 탑셤이 셩 우희 은신ᄒᆞ여 셔셔 가는 길흘 ᄇᆞ라보고 우니 긔삼이 ᄯᅩᄒᆞᆫ 눈물을□이는디라 실노 우읍더라[179]

(바)-5. 이윽고 죠라□그위안히 드러와 집 ᄉᆞ면과 방안흘 다 둘너 보니 경샹황늠ᄒᆞᆫ 듕 긔삼이 숨어ᄉᆡ 뫼양의□못나와 애ᄡᅳ던□ 이제

177) 〈남정일기〉, 13쪽.
178) 〈남정일기〉, 25~26쪽.
179) 〈남정일기〉, 60쪽.

싱각ᄒᆞ니 우읍더라[180]

(바)-6. 이때 긔삼이 방과 마루로 나들며 브억을 엿보고 하하 우스며 와 뎐ᄒᆞ되 고이터라 예셔는 쩍ᄒᆞᆯ 줄을 모르데 풋츤 어이삼고 송편을 ᄒᆞ려나 인절미랄 ᄒᆞ랴나ᄒᆞ고 하하 웃고 좌우로 쒸놀며 납씌는 즈시 우습더라 대개 긔삼이 예 와 가치여 만고 나갈 되 업는디라 날마다 우혈업시 이□ 밥 짓는다□ 아닌즉 긔형괴상과 고약약ᄒᆞᆫ 소릴 지르니 우습기 심ᄒᆞ되 거위 적막ᄒᆞᆫ 수회를 위로ᄒᆞᆯ너라[181]

박조수가 〈남정일기〉에서 김거삼에 대해 가장 자주 한 말은 '우습다'는 것이다. 유뱃길을 배행하는 길임에도 불구하고 김거삼이 한 기생과 정이 들어 그 기생의 집에 가서 자고 올 때, 또 그 기생과 눈물을 쏟으며 헤어질 때, 적소에 도착해 가시나무로 울타리를 쌓을 때 무서워서 숨어 나오지도 못하고 겁먹고 애를 쓸 때, 간만에 떡을 해 먹게 되었다고 주책없이 '하하'하고 웃으며 날뛸 때 박조수는 '경황 없는 중에도 우습'고, '이제 생각하니 우습'고, '실로 우습'고, '우습기 심하'다고 거듭 말하고 있다. 그러나 거삼은 박조수 일행에 짐만 된 사람은 결코 아니었다. 〈남정일기〉 전체를 살펴보면 거삼만큼 박조수 일행에 엉뚱한 즐거움을 준 이는 없다. 실제로 박조수는 거삼의 우스꽝스러운 행동들이 유배생활의 '적막한 수회를 위로하였다'고 쓰고 있다.

---

180) 〈남정일기〉, 39쪽.

181) 〈남정일기〉, 50쪽.

비록, 우스꽝스러운 행동으로 유배생활에 작은 즐거움을 준 고마운 사람이긴 하지만, 유배생활을 겪으면서 외로움과 답답함을 함께 나누지 않았더라면 그에 대한 기록을 남길 생각이나 했을 것인가. 앞서도 말했듯이, 거삼은 조부와 매우 가까운 인연을 맺고 있는 사람이긴 했지만, 신분이나 능력이 특별하지 않기 때문에 평소 같았으면 크게 관심을 기울여 기록할 대상이 아니다.

유배일기에는 이렇듯 특별한 것 없는 주변 사람들에 대한 사소한 일상의 스케치가 종종 보인다. 이 기록들을 통해 우리는 그 당시 보통 사람들의 평범한 행동들을 구경할 수 있게 된 것이다. 특히 유배노정과 유배지에서의 생활에 대한 기록이 중심이 되는 유배일기의 경우 더욱 그러한 경향이 두드러진다고 할 수 있다.

요컨대 유배일기는 '다양한 인간형에 대한 탐색'에까지 미치지는 않았으나, '일상적 인간형에 대한 묘사'라는 측면에서는 일부분 가치 있는 기록을 남기고 있다.

② 염량세태(炎凉世態)에 대한 자각

어려움에 처했을 때 비로소 주변사람들의 진정성이 확인된다. 유배의 길이 험난하고 쓸쓸할수록 자기를 찾아주는 사람에 대한 고마움은 더 커지고, 반대로 기대를 저버리고 찾지 않는 사람들에 대한 섭섭함은 깊어진다. 유배일기에는 그러한 고마움과 섭섭함이 노골적으로 혹은 은연중에 표현되었다.

(가) 즉시 발힝ᄒᆞ라ᄒᆞ되 반젼을 변통할슈 업서 노상의 두류ᄒᆞ니 망

됴ᄒᆞᆫ ᄆᆞ음을 이긔지 못ᄒᆞ고 <u>지구와 친쳑드리 ᄒᆞ나 됴화뭇느니 업쓰니</u> 푼젼쳑동을 누를 향ᄒᆞ여 비러보리요 한집팡이와 한집신으로 써나 고져ᄒᆞ더니 초오일파루후의 안동□곳으로부터 보ᄂᆡᆫ돈이 합ᄒᆞ여 일ᄇᆡᆨ팔십냥이라 그 돈을 보고 마음을 두루여 ᄉᆡᆼ각ᄒᆞ니 셔로 구ᄒᆞ고 셔로 불샹이 역이기는 ᄂᆡ 지친 갓흐니 업또다[182]

평소에 가깝다고 여겼던 지친과 친척들 중에 이세보가 유배에 처하게 되자 돕는다고 나서는 이가 없다. 〈신도일록〉뿐만 아니라 유배일기에는 이처럼 처지에 따라 주변사람들의 태도가 달라지는 염량세태에 대한 깨달음과 당황스러움이 종종 드러나곤 한다. 이세보도 결국 자신을 진심으로 돕는 이들은 가족밖에 없다는 것을 뼈저리게 느낀다. 가까운 사람의 예상치 못한 냉대에 대한 기록은 다른 유배일기에도 자주 등장한다. 다음은 〈감담일기(坎窞日記)〉[183]의 한 장면이다.

동헌에서 조금 쉬려는데 목사 오정원이 아전들을 시켜서 발도 붙이지 못하게 하는 것이었다. 할 수 없이 군뢰사령들이 번을 서는 방으로 옮겨 앉았더니 오정원은 또다시 급히 사령 수십 명을 뽑아 들여 우리를 몰아내었다. 경기감영의 비장이 조금 쉬다가 날이 밝은 다음에 떠

182) 〈신도일록〉, 2쪽.

183) 〈坎窞日記〉는 潭庭 金鑢(1766~1821)의 유배일기이다. 그는 31세 때인 1797년 11월 12일 이른바 姜彝天의 비어사건에 연루되었다는 혐의를 받고 전격적으로 체포되어 형조에 수감되었다. 이때부터 유배지인 함경도 富寧에 도착하여 정착하게 되는 전 과정을 日錄의 형태로 기록한 것이 바로 〈坎窞日記〉이다(박준원, 「〈坎窞日記〉 연구」, 『한문학보』 19, 우리한문학회, 2008, 433쪽).

나겠다고 간청하였으나 오정원은 허락하지 않고 곧 떠나라고 하였다. (…중략…) 오정원은 한 이웃에 살면서 가까이 지내는 사이였는데 이처럼 어려운 때에 곤욕을 보이며 우물에 빠뜨리고 돌까지 내려뜨리기를 다른 사람보다 곱절이나 더하였다. 아 가슴 아픈 일이다.[184]

김려(金鑢)는 유배지로 가는 길에 한때 이웃에 살면서 가까이 지냈던 오정원이 목사로 있는 곳을 지나게 되었다. 날은 춥고 밤은 늦어 잠시라도 쉬고 가기를 청했지만 오정원은 너무나 냉정하게 거절하고 김려 일행을 쫓아냈다. 평소에 알던 사람이라 내심 기대했던 마음만큼 냉대에 대한 실망과 슬픔은 컸다. 하물며 다른 사람보다 곱절로 더 자신을 괴롭히고 있는 오정원을 바라보며 김려는 가슴 아픈 일이라고 탄식하였다. 그야말로 권세가 있는지 없는지에 따라 대하는 태도가 극심하게 변하는 '염량세태(炎凉世態)'를 여실히 보여주는 장면이다.

김화에 들러 먼저 향청에 나갔더니 그곳 아전인 염인서라는 자가 떡 버티고 막아서서 앉지도 못하게 하고는 형방 아전에게 떠맡겼다. 그의 생김새를 보니 나이는 서른네댓 되어 보이는데 키는 작고 검붉은 낯가죽에 눈망울은 도적놈의 눈같이 불량스러웠다. 그놈은 철원 관가 사람들을 제집 종처럼 꾸짖어 대더니 고을 원인 민치겸을 꼬드겨서

184) 김려 지음, 오희복 옮김, 『글짓기 조심하소』(겨레고전문학선집 12), 보리, 2006, 605쪽.
"夜半至楊洲 少憩縣司 牧使吳鼎源飭吏使不得接跡 移坐牢子番房 鼎源又急調發吏校數十人驅送之 營裨請小歇姑待天明 鼎源不許 即令發行 時雞未鳴 天劇寒 吏校輩刲韋囊奪錢一百 鼎源是人居親串者 臨厄困辱落井投石 倍於他人 吁亦慘矣."

솥한 아전과 군교 들을 풀어 우리를 그 자리에서 몰아내면서 나중에는 채찍질까지 하였다. 이것이야말로 화살에 놀랐던 대사 다시 위험한 지경에 걸려든 셈이었다. 가슴이 찢어지는 듯하여 정신을 잃었다가 가까스로 깨어났다. 민치겸으로 말하면 나와 대를 두고 친분이 남다른 터인데 이런 때를 당하고 보니 원수나 다름이 없었다.[185]

민치겸 또한 마찬가지였다. 그는 김려의 집안과는 여러 대에 걸쳐 친분이 남다른 사람이었음에도 불구하고 아전인 염인서의 꼬드김에 넘어가 김려를 핍박하였다. 친분이 있었던 사람을 원수처럼 느끼도록 만든 것은 김려의 초라한 처지인 것이다.

유배객을 괄시하는 백성들도 등장한다. 물론 그들의 삶이 워낙 팍팍하기 때문이겠지만 평소 같았다면 도저히 상상도 할 수 없었을 노골적인 괄시나 은근한 무시가 자주 표현되어 있다. 이 또한 제아무리 양반이라 할지라도 그 처한 상황에 따라 사람들의 대접이 달라지는 염량세태에 대한 깨달음을 일깨운다.

(나) 관가 하인 ᄒᆞ나히 와셔, 쥬인을 자바시니, 가자! ᄒᆞ고 ᄀᆞᄅᆞ치거늘 믈을 모라 밧비 가니 쥬인의 ᄌᆞ식 아ᄒᆡ놈이 마조나와 폭려ᄒᆞᆫ 소ᄅᆡᄅᆞᆯ ᄒᆞ고, 집을 막기ᄅᆞᆯ 심히 ᄒᆞ니, 海島人心이 極惡ᄒᆞᆫ 줄 드럿던 거시여니와 소견의 극히 ᄒᆡ연ᄒᆞ고, 우겨 들녀 ᄒᆞ면 고이ᄒᆞᆫ 거조 이실 ᄃᆞᆺ시브

185) 위의 책, 616쪽.
"入金化 先詣土司 由吏廉麟瑞者 防塞使不得坐 出付刑所 見其貌 可三十四五年紀 身材短小 紫棠色面皮 眸子恰像賊眼不良 呵叱鐵原公人如奴隷 嗾其倅閔致謙 多發吏校 趁時驅逐 鞭朴俱下 傷弓之鳥復當厄會 心膽俱裂 昏絶僅甦 致謙是世交 親誼不凡 而當是時 無異讐家 此曷故焉."

기의 그 아ᄒᆡ ᄭᅮ짓도 아니ᄒᆞ고, 내 종을 신칙ᄒᆞ야, 아ᄒᆡ 말 들은 체 말나! ᄒᆞ고, ᄆᆞᆯ머리ᄅᆞᆯ 도로혀 남문 밧그로 도로 와 가가의 안고 관가 하인을 블너 닐오ᄃᆡ, 내 귀향으로 이리 왓더니 保授主人을 관가의셔 뎡ᄒᆞ여 맛디ᄂᆞᆫ 거시 規矩이니 쥬인을 뎡ᄒᆞ여 달나!ᄒᆞ니[186]

유의양이 관가에서 정해 준 보수주인에게 가니 '주인의 자식 아이놈이 마조 나와 폭려한 소리를 하고, 집을 막기를 심히' 하였다. 비록 유배를 왔을지라도 양반임이 분명한데 노골적으로 괄시하며 내치는 모습이 사뭇 당황스럽다. 유의양은 그 아이의 난폭한 언행을 못 본 체 하고 다시 관가로 돌아와 새로운 보수주인을 잡아줄 것을 당당하게 요구하였다. 이처럼 유배객을 무시하고 괄시하는 일이 드물지 않은 일이었음은 여러 장면에서 확인할 수 있다.

(다) 쥬인을 기다리더니 황혼 ᄣᅢ예 ᄀᆡ신의 계집이 압셤의 갓다가 와셔 감ᄉᆡᆨ들을 참욕ᄒᆞ며 죽게 된 귀향달이ᄅᆞᆯ 저 맛딘다 ᄒᆞ고 ᄑᆞ려ᄒᆞᆫ 소ᄅᆡᄅᆞᆯ 질너 욕과 ᄭᅮ딧기ᄅᆞᆯ 긋치디 아니ᄒᆞ니 이다히ᄂᆞᆫ 적ᄀᆡᆨ을 귀향달이라 ᄒᆞ야 쳔히 넉이ᄂᆞᆫ 말이러라. 내 듯다가 못ᄒᆞ야 제 ᄉᆡ아비게 죠졔ᄒᆞ야 달라 ᄒᆞᄃᆡ 듯디 아니코 이웃이 요란이 구다가 가니 즉시 그 집을 ᄯᅥ나고 시브ᄃᆡ ᄉᆞ령청으로 도로 가기도 엇더ᄒᆞ야 그날 밤을 계셔 디내고 죠반을 어이 ᄒᆞᆯ고 ᄒᆞ더니 이웃집의 쳔ᄃᆡ 어미라고 이셔 ᄀᆡ신의 쳐ᄅᆞᆯ 냥반 ᄃᆡ졉ᄒᆞᆯ 줄 모ᄅᆞᆫ다고 나모라 ᄒᆞ거ᄂᆞᆯ 내 그 말이 인ᄒᆞ야 죠반을 ᄒᆞ여 달라 ᄒᆞ니 그리ᄒᆞ라 ᄒᆞ고 ᄡᆞᆯ을 갓다가 죠반을 ᄒᆞ여

186) 〈남해문견록〉, 103~104쪽.

> 주니 먹고 긔신이 아니오고 제 쳐도 요란 씐 후 다시 오ᄂᆞᆫ 일이 업ᄉᆞ
> ᄃᆡ 게 잇쟈 ᄒᆞ기도 어렵고 다ᄅᆞᆫ ᄃᆡ 갈 ᄃᆡᄅᆞᆯ 물나 난쳐 심난ᄒᆞ더니
> 홀연 ᄉᆞ령 ᄃᆞ니던 오앙살이가 와 보고 긔신 쳐의 불슌ᄒᆞᄆᆞᆯ 분히 넉여
> 제 집의 뫼시려노라 ᄒᆞ고 가기ᄅᆞᆯ 청ᄒᆞ니 앙살의 의긔 아ᄅᆞᆷ답고 뎡히
> 갈 곳이 업ᄉᆞ믈 민망ᄒᆞ여 ᄒᆞ더니 앙살이 그리 친치 못ᄒᆞᆫ ᄉᆞ이예 가연
> 이 제 집으로 가댜 ᄒᆞ니 엇디 고맙디 아니리오.[187]

김약행이 새로운 보수주인의 집으로 가서 겪은 민망한 일이 자세히 서술되어 있다. 김약행이 새로운 보수주인의 집에 가서 주인을 기다리는데 '황혼 때에 기신(새 보수주인 윤기신)의 계집이 앞섬에 갔다가 와서 감색들에게 참욕을 하며 다 죽게 된 귀향달이를 저한테 맡긴다고 소리를 지르고 욕과 꾸짖기를 그치지 아니'한다. 듣다 못한 김약행이 그 계집의 집안어른에게 말려달라고 부탁해도 소용이 없다. 앞서 유의양은 그나마 새로운 보수주인을 정해달라고 관가에 가서 당당하게 요구하기라도 하였다. 그러나 김약행은 오랜 유배생활동안 이리저리 보수주인을 옮겨 다닌 것이 여러 번이라 이미 그런 기백을 부릴 힘조차 남아 있지 않다. 대놓고 무시하는 보수주인의 집에 머물 수도, 그렇다고 또 어디라고 갈 데도 없는 처량한 상황에서 코앞에 닥친 끼니 걱정을 해야만 하는 입장이다. 마침 이웃집의 천대 어미라는 아낙이 '기신의 처를 양반 대접할 줄 모른다고 나무라'는 것을 보고 얼른 그 아낙에게 밥 해 줄 것을 부탁한다. 선비로서의 고고한 기품은

---

187) 〈적소일기〉, 73~40쪽.

찾아보기 힘들고 눈치나 살피는 초라한 노인의 모습이 그려질 뿐이다. '그리 친치 못한 사이'인 오앙살이가 기신 처의 행동에 분개하며 제 집으로 가자고 청하자 '앙살의 의기 아름답고 (…중략…) 어찌 고맙지 아니리오.'라고 칭찬해 마지않는 김약행의 모습이 차라리 슬프다.[188]

유배객들이 배고픔이나 벌레, 추위와 더위 등에 시달리는 장면들보다도 오히려 이런 장면이 더 유배객의 심란한 처치를 극명하게 부각시키는 효과를 발휘한다.

(라) 져녁의 연홍을 불러왓거ᄂᆞᆯ 제 집의 가 거쳐ᄒᆞᆯ 줄을 니ᄅᆞ니 연홍이 집 좁아 용납기 어려워라 ᄒᆞ되 ᄂᆡ 다 ᄆᆞ려도 가려노라 ᄒᆞ니 연홍이 거역디 못ᄒᆞ야 허락ᄒᆞᄂᆞᆫ디라[189]

앞에 등장한 윤기신의 처와 비교한다면 훨씬 완곡하고 예의를 차린 태도이기는 하지만 새 보수주인으로 정해진 연홍도 김약행

---

188) 물론 김약행의 처지가 일반적인 상황이라고 말 할 수는 없다. 오히려 보수주인들은 유배객들에게 부당한 대접을 받기도 하였을 것이다. 한문 유배일기인 〈太和堂北征錄〉에는 다음과 같은 장면도 있다.

"개천에 귀양 사는 이창진이 주인 여자가 창법이 좋지 않다고 하여 관사를 옮겼다. 북쪽 풍속이 진실로 좀 표독스러웠다. (…중략…) 개천에 귀양 사는 이창진이 겸관에게 고하여 주인 여자에게 결장을 하였다[价謫以主女唱惡移舘北俗良悍 (…중략…) 价謫考兼官結杖主女]."(『國譯 太和堂北征錄』, 鶴城李氏 越津派 汝堂門會, 다운샘, 2007. 120쪽)

'結杖'은 매를 맞게 한다는 뜻이다. 유배객을 소홀히 대접하거나 공손치 못하면 보수주인은 매를 맞기도 하였다는 것인데, 어찌 보면 부당한 처사라고 할 수 있다.

189) 〈적소일기〉, 73~32쪽.

을 자기 집으로 모셔가기 꺼려한다. 섬에 유배객들이 너무 많고, 사람들의 살림살이가 좋지 못하니 모두들 보수주인이 되기를 꺼려한 것이다. 따라서 유배객들은 관가에서 정해 준 보수주인임에도 불구하고 여러 가지 불편한 상황을 겪으면서 주인 되기를 거듭 청하거나 강요해야만 했다.

(마) 딜쳥의 가 안ᄌᆞ니 <u>딘 하인들이 듕ᄒᆞᆫ 뎡ᄇᆡ죄인이라 ᄒᆞ야 녜모도 공슌티 아니ᄒᆞ고</u> 낫이 기우러가되 식쥬인을 뎡ᄒᆞ여 주ᄂᆞᆫ 일이 업ᄉᆞ니 대개 죄인이 오며 즉시 안졉ᄒᆞ게 보슈쥬인을 뎡ᄒᆞ고 셩명을 셩칙ᄒᆞ야 감영과 금부의 올녀보ᄂᆡ기로 아모 사ᄅᆞᆷ이나 ᄀᆞᆯ히디 아니코 셩칙ᄒᆞᆫ 후의 다시 식쥬인을 뎡ᄒᆞ여 적ᄀᆡᆨ을 맛디되 <u>도듕 적ᄀᆡᆨ이 만ᄒᆞ야 원망ᄒᆞ고 ᄉᆞ딧ᄂᆞᆫ 고로 식쥬인을 딘시 뎡ᄒᆞ여 주디 아니ᄒᆞᄂᆞᆫ 일이 그런 연고러라</u>[190)]

(바) 계묘년을 디나 갑진년 ᄀᆞ을의 다ᄃᆞ라 세ᄌᆞ 칙봉ᄒᆞ오시고 칭경대샤 ᄒᆞ오시ᄃᆡ 셔샹의 셰력이 오히려 셩ᄒᆞ고 알외여 주리업서 또 샤뎐의 참예티 못ᄒᆞ니 <u>이곳 사ᄅᆞᆷ들이 다 알기ᄅᆞᆯ 극ᄒᆞᆫ 듕죄ᄅᆞᆯ 디어 두 번 대샤의 노히디 못ᄒᆞ니 다시 노힐 가망이 업고 가망이 업다 ᄒᆞ야 더옥 업슈이 넉이더라</u>.[191)]

'정배죄인라고 하여 예모도 공순치 않고' 보수주인도 빨리 정

---

190) 〈적소일기〉, 73~06쪽.

191) 〈적소일기〉, 73~29쪽.

해 주지 않는데, 해배 가능성이 희박한 양반에 대한 일반적인 대접은 더욱 가관이었다.

물론 유배 온 양반을 성심껏 모시는 사람들도 있다. '양반 모실 줄' 안다고 생각하는 그런 인물들은 자신의 잘 자리를 양보하면서까지 유배객을 모신다. 그러나 그들은 대개 양반을 모실 경제적 여력이 없기 때문에 유배객은 다시 다른 사처(舍處)를 찾아 다녀야만 하였고, 호의적인 보수주인을 만나는 일은 매우 큰 행운이었다.

(사) 득슈의 고공 이샹남이ᄅᆞᆯ 비러 브리ᄃᆡ 맛당치 아녀 ᄒᆞ더니 경죠날 나가 놀기ᄅᆞᆯ 탐ᄒᆞ야 늣ᄃᆞ록 밥ᄒᆞ여 줄 줄을 ᄉᆡᆼ각디 아녀 낫이 계ᄃᆞ록 밥을 못ᄒᆞ야 먹고 명일이라고 ᄂᆡᆼ담하기 극ᄒᆞ더라. 노쥬인이 왓다가 이 경상을 보고 민망이 넉여 밥 디을 사ᄅᆞᆷ을 어드려ᄒᆞᆯᄉᆡ[192]

득수는 김약행이 적소에서 도움을 많이 받았던 윤동우 노인의 큰 아들이다. 득수의 고공인 이상남은 김약행에게 밥을 지어 주도록 되어 있었다. 그러나 연 이틀 동안이나 맡은 일을 하지 않아 김약행이 난처한 상황에 처하고 만다. 이 문제를 해결할 수 있는 사람은 김약행 자신이 아니었다. 윤동우 노인이 이 모습을 보고 밥 지을 사람을 다시 구해 주지 않았다면 그의 배고픔은 계속 이어졌을 것이다. 이상남이 자신의 상전인 득수를 무시한 것인지 비록 유배객이지만 엄연히 양반인 김약행을 무시한 것인지는 분

---

192) 〈적소일기〉, 73~44쪽.

명치 않지만, 이처럼 형편이 어려운 유배객들을 공공연히 괄시하는 일은 흔했다.

어려움에 처한 유배객들이 인정세태에 대해 실망과 충격만 받은 것은 아니다. 사람들의 진심어린 위로와 도움을 종종 받으면서 감동을 느끼기도 한다.

(아) 이 고을도 가친이 지ᄂᆡ신 곳이라 문ᄉᆡᆼ과 고리들리 각각 술를 가니고와 손을 잡고 눈믈를 흘니며 됴흔 말노써 권ᄒᆞ여 위로ᄒᆞ니 인정을 ᄉᆡᆼ각ᄒᆞ면 엇지 마음의 쳑쳑지 아니ᄒᆞ리요[193]

(자) ᄆᆡ양 이ᄶᅡ을 지ᄂᆡ면 방황ᄒᆞ여 가지못ᄒᆞ고 권련헌 회포 간절ᄒᆞ엿거든 허물며ᄇᆞ다 밧겻히 쏙긴 신ᄒᆞ요 ᄒᆞ날 가으셰 외로온 손이라 붕우들과 노복들리 길를 막으며 손을 잡고 가로ᄃᆡ 쳑신고둉이 이졔 장찻 어듸를 향ᄒᆞ며 병ᄉᆡᆨ이 져갓흐니 험헌 물과 어려운 뫼를엇지 지나리요 쳔니의 귀양길리 뉘 아니헐ᄇᆡ업것마는 이갓흔 경ᄉᆡᆨ은 참아 눈으로 보지 못ᄒᆞ겟다ᄒᆞ고 면면이 셔로 보와 눈믈노 쟉별ᄒᆞ더라[194]

유배객의 가친이 벼슬을 하셨던 곳이나 어렸을 적 인연이 있었던 곳을 지날 때에는 사람들이 많이 나와서 위로하고 그를 위해 눈물을 흘린다. 인연 있는 곳의 사람들이 어려움에 처한 사람을 위로해 주는 것은 고마운 일이기 하지만 어찌 보면 인지상정이라

193) 〈신도일록〉, 7쪽.

194) 〈신도일록〉, 3쪽.

고 당연히 여길 수도 있다. 그러나 앞서도 살펴보았듯이 기대를 저버리는 사람들이 적지 않았으므로, 위로의 말들과 격려의 눈물들이 진심으로 고맙게 여겨졌을 것이다.

(차) 져물게 쳔안고을삼거리 주막의 이르니 고을의 ᄉᆞ는 두어 ᄉᆞ룸이 나 지난단 말를 듯고 ᄎᆞ져와 셔로 위로ᄒᆞ며 참아 이별치 못ᄒᆞ여 ᄒᆞ니 쏘ᄒᆞᆫ 유심헌 ᄉᆞ룸일너라[195]

'고을에 사는 두어 사람'이라고 표현한 것은 그들이 잘 아는 사람이 아니라는 뜻이다. 그들은 이세보와 인연이 있는 사람은 아니지만 그의 유배에 대해 안타까움을 느끼는 사람들일 것이다. 가까운 사람이라고 생각했던 사람들의 태도에 실망해 본 적 있는 이세보는 잘 아는 사이도 아니면서 찾아와 위로해 준 그들에 대해 고마움을 느껴서인지 아주 간략하나마 글에 언급하였다. 그들을 '유심한 사람'이라고 표현한 것은 바로 고마움의 완곡한 표현이다.

〈남정일기〉에는 유배노정 중 도움을 준 사람에 대한 꼼꼼한 기록을 남기고 있다. 지나는 길의 지역과 그 지역의 지방관이 누구인지를 밝히고, 그가 어떤 식으로 유배 길의 어려움을 묻고 도움을 주었는지를 거의 빠트리지 않고 기록하고 있다. 비록 상세한 내용은 아니지만 거의 모든 노정에서 빠트리지 않고 이런 기록을 남겼다는 것은 분명히 어떤 목적이 있는 의식적인 행위로 보인다.

195) 〈신도일록〉, 4~5쪽.

(카)-1.

- 텬안새숫막의 니ᄅᆞ러 조반ᄒᆞ니 본관은 윤기충이니 윤참판 득죄의 아ᄃᆞᆯ이오 쳑의 이시니 젼갈ᄒᆞ고 ᄆᆞᆺ더라
- 감영고마루□이 와 ᄃᆡ령ᄒᆞ고 감ᄉᆞ 민ᄇᆡᆨ븐이 젼갈ᄒᆞ여 무럿더라.
- 태수 박상졍이 겸관으로 와시니 이는 곳 종중사ᄅᆞᆷ일너라 나와보고 ᄆᆞᆺ더라
- 태수 박진슈도 일가분이니라 동ᄂᆡ의 잇기 졍의불□ᄒᆞ매 나와보고 힝찬과 노ᄌᆞᄅᆞᆯ 돕고 말을 젼쥐□ 빌니더라
- 녀산원 김샹훈은 □반이라 하인 보내여 젼갈ᄒᆞ고 겸ᄒᆞ여 반찬을 보내엿더라
- 담양슈 홍샹은이 마츰 념하의 왓다가 나와보고 ᄆᆞᆺ더라
- 쥬슈 송익하는 마츰 병드러 ᄆᆞᆺ 나오고 그 아ᄃᆞᆯ 경죄 나와보니 이는 곳□ᄉᆡᆼ딜이라 냥찬을 돕더라
- 태수 박좌원은 곳 종중이라 나와 보고 힝냥을 돕더라
- 쥬슈 박취원은 동중이니 길히 멀기로 나오든 아니코 편지ᄒᆞ야 쥬찬으로 ᄆᆞᆺ더라
- 슌쳔편지와 광쥐영광 인매 와 되령ᄒᆞ엿더라 슌쳔슈는 외쳑 임관쥐라 ᄌᆞ친뉵촌이라 녕하의 왓다가 듯고 편지ᄒᆞ고 냥찬을 도왓시매 답장ᄒᆞ여 보내다
- 나쥐□초의 편지ᄒᆞ여 그지로 작노ᄒᆞ믈 청ᄒᆞ여시되 임의 여오강슈의게 허락ᄒᆞ엿기 못가노라 긔별하엿더니 여긔 오믈 듯고 나와보고 힝냥을 돕더라
- 십구일 평명의 ᄯᅥ나 함평 와 졈심ᄒᆞᆯ ᄉᆡ 쥬슈 오죄문은 무변이라 나와보고 ᄆᆞᆺ더라 황혼의 영광 니ᄅᆞ니 쥬쉬 운금뎡의 하쳐 뎡ᄒᆞ

고 서로 볼 ᄉᆡ 관곡히 구더라
- 뎡읍 와 졈심ᄒᆞ고 태인 와 자니 쥬쉬 나와보더라
- 젼쥐오니 황혼이 되엿더라 ᄉᆡᆼᄂᆡ의 햐쳐 자바드니 감ᄉᆡ 나와보고 뭇더라
- 영광인마를 보낼ᄉᆡ 쥬슈의게 편지ᄒᆞ니라 감ᄉᆡ고□공뷔가지 빌니더라
- 은진 니ᄅᆞ러 자니 이날은 종일 비맛다 쥬슈 나와보더라
- 나쥐 니ᄅᆞ니 거위 이경이나 되엿더라 목ᄉᆞ니명듕은 친귀라 나와보고 세 가지약과 두 병 유□과 필묵을 주고 냥찬은 ᄯᅩ 밀차보내마 ᄒᆞ더라
- 그ᄯᅢ 관쇽이 만히 와 보고 기듕 김거축뎡치덕은 (…중략…) 와 보고 냥찬을 돕더라

지나는 곳의 지역이름을 밝히고, 간단하게는 그저 '나와 묻는' 것에서부터 '양찬, 노자'를 돕고, '전갈(편지)를 보내왔다'는 것까지를 꼼꼼하게 기록하였다. 마찬가지로 유배행렬을 찾아와 주지 않는 사람들에 대한 기록도 남기고 있다.

(카)-2.
- 감ᄉᆞ안겸데 젼갈ᄒᆞ여 뭇고뵈이고댱ᄒᆞ노라ᄒᆞ고 나와보디 아니터라
- ᄯᅥ나 무쟝와 졈심ᄒᆞ니 쥬슈 니숙ᄉᆡᆼ은 젼의 약간 면분이 잇더니 환자춘다츄탁ᄒᆞ고 와보디 아니터라
- 공쥐 와 자니 읍ᄂᆡ로 들기는 면쳔으로 작ᄂᆞᄒᆞ기를 인ᄒᆞ미라 감

ᄉᆞ 민ᄇᆡᆨ분은 친ᄒᆞ되 나와보디 아니터라

- 경읍의 니ᄅᆞ러 자니 쥬슈는 김현죄니 쳑분이 이시되 나와보도 아니코 ᄯᅩᄒᆞᆫ 젼갈ᄒᆞ는 일도 업더라

지나는 거의 모든 곳마다 그 지역의 지방관이나 지인들이 무엇을 도와주었는지, 왜 찾아와 줄 것이라 생각한 사람이 오지 않았는지를 간략하나마 반드시 기록한 이유는 도움을 준 사람들에 대한 고마움과 기대를 저버린 사람에 대한 섭섭함을 기억하고자 했기 때문이다. 비록 간략한 메모 정도의 기록이기 때문에 그 일들을 통해 느낀 감회나 생각에 대해서는 깊이 알 수 없으나, 마치 조의금 명부를 작성하듯이 정확히 기록한 것만은 분명하다. 그들이 해배되어 돌아와 이 기록을 본다면, 혹은 그들 가족이나 후손들이 이 기록을 본다면 '냥찬을 돕더라.'고 적혀 있는 사람과 '나와 보지도 않더라.'고 적혀 있는 사람을 어떻게 생각하게 될지는 분명하다. 그들이 가진 신념이나 정치적 입장은 이 간단한 기록에는 드러나지 않는다. 다만 유배 가는 자신을 도왔는지, 돕지 않았는지만 기록되어 있다. 그들에 대한 선악(善惡), 호악(好惡)의 판단도 이 두 가지 행위에 따라 결정되지 않겠는가.

이런 기록 의지는 다른 유배일기에도 자주 보인다. 아래는 〈공산일기(公山日記)〉196)의 기록이다.

196) 선조35년(서기 1602년)에 '己丑獄死'에 관련되어 公州(公山)로 유배를 온 可畦 趙翊 선생이 이곳에서의 생활을 일기체로 쓴 글인데, 귀양에서 풀리기까지의 6년간 생활이 한문으로 세세하게 기록되어 있다(조동길, 『可畦 趙翊 先生의 〈公山日記〉 연구』, 국학자료원, 2000, 7쪽).

가까운 곳의 군수 및 오랜 친구들이 한 해를 마감하는 물자를 함께 베풀어 보내 주었다. 순상께서 또한 생선, 고기, 종이, 약초 등을 넉넉히 보내주니 나그네의 살림살이에 가히 감동스럽다. 날마다 내방하는 사람을 계묘년부터는 그 달의 마지막에 나란히 기록하여 후일에 잊지 않는 자료로 삼을 요량이다[197]

'후일에 잊지 않는 자료로 삼을 요량'으로 얼마나 꼼꼼하게 기록을 하였는지 그 구체적인 모습을 보자면 다음과 같다.

방문자: 송인보, 최선, 민여흔, 정방, 이천장, 정언(술 가지고 옴), 이충언, 구계(平壤判官), 정원경(영동의 수령), 소세안, 나수, 이몽윤(술 가지오 옴), 임회(직경), 박희일, 오효남, 장덕익, 박문겸, 노수오(천안의 수령), 지득원(찰방), 민원백, 오중일, 오중철, 강시진, 오대린, 박첨, 이상중(전라도 亞使), 고경우, 류경종(비인의 수령), 김현, 석양정, 송계창, 박충남, 민여침, 노응탁, 이이재, 신수, 윤갑훈(천안사람), 남변(巡相의 조카), 송승록, 송희진, 노응완, 송원기(진사, 성주 사람), 정직부(술 가지고 옴), 조영암, 이경준(통제사), 정영국(보령의 수령), 이덕연(정산의 수령), 홍순제, 여성우(都事로 고을에 들어옴), 이구순(금산의 수령), 임자신(통제사 종사관), 이정시(別坐), 윤삼빙(임천의 수령), 송석규(인보의 아들), 안곡(提督)[198]

197) 위의 책, 110쪽.
198) 위의 책, 111쪽.

이름과 직책, 자신과의 관계 및 가져온 물품의 종류를 빠뜨리지 않고 기록하였다. 나중에 자신과 그들의 입장이 바뀌게 된다면 이 기록을 근거로 고마움을 갚을 수 있도록 하기 위해서이다. 다음은 〈태화당북정록(太和堂北征錄)〉의 한 부분이다.

> 수성찰방이 편지를 보내 안부를 묻고 백미 세 말, 들깨 두 말, 초석 세 장을 보내주어 즉시 답서를 보냈다.[199]

이런 기록들이 유배일기 속에 셀 수 없을 만큼 많다. 이처럼 지방관들이나 지인들이 보내오는 품목들을 자세히 적어 두는 일은 유배일기에서는 중요한 일이었던 것으로 보인다. 자신에게 도움을 주었는지 안 주었는지를 기록하고 기억하고자 하는 행위는 자신을 둘러싼 인적 환경을 자기중심적으로 파악하는 자세라고 할 수 있다.

> (카)-3. 만회 슈영으로브터 도라와 보되 그 위인이 심히 불초ᄒᆞ여 뵈더라[200]

매우 간략한 기록이지만 주목할 만하다. '심히 불초하여 보이더라.'는 인물평가의 기준은 무엇이었을까. 근거가 나와 있지 않지만 유배객인 자신들에 대한 태도가 불손하여 자존심이나 심기

199) "輸郵書問饋以三斗白米二斗水荏三立草席卽爲修答."(『國譯 太和堂北征錄』, 鶴城 李氏 越津派 汝堂門會, 다운샘, 2007, 205쪽)

200) 〈남정일기〉, 28쪽.

를 건드렸기 때문일 것이라고 추측할 수 있다. 자신들의 유배 길에 호의적인지 아닌지를 기준으로 사람을 판단하는 것은 분명 자기중심적으로 인정세태를 이해하는 태도이다.

(타) 거번의 가친 오실째 냥찬을 만히 가져오신디라 남은 거슬 다 쥬인을 주되 후치 못ᄒᆞᆫ니 ᄒᆞᆫ이로되 엇지 후일이 업ᄉᆞ리오.[201]

유배지에서 자신을 물심양면 도와 준 보수주인은 이미 가까운 지친이나 다름없는 사람이다. 유배객들은 해배가 되어 돌아오는 길에 자신에게 남은 양식을 고마운 보수주인들에게 모두 주고서도 그 양식이 넉넉하지 않음을 도리어 안타까워하고 있다. 보수주인이나 유배지에서 인연을 맺었던 사람들이 떠나는 유배객을 배웅하면서 헤어지기 아쉬워 먼 길까지 따라나서거나 눈물을 흘리며 슬퍼하는 모습이 유배일기에는 자주 그려져 있다. 그들에 대한 유배객의 고마움과 아쉬움 등의 심정도 그 기록 속에 묻어난다. 유배를 겪지 않았으면 몰랐을 사람들의 따뜻한 인정, 그 어떤 기록물에도 자취를 남기기 어려운 보통 사람들에 대한 기록이 넘쳐난다는 것이 유배일기의 미덕이다.

(파) ᄇᆡᆨ일명이라ᄒᆞ는 하인이 대ᄉᆞ간되 가나되 오히려 가디 아니코 아동셔 ᄉᆞ환ᄒᆞ다가 또 다청좌의 니ᄅᆞ러 하직ᄒᆞᆯ ᄉᆡ 슬픈 비치 만흐니 그 무지ᄒᆞᆫ 하ᄇᆡ로ᄃᆡ 이러ᄐᆞᆺ ᄒᆞ기 심히 이샹터라.[202]

201) 〈남정일기〉, 57쪽.

한편 '무지한 하배'임에도 불구하고 인정스럽게 행동하는 사람에 대한 감동도 묘사하고 있다. '무지한 하배'가 곤궁한 처지에 있는 사람을 도울 줄 알 뿐만 아니라 이별에 슬퍼하는 모습을 목격하고는 '심히 이상타'고 표현하는 바탕에는 실은 '하배'를 무시하는 마음이 깔려 있다. '인정'이라는 덕은 자신과 같은 양반들에게는 너무나 일반적인 당연한 미덕이지만, '하배'에게는 드물게 발견되는 기특한 미덕이라고 생각하는 바탕에는 차별적인 인식이 깔려 있는 것이다. 이전에는 돌아보지 않았을 '하배'에 대한 새로운 감각을 일깨울 수 있었던 것도 유배를 통해서 가능한 일이다.

요컨대 유배객들은 유배 길에서 예상치 못했던 인간관계의 갈등을 겪게 되어 실망하는 일이 잦다. 정치적 부침에 따라 아첨과 푸대접을 번갈아 하는 이 같은 염량세태를 절감한 유배객들은 기대하지 않았던 사람들의 인정에 필요 이상 감격하는 모습을 보이기도 하였다. 결국 인간에 대한 평가와 판단 능력은 객관적 잣대를 상실하고, 오로지 자신에게 호의적인 인간인지 아닌지를 중심으로 작동하게 되는 것이다. 유배일기에는 이러한 염량세태에 대한 자기중심적 이해의 모습이 솔직하게 드러나고 있어 주목할 만하다.

③ 부정적 인간형에 대한 충격과 분개

유배일기에 등장하는 인물유형 중에 가장 길게 묘사되고, 관련

202) 〈남정일기〉, 12쪽.

된 사건의 전말이 가장 상세하게 기록되어 있는 유형은 유배객에게 깊은 마음의 상처를 입힌 사람들이다. 이렇게 기록이 상세하다는 것은 유배객들이 그들에게서 느낀 충격과 분노가 얼마나 큰지를 짐작하게 한다. 〈신도일록〉에는 소설에서나 나올 법한 전형적인 사기꾼이 등장한다. 그는 적소에 위리안치되어 있는 이세보에게 의도적으로 접근하였다.

(가) ᄒᆞ로는 한 ᄉᆞᄅᆞᆷ이 잇셔 위리틈을 똧ᄎᆞ셔 문안ᄒᆞ거날 ᄂᆡ 놀나무러가로ᄃᆡ 그ᄃᆡ가 누군고 그 ᄉᆞᄅᆞᆷ이 ᄃᆡ답ᄒᆞ여 가로ᄃᆡ 나는 곳 옥동김판셔ᄃᆡᆨ 겸인이요 셩명은 김시명이란 ᄉᆞᄅᆞᆷ이라 년젼의 ᄃᆡ젼별감 황희준 타살헌 뫼로 인년ᄒᆞ여 이 셤의 충군한 지가 우금 샴년이ᄋᆸ더니 (…중략…) 셧달의 이르러 몽방ᄒᆞ여 가노라ᄒᆞ기 다만 잘가라ᄒᆞ고 무슨 말리 ᄯᅩ 잇쓰리요 젼젼으로 드른즉 궐한이 올나가는 길의 (…중략…) 집팡이를 ᄀᆞ져셔 충돌ᄒᆞ여 가로ᄃᆡ 나는 곳옥동김판셔ᄃᆡᆨ ᄋᆡ겸이요 즉금인 즉 위리중 계신 양반게 신임ᄒᆞ난ᄉᆞ람이라 네 엇지 감히 나를 당ᄒᆞ리요 (…중략…) 이갓흔 강도놈은 셰상의 다시 짝이 업고 허믈며 을ᄆᆡ간의 날갓치 죽고져ᄒᆞ는 ᄉᆞᄅᆞᆷ의게 말를 빙ᄌᆞᄒᆞ고 화를 옴기고져 ᄒᆞ니 마음의 엇지 졀통ᄒᆞ고 분ᄒᆞ지아니ᄒᆞ리요 (…중략…) 이어 드른즉 본관이 이 ᄉᆞ단을 빙ᄌᆞᄒᆞ여셔 다른 말를 무수이 부익ᄒᆞ여 경셩의 젼파ᄒᆞ는 거시 무소부지ᄒᆞ니 이면을 ᄌᆞ세히 모르고 안져듯는 이야 날노써 엇던 ᄉᆞᄅᆞᆷ이라ᄒᆞ게는고 이 죽기를 구ᄒᆞ여도 겨를치 못ᄒᆞ는 ᄯᆡ를 당ᄒᆞ여 불측헌 ᄯᅡ의 모함ᄒᆞ고져ᄒᆞ니 한번 죽씨는 진실노 마음의 달게헐 ᄇᆡ이로ᄃᆡ 쳔ᄃᆡ아ᄅᆡ 눈을 엇지 가무며 ᄲᅦ이 엇지 ᄡᅥᆨ으리요 이갓흔 말를 긔록ᄒᆞ는 거시 ᄯᅩ한 장황ᄒᆞ고 구구ᄒᆞ되 이갓흔 허망헌 말리 일양젼파

한즉 이 이른ᄇᆡ 셰번 젼ᄒᆞ는져ᄌᆞ범이라 엇지 남의 용셔ᄒᆞ믈ᄇᆡ라며 춤 밧트믈 면ᄒᆞ리요 ᄒᆞ릴업시 ᄉᆞ의무칙이로다.203)

어느 날 옥동 김판서의 겸인이라고 하는 김시명이라는 사람이 이세보를 찾아왔다. 외로운 섬에서 만난 경성사람이라 반가울 만도 하였으나 그가 '대전별감 황희준 타살한' 흉악한 죄로 섬에 와 있다는 것을 알고 있는 터라 가까이 상종하지 않았고 '추호도 간섭한 것은 없었'다. 그런데 그 김시명이라는 작자는 적소에 유배되어 있는 양반들의 이름을 팔며 섬사람들을 못살게 구는 사기꾼이었다. 그는 '나는 옥동 김판서댁 겸인이요, 지금은 위리 중에 계신 양반께 신임 받는 사람'이라고 떠들고 다니면서 '신지도 위리하신 양반'께 옷과 양식과 반찬을 해 드릴 것이라고 하며 무고한 섬사람들의 재산을 함부로 빼앗았다. 위리안치 되어 있어서 아무런 힘이 없었던 이세보는 그가 자신의 이름을 팔며 나쁜 짓을 하고 있는 것을 알면서도 별다른 조치를 취하지 못한다. 더욱 답답한 것은 '본관이 이 사단을 빙자하여 다른 말을 무수히 부익하여 경성에 전파'한다는 것이다. 일의 내막을 모르는 사람이 그 말을 들으면 이세보를 어떻게 생각하게 될지 뻔하다. 이세보가 두려워한 것도 바로 그런 것이었다.

유배객을 괴롭히는 것은 추위와 더위, 배고픔, 사람들의 냉대뿐만이 아니었다. 그보다 더 유배객들을 괴롭히는 것은 자존심을 상하게 하는 일이다. '사기 사건 따위에 연루되어 이름이 오르내

203) 〈신도일록〉, 33~37쪽.

리는 것보다는 차라리 한번 죽는 것이 낫다.'고 한 것은 이세보의 진심일 것이다. 그러나 이세보가 할 수 있는 일은 그 일을 기록하는 것뿐이다. 스스로도 말하였듯이 '이 같은 말을 기록하는 것이 또한 장황하고 구구'하지만, 잘못된 말이라도 여러 번 인구에 회자되고 나면, 그 오명을 씻을 수 없으므로 분한 마음을 진정시키며 일의 전말을 기록한 것이다. 이 에피소드는 비교적 길고 자세하게 서술되어 있어서 이세보가 이 일을 얼마나 괴롭게 여겼는지 짐작하게 한다.

(나) 이적의 슈영 녑문이 젹긱의 외인샹통ᄒᆞ믈 고ᄒᆞ야 김치광의 쥬인 쥬딘포와 글 ᄇᆡ호ᄂᆞᆫ 아ᄒᆡ 황윤화ᄅᆞᆯ 잡아다 듕히 결곤ᄒᆞ고 ᄌᆞ하로셔 젹긱의게 ᄃᆞᆫ니며 글ᄌᆞ나 ᄆᆞᆺ던사ᄅᆞᆷ 식숙ᄒᆞᄃᆞ니 두어슬 잡아가려노라 우ᄅᆞ니 그 사ᄅᆞᆷ들이 겁내여 돈을 주고 잡혀 가기ᄅᆞᆯ 면ᄒᆞ고 돈을 급히출히디 못ᄒᆞ야 빗내여 주고 논 ᄑᆞ라 갑팟다 ᄒᆞ니 그 원언이 엇디 뎍으며 후의 드ᄅᆞ니 돈 바다먹은 슈영 녑문이 진짓 념분이 아니오 본딘 변방과 부동ᄒᆞ여 ᄂᆞᆫ화 먹엇다ᄒᆞ니 젹긱의 작난ᄒᆞ믈 금단ᄒᆞ노라 빙쟈ᄒᆞ고 민간작폐 이러ᄐᆞᆺ ᄒᆞ니 듕간의 농간ᄒᆞ믄 관댱이 ᄉᆞᆯ피디 아니ᄒᆞᆫ 배러라.[204)]

유배객들은 대부분 중앙의 정계에서 활약했던 양반지식인들인 경우가 많다. 그들의 학문과 소양은 섬이나 멀리 떨어진 변방인 적소에서는 찾아보기 힘든 수준이었다. 따라서 많은 경우 유배객

---

204) 〈적소일기〉, 73~26쪽.

들은 그곳의 지식인들과 교유하며 그 지역의 지성사에 크고 작은 영향을 미치기도 하였으며, 소박하게는 아이들에게 글을 가르치는 정도의 역할을 하였다. 엄연히 유배객은 죄인이므로 아이들에게 글을 가르치는 것은 국법을 어기는 일이었지만, 유배객들로부터 글을 배우고 교유하는 것은 실정법을 넘어선 관례였다. 그런데 종종 유배객의 불리한 위치를 이용해 '적객의 작난함을 금단하노라 빙자하고 민간작폐'하는 일이 발생하였다. 유배객과 그들에게 글을 배우는 사람들을 국법으로 협박하여 돈을 빼앗아 착복하는 중간관리들이 있었는데, 이는 관장이 제대로 관리하지 않았기 때문이라며 김약행은 통분히 여기고 있다.

(다) 도즁 ᄉᆞᄅᆞᆷ드리 셔로 더부러 말ᄒᆞ여 ᄀᆞ로ᄃᆡ 쳐음의 드른즉 이 양반은 나라의 지친이라 부귀가 비할데 업쓰ᄆᆡ (…중략…) 우리갓흔 ᄉᆞᄅᆞᆷ이라도 맛당이 주급ᄒᆞ리라 ᄒᆞ엿써니 이제로써 볼진ᄃᆡ 부귀헌 양반도 진실노 이갓트랴 도로혀 빈쳔ᄒᆞ니만도 못ᄒᆞ고 (…중략…) 이젼의 윤승지는 여긔 오든날 거마와 복동이 구름갓치 똣ᄎᆞ오고 한갓쌀과 돈이 풍비할 ᄲᅮᆫ 아니라 ᄯᅩ ᄉᆞ방의 봉믈드리 샹속ᄒᆞ여 이르니 방과 마로의 가득ᄒᆞ고 심지어 이웃집ᄭᅡ지 다 싸엇쓰ᄆᆡ 그 ᄯᅢ의 우리ᄇᆡ도 유됴ᄒᆞ미 만엇더니 이 ᄃᆡ감 형셰로써 도로혀 한 승지의 권녁만도 못ᄒᆞ단말가 칙칙ᄒᆞ기를 마지 아니ᄒᆞ는지라 ᄂᆡ가 그 말를 드르ᄆᆡ 엇지 피연ᄒᆞ여 스ᄉᆞ로 붓그럽지 아니ᄒᆞ리요[205]

205) 〈신도일록〉, 27~28쪽.

처음에 적소의 사람들이 이세보에 대해 '이 양반은 나라의 지친이라 부귀가 비할 데 없을 것'이라고 짐작하고 기뻐한 이유는 '비록 우리 같은 사람이라도 마땅히 주급하리라.'고 기대했기 때문이었다. 그러나 종친인 이세보는 마을 사람들의 입장에서 볼 때 이전에 다녀갔던 윤승지보다 못한 사람이었다. '이전에 윤승지는 여기 오던 날 거마와 복종이 구름같이 좇아오고 쌀과 돈이 풍비할 뿐 아니라, 또 사방에 봉물들이 상속하여 이르니 방과 마루에 가득하고 심지어 이웃집까지 다 쌓였으매' 그 재물의 풍족함은 마을 사람들에게까지 미쳤는데, 이세보는 종친임에도 불구하고 가져온 재물이 윤승지만도 못하였기 때문이다. 유배지에 재물을 가득 실어오고 또 사방에서 봉물들이 속속 운반되어 오는 것이 무엇을 의미하는지는 명확하다. 윤승지는 자기가 가진 권세를 내세워 국법을 무시하고, 더 나아가 그의 권세에 아부하는 자들이 보내오는 뇌물들을 기꺼이 받아 챙긴 것이다. 이세보가 '스스로 부끄럽지 아니하리오.'라고 말한 이유는 단지 자신이 윤승지보다 재물이 부족하다고 마을 사람들이 자신을 책하기 때문만은 아니다. 유배지에 내려왔음에도 불구하고 자숙할 줄 모르는 양반사대부들의 행태가 이세보를 부끄럽게 한 진짜 이유다.

(라) 시위와 격닌ᄒᆞ야 이시매 대강 촌인의 소뎐을 드ᄅᆞ니 돈을 여러 바리를 시러 ᄡᆞᆯ을 ᄇᆡ로 슈운ᄒᆞ야 빠코 디내며 (…중략…) 돈과 ᄡᆞᆯ을 뉘 보내어 ᄡᅳᄂᆞᆫ디 제 집으로셔 갓다 ᄡᅳᄂᆞᆫ디 모ᄅᆞᄃᆡ 벽파졍 ᄂᆞᄅᆞ금ᄒᆞᄂᆞᆫ 거시 피잔ᄒᆞᆫ 젹ᄀᆡᆨ의 약간 의복과 냥식 ᄑᆞᆯ 돈냥 오ᄂᆞᆫ 거ᄉᆞᆫ 슬피고 수험이 극히 엄ᄒᆞ야 감히 드러오리 업ᄉᆞᄃᆡ 소위 됴감ᄉᆞ의 돈 바리

와 발ᄇᆡᄂᆞᆫ 심샹히 ᄃᆞᆫ니ᄃᆡ 막디 아니ᄒᆞ니 (…중략…) 시위 감ᄉᆞ 와실제 적ᄀᆡᆨ의 졈고ᄒᆞ믈 엄히 신칙ᄒᆞ야 혹 졈고 맛ᄂᆞ니 완홀ᄒᆞ야 녕을 좃디 아니코 ᄲᅡ뎌 면ᄒᆞ리 이실가 ᄉᆞᆯ피더니 제 죄인이 되여 ᄂᆞ려오매 언연이 졈고의 드러가 참예치 아니ᄒᆞ고 니ᄅᆞᄃᆡ 내 가고 시브면 가고 말고 시브면 마디 (…중략…) 위법 ᄌᆞ톄ᄂᆞᆫ 네브터 널더시ᄃᆡ 제 감ᄉᆞ로 이실 ᄶᅢ예 금갑딘의 와 감ᄉᆡᆨ들게 곤칙 바들줄을 어이 ᄉᆡᆼ각ᄒᆞ야시리오. 텬도의 무심치 아니믈 가히 알니러라.[206]

흑산도에 유배 온 조시위는 그 전에 이곳 감사로 있을 때 유배객들을 지나치게 닦달해서 고통스럽게 했던 사람이다.[207] 그런데 그 자신이 유배객이 되어 내려왔을 때는 그토록 엄히 다그쳤던 모든 원칙을 깡그리 무시하고 방자하게 행동하고 있다. 곡식과 재산을 잔뜩 싸들고 내려와 쌓아놓고 지내면서 죄인으로서의 염치도 모를 뿐만 아니라, 작은 섬인 유배지의 개와 소도 마구 잡아먹으며 흥청망청 지냈다. 지금 관리가 힘없고 가난한 유배객들에게 전해지는 약간의 돈은 일일이 감시하여 막으면서 조시위에게 오는 엄청난 재물과 곡식은 금하지 않는 것 또한 분한 일이다. 게다가 조시위는 점고도 제가 가고 싶으면 가고, 가기 싫으면 병

206) 〈적소일기〉, 73~53~73~54쪽.

207) “감ᄉᆞ 박우원이 관ᄌᆞᄅᆞᆯ 엄히 ᄒᆞ여 무ᄅᆞᆺ 경ᄇᆡ죄인을 삭망으로 졈고ᄒᆞ고 적ᄀᆡᆨ의 왕ᄂᆡᄒᆞᄂᆞᆫ 셔찰을 딘두의셔 막아 드리디 말나 ᄒᆞ엿기 (…중략…) 박우원이 ᄀᆞᆯ고 됴시위 교ᄃᆡᄒᆞ야 젼관의 일을 쥰슈ᄒᆞ야 죠곰도 눅이ᄂᆞᆫ 일이 업고 슌녁과 본군의 들매 죄인들이 다 읍ᄂᆡ 드라가 졈고 마ᄌᆞ려 ᄒᆞᆯᄉᆡ 내 ᄯᅩᄒᆞᆫ ᄂᆞᆷ과 ᄀᆞᆺ치 관문 압픠셔 죵일토록 졈고ᄅᆞᆯ ᄃᆡ후ᄒᆞ여 악충을 쏘이고 치우믈 견ᄃᆡ여 고힝을 격고 이튼날 감ᄉᆞ가 슈영으로 발청ᄒᆞ믈 보고 파ᄒᆞ여 도라오니라.”(〈적소일기〉, 73~22~73~23쪽)

을 핑계대고 가지 않는 등 위법한 행동을 서슴지 않고, 지난 날 유배객들에게 한 행동에 대한 후회나 미안함은 전혀 없이 행동하였다. 김약행은 과거에 조시위가 감사로 있을 때 자신이 겪었던 고생을 떠올리며 무척 분개한다.

지금까지 살펴보았듯이 위법하고 방자한 행동으로 서술자로 하여금 불쾌한 감정을 갖게 하였거나, 직접적으로 서술자를 괴롭힌 부정적인 사람에 대한 기록은 대체적으로 상세할 뿐만 아니라 그 어조 또한 격앙되어 있다는 특징이 있다.

(2) 유배지 풍속의 비판과 이해

유배 길과 유배지는 낯선 길이고 장소이다. 사람들이 자신이 경험했던 세계와 다른 세계와 맞닥뜨렸을 때, '다르다', '이상하다'고 생각하는 것은 당연하다. 더구나 유배객들은 대부분 원래 상층문화, 중심문화를 누리며 살았던 사람들이므로 갑자기 하층문화, 주변문화를 접하였으니, 이 새로이 접한 광경을 '열등하다'고 인식하기도 한다. 유배일기에는 유배 길과 유배지에서 관찰한 풍속에 대해 다양하게 기록하고 있다. 그리고 많은 경우 자신이 속했던 문화를 기준으로 삼아 유배지의 풍속을 열등하게 평가하는 입장으로 기록하였다. 그러나 한편으로는 유교 성리학자로서의 깐깐하고 세심한 관찰력과 사물에 대한 호기심으로 비교적 객관적이고 균형 잡힌 기록을 남기고자 노력하였다.

특히 〈남해문견록〉과 〈북관노정록〉에 풍속에 대한 기술이 풍부하다. 유의양은 여러 차례 유배와 해배를 경험했는데, 그 중 두

번의 유배경험을 각각 기록한 것이 〈남해문견록〉과 〈북관노정록〉이다. 두 번 모두 길지 않은 유배였다. 원칙적으로야 해배의 기약은 단언할 수 없는 것이지만 유의양은 자신의 유배가 그리 길지 않을 것을 알고 있었을 것이다. 주로 중앙의 유력인사들이 연루되는 유배형은 일종의 도피적 여행이 되기도 하였기 때문이다. 위백규의 〈설설설(泄泄說)〉에 기록된 민형수의 유배 행태가 그 대표적인 예가 될 것이다. 민형수는 이광사를 탄핵한 일로 영조의 눈 밖에 나 유배되었으나, 몇 달 만에 해배되었다. 권력의 핵심이었던 그의 위세는 유배를 형식적인 것에 그치게 했을 뿐 아니라, "이르는 곳마다 관장들이 나와서 심히 성대하게 맞이"하게 했다.[208]

유의양의 유배가 민형수의 유배만큼 호화로웠던 것은 아니지만, 지나는 곳이나 머무는 곳의 관장들이 유의양을 호의적으로 대접한 것은 분명하다. 다른 유배일기들에 비해 그 내용상 분위기가 비교적 편안하고 유유자적한 이유는 이러한 유배상황과 관련 있다. 주변 풍경과 사물에 대한 호기심과 관찰욕구는 그런 여유 속에서 생겨날 수 있었다.

① 자기 우월적 문화인식

(가) 섬 중의 풍속은 무지하여 사리를 판별하지 못하는 자의 움직

208) 민형수의 유배에 대해서는 박무영, 「거세된 언어와 私的 傳言: 이광사의 유배체험과 글쓰기 방식」, 『한국문화연구』 9, 이화여자대학교 한국문화연구원, 2005, 69~70쪽을 참조.

임이 심하여 인륜의 행실이 전혀 없고 어버이의 장례를 모실 때에 수일 전을 기하여 집에 차일을 치고, 술과 고기를 많이 장만하여 동리 사람들을 모아 각별히 많이 먹이고 무당과 경재인을 모아 아침부터 밤이 되기까지 굿을 하고 새벽에 발인하여 갈 때에 북과 장구를 치며 피리와 저를 불어 상여 앞에 인도하여 산까지 사니, 葬需는 부주받는 일이 없고, 장사 시낼 때에 산신께 폐백을 드리는 이가 없고, 돌아와 제사를 한 번 지내는데, 제사 이름은 '넋제'라고 하였다. 대범 장사에 주육과 풍류를 착실히 한 후에야 이웃사람들이 '장사를 잘 지내니 그 喪人이 착하다.' 하고, 장사를 약간 잘 차려 지내어도 풍류와 주육이 착실하지 못하면, '장사를 잘못 지냈다.' 하고, 꾸지람이 많다고 하였다. 그 이야기를 들으니, 우습기도 그지 없고 해괴하여 놀랍기까지 하였다.[209]

(나) 장례가 이러하거든 혼인하는 모양은 더욱 이를 것이 없었다. 혼인날 신랑이 오면 동리의 어른과 아이들이 내달아 신랑의 얼굴에 먹칠을 하는 등 매우 긇게 보채어 과거에 급제한 先達을 先進이 보채는 듯이 보채고, 딴 방에 종일토록 앉혔다가 신랑의 집에서 신부집으로 求婚하는 納采하는 일도 없고, 신랑이 색시댁에 가서 나무로 깎은 기러기를 상위에 올려 놓고 절하는, 奠雁하는 일도 없고, 신랑 신부가 낯에 보는 일도 없고, 동리 잔치를 하는 일도 없이, 島中에서 양반이라고 이름하는 사람들도 장사 지내는 예절과 혼인하는 의례가 이렇듯 망측하니, 이 땅이 이렇듯 무식하고 예의범절이 없이 언행이 서툴

209) 〈남해문견록〉, 80~81쪽.

까? 측연하기가 심하였다.[210]

진도지역의 상장례에 대한 유학자들의 비판적 기록은 유의양에게서만 발견되는 것은 아니다. 오늘날에 와서는 무불이 습합된 독특한 양식의 축제적 상장례인 넋제(씻김굿)가 우리 고유의 전통적 죽음의식을 유교식 상장례보다 더 잘 담고 있다는 평가를 받으며 주목받고 있다.[211] 그러나 저자는 이러한 유배지의 장례풍속과 혼례풍속에 대해 기술하면서 '풍속이 무지하다', '우습다', '해괴하다', '무식하다'는 평가를 내리고 있다. 이는 자신이 알고 있는 이상적인 장례, 혼례의 모습과 이곳의 모습이 단지 다르다는 것을 인식했다는 사실만을 말하는 것이 아니다. 그의 눈에 비친 이곳의 풍속이 교화와 교정의 대상이 됨을 말하고 있다. 부모의 상을 당했는데 자식들이 춤추며 노래하고, 갖은 음식으로 손님을 대접하는 모습이 유의양의 눈에는 매우 이해할 수 없는 저급한 행위들로 보였던 것이다. 유의양은 그의 의식이 지향하고 있는 유교적 장의절차를 우월하고 바람직한 풍속으로 여기고 있기 때문에 유배지의 독특한 장의절차를 미숙하고 부끄러운 일들로 평가하고 있다.

(다) 예는 풍속이 경화와 달나 셰시의 썩과 쥬찬을 장만ᄒᆞ여 과셰ᄒᆞᆯ 줄을 모르기 우리 비록 경황 업ᄉᆞ나 그저 잇기 섭섭ᄒᆞ여 쥬인ᄃᆞ려

---

210) 〈남해문견록〉, 81쪽.

211) 김미경, 「珍島 祝祭式 喪葬禮 民俗의 演戲性과 스토리텔링」, 고려대학교 박사논문, 2009 참조.

떡홀□ᄒᆞ라ᄒᆞ니[212]

새해를 맞아도 떡을 해 먹지 않는 흑산도 풍속에 대한 박조수의 태도가 엿보이는 장면이다. 그에게 있어서 묵은해를 넘기고 새해를 맞이할 때, 떡 등의 음식을 차려놓는 것은 매우 상식적인 행위이다. 그런데 이곳 흑산도에서는 그런 모습을 볼 수 없어서 굳이 보수주인에게 부탁하여 떡을 장만하려고 하였다. 음식을 차려 과세(過歲)하지 '않는다.'가 아니라 과세할 줄 '모른다.'라고 표현하는 의식의 바탕에는 근본적으로 이곳 풍속을 무지한 것으로 보는 관점이 작용한다.

(라) 남방 풍속이 괴이하여 女居士들이 무리지어 다니며 놀음하여 동냥하는 것이 무수한지라 (…중략…) 읍내가 이러하면 외촌은 더 알 만하였다. 내가 이전 海西 員을 갔을 때에 도임초에 각 면에 분부하여, 거사들이나 중·광대들이나 瑤池鏡이나, 잔나비 같은 잡된 것들을 민가에 붙여두지 말라! 금하였더니, 인접한 지경에서 오던 것들이 소문 듣고 경내에 들지 못하니, 4년을 가니까 조용하던 것이니, 이 일이 禮記에, 공교한 것을 가지고 다니는 것을 금하라! 하는 것과 같은 것이다. 이 남해 일읍에는 이 노량나루에 한 번 금하였으면, 이런 일이 쾌히 없어질 것이 틀림없을 것이다.[213]

---

212) 〈남정일기〉, 50쪽.
213) 〈남해문견록〉, 87쪽.

조선은 유교의 국가라 불교뿐만 아니라 무속(민간)신앙들을 허황된 것이라 부정한 것은 잘 알려진 사실이다. 그러나 위정자들이 어찌했든지 간에 백성들이 불교와 무속에 의지하는 일을 뿌리 뽑기 힘들었던 것 또한 사실이다. 특히 유의양이 말하고 있는 '해서'나 '남방'처럼 변방의 지역들은 더욱 그러했다. 유의양은 '남방 풍속이 괴이하다.'는 표현을 통해 '잡된 것들'이 넘쳐나는 지방의 풍속을 문제시하고 있다.

요컨대, 상층문화와 중심문화를 주로 경험했던 유배객들은 유배를 통해 하층문화와 주변문화를 접하면서 일차적으로는 '다르다.'는 것을 인식하고, 이어서 자연스럽게 '이상하다.'고 판단하였다. 이러한 낯선 문화에 대한 인식의 순간이 유배일기에는 많이 기록되어 있다.

② 사물에 대한 관심과 탐색

유배일기에 낯선 문화에 대한 이물감만 묘사되어 있는 것은 아니다. 합리적으로 사물과 현상을 이해해 보려는 노력이 더 자주 보인다.

조선의 대표적인 지식인 집단인 사대부들은 성리학자들이었다. 성리학자들은 가전체와 몽유록, 가사와 경기체가와 같은 교술장르를 만들어 내고 즐겨 사용한 사람들이다. 그들이 교술장르에 관심을 기울인 것은 우주와 자연의 법칙을 인성에 적용하여 세상의 이치를 깨치고자 한 격물치지(格物致知)의 사상적 경향 때문이다. 따라서 사물에 관심을 기울이는 것을 중요하게 여기는 것은 성리학자들의 특성 중 하나다. 한글 유배일기에는 유배 길과 유배지에서 보게 되는 새로운 사물과 현상들에 관심을 기울이고, 그러한 현상의 원인을 탐색하고자 하는 성리학자들의 이러한 태도가 드러나는 장면이 종종 보인다.

> (가)-1. 이 땅의 곡식이 경기와 다른 것이 없으되, 완두라 이름 하는 것이 있으니, 경기에 없는 것이었다. 완두 모양이 둥글고 대소는 쥐눈이콩만 하였고 빛은 녹두 같고, 2~3월 보리 심을 때 심어 6~7월에 거두니, 덩쿨이 지며 꽂이 피고 열매 맺히니, 맛이 녹두 같고 가루를 만들어 미시와 薏苡를 한다고 하거늘, 내가 먹어 보니 맛이 좋았다. 이것이 본초에 일컬은 완두인가 한다.[214]

'경기에 없는 것이었다.'라는 말처럼 차이에 대한 인식에서부터 관찰은 시작한다. 굳이 이렇게 상세하게 묘사할 필요가 있을까 싶을 정도로 완두의 크기, 모양, 생장 및 맛에 대해 자세히 설명하고 있다. 그리고 자기가 알고 있는 지식을 눈앞에 보이는 현상과 비교하여 확인하기도 하였다.

> (가)-2. 내가 올 때에 함흥판관이 "육진 염장이 맛이 참혹하다.", 하니 지령(간장의 사투리)을 가져 가시오. 하거늘, (…중략…) 장이 떨어져 주인께 얻어 먹으니, 그 장은 극히 맛이 비상하여 서울서도 드물게 먹던 장이다. "북도는 천염이기에 장을 담아도 멋을 얻지 못

214) 〈북관노정록〉, 110쪽.

한다." 하되, 이 주인의 장을 보니, 담기에 있지 소금에 맛이 달린 것이 아니었다.[215)]

'육진 염장의 맛이 참혹하다.'고만 하고 그만두지 않았다. 주변 사람들이 일러준 것처럼 북도의 장은 대체적으로 맛이 무척 좋지 않았다. 입에 맞지 않아서였을 것이다. 그런데 보수주인의 장을 얻어먹게 된 후, 북도의 장이라고 해서 무조건 나쁜 것이 아니라 담기에 따라 달라진다는 것을 알게 되었고 그 깨달은 바를 기록하였다. 편견에 사로잡혀 무비판적으로 사물을 인식하지 않고 합리적으로 이해하려고 하는 태도가 드러나는 부분이다. 이처럼 사물과 현상을 관찰하고 그것에 대한 원인을 나름대로 탐색해 본 기록들이 자주 보인다.

(가)-3. 풍속이 소 먹이기를 일 년 내에 하루도 콩 먹이거나 죽 먹이거나 하지 아니하고, 여름에는 초장(草場)에 매어 두고, 겨울에는 짚만을 먹이니, 마치 남해에서 소 먹이는 것과 같되, (…중략…) 소에게 곡기를 아니 먹이기에 황육이 맛이 전혀 없어 남해의 황소의 고기 맛과 같았다.[216)]

(가)-4. 꿩은 흔하고 닭도 흔하되, 맛이 다 좋지 아니하되 그곳 사람이 이르되, 꿩은 도토리를 먹어야 맛이 있는데, 여기는 뫼가 걸지

215) 〈북관노정록〉, 106~107쪽.
216) 〈북관노정록〉, 107쪽.

않아 도토리가 없어 먹지 못하므로 꿩이 맛이 없고, 닭은 쌀을 먹어야 맛이 있는데, 여기에는 논이 귀하기 때문에 쌀알이 극히 귀하여 닭이 보리만 먹기에 맛이 없나이다.

하였다. 마침 닭에 입쌀을 주니 닭이 다투어 먹었다. 대개 그곳 닭들이 쌀낱을 못 먹어 본 줄을 가히 알만하였다.[217]

(가)-5. 철령 이북에는 술맛이 극히 좋지 못하여 마셔도 술인 줄을 알지 못할 정도이다. (…중략…) 대개 북도 사람들이 술을 한 번 빚은 후 누룩을 말리어 감추었다가 다시 술을 빚어 먹고, 수세 번도 되 빚고 오륙차도 되 빚고, 또 아들 손자에게 전하여 가기 때문에 누룩이름을 '父祖 누룩'이라 하고, 혹 오륙 대도 전하여 가고, 혹 제 집에 없으면 이웃집의 누룩을 빌어다가 쓰고 도로 보낸다고 하였다.[218]

이상은 주로 식생활과 관련된 관찰의 기록이다. 이곳 소고기가 맛이 없는 이유는 '곡기를 안 먹이기 때문'이고, 꿩고기가 맛이 없는 이유는 '꿩은 도토리를 먹어야 맛이 있는데, 여기는 뫼가 걸지 않아 도토리가 없어 먹지 못하기 때문'이라고 하였다. 또 닭고기가 맛이 없는 이유는 '닭은 쌀을 먹어야 맛이 있는데, 여기에는 논이 귀하기 때문에 쌀알이 극히 귀하여 닭이 보리만 먹기 때문'이고, 술맛이 극히 좋지 않은 이유는 '한번 쓴 누룩을 父祖 누룩이

217) 〈북관노정록〉, 107쪽.

218) 〈북관노정록〉, 109쪽.

라고 불릴 만큼 대를 이어 재사용하기 때문'이라고도 하였다. 이처럼 단지 고기와 술 등이 맛이 없다고만 하고 만 것이 아니라, 그 원인들을 나름대로 살펴보았다. 사물과 현상에 대한 관찰과 관심이 없었다면 가능하지 않은 기록들이다.

> (나) 여염집 지은 모양은 집마다 부엌을 넓게 하고, 부엌 안에 방앗간과 말이나 소를 재우고 먹이며 기르는 외양간을 만들었으니, 대개 겨울의 추위가 심하기에 방앗간과 마구간을 따로 꾸미면 사람과 짐승이 추위를 견디지 못하여 부엌 안에 꾸미니, 형세가 과연 그러하였다. (…중략…) 대체로 물 길러 가는 외에는 밖에 나서지 아니하였다.[219]

마찬가지로 집의 구조에 대해서도 관찰과 해석을 시도하였다. 북도의 여염집들이 넓은 부엌을 중심으로 사람과 짐승이 함께 지내도록 되어 있는 이유는 그곳의 겨울 추위가 심하기 때문이라고 하였다. 유의양이 살았던 경기지역의 일반적인 가옥 구조와 비교해 본다면 이곳 유배지의 가옥형태는 짐승들의 우리나 다름없어 보였을 것이다. 가족들이 모두 한 자리에서 먹고 잠들고 음식을 하는 것이 일견 보아서는 매우 미개해 보일 수도 있는데, 유의양은 그렇게 된 이유가 있음을 이해한다. 이렇게 다양한 삶의 방식을 이해하고자 하는 태도는 관찰에서 비롯되었다.

유배일기에는 이처럼 가옥의 구조를 그 지역의 특수한 기후와 지형에 관련지어 이해하려는 태도가 종종 드러난다. 다음은 〈제

219) 〈북관노정록〉, 111~112쪽.

주풍토록(濟州風土錄)〉[220]의 한 부분이다.

> 품관인이라 일컫는 자 외에는 온돌이 없고, 땅을 파 구덩이를 만들어 돌로 채워 그 위에서 잠을 잔다고 한다. 내가 생각컨대, 땅에 바람과 습기가 많으니, 천식과 같은 악질의 병이 많은 것도 이 때문이리라.[221]

고급 주거형태인 온돌을 소유할 수 없는 민중들은 섬 특유의 습한 바람을 피하기 위해 땅을 파 돌로 채운 뒤 그 위에서 잠을 잤다는 것이다. 이처럼 방의 구조를 제주도의 기후와 관련지은 견해는 타당하다.[222] 유의양이 〈북관노정록〉에서 함경도 종성의 가옥구조의 특이성을 설명하면서 지역 기후와 관련짓고 있는 것과 같은 모습이다. 기후와 가옥구조의 관련성은 일견 평범하고 당연한 것처럼 보일 수도 있지만, 사물에 대한 관심이 없고서는 발견하기 힘든 사실들이다.

> (다) 서울 사람들이 다리(머리카락)를 육진에서 나는 것을 상품으로 아는 까닭을 이제 보니, 북도 사람들이 남녀 상하 없이 대엿살부터

---

220) 〈제주풍토록〉은 김정(金淨)의 시문을 모아 엮은 『冲庵先生集』 권4에 수록되어 있는 내용을 발췌, 영인한 것이다. 김정이 기묘사화에 휩쓸려 제주에 유배된 뒤, 누이의 아들 즉 甥姪로부터 제주도의 풍토와 물산에 대한 질문을 받고 그 답장으로 써 보냈던 글이다. 그는 결국 제주에서 賜死되었다.

221) "號品官人外無溫堗, 堀地爲坎, 塡之以石. 其上以土泥之如堗狀. 旣乾. 寢處其上. 吾意地多風濕 喘欬惡疾之類多緣此也."(『(國譯) 濟州 古記文集』, 제주문화원, 2007, 15~16쪽)

222) 양순필, 「조선조 유배문학연구: 제주도를 중심으로」, 건국대학교 박사논문, 1982, 94쪽.

머리감기를 일삼으니, 매양 뜨물을 데워 머리를 감는데, 추운 때나, 더운 때를 가리지 아니하고, 날마다 감고 혹간 일하여 감으니, 이러므로 머리털이 금방 빗고 기름을 바른 듯한 때문이다.[223)]

북도의 다리(머리카락)가 질이 좋은 이유는 사람들이 자주 머리를 감기 때문이란다. 다리는 부녀자들의 장신구다. 남성들이 관심을 기울일 물건은 아닌 것이다. 그런데도 북도의 다리가 우수한 이유에 대해 찬찬히 관찰하고 이해하려고 하고 있다.

(라) 숙신씨(여진족)들이 노시[石鏃]를 중국에 바쳤다는 말은 『사기』에 있고, 그 후 『강목』에 노시가 여러 번 올랐으니, 대개 노시는 돌로 만든 살촉이다. 옛사람이 살촉을 만들 때 쇠로 아니 하고 돌로 만든 것은 반드시 뜻이 있을 듯하되, 내 일찍 춘방(春坊, 세자시강원)에 번을 들었을 때에 『강목』을 강하다가 동관을 데리고 이를 의론하되, 깊이 살펴보지 못하였었다. 이번에 북도에 들어오니, 북도는 옛 숙신씨 도읍이라 밭을 갈다가도 혹 돌살촉을 얻는다는 말을 들었던 것이매 회령부사 조규진더러 '얻어 달라'고 하니, 두어 낱을 얻어 보내었거늘, 보니 요사이 늘 사용하는 유엽전(柳葉箭) 살촉과 같고, 뿌리도 분명하고 혹 뿌리가 없고 날만 긴 것도 있으니, 옛적에도 살촉이 여러 제도이었던가 싶었다.[224)]

---

223) 〈북관노정록〉, 110~111쪽.

224) 〈북관노정록〉, 85쪽.

과학자와 같은 세밀한 관찰과 탐구가 두드러지는 장면이다. 굳이 돌화살촉을 구해 달라고 하여 모양과 성질에 대해 관심 있게 묘사하고 있다. '옛사람이 돌로 화살촉을 만든 이유가 있을 것'이라고 하고, 문헌에서 읽었을 때 제대로 알지 못했던 것을 이제야 눈으로 확인하게 되는 것을 은근히 기뻐하는 모습은 과학자의 자세 그것이다. 이렇듯 유의양의 관찰의 대상은 음식, 주거, 특산품, 유물 등 다양하였다. 그러나 가장 인상적인 것은 바로 언어차이에 대한 관심을 상세히 기술한 부분이다.

(마)-1. 밥 짓고 나모ᄒᆞ여 줄 아ᄒᆡ를 엇고 <u>덜솟츨 예서는 오가리라 ᄒᆞᄂᆞᆫ 거술</u> 밥과 죽을 쓸히게 둘흘 사 걸고[225]

(마)-2. 주인이 음식을 하여 줄 때에 내 매양 지네가 들까 염려하여 단단히 꾸짖어 경계한즉 주인이 대답하되, 경지를 육궁 비질하니 염려 말으소서! 하니, 내 그 말을 알아듣지 못하여 하니, 곁에 있던 사람이 해득하여 이르되, <u>경지라는 말은 부엌이라는 말이요, 육궁이라는 말은 매양이라는 말이요</u>, 비질이라는 말은 뷔질이라는 말입니다. 하니, <u>방언이 우습고</u>, 이뿐 아니라, (…중략: 방언 소개…) 이라 하니, 이런 방언이 처음 들을 때에는 귀에 설더니 오래 들으니 조금씩 익어졌다.[226]

225) 〈적소일기〉, 73~44쪽.
226) 〈남해문견록〉, 86쪽.

(마)-3. 북도 말들이 알아듣지 못할 사투리가 많으나, (…중략…) 여기에 사투리를 후에 보도록 약간 기록한다. (…중략: 방언 소개…) 라고 하였다.[227]

유의양은 유배지의 언어를 많이 기록해 두었다. 마치 지역의 방언을 조사하러 나온 것처럼 많은 일상의 방언들을 구체적으로 소개하고 있다. 유의양의 이 기록들은 조선후기 남해와 북관지역의 방언 연구에 중요한 자료를 제공하는 것으로 인정받고 있다.[228] '방언이 우습다.'고 하였지만 이는 그 지역의 말을 단순히 낮추어 보고 하는 말이 아니다. 만약 그랬다면 이어지는 것처럼 그렇게 많은 방언을 소개할 리가 없다. 애초에 언어의 차이는 평가의 대상이 아니라 이해하고 받아들여야 할 것이다. '후에 보도록' 하기 위해 방언들을 기록한다고 한 것으로 보아 단순히 호기심을 충족하기 위해 기록을 한 것이 아니라 차이에 대한 나름의 탐색을 전제로 하여 기록한 것임을 알 수 있다.

새로운 환경에서 접하는 문화 중 가장 직접적으로 많이 대하게 되는 것이 언어이다. 유배일기 속에는 이러한 낯선 언어에 대한 관심과 관찰의 결과들이 종종 기록되어 있다. 〈남해문견록〉에는 남해지역의 방언이, 〈북관노정록〉에는 함경도 지역의 방언이 실려 있었던 것처럼, 〈제주풍토록〉에는 제주지역의 독특한 방언이 흥미롭게 기록되어 있다.

---

227) 〈북관노정록〉, 118쪽.

228) 최강현의 『후송 유의양 북관노정록』(신성출판, 1999)과 『후송 유의양 남해문견록』(신성출판, 1999)에서 두 기록의 문헌적 가치를 언급하였다.

요컨대 유배일기에는 낯선 문화와 풍경을 무조건적으로 거부하지 않고 최대한 객관적으로 관찰하고 이해하려고 노력했던 성리학자들의 격물치지의 자세가 기록되어 있다.

2) 자존감 회복과 자기표백(自己表白)

유배일기에는 유배지에서의 고단한 생활과 괴로움에 대해 토로한 기록들이 많다. 그런데 대체적으로 그런 유배의 기록을 그대로 받아들여도 될지에 대해서는 회의적이다. 이규보가 유배 가는 도중에 지었다고 전해지는 시[229]에는 역졸에게마저 핍박당한다는 서러움과 한탄이 녹아 있다. 그리고 유배지에서의 생활에 대해 "오래 울어 목이 쉬었고 굶주리기를 자주 하니 얼굴이 야위었네, 외로운 죄인 오늘의 행색은 촌사람도 오히려 조롱하리라." 며 고충을 토로했다. 그러나 실상은 전혀 그렇지 않았던 것으로 보인다. 그가 지나는 길의 수령들이 달려 나와 술과 음식을 대접하고 심지어 기녀들까지 보내 주었다. 게다가 채 한 달도 안 되게 짧은 유배를 겪었으므로[230] 그의 한탄은 과장되었다고 보아도 된다. 이처럼 유배를 다룬 기록을 접할 때 그것이 온전한 사실만을 담았을 것이라고 단정해서는 안 된다는 것을 기억해야 한다. 외부의 시선을 의식한 표현일 수도 있고, 지나친 자기 연민으로

229) "십년을 친히 붉은 도포빛 대하다가/홀연히 남쪽 하늘 만리 밖에 떨어졌네/이미 홍패가 다 꿈인 줄 알았으니/이제부터 다시는 진퇴를 따르지 않으리./역졸마저 내몰아서 머물지 못하게 하니/몸은 내 몸인데 자유롭지 못하구나."

230) 이규보의 유배시와 유배상황에 대한 인용은 김난옥, 「고려시대 유배길」, 『역사비평』 68, 역사문제연구소, 2004, 212쪽을 참조.

실상과 다른 과장된 기록을 남길 수도 있었을 것이기 때문이다.

그러나 기록의 사실성이 의심스럽기는 하지만 유배 때문에 느낀 당혹감이나 모멸감 같은 정신적 충격은 유배의 경험을 기록하는 데 있어서 분명히 영향을 미쳤을 것이다. 위의 예처럼 유배의 고통을 지나치게 과장되게 받아들임으로써 자기위안을 하는 경우도 있을 것이고, 자존감을 회복함으로써 극복하려고 하는 경우도 있을 것이다. 이 글에서는 자존감을 회복하여 유배상황을 심리적으로 극복하고자 한 태도에 주목하고자 한다.

(1) 정체성 확인과 자존감 회복

딜타이는 "生體驗은 사상이나 관념으로 전이될 수는 없다. 생체험은 체험 그 자체의 성격 및 당사자의 상황에 따라 수용되고 그 전달의 양상도 결정된다. 실제 경험을 통해 획득한 정조는 체험 당사자의 모든 직관을 형성한다. 그는 기쁨과 고통 사이를 왕래하는 강한 삶의 감각을 통하여 인간 실존의 상징 속에서 자신의 존재를 확인하게 된다."[231]고 하였다. 즉, 인간은 기쁨뿐만 아니라 고통이라는 강한 삶의 감각을 통해 자신의 존재를 확인할 수 있다고 하였다. 그리고 그 체험을 보존하는 것 또한 자기 실존을 확인받는 행위라는 것이다. 이로써 전쟁과 같은 극한 상황 속에서 일어나는 문학적 행위를 이해할 수 있는 단서를 제공하였다.[232]

---

231) 딜타이 지음, 김병욱 외 옮김, 『Poetry and Experience: 문학과 체험』, 우리문학사, 1991, 43~44쪽.

232) 이채연, 「실기의 문학적 특징」, 『한국문학논총』 15, 1994, 85쪽.

딜타이의 견해를 따른다면, 조선시대 양반들이 유배라는 여의치 않은 상황에서 그 실제체험을 기록하는 것 자체가 자신의 존재를 확인하고자 하는 행위가 된다는 것이다. 다시 말해서, 유배객들은 유배라는 고통의 '강한 삶의 감각'뿐만 아니라 그것을 보존(기록)하는 행위를 통해 자신의 존재감을 확인하였다. 요컨대, 유배는 어쩌면 유학자적 신념을 시험하는 시련일지도 모른다. 유배의 기록에 보이는 보수성은 그 시련에 끊임없이 답하는 양반사대부들의 의지와 자존감, 즉 존재감을 확인하고자 하는 노력의 결과이다.

이제 구체적으로 어떤 방식으로 자신의 존재감을 확인하고자 하였는지, 그리고 확인하고자 한 그 존재감, 정체성은 과연 무엇이었는지 살펴보고자 한다.

① 충신(忠臣)으로서의 자의식

A. 연군(戀君, 忠君)

양반사대부로서 가장 중요하게 여기는 덕목 중 하나는 '忠'이다. 그런데 기존의 연구 성과들은 유배가사나 시조 등 유배문학 작품에 보이는 임금에 대한 그리움, 충성의 표현은 작가의 투철한 유교적 정신세계 때문이라고 보았다.[233] 연군과 충군의 표현

233) "本稿에서 枚擧한 流配作品들을 살펴볼 때 거의 全作品이 作家가 謫所에서 온갖 苦境을 겪는 몸인데도 不拘하고 字字句句 君上의 恩惠를 생각하고 있음은 얼마나 그들의 思考가 儒敎理念에 透徹한 忠君思想인가를 알 수 있다."(조성환, 「國文

을 유교적 이념에 투철한 사대부 의식의 '습관적 발화'로 보는 것이다. 한편으로는, 유배라는 상황이란 애초에 민감한 정치적 입장이 고려될 수밖에 없으므로 위험을 피하기 위해 관습적으로 충군의 표현을 했을 것이라는 해석도 있다. 즉, 연군과 충군의 표현을 문학창작의 입장에서 볼 때 창작의 의지가 결여된 '기계적 발화'로 여기는 것이다. '관습적인 표현', '상투적인 표현'이라고 하는 평가에는 이런 인식이 바탕에 깔려 있다.

그러나 그러한 연군과 충군의 표현은 '습관적·기계적 발화'가 아니라 유교적 '충'의 이념을 강화하기 위한 '의지적 발화'로 판단된다. 유교이념에 있어서 '충'의 관념은 양반사대부들의 신념의 핵심적 본질이므로 '충'의 관념을 스스로 강화할수록 양반사대부들은 자신의 정체성을 확고히 할 수 있고 궁극적으로는 자존감을 회복할 수 있기 때문이다.

(가)-1. 낙일를 의지ᄒᆞ여 <u>북두셩을 ᄇᆞ라보고 ᄃᆡ궐를 ᄉᆡᆼ각ᄒᆞ니</u> 외로온 정셩이 참아잇기 어렵쏘다[234]

(가)-2. <u>초챵북궐 ᄇᆞ라보니</u> 눈믈리 가리우ᄆᆡ 어듼쥬를 증험ᄒᆞ며 머리를 숙이고 ᄉᆡᆼ각ᄒᆞ니 금호문 단봉문 크게 열고 동쳑졔신이 모도 뫼야 문안승후 ᄒᆞ올 ᄯᆡ라[235]

學과 謫所關係」, 『논문집』 7, 군산교육대학, 1974, 148쪽)

234) 〈신도일록〉, 13쪽.

235) 〈신도일록〉, 37~38쪽.

(가)-3. 칠월에 내 홀로 앉아 주인의 우물을 먹으니, 극히 상쾌하여 옛글의 '천냉무삼복(泉冷無三伏)' 한 구를 외우다가 인하여 옛 글귀를 모아 율시를 이루니 가로되, (…중략…) 마음이 인하여 북궐에 달렸도다.[236]

'북두성(北斗星)', '북궐(北闕)' 등이 임금을 의미하는 것은 주지의 사실이다. 자신의 처지가 외로울 때에도 임금을 생각하며 눈물을 흘리고, 여름날 시원한 우물물을 마시고 상쾌한 기분이 들 때도 임금을 그리워하고 있다. 기쁠 때나 슬플 때나 모두 임금을 생각한다는 것으로 요약할 수 있다. 앞에서도 말했듯이 이러한 표현을 그저 유교적 이념에 경도된 사대부들의 기계적, 습관적 발화로 볼 것이 아니라, 스스로 '충'의 이념을 강화하고자 하는 '의지적 발화'로 보아야 된다.

(나) 내가 적소에 들어와 생각하니, 작년과 재작년에 걸쳐 南海와 西湖에 가고, 지금 이리로 왔으니, 해마다 귀양살이로 다님이 지리하였다. 글 한 수를 지으니, 시에 가로되, (…중략…) 어제 밤 꿈에도 龍顔을 모시도다.[237]

'해마다 귀양살이 다님이 지리하였다.'고 하면서도, '임금의 은혜는 바다 같다.'고 하고, 꿈에서조차 '용안을 모시는' 꿈을 꾼다

236) 〈북관노정록〉, 113쪽.
237) 〈북관노정록〉, 91쪽.

고 하였다. 귀양살이에 대한 한탄과 연군의 말이 한 시에 얽혀 있어서 연군의 진정성이 의심스럽기는 하다. 그러나 앞서도 말했듯이 연군의식의 강화는 결국 충신으로서의 자의식을 확인하는 일이고, 결과적으로는 자존감을 회복하는 일이다.

(다) 북으로 오는 파례헌 섀의 괴로이 챤거시 침노ᄒᆞ니 두소ᄆᆡ가 어룽져 눈물이 마르지 아니ᄒᆞ는ᄯᅩ다 일쳔니 밧게 쟝ᄉᆞ의 손이 되니 어느날 ᄒᆞ날의 됴회하고 다시 문안ᄒᆞ여 보리요.[238]

(라) 힘이 쟉고 ᄎᆡᆨ임이 듕ᄒᆞ니 스ᄉᆞ로 죄괘 ᄒᆞ나 둘히 아닌 줄 알거니와 만일 그 권〃히 님금 ᄉᆞ랑ᄒᆞᄂᆞᆫ 정셩은 스ᄉᆞ로 가히 신명의 질정ᄒᆞ리라.[239]

(마) 내 닙됴ᄉᆞ군이 비록 가히 니ᄅᆞᆯ 거시 업ᄉᆞ나 우ᄋᆡᄒᆞᄂᆞᆫ 정셩은 스ᄉᆞ로 ᄂᆞᆷ이에셔 뒤디지 아니로롸 ᄒᆞ더니 이제 망군부국으로ᄡᅥ 죄ᄅᆞᆯ 삼으니 이 ᄯᅩᄒᆞᆫ 가히 가연ᄒᆞ도다. 그러나 나의 튱심으로 ᄒᆞ여곰 진실로 군상을 감격ᄒᆞ여시면 엇디 이에 니ᄅᆞ리오 이 ᄯᅩᄒᆞᆫ 나의 ᄌᆞ반ᄒᆞᆯ 곳이니라.[240]

임금을 생각하는 정성은 하늘을 우러러 부끄러움이 없다고 자신하면서도 한편으로는 자신의 충심이 임금을 감격시키지 못했

238) 〈신도일록〉, 4쪽.
239) 〈기사유사〉, 175쪽.
240) 〈기사유사〉, 181쪽.

다는 점은 스스로 반성할 일이라는 자책을 하고 있다. 표면적으로야 상반된 의미인 것 같지만 '충' 관념에 철저한 표현이라는 점은 같다.

B. 감군은(感君恩, 頌德)

(바)-1. 십월 초 오일 蕩滌하라! 하오신 천은을 입으니 (…중략…) 실로 "어지오신 하늘에 雷霆이 하루를 지나지 아니한다."는 말이 과연 옳은 것 같다. 임금님이 계시는 남쪽을 바라보며 느끼어 울고[241]

(바)-2. 국은이 망극ᄒᆞ미니 합문의 감축ᄒᆞ믈 ᄒᆞᆫ 부ᄉᆞ로 쓰기 어렵더라.[242]

해배의 소식을 듣고 난 뒤 임금의 은혜에 감격하는 장면이다. 해배된 기쁨을 임금의 은혜에 감사하는 것으로 표현하는 것은 일견 자연스러운 것으로 보인다. 다른 유배일기에도 이러한 표현은 종종 발견된다. 아래는 〈제주풍토기(濟州風土記)〉[243]의 한 장면이다.

---

241) 〈북관노정록〉, 123쪽.

242) 〈남정일기〉, 69쪽.

243) 〈제주풍토기〉는 이건이 제주 유배생활 기간에 썼던 것인데 『葵窓遺稿』 권11에 수록되어 있는 내용을 발췌, 영인한 것이다. 『葵窓遺稿』는 조선시대 宣祖의 7남 仁城君 셋째 아들 李健이 쓴 시문을 모아 엮은 것이다. 이건은 광해군 복위모임에 가담한 부친 인성군의 죄에 연좌되어 1628년 제주도로 유배와 8년간 지냈다(『(國譯) 濟州 古記文集』, 제주문화원, 2007, 163쪽).

사람 중에 가장 약한 몸이 귀양살이의 중전을 입어 탐라 죄지에 유적되었다가 가장 오랜 세월을 지나 마침내 어복의 장을 면하여 연곡의 하에 생환하여 종반의 뒤에 중칙하고 태평의 세를 좌도하게 됨은 이는 성조생성의 은혜와 조선의 적선지경이 아님이 없으니 깊은 밤 잠꼬대에서도 고마운 눈물을 흘릴 때가 있다. 모든 나의 자손은 체념하여 세세대대로 충효와 절을 힘써야 한다. 이것이 나의 소망이다.[244]

인성군(仁城君) 이공(李珙)은 광해군 때 인목대비 폐위를 지지한 것이 훗날에 빌미가 되어, 역모를 꾀했다는 무고를 입고 유배지에서 자살을 강요받아 죽었다. 아들 삼형제를 포함한 가족들도 모두 제주도에 유배되었는데 그 중 셋째 아들인 이건(李健)이 이 때의 일을 기록한 것이 〈제주풍토기〉이다. 힘든 유배생활을 마치고 살아 돌아와 여생을 무사히 보내고 있는 것이 생각할수록 기쁘고 감격스럽기 그지없는 이건은 잠꼬대에서도 고마운 눈물을 흘린다고 하였다. 진정성이 의심스럽긴 하지만 심지어 유배를 가게 된 것까지도 '감군은'으로 표현하고 있는 경우도 종종 있다.

(사)-1. 뫼갓흔 은혜와 바다갓흐신 덕을 엇지 잠간이나 이즈리요 (…중략…) 다힝이 셩샹의 호싱지덕이 특별히 한목숨을 ᄊᆞ이사 젼나도 강진현 신지도의 위리ᄒᆞ라신 명이 나리시나 진실노 황송ᄒᆞ고 진

244) 김유리, 「葵窓 李健 〈濟州風土記〉의 교육적 의미」, 『국학연구』 20, 한국국학진흥원, 2012, 441쪽. "以人中最弱之身. 蒙流竄之重典. 謫耽羅之罪地. 經最久之歲月. 而終免魚腹之葬. 生還輦轂之下. 重廁宗班之後. 坐度太平之世. 此無非聖朝生成之恩. 祖先積善之慶. 中夜言念. 感淚時零. 凡我子孫. 體念于此. 世世代代. 益懋忠孝之節. 是余所望也."

실노 감격ᄒᆞ도다 머리를 ᄊᆡ치며 풀를 ᄆᆡ져도 ᄯᅩᆨ키 은혜를 ᄃᆡ답지 못ᄒᆞ고 털를 ᄡᅦ여 신을 삼어도 ᄯᅩᆨ키 덕을 갑흘 수 업도다.[245]

(사)-2. 네 되ᄀᆞ 임의 됴정의 계관ᄒᆞ되 셩샹이 특별리 호ᄉᆡᆼᄒᆞ시는 덕으로써 너를 히도의 보ᄂᆡ시니 경셩을 쌔의 샤여 텬은을 잠간도 잇지 못할지라.[246]

유배를 명받고 나서 오히려 임금의 은혜에 감사하는 장면이다. 지금 목숨을 잃지 않고, 유배를 가는 것으로 그친 것은 모두 임금이 생명을 아끼는 덕을 지니신 덕분이라고 하였다. 유배는 사형 다음 가는 중형이기 때문에, 임금이 목숨을 살려주셨다는 표현이 지나친 것은 아니다. 솔직한 감정의 정확한 표현일 수도 있다. 그러나 그보다는 억울하게 유배를 가게 되어도, 힘든 유배생활을 하고 오랜 시간이 흐른 뒤에서야 유배에서 풀려나게 되어도, '감군은'을 외칠 수밖에 없는 뼛속깊이 각인된 '충신'으로서의 정체성과 자존감에 대한 강박 때문이다.

도사가 역시 나를 보러 왔다가 金吾의 吏倅에게 이르기를, "너는 담장을 튼튼히 쌓도록 잘 살펴보고 감독해야 하느니라. 이는 국법일 뿐만 아니라, 이로써 개나 호랑이가 엿보거나 침입하는 화를 면하게 하려는 것이다."라고 하니, 이 역시 임금의 은혜라.[247]

---

245) 〈신도일록〉, 1~2쪽.

246) 〈신도일록〉, 10쪽.

247) 박을수, 「晦窩 尹陽來의 일기고찰: 〈北遷日記〉의 발굴을 통해」, 『연민학보』 9,

〈북천일기(北遷日記)〉[248]의 한 장면이다. 유배객 윤양래는 심지어 가시울타리를 둘러치는 것조차 '감군은'이라고 말하고 있다. 일반적으로 위리안치는 유배형 중에서도 중형에 속하는 것으로 알려져 있다. 행동의 제약이 무척 강하기 때문이다. 그런데도 '개와 호랑이가 침입하는 것으로부터 유배객을 보호하려고 한 임금의 뜻'이라는 의금부 도사의 말에 그는 '임금의 은혜'라고 하며 동의하고 있다.

> 도사인 柳仲龍(汝見)이 道內를 지나면서 같은 나이 친구인 나를 위로코자 찾아와 오늘 나의 오두막에서 자리를 베풀어 거문고와 피리까지도 다 연주하게 하니 진실로 남쪽으로 옮겨온 후(귀양살이를 시작한 후) 가장 즐거운 일이었다. 이것 또한 임금님의 은혜이다.[249]

> 한번 세상 밖으로 나오니 시원스럽기가 속세를 버리고 신선이 된 듯한 기분이었다. (…중략…) 내가 조행만에게 이르기를, "우리들이 이런 구경을 할 수 있게 해 준 것은 어찌 임금의 은혜가 아니겠는가?" 하니 조행만이 "그렇다."고 하였다.[250]

연민학회, 2001, 146쪽(북천일기 抄譯).

248) 〈북천일기〉는 晦窩 尹陽來(1673~1751)가 4년간 甲山에 귀양 간 일을 기록한 유배일기이다. 王世弟의 封典을 準請받기 위해 갔던 주청사 일행이 景宗의 病弱說을 퍼뜨렸다고 문제 삼아 위리안치된 것이다.

249) 조동길 『可畦 趙翊 先生의 〈公山日記〉 연구』, 국학자료원, 2000, 152쪽. "柳仲龍都事汝見 通道內同年. 要以慰我. 今日設席于弊寓. 絲管俱陳. 實南遷後一勝事. 此亦聖恩."

250) "一到象外飄然有遺世羽化之意 (…중략…) 余謂曺友曰使吾輩得見此景豈非天恩耶曺友曰諾"(『國譯 太和堂北征錄』, 鶴城李氏 越津派 汝堂門會, 다운샘, 2007, 37~39쪽)

〈공산일기(公山日記)〉에는 귀양살이 중에 즐거운 일을 겪게 되는 것이 임금의 은혜라고 말하고 있고, 〈태화당북정록(太和堂北征錄)〉에는 유배를 세상 밖으로 나올 수 있었던 기회로 생각하고 이 또한 임금의 은혜라고 하였다.

이처럼 유배일기에는 해배되어 돌아가는 것도, 심지어 유배를 가게 되는 것도 임금의 은혜라는 말을 거듭 하고 있는 것을 볼 수 있다. 이러한 충심은 외부의 시선을 의식하여 발현한 것이거나, 타의에 의해 학습되거나 주입된 것이 아니라고 스스로를 이해시켜야 했을 것이다. 어디까지나 자의에 의해, 충심의 순수한 본질에 도달한 자신의 의지가 발현된 것이라고 해야 한다. 자존감은 그런 데서만 찾을 수 있었을 것이기 때문이다.

> (아) 칠월 십삼일에 내 귀양 풀린 기별을 듣고, 이틀을 治行하여 떠나려 할 때에 이성삼이 와서 이르되, 이 땅의 노인성이라고 하는 남극성이 비치기에 노인이 많아 백 세 넘는 이도 자주 있고, 근 백 세하는 이는 지금도 많이 있고, 이전에 한성부 호적을 자세히 살펴보니, 남해 노인이 팔도중 제일이라 하니, 노인성 효험이라 지금 秋分이 멀지 아니하니, 기다려 노인성을 보시면 좋을 듯합니다. (…중략…) 이 땅에 노인 많은 것은 다름이 아니라, 당우 때 농부가 땅을 치며 태평성세 노래한 격양가를 부르던 노인이 요순의 덕화를 입어 장수함과 같으니라. 하니, 이성삼이 대답하되, 과연 그러하니이다. 우리는 여기에 있으면서 격양가를 노래하올 것이니, 서울 돌아가신 후 서울의 慶雲歌를 해마다 무궁무진히 노래하오소서. 하더라.[251]

노인성을 보고 장수의 효험을 보라는 주위 사람의 권유에 답한 것이다. 노인성 혹은 남극노인성이라고 불리는 별은 동아시아에서 잘 관측되지 않는 별 중에 하나였다. 그래서인지 이 별을 보게 되는 것을 무척 길한 일로 여겼는데, 특히 남쪽 지역(남해)에서 노인성을 볼 수 있는 기회가 종종 있었다. 그런데 유의양은 노인성의 효험보다는 임금의 덕화가 지금의 평화에 더 우선적이고 직접적인 원인이라고 하면서 임금의 덕을 찬양하고 있다. 즉, 지금이 땅에 장수하는 사람이 많은 이유는 노인성을 보아서가 아니라 지금 성상의 덕화를 입은 까닭이라는 것이다. 이는 당우(唐虞) 시절에 요순의 덕화를 입어 격양가를 부르던 농부가 장수한 것과 같다고 하였다.

(자)-1. 금산에 사슴이 많기 때문에 이전에 본현의 녹용과 사슴의 머리통이 진상이 있어 매양 사냥할 때에 민폐가 자심하더니, 칠 팔년 전에 어사 李徽中이 서계하여 녹용잡는 폐단을 자세히 아뢰니, 위에서 녹용을 공물로 바치게 하고, 남해 진상을 말게 하시니, 막중한 藥房에 쓰이는 것을 이리 변통하여 갯가 어부들을 軫念하시는 일이 극진하시니, 백성에게 성은이 미칠 뿐 아니라, 은혜가 섬 속의 짐승들에게도 미쳤으니, "중국의 은나라 시조인 성탕이 덕화와 같자오시다." 고 말할 만하다.[252]

---

251) 〈남해문견록〉, 96~97쪽.

252) 〈남해문견록〉, 79~80쪽.

유의양은 이어서 계속 백성의 삶을 살피는 올바른 관리와 그러한 관리의 제안을 받아들여 백성의 고통을 덜어주고자 한 임금의 덕에 대해 찬양하고 있다. 사슴의 녹용과 머리통을 진상하는 일 때문에 백성들의 괴로움이 심했는데, 임금이 이를 헤아리고 대신 공물로 바치도록 한 일을 찬양하고 있다. 이로써 백성들뿐만 아니라 섬 속의 짐승들에게까지 임금의 은혜가 미쳤다고 하였다.

(자)-2. 이 섬은 알이 많이 있기로 이름을 卵島라 한다고 하였다. 옛날 갑오(숙종 40, 1714)년에 숙종대왕께서 환후가 계신 때에 물오리를 약으로 진상하니, 하교하오셔서 옛 경서에 '짐승의 알을 상하여 오지 말라'한 말씀을 일컬으시고, 물오리를 잡아 바치지 말라! 고 하오시니, 대성인의 恩級禽獸하오신 일을 뉘 아니 존경하여 감탄하리요? 내 이 일을 『숙묘보감』에서 보았던 것이기에 여기 사람들에 일컬어 이르고, 섬의 짐승의 알을 잡지 말라! 고 이르니, 오희라! 명년 太歲가 또 갑오(영조 50, 1774)년이니, 오호! 불망이로다.[253]

'은혜가 금수에게까지 미친다.'는 송덕(頌德)은 앞서 살폈던 사슴 녹용을 진상하는 것을 금한 일에서도 나타났다. 그런데 그러한 임금의 성덕은 성인에게서 이어진 것이니, 옛날 갑오년에 숙종대왕께서 성인의 가르침을 본받으시어 '물오리를 잡아 바치지 말라'고 하셨던 일을 들어 알 수 있다고 하였다. 그리고 나(柳義養)는 이제 숙종대왕을 본받아 '섬 짐승의 알을 잡지 말라'고 하였는

253) 〈북관노정록〉, 140쪽.

데 마침 올해가 갑오년이라고 하며, 성인의 가르침이 왕에게 온전히 전해지고, 왕의 감화를 내가 본받고 있음을 말하였다.

이처럼 임금의 은혜를 거듭 강조하는 이유는 이러한 반복적 발화로 자신의 '충'의식을 강화하고자 하였기 때문이다.

(차) 옛적 성종 때에 종묘에 親祭하실 때에 장령 한 사람이 代祝으로서 축문을 능히 읽지 못하여 한 소리를 내지 못하였다. (…중략…) 들으니, 弓馬일을 안다 하니, 堡障을 맡김이 족하다. 하오시더니, 수일 후에 다시 장령으로 부르시었다. (…중략…) 옛적 응교 한 사람이 강연에 입시하여 능히 읽지 못하고, 고하여 가로되, 신이 글을 못하기에 매양 講章을 미리 私習하고 들어와 강하옵더니, 이번은 장을 바꾸어 사습하기에 시방 당하온 장은 사습지 못하왔기에 읽지 못하오니, 신 같은 용렬한 講官은 물리치시고, 다른 강관을 매우 정밀하게 고르오시어 法講을 착실히 하오심을 바라옵나이다. 하니, (…중략…) 승지를 제수하오시니, (…중략…) 열성조의 群下를 관용히 후대하오시는 聖德을 볼 수 있겠다.[254]

(카) 육진 풍속이 옛날에는 준준무식하여 종성 백성 한 사람이 제 어머니가 늙어 쓸 데가 없다고 져다가 들에 버리고 돌아오니, 마침 마을 사람들이 관가의 전령을 읽고 있었다. 전령은 나라에서, 백성들이 부모 형제에게 孝友하라! 고 경계하여 타 이르오신 綸音이 내려, 감영으로부터 關子(위에서 내리는 공문서)하여 고을로 전파한 것이

254) 〈북관노정록〉, 81~83쪽.

었다. 그 백성이 듣고 도로 가서 제 어머니를 업어 와 孝養을 극진히 하여 그 후에 효자가 되었다고 한다.[255]

지금 임금뿐만 아니라 왕조의 앞선 임금들의 덕화도 찬양의 대상이 되고 있다. 부족한 신하를 냉정하게 내치지 않고 관용으로 대하는 태도, 백성들을 올바른 풍속으로 이끈 가르침 등을 찬양하고 있는 것이다.

요컨대, 임금을 그리워하고 은혜에 감사하며, 덕을 찬양하는 자세는 충신으로서의 자의식을 확인함으로써 자존감을 회복하고자 하는 발화이다.

② 수기치인(修己治人)하는 유학자로서의 자의식

A. 수기(修己)의 도: 선비정신

선비정신을 몇 마디로 정의하기는 어렵다.[256] 맹자는 선비[士]에 대해 "뜻을 고상히 한다. (…중략…) 仁과 義를 실행할 뿐이다. (…중략…) 仁에 거처하고 義를 따른다면 大人이 할 일은 구비된

---

255) 〈북관노정록〉, 97~98쪽.

256) 선비정신의 개념에 대해서는 한영우(『한국선비지성사: 한국인의 문화적 DNA』, 지식산업사, 2010), 송재소(「선비 精神의 本質과 그 歷史的 展開樣相」, 『漢文學報』 2, 우리한문학회, 2000, 343~352쪽), 이동환(「선비정신의 개념과 전개」, 『대동문화연구』 38, 성균관대학교 대동문화연구원, 2001), 정시열(「조선조 제주도 유배문학의 위상: 孤立無援의 絶域에서 구현한 儒家之敎의 表象」, 『한국고전연구』 24, 한국고전연구학회, 2011), 권인호(「선비의 기질과 그 특징」, 『남명학연구논총』 17, 남명학연구원, 2012) 등을 참조하였다.

셈이다."[257]라고 하였다. 그리고 그러한 인과 의를 구비하기 위한 선비정신의 근간으로 우리나라에서는 절의(節義), 염치(廉恥), 숭검(崇儉)을 중요시 하였고, 그 중에서도 가장 중요한 기본조건은 청빈성향(淸貧性向), 즉 소박하고 청렴한 태도라고 여겼다.

공자는 논어에서 "군자라야 진실로 곤궁할 수 있고, 소인은 궁하면 이에 (행동이) 넘친다."[258]고 하였으며, 중종은 "학문을 하는 도리는 몸을 닦음에 있고, 몸을 닦는 방법은 검소한 것을 숭상하는 데 있다. 선비가 道에 뜻을 두면서 惡衣惡食을 부끄러워한다면 족히 더불어 의논할 것이 없다."[259]고 하였다. 또한 다산 정약용은 "선비의 淸廉은 여성의 貞節과 같다."[260]고 하여 선비가 가져야 할 절제된 태도를 강조하였다.

그런데 유배지에는 이러한 청빈한 선비정신을 망각하고, 더구나 죄인의 몸임에도 불구하고 분수에 맞지 않는 사치스러운 생활을 하는 유배객들이 많이 있었고, 또 그것을 관례로 여겨 좌우에서 지나친 편의를 제공하거나 권하는 일이 있었다. 그러나 죄를 짓고 온 사람이 국법에서 정한 정도를 넘어서는 생활을 하는 것은 옳은 일이 아님은 두 말할 나위도 없다. 올바른 선비라면 마땅히 그런 일을 경계하고 선비 본연의 자세인 청빈(淸貧)과 숭검(崇儉)을 지켜야 할 것이다.

유배일기에는 이러한 선비정신에 입각한 청렴하고 소박한 생

257) "尙志 (…중략…) 仁義而已矣 (…중략…) 居仁由義 大人之事"(『孟子』, 「盡心」上)
258) "君子固窮 小人窮斯濫矣"(『論語』, 「衛靈公」편, 제1장)
259) 『중종실록』, 4년 3월 12일.
260) 한영우, 『한국선비지성사』, 지식산업사, 2010, 273쪽.

활에 대한 회고가 자주 기록되었다. 청렴한 선비로서의 자세를 지켰기 때문에 누구에게도 떳떳할 수 있다는 자신감이 드러나는 장면들이다.

(가) 員이 나와 보고, 저녁밥을 하여 보내었거늘 사양하지 못하여 먹고, 관가에서 토인(통인)과 사령과 식모를 보내려 합니다. 하고, 이전의 다른 적객들로 이 하인들을 빌어 부리더니이다. 하거늘, (…중략…) 우리 季舅 韓公(지은이의 막내 외숙 韓億增)이 "옥당으로서 安州로 귀양가셨을 때에 관가 하인을 빌어 부리지 아니하였다." 하시던 것이매 나도 사양하고 부리지 아니하니, 혹 답답한 적도 있었다.[261]

유배객들이 관가의 하인을 부리는 일은 관례로 수용되던 일이었으나, 유의양의 막내 외숙인 한억증은 그렇게 하지 않았다. 유의양은 자기 또한 그 어른을 본받아 다소 불편하지만 관가의 하인을 부리지 않기로 한다. 관례로 인정하는 일조차 조심하고자 하는 까다롭고 꼬장꼬장한 선비의 모습이 그려진다.

(나)-1. 南直長의 이름은 溟學이니, (…중략…) 하루는 편지하여 가로되, 저즘께 가 뵈오니, 입으신 옷이 서울 모시뿐이니, 그 어찌 베곳에 와 머문다 이르리오? 하고, 고운 삼베 한 필을 다듬어 보내었으니, (…중략…) 근심하는 정을 이미 알았으니, 비록 받지 아니하여도 받으나 다르지 아니하오이다. 하고 도로 보냈더니, 그 수일 후에 남직장이

261) 〈남해문견록〉, 66쪽.

또 와서 보고 가로되, 베를 아니 받으심이 어이 그리 박정하니이까? 하거늘,262)

(나)-2. 韓參奉 如斗는 (…중략…) 하루는 나의 수건이 다 떨어진 것을 보더니, 고운 삼베로 수건을 하여 보내며, 이는 적으니 받으라. 고 하였거늘, 내 도로 보내며 가로되, 여기 베를 받지 아니하기로 정하였으니, 어찌 많고 적음을 의논하리오? 하고 도로 보내니, 고집스레 여기었다.263)

유의양이 귀양 간 북도에는 삼베가 유명했다. 유배지에서 머물 때, 가까이 지내던 사람들은 이 유명한 삼베를 선물로 종종 보내오곤 하였다. 그러나 유의양은 작은 외숙인 한공의 청렴함을 거론하며 선물을 사양했다. 유의양의 품성을 안 다른 누군가가 부담스럽지 않도록 작은 수건으로 된 삼베를 보내왔지만 그마저도 거절하였다.

(다) 내 귀양살이 이래로 竈道艱楚한 적이 있으니, 사람이 나에게 이르기를, 인근 수령에게 구하시오소서. 하거늘, 내 대답하여 가로되, 평생에 성품이 졸하여 남에게 구하지 못할 뿐 아니라, 40년 내에 친척이 부유하되, 내 일찍 한 번 구걸한 일이 없거늘, 이제 일시 귀양 와 인읍수령이 심히 친하지도 못한데, 어찌 본심을 변하리오? 하니, 사

262) 〈북관노정록〉, 103~106쪽.
263) 〈북관노정록〉, 103~106쪽.

람이 이르되, 객리에 와서 그리하여서는 살아가기가 어려우니이다. 하였다.[264)]

또 유의양이 유배지에서 힘들게 생활하는 것을 안타깝게 여긴 사람들이 필요한 물품들을 인읍수령들에게 구하라고 충고하기도 하였다. 원래 관리가 유배를 당하게 되면 유배지의 수령들이 양식과 반찬들을 어느 정도 돕는 것은 관례였다. 그러나 유의양은 주변 사람들의 호의와 충고를 점잖게 거절하였다. 사람들이 유의양에게 '지나치다', '고집스럽다', '적소에서 이렇게 해서는 살기가 어려우실 것이다'라고 타박을 하고는 있지만, 그 말을 하는 사람들도 듣는 유의양도 그 말을 흉으로 생각하지는 않을 것이다. 유의양은 청렴한 생활을 고집함으로써 선비정신을 지켜가고 있고 그것으로 자존감을 높이고 있기 때문이다.

(라)-1. 행영의 김첨지 泰景은 (…중략…) 이별함에 細布 한 필을 가져 와 노자 겸종들에게 나누어 주려 하니, 두 하인이 行次를 모시고 다니며 받기가 여하하여 못 받노라. 하니, 무안히 여기거늘 김첨지가 가져 온 검은 엿 한 광주리를 받아 왔다.[265)]

(라)-2. 방원 만호 池學海는 (…중략…) 이별할 때에 또 고운 삼베 두 필을 가져와 주는 것을 받지 아니하였더니, 노자에게 나누어 주려

264) 〈북관노정록〉, 103~106쪽.
265) 〈북관노정록〉, 145쪽.

하니까 노자가 이르기를, 退하시는 것을 하인인들 어찌 도로 받으리오? 하고 도로 주어 보내었다.[266)]

그 상전에 그 하인이라고 할 만하다. 모시는 상전이 작은 선물이라도 받지 않는 것을 옆에서 지켜보았던 하인들이 스스로 알아서 상전의 이름을 더럽히지 않으려고 애쓰는 장면이다. 이 사건에 대한 별다른 설명이나 감상이 부가되어 있지는 않지만, 유의양은 하인들의 이러한 마음씨를 드러냄으로써 더불어 자신의 올곧음을 부각시키고 있다. 비록, 그들의 성의를 거절하기는 하였지만, 유배지에서 자신에게 따뜻하게 대해 준 사람들에 대한 고마움이 없을 수는 없다. 유의양은 자신에게 선물을 주고 마음을 써 준 사람들을 기억하고자 이런 일들을 기록이라도 해 두려고 한 것이다.

(마) 유월에 내가 적소에 오던 날 망건을 벗어 봉하여 대들보에 걸었다가 올 때에 내어 쓰려 하니, 그 사이에 다 삭어 떨어지니 곁의 사람이 보고 이르되, 고운 망건이 공연히 삭아 아깝습니다. 하거늘, 내가 웃으며 대답하되, 자고고 경륜(經綸)을 품은 인재들이 세상에 쓰이지 못하고 초야에서 늙은 이가 무수하니, 이 망건 하나가 극히 소소하거늘 아깝다 할 것이 어이 있으리오?[267)]

유배 내려오면서 가져온 망건이 다 삭아 떨어졌는데, 그것에

266) 〈북관노정록〉, 145쪽.
267) 〈북관노정록〉, 123~124쪽.

크게 개의하지 않고 웃으며 넘기는 태도는 그야말로 물욕에서 멀어진 대범하고 소박한 자세를 잘 드러낸다.

이상에서 살핀 모습들은 모두 선비정신의 핵심 중 하나인 청빈성향(淸貧性向), 즉 소박하고 청렴한 태도의 전형이다. 이처럼 유배객들은 자신의 선비로서의 정체성을 확인함으로써 자존감 회복을 꾀하고 있다.

한편, 유배 길에 조상의 산소나 서원, 아름다운 누각이나 이름난 명산을 지척에 두고도 그냥 지나친 일에 대한 기록이 자주 등장하는 것을 주목해야 한다. 8편의 한글 유배일기 중 사사(賜死)를 목전에 둔 급박한 상황의 기록인 〈기사유사〉, 〈임인유교〉, 〈선고유교〉를 제외한 다섯 편 모두 이런 기록이 있다는 것은 시사하는 바가 크다.

(바)-1. 경성 東門樓에 오르면, 바닷가가 5리요, 바다가 끝이 없어 일출을 볼 수 있습니다. 하되, 길이 바쁠 뿐 아니라, 죄명으로 가기에 일이 어떨까 하여 오르지 못하고 지나치었다. 돌아올 때에 동문에서 해돋이를 보았다.[268]

(바)-2. 雷川閣이라 하여 현판하였었다. 내가 적거한 때에 본관이 한가지로 올라 보자. 하되, 내가 귀양살이 하는 나그네로서 누각에 오르는 것은 반듯이 하여야 할 일이 아니오. 하고, 아니 오르니 본관이 이르되, 악양루 봉황대에도 적객들이 올랐거늘 어이 고집하느뇨?

268) 〈북관노정록〉, 74쪽.

하더니[269]

(바)-3. 나는 점심할 동안에 서원에 올라 尋院하고 가고 싶기는 하였으나, 나의 길이 죄명으로 바삐 가는지라(올라보지 아니하였다.)[270]

(바)-4. 딘도 드러오니 셩듕 인개 그리 죠잔치 아니ᄒᆞ야 뵈고 셩밧 북녘희ᄂᆞᆫ 소ᄌᆡ셔원이 이시니 (…중략…) 피적 듕 심원ᄒᆞ야 쳠빅ᄒᆞ기 안심치 아니키 다만 ᄇᆞ라보고 감탄ᄒᆞᆯ 분이오.[271]

(바)-5. 만일 이 길노 아니 지ᄂᆡ면 한번 ᄯᅩ 유샹ᄒᆞ미 무방ᄒᆞ되 몸이 되인이 되엿는지라 엇지 감히 다른 데 마음을 두리요 (…중략…) 힝식이 유이ᄒᆞ고 창황ᄒᆞ여 셩모를 못ᄒᆞ고 지나니 감회가 더욱 간졀ᄒᆞ도다[272]

『의금부노정기』에는 유배객이 하루에 이동해야 할 거리와 지나쳐야 할 마을의 이름을 명시하여 놓았다. 원칙대로 한다면 매우 급박한 노정이 된다. 그런데 당시 많은 유배객들은『의금부노정기』에서 명시한 유배원칙을 엄격히 따르지 않았다. 지나는 길에 연고가 있는 장소나 사람을 만나면 병을 핑계대거나 하여 머물렀고, 좋은 풍경을 만나면 잠시 유람을 하기도 하였다.

그런데 유의양·김약행·이세보·박조수 등은 유배 길이나 유배

269) 〈북관노정록〉, 125~126쪽.
270) 〈남해문견록〉, 60~61쪽.
271) 〈적소일기〉, 73~03쪽.
272) 〈신도일록〉, 7쪽.

지 근처에 아무리 좋은 풍경이 있어도 구경하지 않고, 선조들이 배향되어 있는 서원이나 충절지사가 배향되어 있는 서원에도 들르지 않았으며, 조상의 묘소에 성묘도 하지 않고 지나친다. 풍경 좋은 누각에 오르지 않는 것은 물론이다. 이유는 '죄명으로 가는 길'이고, '귀양살이하는 중'이며, '피적 중'이고, '몸이 죄인'이기 때문이다. 동행하는 사람이 오히려 그들의 태도에 '어찌 고집 하느뇨?'라고 하며 지나친 강직함을 탓하기도 한다. 이들의 이러한 강직한 태도는 유배객으로 내려오면서 재물과 뇌물을 가득 싣고 와서 거리낄 것 없이 행동했던 사람들과 좋은 대조를 이룬다.

스스로 아무리 결백하다 하더라도 유배를 가는 죄인의 몸이므로 삼가야 할 일이 분명히 있으며, 그것을 엄격히 지키는 것도 바로 선비로서의 마땅한 태도이다. 청렴한 태도 외에 강직한 마음가짐에 대한 자신감 또한 자존감으로 이어졌다.

B. 치인(治人)의 도: 목민관의식과 애민정신

다산 정약용은 그의 책 『목민심서(牧民心書)』에서 다음과 같이 말하였다.

> 성현의 가르침에는 원래 두 가지 길이 있는데, 하나는 사도(司徒)가 백성들을 가르쳐 각각 수신(修身)하도록 하는 것이고, 또 하나는 태학(太學)에서 국자(國子 공경대부의 자제)를 가르쳐 각각 몸을 닦고 백성을 다스리도록 하는 것이니, 백성을 다스리는 것이 바로 목민인 것이다. 그렇다면 군자의 학문은 수신이 그 반이요, 반은 백성 다스리는

것이다.[273]

성현의 가르침을 온전히 하기 위해서는 수신(修身)에 힘을 다하는 것만큼 목민(牧民)에도 힘써야 한다. 그런데 유배를 당한 상황이라고 해서 목민하는 것을 접어두어도 되는 것은 아니다. 그래서인지 실질적인 힘은 제약을 받고 있는 상황임에도 불구하고 끊임없이 백성을 다스리고 나라를 굳건히 할 방책에 대해 고민하고 궁리하는 목민관으로서의 모습이 유배일기에 자주 보인다. 목민에 신경을 쓰는 것은 군자로서 마땅히 해야 할 일일뿐만 아니라, 결국 목민관으로서의 자신을 확인하는 일이고 자존감을 회복하는 일이다.

(사) 내가 일시 귀양으로 왔어도 벼슬하는 몸으로 온 후에는 각 처 關防 地形과 백성들의 아프고 괴로운 일을 항상 평소에 유의하여 보는 것이 옳으매, (…중략…) 남해 한 섬이 경상, 전라 두 도 사이에 있어서 과연 나라의 요충지가 되어 남방의 큰 관방이 되었으되, 한 縣監을 두어 대수롭지 아니한 고을처럼 버려 두었으니 이런 일은 疎迂한 근심이 있었다.[274]

유의양은 지금은 내가 '귀양으로' 왔지만 언제나 '벼슬하는 몸'임을 잊지 않고 있다. 그래서 유배 길에 지나는 곳이나 머무는

273) "聖賢之敎 原有二途 司徒敎萬民 使各修身 大學敎國子 使各修身而治民 治民者牧民也 然則君子之學 修身爲半 其半牧民也"(정약용, 『牧民心書』序)

274) 〈남해문견록〉, 74~75쪽.

지역의 지형적 특징이나 군사·정치적 가치에 대해 골똘히 궁리하기를 멈추지 않았다. 우선 자기가 유배를 온 이곳 남해는 분명히 나라의 요충지가 될 만한 곳인데, 나라에서 현감만을 두어 중요하게 여기지 않는 것은 걱정스러운 일이라고 하였다. 조선시대의 행정체계는 경기(京畿), 충청(忠淸), 전라(全羅), 경상(慶尙), 강원(江原), 황해(黃海), 영안(永安, 후에 咸鏡), 평안(平安)의 8도(道) 아래에 부(府), 목(牧), 군(郡), 현(縣)을 두었다. '현'은 나라에서 지방관을 보내는 가장 작은 단위의 행정단위로서 큰 현의 우두머리는 현령으로 종5품에 해당되는 벼슬이었고, 작은 현의 우두머리는 현감으로 종6품에 해당되었다. 즉, 나라에서 내려 보내는 지방관의 품계로는 가장 낮은 종6품 현감을 남해에 두었다는 것은 나라에서 이 지역의 중요성을 인지하지 못했다는 의미이며, 유의양은 바로 이러한 점을 안타까워하고 있는 것이다.

> (아) (용문사 근처) 사면으로 바위 벼랑이 높고 험하여 완연한 성첩(城堞)이 이루어져 한 곳도 허(虛)한 데가 없고 (…중략…) 옛 사람이 이른바, "한 사람이 문을 막았으면 일만 사람이 열지 못할 땅."이었다. (…중략…) 일컬어 말 할 곳이 없고, 실제로 관련이 없어 깊이 생각하지 못하고 허술히 넘기는 선비의 말을 누가 채용(採用)하리요?[275]

군사적 요충지에 대한 유의양의 관심은 계속 이어지고 있다. 성을 쌓으면 적을 막는데 큰 역할을 할 수 있을 것으로 보이는

275) 〈남해문견록〉, 75~76쪽.

용문사 근처 지형을 눈여겨보며 나라에서 그곳에 관심을 두지 않는 것을 안타까워하고 있다. 남들이 허술히 여기고 말 한낱 선비의 말이라고 자탄하면서도, 국토수호에 대한 위정자로서의 생각을 멈추지 않는다.

> (자) 관장 되었는 이가 효열지행을 각별히 숭상하면 풍속이 거의 나을 듯싶고, 효열지행을 가르친 후에야 나라에 충성하고 웃사람을 섬길 줄을 알게 될 것이다.[276]

백성들이 효열지행을 배우고 나라에 충성하고 웃어른을 공경할 줄 알도록 하기 위해서는 관장들이 나서서 모범을 보이고 가르쳐야 한다고 하였다. 마치 부모가 아이들을 좋은 길로 이끄는 것처럼 백성들은 관장들의 가르침을 따를 것이라고 하였다. 이처럼 유의양은 끊임없이 백성들을 교화할 생각을 하고 있다.

> (차) 내가 말하기를 어느 벼슬을 조심 아니하리오마는 만일 의주·동래 員이거나 관서·영남 감사거나 혹 남북사신이거나 이런 벼슬들은 타국에 상교하매 다른 벼슬과 다른 까닭으로, 더욱 자기가 자기 자신을 잘 단속하기를 청렴결백 强嚴히 하여 다른 벼슬보다 십 배 조심할 것이오. 만일 그렇지 못하면 타국이 가볍게 여김이 이편 한 몸뿐만 아니라, 조정에 사람이 없는가 여기기 쉽지요.[277]

276) 〈남해문견록〉, 85쪽.

277) 〈남해문견록〉, 95~96쪽.

유의양은 외국인을 주로 접하는 벼슬살이의 태도와 처신에 대한 자신의 생각을 피력하고 있다. 다른 벼슬들도 중요하지만 외국과 상교하는 벼슬에 있는 사람일수록 더욱 책임감을 갖고 행동해야 된다고 하였다. 백성들을 교화하는 것만큼이나 중요한 '치인(治人)'의 영역이라고 할 수 있다.

(카) 하루는 주인의 집에 물속에 들어가 전복을 따는 捕鰭이 생복을 이고 왔거늘 내가 종에게 사라 하고, 이르되, 불쌍한 포작이니 값은 달라는 대로 주라! (…중략…) 서울 양반님네 그런 일을 모르는 이가 많으시되, 나으리는 불쌍한 줄 아시니 고마우시니이다. 하였다. (…중략…) (임금께서) "옛 사람의 시에 이르되, 소반 가운데 밥이 쌀낱마다 몹시 애쓴 것이라고 일렀으되, 나는 밥상 가운데 생복이 낱낱이 몹시 고생한 것이라고 이르노라" 하교하오시니, 우리 성상이 구중궁궐에 계시오면서도 천리 밖 갯가에서 고기잡이 하는 백성들의 질고를 친히 보오시는 듯 이렇듯 아시니, 方伯과 守令되었는 이는 백성에게 가까운 까닭으로, 더욱 청렴하염직 하오이다. 하니, 원의 대답도 그렇소이다.[278]

유의양 자신뿐만 아니라 임금의 백성 사랑하는 마음도 더욱 부각하여 말하고자 한 장면이다. 전복을 따는 포작이의 고생을 알고 있는 유의양은 전복을 살 때 값을 후하게 쳐 주라고 종들에게 말했다. 그런데 임금은 직접 포작이들을 보지도 않으셨지만 친히

278) 〈남해문견록〉, 77~78쪽.

그 고충을 알고 있었음을 말하면서, 지방의 관장들은 백성들과 가까이 있는 자리이니 더욱 백성들을 잘 살펴주어야 할 것이라고 말하였다. 유의양은 임금이 그러했던 것처럼 자신 또한 백성들의 고충을 잘 이해하고 있음을 드러내고 있는데, 이로써 자신의 자랑스러운 자의식을 확인하고 있다. 다른 유배일기에도 이처럼 백성들의 고통에 주목하여 애민정신을 드러내는 기록이 자주 보인다. 아래는 〈제주풍토기〉의 한 장면이다.

> 소위 목자라 함은 말을 당겨와 기르는 자이다. (…중략…) 역을 맡음이 매우 힘들었음으로 한번 이 일을 지내게 되면 풍비박산되지 않은 집이 없었고, 원통함을 부르짖고 시름과 탄식하는 형상은 차마 눈뜨고 볼 수가 없다. 심지어는 구덩이를 메우고 계곡에 엎어져 죽는 자가 있을 정도이고, 그 일족 무리들은 또한 그 징납을 견디지 못하기 때문에 목자를 죽여 그 역을 면하려는 자도 있곤 했다. (…중략…) 틀림없이 짐승을 끌어다 사람을 잡아먹게 하는 것이 옳지 않다는 뜻을 모름이니라.[279]

〈제주풍토기〉는 분량이 짧은 편에 속하는 기록물이다. 그런데 '목자(牧子)'가 겪고 있는 어려움에 대해서는 아주 상세하고 길게 묘사하고 있어서, 이건(李健)이 이 일에 얼마나 관심을 두었는지

---

279) 『(國譯) 濟州 古記文集』, 제주문화원, 2007, 168~169쪽.
"所謂牧子者. 援馬而爲之牧之者也. (…중략…) 爲役甚苦. 一經此任者. 無不破家. 其呼冤愁歎之聲有不忍見. 至有塡坑仆谷而死者. 其爲族屬之類亦不勝其徵. 故殺其牧子而圖免其役者有之. (…중략…) 不知不可率獸食人之義也."

알 수 있다. 조선의 지식인인 선비들은 다양한 방법을 통해 백성들의 고통의 현실과 원인에 대해 고발하였다. '애민'은 선비로서 마땅히 가져야 할 올바른 '치인(治人)'의 마음가짐이다. 즉 애민의식은 중요한 선비의 자의식을 형성하는 것으로서, 유배일기에도 충분히 드러나고 있다는 점을 주목할 만하다.

한편 〈제주풍토기(濟州風土記)〉와 〈제주풍토록(濟州風土錄)〉은 그 교육적 역할에 대해서도 살펴볼 필요가 있다. 조광조와 함께 향약운동에 헌신했던 김정이 유배를 갔을 때에도 자신의 신념대로 향약의 4대 강목인 덕업상권, 과실상규, 예속상교, 환난상휼의 논리를 펼쳐 16세기 사리에 어두운 제주도민들을 '흥학교화(興學敎化)'하고자 한 것이 〈제주풍토록〉에 잘 드러난다.[280] 그리고 왕도정치의 왕실교육을 받은 종실 자제인 이건은 〈제주풍토기〉에 그의 성리학적 교육의지를 개진하였다.[281]

유배지역은 일반적으로 교화가 두루 미치지 못하는 곳인 경우가 많다. 중앙의 고급문화에 익숙해 있었던 유배객들이 유배지역의 문화(교육)수준을 보고 교화의 욕구가 생겼으리라는 것은 짐작하기 쉽다. 그러나 굳이 자신의 처지를 돌아보지 않고 적극적으로 교화의 의지를 발현하는 이유는 자신의 정체성을 확인하고자 하는 노력의 일환으로도 보인다.

요컨대 유배객들이 유배라는 여의치 않는 상황에서도 '治人'의

280) 김유리, 「冲庵 金淨의 〈濟州風土錄〉의 교육적 의미」, 『탐라문화』 40, 제주대학교 탐라문화연구소, 2012, 225쪽.

281) 김유리, 「葵窓 李健의 〈濟州風土記〉의 교육적 의미」, 『국학연구』 20, 한국국학진흥원, 2012, 437~438쪽.

방책에 대해 여러 가지로 궁리하는 것은, 그들의 뼛속깊이 각인된 목민관으로서의 자의식이 발현된 것이라고 볼 수도 있지만, 한편으로는 그러한 행위들을 통해 스스로의 정체성을 거듭 확인하고 강화하여 상처받은 자존감을 추스르려고 하였기 때문이다.

③ 가문에 대한 자긍심

유배일기에는 한편 자기 가문의 훌륭한 선조들과 관련된 일화들과 그 분들이 여러 지역에 남긴 흔적들을 자랑스럽게 서술하는 장면이 많다.

> (가) 侍中臺는 바닷가에 있으니 거산에서 10리 거리에 있었다. (…중략…) 옛적 고려시대에 북도는 오랑캐 땅으로 있었는데, 시중 벼슬을 하였는 尹公, 諱는 瓘이신 분이 북도를 싸워 얻은 뒤 왕래할 때에 이 대에 와서 놀으신 까닭에 이름을 시중대라 일컫고, 공의 후손 尹憲柱가 이 도의 감사로 왔을 때에 '시중대' 삼자를 써서 비석을 세우고 비 후면에 그 사적을 기록하여 놓았다. (…중략…) 나도 공의 외손되는 까닭으로 감회하여 일컫는 것이다.[282]

윤관은 오랑캐와 싸워 북도의 땅을 얻으신 분으로서 삼한에 공이 있는 어른이다. 윤관의 훌륭한 혈통이 끼친 가문이 매우 많은데 유의양 또한 윤공의 외손이라고 하고 있다. 자신의 몸속에 흐

282) 〈북관노정록〉, 50쪽.

르는 혈통의 특별함을 고려시대의 윤관에까지 소급시켜 연결 짓고 있다. 그런데 윤관과 시중대에 대한 이야기는 다른 유배일기들에도 쉽게 볼 수 있는 것이다.

> 시중대를 지났다. 시중대는 바닷가에 솟은 깎아지른 듯이 높은 벼랑 위에 서 있다. 고려의 문하시중이었던 문숙공 윤관이 육진을 개척할 때 여기에다 군사를 주둔시켰다고 한다. 그이 후손인 상서 익헌공 윤헌주가 이곳에 비석을 세우고 이름을 시중대라고 하였다.[283]

> 마운령에 오르니 고개가 우뚝하니 솟았는데 그 높이가 철문령의 곱절은 되어 보였다. 그리고 고개가 바닷가 벼랑에 바싹 붙어 있고 너덜길이 좁고도 험준하여 좌우에 발을 잘못 옮기면 살고 죽는 것이 그 자리에서 결정날 수 있는 참말로 험한 고개였다. 세상에 전하기를 옛날에 시중 윤관 장군이 이곳에서 군사를 지휘하였다고 하여, 산의 이름을 통군산이라고 하며 동구령이라고도 한다고 하였다.[284]

> 아침밥을 먹은 후에 함께 출발하여 5리를 가니 시중대가 있다. 이 대는 고려 시중 윤관이 도원수로 있을 적에 말갈과 여진 등의 나라를

---

283) 김려 지음, 오희복 옮김, 『글짓기 조심하소』(겨레고전문학선집 12), 보리, 2006, 692쪽.
"歷侍中臺 臺臨海上 峭削巉巖 高麗門下侍中尹文肅公瓘開拓六鎭時 駐軍於此其後孫故尙書翼獻公憲柱 立碑其處 名曰侍中臺."

284) 위의 책, 708쪽.
"登摩雲嶺 嶺陟高 高倍鐵門 且薄臨海 遷磴路狹峻 擧足左右 生死立判 眞險嶺也 世傳尹侍中瓘 統軍於此 故一名統軍山 或曰銅口嶺."

정벌하여 국토를 확장하며 철령 이북에서 경성까지 왕래할 때에 이 대에서 머물러 쉬었으므로 시중대라고 이름한 것이다.[285)]

윤관의 일화가 얽힌 지역을 지나갈 때, 유배객들뿐만 아니라 여행객들은 대개 그 관련 일화를 소개하곤 하였다. 위에서 살펴볼 수 있는 것처럼 한문 유배일기인 김려의 〈감담일기(坎窞日記)〉에도 위처럼 윤관 관련 일화가 소개되어 있고, 이광희의 〈태화당북정록(太和堂北征錄)〉에도 윤관과 시중대가 소개되어 있다. 그런데 〈북관노정록〉에서 유의양은 무리하게 윤관과 자신의 혈통적 상관성을 이야기하고 있다는 점이 다르다. 조상의 선양을 통해 자존감을 찾아보려는 노력은 종종 다소 억지스러운 논리를 끌어다 붙이게 하기도 하였다.

(나) 오희라! 우리 9대조 舍人公(작자의 9대조 유감 柳堪)이 乙巳(인종1, 1545)에 이 종성으로 귀양 오시니, 열 한 해를『周易』을 읽으셨다. 부인 盧氏가 수천 리에 따라와 계시더니, 사인공이 병환으로 고생하시매, 부인이 손가락을 베어 피를 내어 드린 후에 병환이 나으셨다. 그 후에 다시 사인으로 承召하여 돌아오시고, 8대조 侍郎公(유감의 아들)이 종성부사를 지내시며 끼친 바 은혜가 많으시어 그 후 다시 이 도의 감사를 지내시니, <u>양대 사적이 선배 문집들과 營門 官案에</u>

285) "朝炊後同行五里至侍中臺昔高麗侍中尹瓘爲元帥征靺鞨女眞等國拓地自鐵嶺以北至鏡城往來之際駐此臺故名侍中臺 (…중략…) 余高坐謔之曰此是將臺可以具禮座首哨官以次現謁曾經齋任亦可現謁相與大笑而罷三千里同苦老少共戱是亦不悖於道理耶"(鶴城李氏 越津派 汝堂門會,『國譯 太和堂北征錄』, 다운샘, 2007, 59~60쪽)

다 있다. 이제 내가 또 귀양을 오매 옛일을 느껴 시를 지으니,[286]

유의양의 9대조인 사인공도 예전에 이곳 종성에 유배를 왔었다. 부인 노씨는 사인공이 유배지에서 병들자 단지(斷指)하여 사인공을 살렸다고 한다. 『삼강행실도』와 『조선왕조실록』 등에 전하는 열녀들의 전형적인 행위 중 하나가 바로 이 단지행위이다.[287] 한편 사인공의 아들인 시랑공도 종성에 부사로 내려와 훌륭한 치적들을 남겼다. 사인공과 그 부인 노씨, 아들인 시랑공의 훌륭한 사적이 남아 있는 곳에, 유배객으로 내려온 유의양은 가문의 후손으로서 그 감회를 시로 읊었다.

(다) 김시랑이 北伯의 임기를 마치고 돌아온 지 두어 달 만에 서울 西城 밖에서 졸하니, 평생에 청렴 결백하여 집에 北布 한 필이 없는지라 그 奴子가 蒼黃히 문밖 저자에 나가 베를 사려 하였다. 저자의 장사꾼이 묻되, 뉘댁 상사이온데, 문안에 가지 아니하고 문밖 저자에 와서 麤布를 구하느뇨? 하니, 노자가 대답하여 가로되, 김시랑의 상사일세. 집이 심히 가난하여 습렴 제구를 여태 차리지 못하여 문안 저자는 멀고 값도 비싸기에 이리 왔다네. 하니, 저자의 장사꾼들이 서로 일러 가로되, 김시랑은 어진 태위라. 내 어찌 그 값을 받으리오? 하며 다투어 베를 내어 주니, 노자가 받지 아니하고, 가로되, 상전의 집이 값 주지 아니하고 저자의 장사꾼들의 것을 만일 쓸 양이면 어찌 일찍 가난이

286) 〈북관노정록〉, 92~93쪽.

287) 강명관, 『열녀의 탄생』, 돌베개, 2009, 533~536쪽.

그러하리오? 하고, 노자와 장사꾼이 서로 사양하니, (…중략…) 선생이 또 나에게 일러 가로되, 김시랑은 그대 외삼촌의 외삼촌이라.[288]

김시랑은 김시양(金時讓, 1581~1643)[289]을 말한다. 유의양의 외숙인 한공의 외숙이다. 선조 때 문과에 급제하고 여러 고위관직을 두루 거쳤던 인물인데, 특히 인조 때 청백리(淸白吏)로 뽑혔다.[290]

청백리는 조선시대뿐만이 아니라 오늘날까지도 바람직한 관리의 상징으로 여겨지고 있다. 정약용의 『목민심서』와 『문헌비고』에는 조선시대의 청백리가 110여 명인 것으로 기록되어 있다. 영조 이후 조선후기에는 청백리에 대한 기록이 드물고, 어느 시기에

288) 〈북관노정록〉, 100~103쪽.

289) 전 판의금부사 금시양이 충주에서 죽으니 상이 관곽과 조묘군을 내려 주라고 명하였다. 시양의 초명은 시언인데 젊었을 때 재주와 국량이 있었다. 광해조 때 전라 도사가 되어 시원을 주관하면서 '신하가 임금 보기를 원수처럼 한다[臣視君如仇讐].'는 글로 논제를 냈었는데, 그를 좋아하지 않은 자가 죄를 얽어 북변으로 귀양갔었다. 반정 이후에 청현직을 두루 거치고 여러 차례 지방을 맡아 다스렸는데 상당히 치적이 있었으며 청렴하고 간소하다는 칭송을 받았다. 상이 매우 깊이 돌보고 사랑하여 몇 해 사이에 병조 판서와 체찰사에 발탁하여 제수하였는데, 나중에 청맹과니로 충주에 물러나 살다가 이때에 죽은 것이다(『인조실록』, 21년 5월 13일).

290) 청백리로 김상헌·이안눌·김덕함·김시양·성하종 등 5인을 뽑아 각각 가자하였는데, 하종은 무인이다. 사신은 논한다. 이안눌은 자기가 갖는 데에는 청렴하고 남에게 주는 데에는 지나쳤다. 김시양은 본래 나타난 청렴의 조행이 없는데도 이 선발에 참여되었으므로 물의가 시원하게 여기지 않았다(『인조실록』, 14년 6월 8일).

실록의 이 기사만으로 본다면 김시양이 청백리에 뽑힌 것에 문제가 있어 보인다. 그러나 실록을 편찬한 사관의 당색에 의해 객관적인 역사기술에 어려움이 있었다고 생각하기도 한다. 어찌되었든, 후손인 유의양의 입장에서 볼 때 김시양이 청백리에 뽑혔다는 사실은 자랑스러운 일임에 분명하다.

는 순수하게 관직자로서의 소명을 다한 사람을 청백리로 뽑았다기보다는 영향력 있는 벌족 중에서 청백리를 뽑았기 때문에 청백리의 가치에 대해 폄하하는 사람도 있기는 하다.291) 오히려 청백리의 진정성은 실록에 기록되었는지, 혹은 청백리로 뽑혔는지 보다는 청백리 관련 일화가 있는지가 증명해 주고 있다고 볼 수 있는데, 유명한 청백리들은 대부분 위와 같은 일화가 있게 마련이었다.

김시양의 위 일화 또한 그가 얼마나 청렴하게 살았었는지를 알려준다. 평생을 관직에 있었던 양반이었음에도 불구하고 상사가 났을 때 비싸고 좋은 습렴제구를 장만할 재산이 없어서 할 수 없이 백성들이 사용하는 값싼 제구를 장만해야만 했다. 이 사실을 안 상인들이 모두 나서서 도와주려고 하고 또 제구를 장만하러 간 하인은 상전의 이름을 더럽히지 않으려 거절하는 실랑이가 벌어진 일화이다.

사실 조선의 관료가 녹봉만으로 부유해지는 것은 불가능했다. 나라에서 1년에 4차례 받는 녹봉과 지방관들이 보내오는 선물 및 증여로는 재산의 증식은커녕 유지조차 어려웠다. 거기다가 봉제사와 접빈객을 하는 데에도 많은 경비가 소요되었다. 요컨대 조선의 관료인 양반이 부유하게 살았다는 것은 달리 말하면 누대에 걸친 적극적인 치산이나 뇌물 · 약탈과 같은 부정한 착복이 없이는 불가능했다는 것이다. 그런데 김시랑은 가난한 삶으로 청렴함을 증명하였다. 북도에 전해져 내려오는 이런 선조들의 모습은 분명히 유의양에게 무언의 지침을 주었다. 유의양은 비록 자신이 유배

291) 김문택, 「조선초기 한 인물을 통한 淸白吏 고찰」, 『충북사학』 16, 충북사학회, 2006.

를 온 상황이지만 이런 훌륭한 가문의 후예임을 잊지 않았다.

(라) 그대 季舅가 탐라에 들어가 청절이 또 그러하니 착하도다. 하시니, 그 때 우리 계구 대사간 韓公이 탐라어사로 가셨다가 인하여 목사를 하였기 청렴 결백이 유명하므로 이 말씀이 그리 일컬으심이었다. 우리 계구 졸하셔서 집을 팔아 영장하니, 이웃 마을에 사는 친척이 청백을 일컫지 아니할 사람이 없었다.[292]

여기서 말하는 유의양의 계구(季舅)는 한억증(韓億增, 1698~1762)을 가리킨다. 그는 영조 22년(1746, 병인)에 제주에 크게 기근이 났을 때 감진어사(監賑御史)로 파견되어 당시 제주백성들을 진휼하는 데 공을 세웠다.[293] 앞서 소개했던 김시양처럼 평생 재물을 모으지 못해 집을 팔아서 영장을 해야 할 정도로 청렴한 삶을 살았음을 보여주는 이야기이다. 한억증의 청렴함에 대한 증언은 또 있다.

(마) 내 외숙께서 評事로 오셨을 때에 심부름시키며 부리시던 기생

---

292) 〈북관노정록〉, 100~103쪽.

293) ① 임금이 제주에 크게 기근이 들었다는 것으로 어사를 보내어 감진하려 하였으나, 그 합당한 사람이 없어서 난처하게 여겼다. 영의정 김재로가 엄우와 한억증을 천거하니, 한억증을 보내라고 명하였다(『영조실록』, 22년 1월 13일).
② 제주 어사 한억증이 청대하여 아뢰기를, "진곡이 부족할 우려가 있습니다." 하고, 또 말하기를 "흉얼들로서 본도에 귀양 가 있는 사람이 매우 많습니다. 혹 시기를 이용하여 나쁜 짓을 할 수도 있으니, 다른 곳으로 나누어 정배시키소서." 하니, 임금이 옳게 여겼다(『영조실록』, 22년 1월 19일).
③ 제주에 보리 씨 2천 석(石)을 지급하고 노비 신공의 반을 감하라고 명하였는데, 이는 감진어사 한억증의 청을 따른 것이다(『영조실록』, 22년 6월 23일).

을 불러 보니, 그 기생이 말하기를, 한평사 사또의 정치를 소인배가 아올 바 아니오되, 청백하오시던 일은 소인들이 목견하였나이다. 하였다. (…중략…) 四時의 의복을 서울에서 오기를 기다려 입으시고, 병영서 지어 드리는 것을 한 번도 받지 아니하시니, 지금까지도 북도 사람들이 일컫나이다.[294]

외숙인 한억증이 벼슬살이 할 때 심부름시키며 부렸던 기생은 한억증이 관례로 전해지는 옷을 절대 받아 입지 않으시고 반드시 집에서 보내오는 옷만을 입었던 일을 알려주었다. 지금까지도 그 지역 사람들이 칭송한다고도 하였다.

(바) 이 세 사람이 다 우리 외삼촌이 評事로 오신 때에는 많이 친하던 때문에 상대하여 말하매 우리 막내 외숙께 말이 亹亹히 칭찬하여 가로되, 한공의 학문과 문장이 실로 요사이 세상에 드무시니, 조정 縉紳間에 명망이 있을 뿐 아니라, 산림 현자들에 섞여도 부끄럽지 아니할 것이다. 북도 사람들이 지금까지 못 잊어한다. 하니, 우리 구씨께서 韜晦하심이 너무 심하시어 학문 문장을 남에게 내어 보이지 아니하시더니, 이 사람들이 뵙고 따라 노닒이 그리 오래지 아니하였으되, 심복을 깊이 하여 삼십 년 후에도 잊지 못하여 함이 이렇듯 하니, 막내 외숙께서 사람들에게 중하게 보이신 것을 가히 알 만하였다.[295]

---

294) 〈북관노정록〉, 100~103쪽.
295) 〈북관노정록〉, 143쪽.

유의양은 외숙이 청렴한 모습뿐만 아니라 학문과 문장으로도 이곳 사람들을 심복하게 한 점도 자랑하였다. 이처럼 집안의 자랑스러운 어른을 선양(宣揚)하는 모습을 거듭 보이고 있다.

(사) 나의 계구께서 제주에서 교체되어 오신 후에 내가 여쭈오되, 그 趙哥를 대접하여 보내게 稱念하였더니, 重刑하여 보내었으니 무슨 연고이옵니까? 하니, 계구께서 웃으시며 가로되, 서울서 멀리 떨어져 있는 외로운 섬의 백성들이 부모 처 자식을 잊어 버리고 행실이 날래고 성한 것들을 一竝 고치려 하거든 하물며 서울 사람이라는 것들이 행실이 그러하거든 어이 아니 다스리리오? 하시던 것이니, 이제 이 섬 속의 풍속을 보니, 계구의 政治가 과연 지당하시었다.[296]

유의양이 유배를 온 흑산도나 제주도 같은 섬에는 독특한 풍속이 있었는데, 서울에 처자식이 있는 자들이 일이 있어 섬에 들어왔다가 눌러 앉아버린 이들이 많은 점이다. 유의양이 서울에 살고 있을 때, 이웃 아낙네의 남편이 제주도에 머물러 올라오지 않고 있는 터라 제주도에 부임하신 외숙에게 그 아낙네의 남편을 대접해서 올려 보내 달라고 부탁한 적이 있었다. 그런데 외숙은 대접은커녕 벌을 줘서 올려 보냈었다. 그때는 이해하지 못했지만 지금 자신이 흑산도에 유배 와서 보니 그때 이웃 아낙네의 남편을 혼내서 올려 보낸 작은 외숙의 행동이 지당하다는 생각을 하게 되었다. 외숙이 그랬던 것처럼 유의양 또한 가족을 버리고 섬

296) 〈남해문견록〉, 89~90쪽.

에 눌러앉아 사는 사람들이 섬에 많음을 개탄하게 되었다. 외숙은 이처럼 현명한 목민관이었으므로 이 북도 사람들로부터 칭송을 받았다.

유의양에게 있어서 9대조 사인공, 외숙 한억증, 외숙의 외숙인 김시양은 자랑이면서 부담이기도 하였을 것이다. 따라서 집안의 어른들이 훌륭한 치적을 남긴 곳에 유배객으로 온 것에 대해 감회가 남다를 수밖에 없었을 것이다.

> (아) 또 반계셔원의 니로러 쳠빅ᄒᆞ니 이 셔원은 바로 남션조와 아쳔션조ᄅᆞᆯ 빅향ᄒᆞᆫ 셔원이러라[297]

한편 유배일기에는 유배 길이나 유배지에서 선조가 배향되어 있는 서원을 마주칠 때마다 자랑스럽게 그곳을 소개하기도 하였다. 서원에 배향된다는 것은 학문적으로나 인격적으로 매우 존경스러운 인물이라는 의미이다.

유배지에서 지속적으로 선조들의 일화와 남긴 자취를 언급하는 이유는 분명하다. 임금에 대한 그리움과 나라 걱정으로 신하된 자로서의 자존감을 찾으려 하고, 청렴결백한 선비정신과 백성교화에 대한 목민관적 욕심을 드러냄으로써 관리된 자로서의 자존감을 찾으려 했던 것처럼, 가문의 선조들을 선양(宣揚)함으로써 훌륭한 가문의 당당한 후손이라는 정체성을 찾고자 하는 것이다.

---

297) 〈남정일기〉, 62쪽.

(2) 예조(豫兆) 모티프와 자기표백(自己表白)

① 예조 모티프의 양상

한글 유배일기에는 '꿈', '길조(吉兆)', '점술(占術)' 등을 통해 유배와 해배, 유배지에 대한 예조(豫兆)를 보게 되는 장면이 종종 등장한다. 그 중에서 가장 많이 등장하는 것은 '꿈' 모티프이다. 일반적으로 서사문학에서 '꿈'이 사용되는 경우는 등장인물의 비범성을 드러내기 위해서나 앞으로 일어날 사건에 대한 암시와 복선의 기능을 하기 위해서인 경우가 많다. 즉 서사물의 인물형상과 사건전개의 개연성을 확보하기 위해서 사용된다는 것이다.[298]

그러나 일기는 허구적 구조물이 아니다.[299] 따라서 유배일기 속의 예조 모티프들을 복선이나 암시의 역할을 하기 위해 사용된 허구적 장치로 보기 힘들다. 그렇다면 그 예조 모티프들은 실제로 꾼 꿈이거나, 실제 들었던 점괘거나, 실제 겪었던 길조의 영험일 가능성이 있다. 그런데 여기서 중요한 것은 그 예조 모티프들이 사실이냐 아니냐가 아니다. 그보다는 그러한 일들을 기록하고자 한 서술자의 의도이다. 즉, 예조 모티프들에 어떠한 의미부여를 하는가 하는 것이다.

---

298) 조수미, 「『高麗史』 소재 꿈 모티프 연구」, 부산대학교 석사논문, 1999.

299) 물론 유배일기의 사실성에 대해 본격적으로 논의한다면 이렇게 간단하게 표현할 수는 없을 것이다. 그러나 어디까지나 일기는 사실을 바탕으로 한 비허구적 기록이다. 유배객이 어떤 목적을 가지고 자기의 유배생활을 과장하거나 왜곡했다고 해서 그것을 허구적 구조물로까지 볼 수는 없는 것이다.

(가) 특은을 입으니 꿈이 헛되지 아니하다고 말하겠다. 칠월 십삼일에 내 귀양 풀린 기별을 듣고,[300]

꿈에 대한 자세한 설명은 없지만 꿈을 통해 해배의 조짐을 미리 알았다는 뜻으로 해석 가능하다. 그러나 이보다 더 극적으로 유배에 대한 예조 모티프가 등장하는 예가 종종 있다.

(나)-1. ᄯᅩ 니ᄅᆞ시ᄃᆡ 녜 병슐년간의 ᄒᆞᆫ ᄭᅮᆷ을 ᄭᅮ니 내 므ᄉᆞᆫ 일노 문 밧씌셔 ᄃᆡ명ᄒᆞᄂᆞᆫ ᄃᆞᆺ ᄒᆞ더니 이윽고 나라희셔 後命을 ᄂᆞ리오시매 ᄉᆞ비홀 즈음의 엇듯 ᄉᆡᆼ각휘뵈니 그 곳이 마치 셩밋치러라 그ᄣᅢ ᄆᆞ음의 심히 ᄎᆞᆨᄒᆞ야 스〃로 ᄆᆞ음의 위로ᄒᆞ야 니ᄅᆞᄃᆡ 이 쥬샹 ᄣᅢ예야 엇디 다시 이 일이 이시리오ᄒᆞ얏더니 오ᄂᆞᆯ날 이 집이 셩미ᄐᆡ 이셔 ᄭᅮᆷ가온대과 방불ᄒᆞ니 만ᄉᆡ 이니 젼뎡이 잇ᄂᆞᆫ가.[301]

김창집은 어느 날 후명을 받는 꿈을 꾸었다. 불길하긴 하였지만 아버지 김수항이 유배되어 사사된 가문에 얼마 지나지 않아 또다시 그런 일이 생기지는 않을 것이라 애써 잊으려 하였다. 그러나 이제 후명을 기다리는 자신의 모습이 옛날 꿈에서 보았던 모습과 흡사해서 이미 이 일은 예정되어 있었던 것이 아닌가하는 생각을 하였다. 지금 자신이 유배를 당하고 후명을 받을 것은 이미 예견되어 있었다는 생각을 곱씹는 이유는 무엇일까. 단순히

---

300) 〈남해문견록〉, 96쪽.

301) 〈임인유교〉, 11쪽.

신기하고 영험한 일이라는 것을 말하고자 한 것은 아니다.

꿈을 통해 미리 유배와 해배에 대해 알게 되거나 유배 갈 장소에 대해서 알게 되었다는 일화는 일기 속에 자주 등장한다.

(나)-2. 壺谷 南判書가 졂었을 때, 注書로서 당후에 番을 들었을 때에 꿈에 글을 지어 가로되 (…중략…) 밤에 귀문관을 지나도다, 공이 꿈을 깨어 글의 뜻을 알지 못하더니, 40년 후 신미(1691)년에 멀리 귀양 보내야 한다는 啓辭를 만나서야 비로소 공이 친속 武弁에게 물어 가로되 "귀문관이 어디 있느뇨?" 하니, 무변이 대답하되, "명천, 경성 사이에 있나이다." 하니 공이 가로되, "내 반드시 그리로 가리라." 하더니, 이튿날에 과연 明川으로 갔으니, 세상 일이 다 前程이 있도다.[302]

(나)-3. 김판서 시양이 광해조에 종성으로 귀양 와 있다가 꿈에 사람이 글을 지어 주기에 깨어 한 귀를 생각하니 시에 가로되 "관어하는 바다에 이르지 아니 하면 어찌하여 태평을 보리요?"라 하여 그 말을 알지 못하였더니, 후에 영해로 이배하니, 관어대라 하는 대가 있어서 거기 머물더니, (…중략…) 사람의 일이 다 미리 정하여져 있으되, 사람들이 능히 먼저 알지 못하는 것이다.[303]

호곡 남용익과 김판서 시양이 꿈을 통해 자신이 가야 할 유배지를 미리 알게 되었다는 일화이다.

---

302) 〈북관노정록〉, 70~71쪽.

303) 〈북관노정록〉, 99쪽.

(나)-4. 東岳 李公 갑자(1624년)년 의금부에 갇히었을 때에 꿈을 꾸니, 병든 말을 타고 행하여 마운령에 이르자 길이 극히 험하여 진퇴하기 어려웠다. 그 이튿날 귀양을 가니, 처음 배소는 호남으로 하였다가 다시 고쳐 鏡城으로 정하여 길을 떠나 마운령에 이르니, 산의 높은 모양이 꿈에서 보던 경치와 같은지라 공이 탄식하여 가로되, "사람의 일이 다 前程이 있구나!" 하였다.[304]

(나)-5. 옛적 奇遵이 少時에 꿈 속에서 律詩 한 수를 지으니, 첫 구에 가로되 '異域江山故國同'하니 그 글 뜻은 "이역 강산이 고국과 같다"는 말이다. 그 후 온성에 귀양오니 산천과 물색이 꿈 속에서 보던 바와 같으므로 인하여 이전의 글을 차운하여 가로되 (…중략…) 이로 보아도 인사가 다 앞길이 미리 정하여져 있는 것이 분명하다.[305]

동악 이안눌과 기준이 유배지의 풍경까지 꿈속에서 미리 보았다는 일화이다. 이처럼 유배를 가게 될 것뿐만 아니라 유배를 갈 곳도 모두 이미 정해져 있었고 꿈에서 그것을 미리 알려 주었다고 하는 일화들이 유배일기에 많이 소개되어 있다. 꿈을 꾸었을 당시에는 꿈의 의미를 알아채지 못하는 경우가 많은데, 꿈의 의미를 알아채었다 하더라도 예정된 일을 막을 수는 없었다는 생각이 바탕에 깔려 있다.

유배와 유배의 장소까지 이미 예정된 일이었다고 말하는 것은

304) 〈북관노정록〉, 53쪽.
305) 〈북관노정록〉, 126~127쪽.

어쩌면 이 유배의 원인이 자신의 죄에 있는 것이 아니라고 말하는 것과 같다. 인간이 이해할 수 없는 어떤 힘에 의해 유배를 오게 되었다는 생각은 나라에 대한 충심이 부족해서 자신이 유배를 오게 된 것이 아니라는 생각을 이끈다. 요컨대 유배에 대한 '예조 모티프'는 궁극적으로 자신의 결백을 드러낼 수 있는 자기표백(自己表白)의 수단이 될 수 있다.

(다) 풀니시기 ᄇᆞ롯 젼날 가마괴 왼집을 빠 지져긔며 울거늘 고이히 녁엿더니 이제 ᄉᆡᆼ각ᄒᆞᆫ즉 그 죠흔 징졀넌가 시브더라. 대개 여긔 가마괴 유명ᄒᆞ여 거긔 사ᄅᆞᆷ이 별호ᄒᆞ기ᄅᆞᆯ 만일 가마괴 울기ᄅᆞᆯ 감고 감고 ᄒᆞᆫ즉 피련 무ᄉᆞᆫ 일이 잇고 뭇가마괴 감고ᄅᆞᆯ 바ᄅᆞ고 남편작뫼로셔 북편으로 간즉 젹ᄀᆡᆨ이 피련 풀닌다 니ᄅᆞ기 우리 ᄆᆞ양 긔겸과 더브러 가마괴 울고 나ᄂᆞᆫ 것만 보던 일이 어이 넷사ᄅᆞᆷ의 가마괴 머리 셴 것 기ᄃᆞ리기와 다ᄅᆞ지 아니ᄒᆞ리오[306]

흑산도에는 까마귀가 우는 모습으로 일어날 일을 예상하는 풍속이 있었다. 특히 까마귀가 남쪽에서 북쪽으로 날아가면 적객이 풀린다는 속신이 있었는데, 해배를 간절하게 기다리던 박조수 일행은 까마귀 나는 모습만 하염없이 지켜보곤 했다. 그런데 실제로 해배의 소식을 듣기 전날 까마귀의 나는 모양이 심상치 않았고, 드디어 다음 날 해배 소식을 듣게 되니 까마귀에 관련된 섬사람들의 속신이 신기하게 느껴졌다는 내용이다.

---

306) 〈남정일기〉, 55~56쪽.

까마귀가 나는 모양과 적객의 운명이 관련되어 있다는 속신은 매우 비합리적이고 황당한 면이 있다. 그러나 그 속신의 과학적 합리성이나 사실성이 중요한 문제가 되지는 않는다. 그것을 믿고 기다리고 또 기록한 이유가 무엇인가 하는 것이 중요하다. 꿈이라는 수단을 통해 유배를 자신의 죄와 무관한 사건으로 인식하고자 하는 시도는 까마귀의 울음을 길조로 이해하는 시선에도 적용된다. 까마귀는 변화하는 어떤 기운을 감지하고 인간에게 알려주었을 따름인데 그 기운이 바로 해배의 조짐이었다. 해배뿐만 아니라 유배도 인간이 감지할 수 없는 어떤 힘에 의한 것이라면 그것은 죄의 여부와 관계없는 것이라는 생각이 읽힌다.

> 만약 한라산 절정에 오르면 사방으로 푸른 바다를 둘러보고, 남극노인성(노인성)을 굽어 볼 수 있다. (…중략…) 애석하도다! 나는 귀양 온 죄인의 몸으로 그럴 처지가 못 된다. 그러나 남아로서 세상에 태어나 큰 바다를 가로질러 이 색다른 지역을 밟아 유별난 풍속을 보는 것도 또한 세상살이에 있어 기이하고 장한 일이다. 대개 오고자 하여도 그럴 수 없고, 그치고자 하여도 면할 수 없는 것으로, 또한 하늘의 운수가 미리 정해져 있는 듯하니, 어찌 족하지 않겠는가.[307]

〈제주풍토기〉의 한 장면이다. 유배 생활 중 한라산 정상에 올

307) 『(國譯) 濟州 古記文集』, 제주문화원, 2007, 19쪽.
“然若登漢拏絶頂. 四顧滄溟. 俯觀南極老人. 老人星. (…중략…) 惜吾羈囚. 勢不能耳. 然男兒落地. 橫截巨溟. 足踏此異區. 見此異俗. 亦世間奇壯事. 蓋有欲來不得. 欲止不免者. 似亦冥數前定. 何足與焉.”

라 남극성을 바라보며 남자로 태어나 유별난 장면을 보는 것도 세상살이에 있어 장한 일이라고 하면서 '오고자 하여도 그럴 수 없고 그치고자 하여도 면할 수 없는 것'으로 보아 모든 일에는 전정이 있는 것이라고 스스로 평하였다. 유배를 온 것도 한라산 정상에서 장관을 볼 수 있는 것도 모두 미리 운수에 정해져 있다고 하였다.

이처럼 유배일기에는 '꿈' 등을 통해 유배에 대한 예조를 보았음을 말하는 일화들이 자주 소개되어 있다.

② 예조(豫兆) 모티프의 기능

황패강은 〈미암일기(眉巖日記)〉[308]에 나타난 꿈의 기록들을 살피면서 "꿈에 대한 당대 양반가의 집념에 가까운 일반적인 信心은 이해할 만한 이유가 있는 것이다. 사색당파로 하여 부침이 무상한 왕조사회에서 사대부가가 一家와 一身의 거취향방을 두고 비록 사소한 徵示일지라도 이를 戒鑑으로 받아들여 자중자애의 계기로 삼지 않을 수 없었던 것은 너무나 당연하다."[309]고 하였다. 즉 꿈은 그 영험성의 여부를 떠나 현실의 삶을 돌아보게 하는 계기로 작용하였다는 것이다.

뿐만 아니라 꿈은 소망이나 결핍을 반영하기도 한다. 한문 유

---

308) 〈미암일기〉는 眉巖 柳希春(1513~1577)이 죽기 전 10년 동안 기록한 일기이다(이연순, 「미암 유희춘의 일기문학 연구」, 이화여자대학교 박사논문, 2009).

309) 황패강, 「夢讖考: 眉巖日記草 硏究(2)」, 『국문학논집』 2, 단국대학교 국어국문학과, 1968, 148쪽.

배일기인 〈태화당북정록(太和堂北征錄)〉에는 총 36번의 꿈 이야기가 나오는데, 그 중 절반을 차지하는 내용이 집으로 돌아가는 꿈, 고향의 가족 친지들과 이야기하는 꿈이다. 그런데 유배지에서 생활할 때만 이런 꿈 이야기가 나오고, 해배되어 돌아가는 길에서는 전혀 이런 꿈 이야기가 나오지 않는다. 해배되어 돌아갈 때는 집으로 돌아가고자 하는 소망과 결핍이 해소되었기 때문에, 더 이상 해배에 대한 소망이 자아의 무의식을 장악하지 않기 때문이다. 〈태화당북정록〉의 저자인 이광희도 그 스스로 "밤에는 또 집에 가서 온 식구가 모여 대화하는 꿈을 꾸었다. 북으로 온 후로는 집에 대한 꿈을 꾸지 않은 날이 없었다. 옛말에 이른바 생각을 하면 꿈이 된다는 것인데……"[310]라고 하였듯이, 현실에서의 소망과 결핍이 꿈으로 나타난 것이다. 〈공산일기(公山日記)〉에도 꿈 이야기가 종종 등장한다. 저자인 조익이 '한 달 안에 같은 꿈을 연이어 꾸게 된다.'[311]고 스스로 의아해 하였는데, 해배된 꿈을

---

310) "丙午八月初三日夜夢又歸穩叙閨室自北行後無夜不夢親庭所謂有思則夢"(鶴城李氏越津派 汝堂門會, 『國譯 太和堂北征錄』, 다운샘, 2007, 165~166쪽)

311) "새벽에 꿈을 꾸니, 임금께서 귀양살이하는 곳에 나오셔서 특별히 우리들 세 사람에게 堂上官의 직책을 내려 주셨다. (…중략…) 한 달 안에 이와 같은 꿈을 연이어서 꾸게 되니 하느님께서 이 꿈으로 죄를 받고 귀양 와 있는 사람을 위로하고자 하는 것인가, 그러지 않다면 반드시 귀신 등속의 장난일 것이다[曉有夢. 自上就謫所. 特給吾輩三人堂上職. (…중략…) 一朔之內連有是夢. 無乃天公欲以此慰累人耶. 不然必鬼物戱之也]."(조동길, 『可畦 趙翊 先生의 〈公山日記〉 연구』, 국학자료원, 2000, 211~212쪽)
〈公山日記〉에는 꿈 이야기가 종종 나온다. 해배에 대한 소망과 관련하여 해몽할 만한 것을 추려보면 다음과 같다. 1606년 5월 1일 임금님을 가까이서 모시는 꿈, 8월 9일 임금님을 모시는 꿈, 1607년 1월 2일 관직을 받는 꿈, 3월 9일 조정에 들어가 임금님을 가까이 모시는 꿈, 3월 23일 서애 유성룡이 다시 복직하게 될 것이라고 말하는 꿈, 4월 4일 임금님이 귀양살이 하는 나에게 벼슬을 내리는 꿈 등이다.

꾼 후 약 두 달 뒤에 실제로 해배소식을 듣게 되었다. 유배지에서의 생활이 길어질수록, 가족 친지가 아픈 꿈이나 상을 당하는 꿈을 자주 꾸게 되는데 이것은 현실에서의 걱정이 꿈에 반영되어 나타나는 것이다.

이처럼 유배일기에 나오는 꿈은 현실의 삶을 반성하는 계기가 되거나, 현실의 소망과 결핍이 무의식을 자극하여 나타나는 것으로 해석될 수 있다. 이것은 일반적으로 생각되는 꿈의 성격이나 기능과 크게 다르지 않다.

그러나 이 글에서 주목하고자 하는 것은 예조의 성격을 띠는 꿈과 그 밖의 화소들이다. 앞서 살펴보았듯이 유배를 가게 될 것과 해배될 것, 유배 갈 지역과 풍경 등을 미리 알려주거나 조짐을 보이는 것으로 '꿈', '길조(吉兆)' 등의 모티프들이 사용되었다. 일반적인 서사물에서 이와 같은 예조의 모티프가 담당하고 있는 역할은 인물형상과 사건전개의 개연성을 확보하는 것이다. 그러나 이와 달리 유배일기에서는 유배객들이 자신을 表白하는 수단으로 예조 모티프가 사용되었다고 본다. 반복적으로 "모든 일에는 전정이 있다. 사람이 알지 못할 뿐이다."라고 말하고 있는데 이는 유배가 이미 운명적으로 정해져 있었으므로 자신의 죄의 유무와는 관계가 없고 더 나아가 자신은 결백하다는 의미인 것이다.

일반적으로 소설 같은 허구적 서사문에서 '꿈'이나 '길조(吉兆)' 등의 예조 모티프들은 복선 혹은 암시의 기능을 한다. 그러나 일기에서는 서사 구조의 극적 전개를 위해 허구적 에피소드를 만들지 않는다. 즉 '꿈' 모티프가 이야기의 극적 전개를 위해 만들어진 것이 아니고, 또한 뒤에 일어날 일을 암시하고 복선을 깔기 위해 허구임에도 불구하고 기록된 것이 아니라는 것이다. 화자가 꿈을 통해 유배를 가게 될 것을 알게 되거나 해배될 것을 알게 된 일들을 나열한 이유는 자신이 유배를 가게 된 것이 자신의 잘못과는 무관하며 이미 운명적으로 정해져 있는 일이었다는 것을 말하고자 한 것이다. 즉, 자신이 겪고 있는 유배는 자신의 죄과 관계없다는 뜻이므로, 예조의 모티프들은 자신의 결백을 '표백(表白)'할 수 있는 수단이 되는 것이다.

예조의 모티프들은 한편 유배가 사소하고 무의미한, 대수롭지 않은 경험이 아니라는 점을 강조하기도 한다. 즉, 유배는 알 수 없는 어떤 힘에 의해 미리 준비되어 있었던 매우 특수한 일이므로, 한편으로는 뼈아픈 경험이긴 하지만 다른 한편으로는 '특별한 경험'이므로 의미심장하기도 하다는 뜻이다. 즉, 유배라는 경험을 특별하게 받아들이도록 할 수 있는 기제로 사용된 것이 '꿈', '길조(吉兆)' 등의 예조 모티프들이라고 할 수 있다. 유배를 겪는 것이 분명 미리 예정되었거나 예감되었던 일이라고 함으로써 유배라는 비극적 사건에 운명적 의미를 덧씌운다.

요컨대 끊임없이 자신의 정체성을 확인하여 자존감을 회복하고, 예조적 모티프들을 통해 유배와 해배가 이미 예정되었던 일이라고 하면서 자신의 결백을 드러내고자 하는 것은 궁극적으로는 자신이 처한 현실을 극복하고자 하는 정신적 노력이며 스스로를 추스르는 행위이다. 궁극적으로 정체성 확인을 통한 자존감 회복이나 특수한 모티프를 이용한 자기표백은 유배상황을 견뎌내고자 하는 정신적 투쟁이며 심리적 전술이다.

5장 한글 유배일기의 가족문학적 의의

사대부 가문은 '이야기'라는 무형의 교과서를 통해 가문의 역사와 선조의 정신을 전승했다.[312] 그러한 이야기가 소통되는 '이야기판'은 가문의 구성원들이 소속감과 자기 실체감을 체득해 가는 장이 된다.[313] 그런데 이야기판에서 공유된 '이야기'가 반드시 '구전(口傳)'되는 것만을 지칭하는 것은 아니다. 유배일기처럼 가문의 역사와 경험을 '기록'한 것들도 이야기판에서 공유되어 가문의 역사와 정신을 가르친 교과서의 역할을 하였을 것이다.

유배일기를 포함한 가문의 기록물들은 '가문'이라는 공동체를 전제로 하지 않고는 성립되지 않는다. 그리고 그 공동체의 이야기판은 "공동체 이야기판에서 아이는 시간과 세대의 단절을 이

312) 이강옥, 『한국야담연구』, 돌베개, 2006, 254쪽.

313) 천혜숙, 「이야기판의 전통과 문화론」, 『구비문학연구』 33, 한국구비문학연구회, 2011, 28쪽.

어주는 활성인자로, 빈객이나 혼입여성과 같은 외부인들은 지역과 공간의 단절을 이어주는 활성인자로 주목될 만하다. 이들로 인해 공동체의 이야기판은 역동적 담론 생산의 공간이 될 수 있었다."[314]고 한 바대로 아이들과 여성들을 중심으로 횡적·종적으로 확장되었다.

> 을사년 가을에 계림에 사화가 일어났는데 이는 임인년 하과 때의 일 때문이었다. 경주의 인사로 죄를 받은 이가 8명이었고, 永川, 蔚山 신사들도 면치 못하였다. 나도 임인년 하과에 공적으로 참석한 일이 있어 스스로 모면하고 싶지는 않았다. 다행하게도 동도에 여러 달 구금되어 있었고 북관에 3년 간 귀양 가 있었는데 죽지 않은 것은 천행이었다. 이에 도중에 겪었던 일들을 기록하여 나의 자손들에게 알리고자 한다.[315]

이광희가 자신의 유배일기인 〈태화당북정록(太和堂北征錄)〉[316]에서 밝힌 저술동기이다. '나의 자손들에게 알리고자 한다.'라는 언명은 가문의 역사를 공동체가 함께 공유하기를 바란다는 말이다. 그리고 이 기록물은 이야기판을 통해 공유되었을 것이다. 공

---

314) 위의 책, 37쪽.

315) "乙巳秋鷄林士禍起以壬寅夏課時事也慶之人士承罪者八人而永蔚亦不免焉吾亦有壬夏公席之役不欲以自免幸累月於東都三年於北關其不死天也玆記道途景色使吾子孫知之"(鶴城李氏 越津派 汝堂門會, 『國譯 太和堂北征錄』, 다운샘, 2007, 10쪽)

316) 太和堂 李光憙(1737~1811)의 유배일기이다. 이른바 경주의 鷄林士禍에 연루되어 함경도 明川에 유배되었는데 이때 유배지로 가는 여정과 적소에서의 생활을 기록한 책이다.

유의 목적은 공동체 구성원의 결속을 다지는 것이며, 이야기판의 횡적, 종적 확장에도 기여하였다는 점에서 유배일기는 사대부 가문 이야기판의 구전되는 이야기와 다르지 않다.

가족 구성원들이 참여하여 만들어 갈 뿐만 아니라 가족 구성원을 일차적이면서 가장 중요한 독자로 전제한 문학을 '가족문학'이라고 정의할 수 있다. 가족 구성원들은 가족문학을 통해 가문의 중요한 역사나 인물에 얽힌 이야기를 전하거나, 문학적 전통을 전승해 나감으로써 궁극적으로는 가족 구성원들의 결속을 다지게 된다.317) 문집에 주로 실려 있는 행장(行狀)이나 유사(遺事) 등이 대표적인 가족문학의 유형이고, 더 나아가 가족 구성원들이 함께 완성한 시문집 등도 가족문학에 속한다. 유배일기 또한 유배에 얽힌 가문의 어른들에 대한 이야기를 기록을 통해 전승하고 있으므로 가족문학의 범주에 들어간다.

그런데 문집에 실린 행장(行狀), 유사나 유배일기 등은 모두 한문으로 작성되어 있어서 주 한문해독자인 남성에게 국한된 가족문학으로서의 특징을 보였다. 그러나 한글 유배일기는 여성 가족들을 중요한 독자로 하여 작성되었다는 점에서 여타의 가족문학과는 다른 위상을 보이고 있으며 독자적인 가치를 갖는다.

---

317) 김태준은 「귀양과 賜死의 가족사: 〈임인유사〉를 중심으로」(『우리 한문학과 일상문화』, 소명출판, 2007) 에서 '가족문학'과 '가정문학'이라는 말을 함께 쓰고 있다. "〈임인유사〉가 한문으로 씌어지고 국문본으로 여러 사본이 전하는 것은 가문의 부녀자나 국문 독자를 포괄하는 가족문학의 모습일 터이다."라고 하였다. 여성을 포함한 가족 구성원을 중요한 독자로 하는 것이 가족문학의 개념 설정에 중요한 기준이 됨을 지적한 것이다. 요컨대 가족 내부에서 발생하여 가족 내부를 향하는 문학적 결과물을 가족문학(가정문학)이라고 할 수 있으며, 결과적으로는 가족 구성원들의 결속을 다지는 기능을 하게 됨을 짐작할 수 있다.

조선후기에 한글로 기록된 유배일기가 당당한 가족문학의 한 범주로써 여성에게 읽혀질 수 있었던 이유는 당대의 사회적 분위기와 문화적 배경이 한 몫 했기 때문이다. 요컨대, 사화와 당쟁이 격화되어 가는 상황에서 가문의 존속과 번영을 지키기 위한 여성들의 노력과 희생이 적극적으로 요구되어 갔던 사회적 분위기와 이미 조모 등 여성 가족을 중심으로 형성되어 있었던 사대부가문의 이야기판이라는 문화적 배경이 있었기에 가능하였다는 것이다. 물론 그 전에 여성들이 한글을 이용한 문자생활을 활발히 해왔었고 점차 다양한 한글 텍스트에 대한 욕구가 증대되어 가고 있었다는 점들도 또한 한글 유배일기 형성의 중요한 배경이 된다.

다시 말하자면, 한글 유배일기는 여성을 중요한 독자로 상정하여 가문의 역사를 전승함으로써, 가족 구성원의 결속을 다지는 가족문학의 역할을 한 의미 있는 기록물이다. 조선후기에 한글로 기록된 유배일기가 등장하고 있다는 것은, 이 시기 점차 한글이 힘을 얻어 가던 상황을 방증하는 한 예가 되는 것이고, 더 나아가 여성이 정당한 읽기의 주체로 대접받기 시작했다는 것을 보여주는 일이다.

〈남해문견록〉, 〈북관노정록〉, 〈신도일록〉, 〈남정일기〉는 애초에 한글로 서술했을 가능성이 높다. 그러나 〈적소일기〉와 『遺敎』에 함께 묶여 전하는 〈기사유사〉, 〈임인유교〉, 〈선고유교〉는 좀 더 본격적인 탐색이 진행되어야 애초부터 한글로 작성된 글인지 한글로 번역된 글인지를 밝힐 수 있다. 즉, 한글 유배일기는 엄밀히 말해서 한글로 지어진 것과 단지 한글로 옮겨졌을 뿐인 것들을 모두 포함한다고 할 수 있다. 고전문학작품을 연구하는 데 있어서 한글로 지어진 것인지, 한글로 옮긴 것인지를 밝히는 것은 물론 중요한 일이다. 그러나 이 책에서는 그러한 차이보다 한글 해독자이자 중요한 한글문학 향유자인 '여성'을 주요독자로 전제하였다는 '의도'의 공통점이 더 중요하다고 보았다. 한글로 지었든 옮겼든 결과적으로는 여성을 독자로 전제한 것이다. 즉 유배를 당한 선조(혹은 자신)의 일을 한글해독자인 여성 가족 구성원들과 공유하고자 한 의도에서 한글 유배일기와 한글본 유배일기는 동일하다고 보았다.

물론 한글로 기록되어 있다고 해서 모두 여성을 위한 텍스트는 아니다. 예를 들어서 시조나 가사는 우리말(한글)로 향유되는 문학이지만 한글 유배일기처럼 여성을 의식하고 지어진 것은 아니다. 유배시조나 유배가사가 우리말(한글)로 유배의 경험을 노래한 것이긴 하지만, 그것들은 시조와 가사가 가지고 있는 장르적인 특성을 이용하여 유배의 경험을 형상화하려고 한 것이지, 여성이 향유하도록 하기 위해서 우리말(한글)로 향유된 것은 아니다. 그러나 한글 유배일기는 한글로 기록되었든, 한문기록을 한글로 번역한 것이든 간에 여성을 독자로 상정한 것이라는 점은 명백하다. 남성 가족 구성원의 특수한 경험[318]인 유배를 여성 가족이 함께 공유하도록 하기 위해 의도적으로 한글을 선택한 것이라는 점에서 유배가사나 유배시조처럼 우리말(한글)로 향유되었지만

---

318) 유배를 남성 관료만의 특수한 경험이라고 하는 것은 분명히 문제가 있는 말이다. 조선역사를 통틀어 유배를 간 여성은 사족의 여성에서부터 천민에 이르기까지 광범위하게 있어 왔기 때문이다. 그러나 어디까지나 여성이 유배를 가는 일은 매우 특수한 상황이었으므로 남성관료들의 경험이라고 표현할 수 있다.

여성을 염두에 두지 않은 텍스트와는 그 지향하는 바가 다를 수 밖에 없다.

또한 한글로 작성되었으며 애초에 여성을 중요한 독자로 본 여타의 한글기록물 중에도 한글 유배일기와는 그 위상이 다른 것들이 있다. 조선시대에는 이른 시기부터 여성을 위해 한글로 작성된 읽기자료들이 많이 만들어졌다. 대표적인 것으로 여성교육서와 음식 조리서를 들 수 있다. 최초의 여성교육서는 『내훈(內訓)』인데 전하지는 않지만 초간본은 이미 1475년에 간행되었다. 이런 책들은 주로 집안의 어른인 아버지나 할아버지가 딸, 며느리, 손녀 등을 위해 저술하는 경우가 많고, 주로 여성 가족들이 그 책을 필사하여 썼다. 한편 웬만한 양반 가문에서는 나름대로 특유한 음식조리법을 지니고 전수하기 마련인데 그 한 방편으로 한글로 된 음식조리서를 짓거나 전사하였다. 현전하는 최초의 한글조리서는 『음식디미방』[319]인데, 전해지지는 않지만 더 이른 시기부터 음식조리서가 만들어졌을 것이라고 짐작할 수 있다. 이들은 간혹 남성이 서술하고 필사하는 경우도 있으나, 어디까지나 여성의 주도 하에 집안 여성의 도움을 받았거나 남녀가 협력하여 공동 저술한 것이다.[320] 한글 여성교육서와 한글 음식조리서의 독서상황에는 내외분별 의식이 깔려 있다. 여성교육서는 여성의 교육을 위해, 음식조리서는 여성의 경험적 지혜를 여성 가족에게 전하기 위해 작성

319) 정부인 안동 張氏(1598~1680).

320) 여성교육서와 음식조리서에 대해서는 백두현, 「조선시대 여성의 문자생활 연구: 한글 음식조리서와 여성 교육서를 중심으로」, 『어문론총』 45, 한국문학언어학회, 2006, 161~321쪽을 참조.

된 것이다. 이 책들은 기본적으로 남성 가족 구성원을 독자로 고려하지는 않았다. 즉 여성 고유의 특별한 독서물이다.

이런 점에서 이들은 한글 유배일기와의 변별점을 지니고 있다. 여성교육서나 음식조리서는 유배일기처럼 애초에 여성을 독자로 전제하여 한글로 작성한 것이지만, 유배일기가 남녀 없이 가족 모두가 함께 공유하는 것이라면 여성교육서 등은 애초에 남성 가족은 배제된 읽기 자료인 것이다. 따라서 유배일기가 남녀 없이 가족의 결속을 다지는 데 기여를 할 수 있었던 데 반해, 여성교육서 등은 그런 기능을 하기는 어려웠을 것이다.

요컨대, 유배시조나 유배가사 등은 한글로 향유되었으나 애초에 여성을 독자로 전제한 것이 아니라는 점에서 한글 유배일기와 다르다. 그리고 여성 교육서나 조리서 등은 여성을 중요한 독자로 두었다는 점은 한글 유배일기와 동일하지만, 남성 가족을 배제한 읽기자료라는 점에서는 다르다. 즉 한글 유배일기는 여성을 중요한 독자로 전제하면서 동시에 가족 구성원들이 모두 공유할 것을 목적으로 한 글이라는 점에서, 여성만을 위한 글이나 혹은 한글로 향유되었으면서도 여성을 배제한 여타의 기록물들과는 구별되는 가치는 지닌다.

유배일기의 일차적 독자는 가족과 친지, 후손들이다. 유배일기에는 가족 구성원이라야 공감할 수 있는 이야기들이나, 가족에게 특히 중요하게 여겨질 이야기들이 많이 포함되어 있기 때문이다. 더 나아가 한글 유배일기는 여성 가족을 포함한 전 가족 구성원을 독자로 전제하였다. 따라서 한글 유배일기가 갖는 가족문학적 가치는 매우 크다고 할 수 있다.

요컨대 한글 유배일기는 한글을 사용할 뿐 여성을 중요한 독자로 전제하지 않은 기록물들과 다를 뿐만 아니라, 여성을 독자로 전제하였으나 가족 공동체의 공유를 염두에 두지 않은 기록물들과도 다르다. 한글 유배일기는 여성을 포함한 가족 공동체 전체가 공유할 것을 전제로 하여 만들어졌으며, 결과적으로는 공동체의 결속을 다지는 가족문학으로서의 역할을 해냈다.

6장 유배일기 연구의 전망

일기는 자신의 일상을 하루를 단위로 소환하여 기록하고 되새김하는 행위의 결과물이다. 매일 그 날의 일을 기록하는 것이 원칙이지만 시간이 흐른 뒤에 한꺼번에 기록하기도 하고, 하루도 빠짐없이 기록하는 경우도 있지만 중요한 날이나 인상적인 날의 일만 기록하기도 하는 등 그 양상은 다양하다. 그러나 어떤 식으로 쓰는 것이든 자신의 삶을 매우 구체적인 단면으로 잘라 들여다보는 행위라는 것에는 차이가 없다. 일기쓰기라는 것이 매우 손쉬운 기록행위로 여겨질 수도 있지만, 생각할수록 일기를 쓴다는 것은 자신의 삶에 대한 진지하고 책임감 있는 마음이 없다면 불가능한 일이라는 사실을 새삼 깨닫게 된다. 일기가 갖고 있는 문학적 가치와 가능성은 이러한 삶에 대한 진지하고 성실한 태도에서 비롯된 기록이라는 점에서 찾을 수 있다. 더군다나 유배라는 특별한 상황, 기록의 절실함에서 비롯된 유배일기의 경우 더욱더 그렇다.

지금까지 살펴본 유배일기는 일반적으로 갖기 쉬운 선입견 하나를 없애 주었다. 유배라는 것을 늘 정치적인 사건과 연관 지어 생각해 왔기 때문인지, 사람들은 흔히 유배일기라는 것도 정치적 분노, 습관적 연군 타령으로 일관할 것이라고 생각한다. 그러나 뜻밖에도 유배일기를 통해 한편으로는 나약하고 위선적인 인간의 생생한 면을 볼 수 있었고, 또 한편으로는 양반 사대부에 대한 선입견의 벽을 뚫고 한 사람의 인간적인 면모를 볼 수도 있었다.

유배는 가까스로 죽음을 비껴간 형벌이다. 자기가 생활하던 일상의 공간에서 쫓겨나 멀리 떨어진 낯선 곳으로 추방되는 것이고, 그 낯선 곳에서의 생활을 감내해야 하는 난처한 상황이다. 그리고 그곳에서 기약 없는 해배의 소식을 기다리며 끊임없이 스스로를 추스르고 자신을 돌아보아야 하는 길고 긴 사유의 시간이기도 하다. 유배일기에는 심지어 자신의 죽음 이후를 가정하는 말들이 남겨져 있기도 하고, 낯선 곳의 삶과 사람들에 대한 발견의 순간이 기록되기도 하였다. 그리고 스스로에 대한 격려와 후회 또한 뼈아프게 남겨지기도 하였다. 유배일기에는 이러한 고통과 상념의 솔직한 과정들이 기록되어 있다. 유배일기는 그 어떤 수사로도 도달할 수 없는 감동의 영역으로 종종 우리를 이끄는데, 그 이유는 솔직하고 담백한 표현으로 삶과 인간에 대한 진실을 담담하게 보여주기 때문이다.

지금까지는 문학의 변방으로 여겨져 소홀히 여겨져 왔지만, 유배일기가 표현론적 측면에서 얼마나 가치 있는 성취를 보이고 있는지 간과해서는 안 될 것이다.

마지막으로 현재 수집된 유배일기 자료의 목록을 제시하며 유배일기 연구의 밝은 전망을 기대해 본다.[321]

〈유배일기〉

번호	일기명	저자	출전문집
1	默齋日記	李文楗(1494~1567)	
2	北謫日記	趙憲(1544~1592)	重峯集
3	公山日記	趙翊(1556~1613)	可畦集
4	北征日記	權得己(1570~1622)	晩悔集
5	南遷日錄	黃中允(1577~1648)	
6	長沙日錄	申弘望(1600~1673)	
7	流配日記	柳命天(1633~1705)	燕行日錄
8	壺隱漫錄	洪受疇(1642~1704)	
9	富春堂北遷錄	李炳(1646~1694)	
10	西謫日記	金宇杭(1649~1723)	甲峯遺稿
11	光陽謫行日記	金侃(1653~1735)	竹峯集
12	南遷錄	宋上琦(1657~1723)	玉吾齋集
13	北征日記	安日履(1661~1731)	洛匡集
14	北遷日記	尹陽來(1673~1751)	
15	編管日記	黃翼再(1682~1747)	華齋先生文集
16	庚戌日記	黃翼再(1682~1747)	華齋先生文集
17	太和堂北征錄	李光熹(1688~1746)	
18	朴謙齋詩集	朴聖源(1697~1757)	
19	北竄錄	李弼翼	
20	泣血錄	李植命	
21	愁州謫錄	尹昌垕(1713~1790)	
22	南海聞見錄	柳義養(1718~1788)	
23	北關路程錄	柳義養(1718~1788)	

321) 일기들은 유배객 당사자의 일기인 '유배일기'와 유배를 배행한 사람의 일기인 '유배 배행일기'로 나누고, 작가의 생몰연대 및 일기의 기록시기를 기준으로 순차적으로 정리하였다. 내용상 유배지 방문 일기라고 할 수 있는 것과 유배가 결정되기 전의 상황을 기록한 일기 등은 목록에서 일단 제외하였다.

24	적소일기	金若行(1718~1788)	
25	西遷錄	李仁行(1758~1833)	新野集
26	南遷日錄	沈魯崇(1762~1838)	
27	坎窞日記(北遷日錄)	金鑢(1766~1821)	藫庭遺稿
28	嚴燾日錄	嚴燾(1776~1836)	
29	癸亥日史	洪翰周(1798~1868)	
30	艱貞日錄	金櫶(1805~1866)	
31	北征日記	張俊泓(1810~?)	
32	大院君天津 往還日記	李昰應(1820~1898)	
33	東遷日錄	金麟燮(1827～1903)	
34	신도일록	李世輔(1832~1895)	
35	續陰晴史	金允植(1835~1920)	手稿本
36	대마도일기	文奭煥(1869~1925)	
37	북천기포록 유배일기초	柳道洙	
38	金湖日錄	미상	
39	北征日記	韓山李氏	
40	西征記	미상	
41	金若濟日記	金若濟	

〈유배 배행일기〉

번호	일기명	저자	출전문집	배행 대상
1	嘉靖庚戌日記	李裔(1531~1595)		부친 李瀣
2	白沙先生北遷日錄	鄭忠信(1576~1636)		스승 李恒福
3	蒼狗客日錄	李栽(1657~1730)		부친 李玄逸
4	기사유사	미상	遺敎	(부군) 金壽恒
5	임인유교	金信謙(1693~1738)	遺敎, 壬寅遺事	백부 金昌集
6	선고유교	金元行(1702~1772		부친 金濟謙
7	丙寅日記	李秉鐸(1739~1810)	俛庵集	부친 李禹
8	남정일기	朴祖壽(1756~1820)		조부 朴盛源
9	荏子南遷陪行錄	金麟燮(1827～1903)		부친 金櫶
10	重菴先生被拿後日錄	미상		스승 金平默

제2부

유배문학 연구의 전개

1장 유배일기 〈태화당북정록〉에 기록된 '꿈'의 양상 연구

1. 유배일기에 기록된 꿈

허균은 이아계(李鵝溪)의 시를 평하면서 "그(李鵝溪)의 시가 초년부터 당을 법 받았으며 늘그막에 平海에 귀양 가서 비로소 심오한 경지에 이르렀다."[1]고 하였다. 즉 문장이란 부귀영화에 달린 것이 아니라, 고난과 시련이라는 동기에 의해 심오해 질 수 있다는 것이다. 조선의 양반관료들에게도 마찬가지로 유배는 그들의 문학적 이력에 중요한 변화의 동기를 제공하는 사건이었다. 유배는 문학에 영향을 미치는 중요한 외적 요인일 뿐만 아니라 작품

1) "其詩初年法唐 晩謫平海 始造其極 而高霽峯詩 亦於閑廢中 方覺大進乃知文章不在富貴榮耀而經歷險難得江山之助 然後可以入妙"(『惺所覆瓿藁』 권25, 說部 4, 〈惺叟詩話〉)

속에서도 중요하게 다루어지곤 했다.

유배를 다룬 작품들 중에서 유배일기는 여타의 장르와는 달리, 문학적인 '조탁(彫琢)'이 가해진 글이 아니다. 따라서 작품론의 측면에서 보자면 유배한시, 유배가사, 유배시조 등의 작품과는 비교할 수 없다. 그러나 유배를 겪으면서 체험하게 되는 유배객들의 내면 상태가 솔직하게 표현되는 기록물이라는 점에서 오히려 그 나름의 연구 가치가 있다. 유배문학을 이해하기 위해서는 유배문학작품을 기록하거나 창작한 당사자인 유배객들의 내면에 대한 탐색이 필요한데, 그들의 의식의 솔직한 단면을 이해하기 위해서는 일기라는 고백체 기록물을 살피는 일이 필요하기 때문이다.

유배일기에 대한 문학적 논의는 우선 유배일기의 발굴과 통계적·수량적 연구 및 원문확정과 번역 등의 기초연구를 전제로 하여야 한다. 자료의 목록화에 그 목적이 있는 통계적·수량적 연구는 황위주, 최은주 등에 의해 어느 정도 성과를 보이고 있다. 황위주[2]는 약 1600건의 일기자료를 내용별로 관청일기와 일지, 공동체의 일기와 일지, 개인의 생활일기, 기타 내용 미확인 일기로 구분하였는데, 그 가운데 개인의 생활 일기 중 유배일기를 31편으로 분류하였다. 최은주[3]는 황위주의 연구결과에서 더 나아가 유배일기 38편을 분류하여 시대별로 나누었다.[4]

2) 황위주, 『국역 조선시대 서원일기』, 한국국학진흥원, 2007.

3) 최은주, 「조선시대 일기 자료의 실상과 가치」, 『대동한문학』 30, 대동한문학회, 2009.

4) 최은주의 논문에는 자료의 목록이 구체적으로 제시되지 않고 그냥 유배일기가 38편이라는 사실만 명시되었다. 필자는 구체적인 자료의 목록을 직접 전해 받

통계적 연구 다음으로 이어져야 할 것은 유배일기에 대한 문학적 접근이다. 정하영5)은 일기자료의 문학사적 의의에 대해서 본격적으로 논의하기 시작하였다. 그러나 그것은 유배일기에 초점이 맞추어진 것이 아니라 일기 전반에 대한 개괄적 논의에 그친 것이다. 한편 유배일기의 번역 및 원문의 확정작업도 아직 미흡한 실정이다. 결과적으로 일부작품에만 관심이 집중되어 논의가 진행될 수밖에 없었다. 대부분 각 편에 대한 해제적 연구에 그치고 있고, 종합적이고 깊이 있는 연구 성과는 아직 드문 실정이다. 유배일기 각 편에 대한 논의가 쌓이면 이런 성과를 볼 수 있게 될 것이라고 생각한다.

필자는 유배일기들 중 특히 태화당의 〈태화당북정록(太和堂北征錄)〉에 주목하고자 한다. 유배객들의 정신적·심리적 상태를 보여줄 수 있는 중요한 징후 중 하나가 바로 그들의 꿈이라고 생각하는데, 이 작품은 그러한 꿈들을 매우 많이 기록한 유배일기이기 때문이다. 일기에 기록된 꿈은 유배객이 특정한 의미를 담기 위해 문학적으로 조직한 서사물은 아니다. 그러나 유배의 시간이 흘러가는 것에 따라 변화해 가는 유배객의 무의식이 만들어낸 비유적이고도 상징적인 이야기이므로 문학적 자료로서의 가치를 갖고 있다고 판단된다.

그런데 지금까지 유배일기에 나타난 꿈에 주목한 연구는 많이 없는 실정이다. 유배일기에 대한 연구의 역사가 깊지 않은 이유도

고, 황위주의 자료와 비교한 뒤 목록을 완성하였다.

5) 정하영, 「朝鮮祖 '日記'類 資料의 文學史的 意義」, 『정신문화연구』 19(4), 1996.

있겠지만, 일기에 나타난 꿈은 허구적 서사물에서의 꿈처럼 문학적 연구의 대상으로서 흥미를 끌지 못했기 때문이 아닌가 싶다.

필자는 〈태화당북정록〉에 기록된 꿈의 양상을 살펴봄으로써 일차적으로는 태화당이라는 한 유배객 개인의 심적 풍경을 살펴보는 것을 목표로 삼지만, 궁극적으로는 조선시대 양반 지식인들이 겪은 유배와 그로 인한 심적 변화에 대한 작은 단서를 제공할 수 있기를 바란다. 유배객의 유배생활이 모두 같지 않았고, 유배생활 중 유배객의 심적 풍경도 다양하겠지만, 〈태화당북정록〉을 통해 살펴 본 태화당의 심적 풍경은 일반적인 유배객의 심적 풍경을 짐작하게 하는 단서가 될 것이다. 꿈을 통한 유배객의 이해는 궁극적으로는 유배문학작품의 이해도를 높이는 데 기여할 것이다.

2. 태화당과 〈태화당북정록〉

이광희(李光熹)는 숙종 무진년(1688) 10월 25일에 태어나 영조 병인년(1746) 4월 5일에 생을 마쳤다. 학파공(鶴坡公) 이예(李藝)의 후손이며 자는 사회(士晦), 호는 태화당(太和堂)이다. 을사년(1725) 계림사화(鷄林士禍)[6]에 연루되어 경주에 잠시 구금되었다가 북관

---

6) 경종 2년 임인년(1722)에 남인인 권세항, 홍상빈 등이 송시열의 影幀 등을 훼손한 사건이 있었다. 영조 즉위 후 노론 채명보 등이 그때의 일을 상소하여 대거 사화가 일어났다. 태화당은 이 사건에 연루되어 3년 동안 유배를 당하게 된 것이다(『太和堂逸稿』 〈行狀〉 및 『승정원일기』 영조 즉위년 12월 27일, 영조 1년 1월 11일, 5월 17일 기사 참조).

(함경도) 명천에 3년 유배되었는데, 유배지로 가는 과정과 유배지에서의 생활을 일기형식으로 기록한 것이 〈태화당북정록〉[7]이고, 시문과 서찰 등을 엮은 문집이 『태화당일고(太和堂逸稿)』이다. 〈태화당북정록〉은 태화당 사후에 장자(長子)인 남애공(南厓公) 여당(汝堂)이 교정을 보다가 마무리하지 못하고 이양오(李養吾)와 그의 부친에게 뒷일을 부탁하였다. 결국 이양오가 서(序)를 쓰고, 계묘년(1783) 여름에 완성하였다.[8]

〈태화당북정록〉의 내용을 간략히 요약해 보면 다음과 같다.

경종의 탈상 즈음인 을사년(1725) 8월 24일에 태화당의 유배노정이 시작되었다. 26일에 경주 읍에 도착해서 관부에서 온 공문을 받고, 곧이어 유배지인 명천으로 출발하였다. 일기는 유배행차가 경주에서 멀어질수록 새로운 풍광을 접한 감회가 중심이 되어 그것에 대한 묘사가 점점 장황해지는 경향이 있다. 관동팔경 등 명소 중 하나라도 보지 못하고 지나칠 때에는 귀한 기회를 놓쳤다며 매우 안타까워하곤 하였다.[9] 그러다 그해 10월 17일에 드

---

7) 한국학중앙도서관 소장본, 국립중앙도서관 소장본 등이 있다. 태화당의 후손인 鶴城李氏 越津派에서 주관하여 번역, 편찬한 『國譯 太和堂北征錄 全』(鶴城李氏 越津派 汝堂門會 汝星門會, 2007)과 『國譯 太和堂逸稿 全』(鶴城李氏 越津派 汝堂門會 汝星門會, 2007)의 원문을 인용한다.

8) 태화당에 대한 전기적 사실과 〈太和堂北征錄〉, 『太和堂逸稿』에 대한 서지정보는 〈太和堂北征錄序〉와 『太和堂逸稿』 〈行狀〉을 참조하였다.

9) 유배객의 자세로는 어울리지 않는 듯하지만, 여행이 흔치 않던 중세사회에 유배는 새로운 경험을 쌓을 수 있는 기회이기도 하였다. "한번 세상 밖으로 나오니 시원스럽기가 속세를 버리고 신선이 된 듯한 기분이었다. (…중략…) 내가 조행만에게 이르기를, '우리들이 이런 구경을 할 수 있게 해 준 것은 어찌 임금의 은혜가 아니겠는가?' 하니 조행만이 '그렇다.'고 하였다[一到象外飄然, 有遺世羽化之意. (…중략…) 余謂曺友曰, 使吾輩得見此景, 豈非天恩耶. 曺友曰諾]."(〈太和堂北征錄〉, 을사년 9월 21일)는 기록이 그러한 사정을 짐작할 수 있게 한다.

디어 명천에 도착하여 보수주인[10]을 정한 뒤 본격적인 유배지에서의 생활이 시작되었다. 이때의 일기는 주로 그곳의 유배객들이 명천 군수 이중술(李重述)의 호의적인 대접을 받으며 형성한 교유 관계를 중심으로 기록되었다. 가족의 대소사(제사, 생일 등)가 있는 날의 감회, 편지왕래와 병문안, 송별, 감사인사, 배웅과 근처 명승지 구경 등이 주요내용이고, 간혹 친인척들의 부고가 날아드는 날에는 찾아서 조문하지 못하고 멀리서 슬퍼해야 하는 유배객으로서의 안타까움을 표현하기도 하였다. 유배지에서의 일기는 유배지로 올 때의 기록과는 달리 짧은 편이다. 그러던 중 정미년(1727) 7월 14, 15일에 드디어 조정으로부터 희망적인 소식이 연이어 날아들기 시작하였다. 결국 7월 18일에 의금부로부터 해배를 알리는 관문이 도착하였다. 이날 이후 돌아갈 채비를 하고, 그동안 교유했던 사람들과 작별인사를 나눈 뒤 고향으로 출발하여 약 2달 뒤인 9월 9일 저녁에 집에 도착하였다. 해배되어 올 때의 일기는 주변의 풍광을 묘사하며 장황해지기도 하면서 유배 갈 때의 기록과 비슷한 모습을 보인다. 이로써 3년 가까운 유배생활에 대한 기록이 마무리된다.

그런데 꿈과 관련하여 〈태화당북정록〉이 갖는 가치에 대해 특별히 언급할 필요가 있다. 가장 중요하게 언급되어야 할 것은 꿈을 기록한 횟수가 무척 많다는 점이다. 태화당은 3년을 유배 길과 해뱃길, 그리고 유배지에서 보냈는데, 유뱃길과 해뱃길은 각각 1개월과 2개월 남짓, 유배지에서는 약 23개월가량을 보냈다. 이 기

10) 유배객이 유배지에서 머물게 되는 집의 주인.

간 동안 그는 거의 매일 일기를 남기고 있는데, 그 중 꿈을 기록한 것은 모두 52차례다. 이 일기에서 발견할 수 있는 단일 화제로는 꿈이 가장 압도적인 비중을 차지한다. 물론 다른 유배일기에도 꿈에 대한 기록이 남아 있지만, 〈태화당북정록〉만큼 꿈에 대해 자주 언급한 일기는 없다. 현전하는 한글본 유배일기 8편에 기록된 꿈 이야기는 예조몽 5편이 전부다.[11] 한문본 유배일기에 대한 연구도 앞으로 더 진행되어야 할 것이지만 지금까지 필자가 살펴본 바로는 〈태화당북정록〉의 52차례 기록이 분명 압도적이라 할 만하다.

유배객들은 누구나 유배라는 상황에 직면하여 심신의 변화를 겪었을 것이고, 그에 상응하는 꿈을 꾸었겠지만 그것들을 다 기록으로 남기지는 않았다. 그런데 〈태화당북정록〉에는 유배생활을 하면서 꾼 꿈이 비교적 성실하게 기록되어 있다. 따라서 필자는 〈태화당북정록〉을 통해 일기의 저자인 태화당뿐만 아니라, 꿈을 미처 기록하지 못한 혹은 꿈을 기록할 필요성을 느끼지 못했던 다른 많은 유배객들의 내면도 함께 추측할 수 있는 작은 단서를 찾고자 하였던 것이다.

물론 꿈을 52차례 기록한 것이 대단히 빈번한 횟수는 아니라고 할 수도 있다. 만약 태화당이 매일 매일의 일을 일기에 시시콜콜히 기록하는 사람이었다면 말이다. 그러나 태화당은 주로 그 날

11) 유배가 오래 전에 이미 꿈을 통해 豫兆되었다고 말하는 것은 유배가 운명적인 사건이라고 말하는 것과 같다. 유배에 운명적 의미를 강조하면 결국 '유배-죄'의 인과적 고리를 희미하게 만들게 되고, 유배의 형벌적 의미를 다소나마 희석시키게 된다(조수미, 「〈북관노정록〉의 유배 예조몽 연구」, 『석당논총』 57, 2013, 206~207쪽).

있었던 일들 중 한두 가지만 일기에 남겼는데 심지어 오로지 꿈을 꾼 사실만 기록한 것이 11차례나 되고, 날씨 같은 간단한 정보만 쓰고 곧바로 꿈 이야기만을 기록한 것까지 포함하면 그 수가 더욱 많다. 〈태화당북정록〉에 등장하는 그 어떤 소재도 꿈처럼 빈번하게 기록되지는 않았다. 게다가 태화당이 병오년 8월 3일 이후 특별한 꿈만 기록하기로 마음을 먹지만 않았다면 더 많은 꿈이 일기에 기록되었을 것이다. 즉, 태화당은 그 날 있었던 일들을 모두 기록하고자 하는 차원에서 꿈을 기록한 것이 아니라, 그 날의 가장 중요한 사실 중 하나로 '자신이 꾼 꿈'을 염두에 두고 일기에 남기고자 하였다는 것이다. 그리고 그 수가 52차례나 된다. 따라서 유배일기에 나타난 꿈에 대해 살피는 데 있어서는 〈태화당북정록〉이 매우 중요하다고 할 수 있다.

물론 아쉬운 점도 있다. 〈태화당북정록〉의 꿈 기록은 대부분 단편적인 경우가 많아서, 꿈이 가지고 있는 상징적이고 비유적인 의미 탐색에는 한계가 있다는 점이다. 그러나 〈태화당북정록〉에는 매일 매일이 비슷한 유배지에서의 생활을 별 감흥 없이 반복적으로 기록한 듯한 무심한 태도와는 달리 꿈에 대해 집착하고, 부지런히 그것을 기록한 안타까운 한 유배객의 내면이 의도치 않게 드러나고야 말았다. 이런 사정은 다른 유배객들도 비슷하였을 것이다.

이제 태화당의 내면풍경이 어떻게 꿈에 투영되었고, 유배기간의 경과와 관련하여서는 어떤 변화를 겪는지 구체적으로 살펴보도록 하자.

3. 결핍상황 및 결핍해소에 대한 욕망과 꿈

문학작품 속에 등장하는 꿈 모티프는 우리가 현실에서 일상적으로 꾸는 꿈과는 다르다. 작품에 수용된 꿈 모티프는 작품 내에서 분명한 의미와 기능을 목표로 존재하는 구성성분들 중의 하나이기 때문이다. 따라서 합리적이고 타당한 분석을 전제로 한다면 그 꿈의 의미를 해석해 내는 일은 가능한 일이며 동시에 작품 이해를 위해서는 분명히 해 내야 하는 일이기도 하다.

그러나 유배일기를 포함한 일기문학에 나타나는 꿈을 일반적인 문학작품 속에 등장하는 꿈 모티프와 동일하게 이해할 수는 없다. 일기는 사실의 문학이므로, 일기에 기록된 꿈을 특정한 기능과 의미를 위해 가공된 사건이라고 할 근거가 없기 때문이다.

그런데 우리가 현실에서 일상적으로 꾸는 꿈은 쉽게 해석해 내기 어려운 모습을 보인다. 그래서인지 꿈을 연구한 학자들은 꿈을 통해 그 사람의 심리상태와 개인사를 추적하거나 심지어 미래를 예측하고자 하는 노력을 오랫동안 다양한 방법으로 이어 왔다. 아리스토텔레스 이전의 사람들은 꿈은 꿈꾸는 영혼의 한 소산이 아니라 신의 고지(告知)라고 생각하였고,[12] 프로이트는 꿈을 '욕망의 충족과 보상', '욕망의 발현'으로 보고, 꿈을 해석하는 데 있어 그 꿈을 꾼 사람의 욕망과 집요하게 관련짓기도 하였다. 그렇다면, 조선의 양반들은 꿈이라는 것을 어떻게 이해했을까?

---

12) 프로이트 지음, 장병길 옮김, 『꿈의 해석』, 을유문화사, 1997, 14쪽.

꿈은 믿을 만한 것인가, 믿을 만하지 못한 것인가? 나는 그것을 알지 못하겠다. 내가 일찍이 어른들에게 "꿈에는 낮에 생각한 것이 밤에 응접하는 것이 있고, 어떤 일이 아직 이르지 않았는데 그 전에 감응하여 생기는 것도 있다. ① 생각이 있은 후에 응접하는 것은 아마도 사사로운 뜻에 골몰하여 거기에서 벗어나지 못하기 때문이니 그런 꿈은 믿을 수가 없다. ② 일이 이르기 전에 먼저 감응한 것은 의지와 기개가 맑고 밝아서 이 때문에 징조로 나타난 것이니 그런 꿈은 믿지 않을 수가 없다."라는 말을 들었다. 참으로 옳은 말이다.[13)]

꿈의 두 가지 유형에 대해 말하고 있다. 우선 '생각이 있은 후에 응접'하는 꿈은 어떤 것에 대해 깊이 몰두한 결과 나타나는 꿈이라고 하였다. 무엇에 깊이 골몰한 나머지 꿈에서까지 이어져 나타나는 것이다. 즉 현실이 무대를 바꿔서 펼쳐지는 것이 바로 이런 꿈이다. 꿈을 꾼 사람의 현재 심적 풍경과 골몰하는 생각을 살피는 데 있어서 필요한 것은 바로 이런 꿈들, 즉 현실과 맞닿아 있는 꿈이다. 한편 '일이 이르기 전에 먼저 감응'하는 꿈은 징조로서의 꿈을 말한다. 사람들이 꿈을 신탁(神託)으로 받아들인 역사는 오래되었다.[14)] 이러한 꿈은 신의 언어를 인간의 언어로 바꾸는 심오한 해석의 과정을 거쳐 앞날을 예견할 수 있도록 이끌어 준다고 여겨졌다.

그런데 태화당도 이와 유사한 이야기를 하고 있다. 병오년 8월

---

13) 이창희 등 지음, 「제기승첩후(題奇勝帖後)」, 『옥소 권섭과 18세기 조선 문화』, 다운샘, 2009, 303~304쪽.

14) 프로이트 지음, 장병길 옮김, 앞의 책.

3일의 일기를 살펴보자.

> 밤에는 또 집에 가서 (1) 온 식구가 모여 대화하는 꿈을 꾸었다. 북으로 온 후로는 집에 대한 꿈을 꾸지 않은 날이 없었다. 옛말에 이른바 생각을 하면 꿈이 된다는 것인데 남과 북이 나뉘었으나 낮과 밤은 지정되었으니 날마다 꿈을 기록하는 것은 마음만 괴롭게 하는 것이 되므로 오직 (2) 특이한 꿈만 기록하여 증험으로 삼고자 한다.[15]

온 식구가 모여 이야기하는 꿈은 옛말에도 있듯이 생각을 많이 해서 꾸게 된 꿈이라고 하였다. 앞서 살폈던 '① 생각이 있은 후에 응접하는 것'의 동어반복이다. 이런 견해는 자신이 미처 깨닫지 못했을 수도 있는 욕망이나 어린 시절의 경험과 현재의 꿈을 연결 지었던 프로이트가 꿈을 바라보는 입장과 유사하다. 한편, 뒷날의 증험으로 삼을 만한 특이한 꿈이란, 마찬가지로 앞서 살폈던 '② 일이 이르기 전에 먼저 감응한 것'을 말하는 것이며, 또한 아리스토텔레스 이전의 사람들이 흔히 생각했던 신탁(神託)으로서의 꿈을 가리킨다. 태화당은 쉽게 이해되지 않는 특이한 꿈들이 뒷날에 일어날 어떤 사건의 징후일지도 모른다고 생각하고 그런 꿈들을 중점적으로 기록하고자 한다고 밝혔다.

요컨대 꿈이란, 꿈을 꾸는 사람의 머리와 가슴에 남아 있는 기억과 욕망이 관여하는 것이기도 하고, 앞날을 내다볼 수 있도록 예지하는 것이기도 하다는 것인데, 태화당은 가족을 만나는 꿈은

---

15) "夜夢又歸, 穩叙闔, 自北行後, 無夜不夢親庭. 所謂, 有思則夢. 而南北分晝夜, 鎭日記夢秪令懷緖作惡, 惟記異夢以驗他日."(〈太和堂北征錄〉, 병오년 8월 3일)

전자의 꿈으로 인지하고 있고, 의미를 알기 어려운 다수의 꿈들은 후자의 꿈이라고 생각하였다.

그러나 필자는 그가 그 의미를 알 수 없다고 한 꿈, 특이한 꿈이라고 표현한 다수의 꿈들조차 전자의 꿈의 개념으로 해석해야 한다고 생각한다. 꿈이 가진 예지력에 대해 논하는 것은 문학연구의 영역이 아닐뿐더러,[16] 꿈에 보이는 작가의 심적 풍경을 가능한 한 탐색해 보는 것이 더욱 의미 있는 일이라고 생각하기 때문이다. 따라서 〈태화당북정록〉에 기록된 꿈들이 태화당의 어떤 심적 상황을 드러내고 있는지, 즉 그가 어떤 생각에 골몰했는지를 살피고자 한다. 구체적으로는 그가 처한 결핍의 상황과 그것의 해소에 대한 욕망을 살피고자 한다. 그 결과는 태화당뿐만 아니라, 유배문학작품을 남긴 숱한 유배객들의 심적 상황을 추측해 볼 수 있는 작은 단서나마 제공할 수 있길 기대한다.

1) 유배로 인해 촉발된 결핍상황과 꿈의 양상

이제 〈태화당북정록〉에 기록된 꿈들의 양상과 유배객 태화당의 내적 풍경에 대해 구체적으로 살펴보도록 하겠다. 우선 〈태화당북정록〉에 기록된 꿈의 내용을 배경과 등장인물, 사건이라는 서사의 3가지 기본요소로 분석함으로써, 주로 어떤 꿈들이 기록

---

16) 필자는 앞서 유배일기에 나타난 예언적 꿈에 대해 논하였는데, 이때도 꿈의 예지력에 대한 것이 아니라, 유배 예조몽이 유배객들 사이에 회자된 이유, 즉 예조몽의 서술의도에 대해 살폈다. 이 글에서도 마찬가지로 꿈이 가진 예언적 성격에 초점을 맞추는 것이 아니라, 꿈이 드러내는 유배객의 심적 상황에 주목하고자 한다.

되었는지를 살펴보자.

전체 52편의 꿈 중 그 장소가 분명히 명시되지 않은 꿈은 19편이다. 그러나 그 중 꿈의 내용상 문맥으로 볼 때 짐작 가능한 것이 약 10여 편 있으므로, 결국 전체 52편의 꿈 중 9편만이 그 배경을 알 수 없는 꿈이라고 할 수 있다. 즉 40여 편에 해당하는 대부분의 꿈들은 그 배경을 알 수 있는데, 모두 '집'이나 '집 근처'를 배경으로 하고 있었다. 꿈의 배경이 대부분 '집'이나 '집 근처'라고 한다면 주로 누구를 만나는 꿈인지는 쉽게 짐작할 수 있다. 꿈에 등장하는 사람들을 모두 나열해 보면 '어머니, 형제, 아들, 조카, 친인척, 선조(先祖), 친구, 왕, 노비, (이름을 알 수 없는) 적' 등이다. 이들 중 '왕'은 2번, '노비'와 '적'은 각각 1번씩 등장하고 나머지는 대부분 '가족과 친인척, 친구'들이다. 즉 태화당의 꿈은 대부분 집(집 근처)에서 '가족과 친인척, 친구'들을 만나는 꿈이라는 것을 알 수 있다. 마지막으로 집이나 집 근처에서 가족 등을 만나 무엇을 하는 꿈들이었는지도 살펴보자. 주로 '대화, 귀양(과거)가는 행장 차리기, 탄식, (귀양 생활에 대한) 토로, 조문' 등을 하였다고 기록되었다. 그 중 '대화, 탄식, 토로'로 표현되어 있는, '이야기'를 나누었다는 내용이 대부분을 차지한다. 요컨대 태화당이 〈태화당북정록〉에 기록한 꿈은 대부분 '집에서 가족이나 친인척, 친구들을 만나 이야기를 나누었다'로 요약할 수 있다는 것이다.

병오년 8월 3일을 기준[17]으로 그 이전에 기록된 꿈은 총 29편

---

17) 병오년 8월 3일을 기준으로 삼는 이유는 태화당이 꿈을 기록하는 자신의 자세를 돌아보고 마음의 변화를 일으킨 날이기 때문이다. 실제로 이 날을 기준으로 꿈들의 양상이 다소 달라지고 있다. 가장 중요한 것은 가족을 만나는 내용의 꿈을

이다. 그런데 그 중 26편의 내용이 지금까지 살펴본 바처럼 한결같이 '집에 가(서 가족들을 만나)는 꿈'이다. 오직 '집과 가족'을 반복하는 모습이 안타깝게 느껴질 정도이다. 만나는 가족이나 친인척, 친구의 면면이 조금씩 바뀌거나 나누는 이야기의 주제가 조금씩 바뀌기도 하지만 가장 큰 비중을 차지하는 것은 '집에 가서 가까운 사람들을 만나 이야기 나누는 꿈'이다. 만약 병오년 8월 3일에 태화당이 꿈을 기록하는 자신의 상황을 돌아본 뒤, 스스로 기록의 자세를 바꾸지 않았다면 '집과 가족'의 꿈은 이후로도 더 많이 기록되었을 것이다. 이처럼 병오년 8월 3일 이전에는 대부분 가족을 만나는 꿈으로 일관되었다. 해배 소식이 전해지기 전까지는 병오년 8월 3일 이후에도 종종 가족을 만나는 꿈이 기록되어 있긴 하다. 그러나 태화당이 스스로 그런 반복적인 기록은 삼가기로 다짐하고 있기 때문에 일기의 후반부로 갈수록 단순히 가족을 만나는 내용의 꿈에 대한 기록은 현저히 줄어들었다. 그러나 기록되지 않았을 뿐이지, 그가 그런 꿈을 끊임없이 꾸었을 것이라는 것은 짐작하기 어렵지 않다.

이처럼 집과 가족에 대한 꿈이 많았던 이유는 무엇일까. 태화당 스스로도 "옛말에 이른바 생각을 하면 꿈이 된다."고 하였다. 여기서 말하는 '생각'이란 바로 현실에서의 결핍과 결핍의 해소에 대한 욕망이다. 유뱃길을 떠난 그에게 가장 중요한 결핍의 상황은 가족과의 이별과 고향으로부터의 격리일 것이다.

일반적으로 유배란 주로 정치적 수단으로 많이 사용된 것으로

반복적으로 기록하는 대신, 다양한 등장인물과 사건이 보이는 꿈을 더 자주 기록하기 시작했다는 것이다.

알고 있기 때문에, 유배로 인해 발생하는 가장 뼈아픈 결핍상황을 정치적 격리 및 소외라고도 생각할 수 있을 것이다. 조익의 유배일기인 〈공산일기(公山日記)〉에는 임금이 높은 벼슬을 내려주는 꿈이 반복적으로 등장한다.[18] 이는 조익에게 있어 지위회복에 대한 욕구 즉, 정치적 소외의 해소가 유배로 인해 발생하는 가장 중요한 욕구였음을 의미하는 것이다.

그러나 태화당은 유배 당시 정치적 위치와는 직접적 관련이 없는 입장이었으므로, 유배가 그에게 정치적 의미의 결핍을 새로이 초래하였다고 볼 수는 없다. 다시 말하자면, 유뱃길을 떠난 태화당에게 가장 절실한 결핍은 바로 유배로 인해 촉발된 결핍, 즉 가족과의 이별이라는 상황에서 비롯된 것이고, 그러한 결핍은 집으로 돌아가 가족을 만나는 것으로 해소할 수 있는 것이었다. 따라서 유뱃길을 떠난 이후 그는 "집에 대한 꿈을 꾸지 않은 날이 없었"던 것이다.

그런데 해배의 소식이 알려질 즈음부터는 집에 가는 꿈, 가족을 만나는 꿈에 대한 언급이 전혀 없다. 52차례나 되는 꿈이 기록되었음에도 불구하고, 해배의 분위기가 전해지기 시작한 정미년(1727) 7월 14일 이후에는 꿈에 대한 언급이 전혀 없다. 유뱃길과 해뱃길에 비해 유배지에서 생활한 기간이 길기 때문에 유배지에서의 꿈

18) "새벽에 꿈을 꾸니, 임금께서 귀양살이하는 곳에 나오셔서 특별히 우리들 세 사람에게 堂上官의 직책을 내려 주셨다. (…중략…) 한 달 안에 이와 같은 꿈을 연이어서 꾸게 되니 하느님께서 이 꿈으로 죄를 받고 귀양 와 있는 사람을 위로하고자 하는 것인가, 그러지 않다면 반드시 귀신 등속의 장난일 것이다[曉有夢. 自上就謫所. 特給吾輩三人堂上職. (…중략…) 一朔之內連有是夢. 無乃天公欲以此慰累人耶. 不然必鬼物戲之也]."(조동길, 『可畦 趙翊 先生의 〈公山日記〉 연구』, 국학자료원, 2000, 211~212쪽)

에 대한 기록이 빈번한 것은 당연한 일이다. 그러나 2개월 남짓한 해뱃길에 꿈에 대한 기록이 전혀 없다는 것은 분명 주목할 만한 사실이다. 해배소식이 전해진 이상 집에 가서 가족을 만나 이야기 나누는 것은 더 이상 태화당에게 있어, 이루고 싶은 간절한 소망이자 해결해야 할 결핍상황이 아니었다는 것을 증명한다고 볼 수 있기 때문이다. 지금까지의 논의를 요약하자면 다음과 같다.

〈결핍상황과 꿈〉

유배노정	유뱃길	유배지	해뱃길
결핍상황 (가족과 이별, 고향에서 격리)	결핍 요인 발생	결핍 상황 지속	결핍 해소(예정)
(집에 돌아가 가족을 만나는) 꿈의 有無	○	○	×

요컨대 유배로 인해 촉발된 결핍의 상황은 태화당으로 하여금 끊임없이 집과 가족을 꿈꾸게 하였다. 그러다가 해배로 인해 결핍상황이 해결될 조짐이 보이자 태화당은 더 이상 이런 꿈들을 기록하지 않게 되었다. 이처럼 유배는 유배객으로 하여금 새로운 결핍의 상황을 초래하고, 그것에 대한 해소를 욕망하게 하였다.

2) 오래된 결핍상황과 꿈의 양상

태화당의 꿈 중 가장 많은 비중을 차지하는 것이 집으로 돌아가 가족들을 만나는 꿈이라고 하였다. 그런데 이런 꿈들 외에도 의미심장한 내용의 꿈이 몇 편 발견되는데, 그런 꿈들은 병오년

8월 3일 이후에 주로 등장한다. 그날의 일기를 다시 살펴보자.

병오년(1726) 8월 3일 태화당은 늘 그랬듯이 이 군수의 처소에 모여 그 당시 교유하던 사람들과 대화를 나누었다. 그리고 그 날 밤 집에 가서 온 식구가 모여 대화하는 꿈을 또 꾸었다. 가족을 만나 대화하는 꿈은 유뱃길을 떠난 이후로 계속 꾸어 오고 있었던 것이다. 그날 비로소 태화당은 "날마다 꿈을 기록하는 것은 마음만 괴롭게 하는 것이 되므로 오직 특이한 꿈만 기록하여 증험으로 삼고자 한다."고 결심한다. 그가 이날 왜 이런 결심을 하게 되었는지에 대해서는 더 자세한 설명이 없다. 그러나 짐작컨대 유배지를 향해 길을 떠났던 8월이 해를 바꾸어 다시 돌아오게 되니 앞날에 대한 두려움과 걱정이 더욱 깊어졌기 때문이 아닌가 생각된다. 이후부터는 전반부에서 반복되다시피 했던 '집에 가(서 가족들을 만나)는 꿈' 운운은 많이 없다. 그가 더 이상 집에 돌아가는 꿈을 꾸지 않은 것은 아닐 것이다. 그리고 그 꿈이 그에게 더 이상 의미 없는 일은 아니었을 것이다. 그러나 그는 '집에 가(서 가족들을 만나)는' 반복되는 꿈을 기록하는 대신 그 의미를 해석하기 애매한 꿈들을 주로 기록하였다.

그가 말하는 '특이한 꿈'과 그 꿈들을 통해 '증험'을 삼고자 한다는 말이 무엇인지 생각해 볼 필요가 있다. 꿈이 실제로 증명되고, 경험된다는 것이므로 그 특이한 꿈은 일종의 예지몽이라고 볼 수 있다. 가족을 만나는 꿈을 꾸었을 때 태화당은 꿈의 의미에 대해 깊이 고민하지 않았다. 그러나 그가 특이한 꿈이라고 판단하고 기록한 꿈들에 대해서는 그 의미에 대해 고민하는 모습을 보인다. 즉, 꿈이 앞날에 일어날 어떤 사건을 미리 알려주고 있는 것인지 알고 싶어 한 것이다.

병오년 8월 3일 이전의 꿈에는 '눈물이 흘렀다.', '간절하였다.', '기분이 더 좋지 않았다.', '마음이 아팠다.'와 같이 감정 상황을 표현하는 말로 기록을 마무리하는 경우가 많았다. 그런데 병오년 8월 3일 이후로는 '무슨 일로 ~ 모르겠다.', '이상(괴이)한 일이다.'와 같이 꿈의 의미에 대해 의문을 던지는 표현이 더 자주 등장한다. 후반부로 갈수록 특이한 꿈의 내용을 통해 미래를 예견해 보고자 하는 태화당의 의지가 강해졌다는 것을 말하며, 그가 생각하기에 의미심장하게 여겨지는 꿈에 더 주목하기 시작했다는 것을 말하는 것이다.

한편 유배기간이 길어질수록 꿈의 내용이 다소 심각해지는 양상을 보인다. 부모 형제가 상을 당하거나 병에 걸리는 꿈, 적의 창에 찔리는 꿈, 울부짖다가 깨어나는 꿈 등이 그렇다. 특히 병오년 8월 3일 이전의 기록에도 눈물을 흘렸다는 말이 자주 보이기는 하지만, 이는 주로 꿈을 깨고 나서 밀려오는 안타까움과 슬픔에 흘리는 눈물이었던 반면, 병오년 8월 3일 이후에 나오는 눈물은 꿈속에서 울부짖다가 깨어나는 것이므로 그 정황이 매우 이질적이다. 이처럼 후반부의 꿈은 그 정황상 심각한 내용으로 전개되거나 의미를 알 수 없는 꿈들이 중점적으로 기록되는 모습을 보인다. 유배지에서의 시간은 기약 없이 흘러가고 있고, 주변에서는 하나 둘 질병이나 죽음의 소식이 들려오기 시작하였다. 태화당 자신에게도 병이 찾아들기 시작하였다. 따라서 유배의 시간이 길어지고 있을 즈음의 기록인 일기의 말미로 갈수록 절망적인 분위기의 꿈이 자주 기록된 이유는 그 꿈들이 앞으로 일어날 사건에 대한 예언이라서가 아니라, 그의 불안이 투영된 결과로 볼 수 있다. 즉, 태화당은 특이한 꿈들을 통해 앞날을 예견해 보고자 하였지만, 실은 그의 절망적인 심리상태가 심각한 양상의 꿈들로 나타났을 뿐이다.

그런데 병오년 8월 3일 이후의 꿈들 중 특히 주의 깊게 살펴보아야 할 것들이 있다. '과거를 보는(보러가는) 꿈'과 '귀양 가는(귀양지를 옮기는) 꿈'이 여러 차례 반복되었다는 점이다. 특이한 꿈을 통해 미래의 증험을 삼고자 한 태화당이 특히 '과거보러 가는 꿈'과 '유배 떠나는 꿈'을 반복적으로 꾸었을 때는, 특히 심각하게 그 의미를 찾으려 했을 것으로 보인다. 반복되는 꿈은 분명히, 꿈을 꾼 사람의 심적 상황을 말해 주는 것이다. 그 꿈들의 기록을 살펴보면 다음과 같다.

〈과거, 귀양 관련 꿈〉

날짜	꿈의 내용
1726.7.13.	밤에 집에 가서 과거보는 행장을 꾸려 큰 아이와 입장하여 손천약과 같이 접수하는 꿈을 꾸었다.[19]
1726.7.25.	밤에 집에 가서 형제들과 대화를 나누고 겸하여 배천약, 배이약과 과거 보러가는 행장을 꾸리는 꿈을 꾸었다.[20]
1726.8.10.	밤에 청도로 귀양지를 옮기는 듯한 꿈을 꾸었다.[21]
1726.8.30.	밤에 과거 보러 가는 행장을 꾸리는 듯한 꿈을 꾸었다.[22]
1726.9.16.	마치 귀양가는 행장을 꾸리는 듯한 꿈을 꾸었다.[23]
1726.11.2.	밤에는 마치 귀양가는 행장을 꾸리는 것 같은 꿈을 꾸었고 또 척숙 안뢰여씨를 보았다.[24]
1727.5.25.	꿈에 회중과 과거보러 갔는데, 입장할 때에 답안을 쓸 종이를 잊어버려 시관에게 찾아 달라고 요청하다가 깨었다.[25]
1727.7.9.	꿈에 귀양장소를 옮기는데, 유배지의 친우들이 전송을 해 주고 순비는 옮겨가기가 어려워 울부짖다가 쓰러지니 마음이 매우 허전한 것 같은 꿈을 꾸고 깨었는데 어떤 조짐인지 모르겠다.[26]

과거 관련 꿈이 4차례, 귀양 관련 꿈이 4차례 반복되고 있음을 확인할 수 있다. 특히 과거 관련 꿈은 일기의 전반부에 더 빈번하게 나타나고 있다.

태화당은 고향인 경주(慶州)에서 육영재(育英齋)를 지어 유생들과 국사를 논하고 후학을 양성하였다. 1722년에 동료유생들과 하과(夏課)[27]를 하고 있었는데, 때마침 우암 송시열의 영정이 분실된 사건이 발생했다. 이때 하과에서 강학하던 유생들이 연루되어 경주감옥에 구속되었고 이 일이 후에 계림사화로 이어진 것이다. 비록 사화로 이어지는 빌미를 제공하기는 하였지만 태화당은 다른 유생들과 함께 지역유림으로써 중요한 역할을 담당하고 있었던 것이다. 그런데 대과급제를 하지는 못했던 것으로 보인다.[28]

> ① 전부터 해 오던 학업은 전연 담을 쌓고 있는 지경이니 자포자기한다는 경계를 어찌 면할 수가 있겠습니까? 다만 생각건대 존좌께서는 재주와 지혜가 선현의 유훈을 계승할만하고 이미 문중의 기대도

---

19) "夜夢歸庭, 仍治科行與伯兒, 入場與孫友天若同接."

20) "夜夢歸叙兄弟, 兼叙褒兄天若而若治科行."

21) "夢若移配淸道."

22) "夜夢若治科行."

23) "夢若治謫行."

24) "夜夢若治謫行, 又見安叔賚予氏."

25) "夢與晦仲作科行, 入場時忘却試紙, 請試官索來而覺."

26) "夢若移配, 鄕中諸益, 皆爲將送. 而順婢難於移去, 號泣而仆. 心甚帳然而覺. 抑何兆也."

27) 선비들이 여름철에 모여 공부하던 일.

28) 태화당의 이력에 대해서는『太和堂逸稿』〈太和堂先生逸稿序〉를 참조.

받고 계시니 배나 더 노력하시고 한층 더 나아가시어 우리 유림에 빛이 되어 주시기를 바랍니다.

—〈상사 조하위에게 답하다.〉[29]

② 공부를 하는 것은 근래에 혼자 따로 지내며 세월만 보내는 것을 일삼고 있으니 자신이 밉기도 하고 두렵기도 합니다.

—〈족척 이덕재에게 답하다.〉[30]

③ 저는 재주와 지혜가 천박하고 학식이 부족한 것도 헤아리지 않고 망령스럽게 과거 공부를 하다가 사군자에게 공견이 되고 천리 밖에서 한해를 넘기며 준비에 몰두하였으나 마침내 낙방을 면하지 못하였으니 사실은 인력으로 천수를 극복하지 못한 것이지만 여러 부형의 기대했던 마음을 무슨 말로 응답을 해야 할지 걱정과 두려움을 금할 수 없습니다.

—〈백부에게 올리다〉[31]

태화당은 친한 이들에게 보낸 편지에 거듭해서 자신의 공부에 대한 불만을 토로하고 있고 스스로에 대한 자탄도 서슴지 않고 있다. 그가 말하는 '학업, 공부'의 의미는 '문중의 기대'라는 말에서도 짐작

29) "所謂舊業專屬芭籬烏可逃答自暴之誠也. 第念尊座才智克繼先訓, 而旣被門戶期望, 則惟願倍加一層竿步, 爲吾林耿光如何."(『太和堂逸稿』〈曺上舍 夏瑋〉)

30) "所謂, 程課近以離索之故, 專事悠汎可憎可懼."(『太和堂逸稿』〈答李戚 德栽〉)

31) "從子不度才智之淺薄, 學識之蔑如妄, 取擧子之業而空肩於士君子, 閱歲於千里之外者, 沒頭營算竟未免落鳥之弄實不用於天數之人力也. 以何辭仰答於諸父諸兄企待之心思也. 所以憂惧不已者也."(『太和堂逸稿』〈上伯父〉)

할 수 있듯이 '과거 공부'를 말한다. 공부란 결국 과거급제를 목표로 하는 것인데, 이는 개인만의 문제가 아님을 그 스스로도 잘 알고 있었다. 과거에 낙방한 이후 백부에게 보낸 편지에는 그가 가문의 기대에 부응하지 못한 것에 대해 얼마나 죄송스러워하는지 잘 나타나 있다. 그는 결국 자신이 이루지 못한 과거급제와 입신의 꿈을 이룰 희망을 아들에게서 구하고자 하였다.

> 내가 집을 떠난 후 어느덧 1년이 지났구나 (…중략…) 너는 공부를 소홀히 함은 없는지 모르겠다. 크게 걱정이 되는 것은, 여옥은 재주가 예사롭지 않으나 책을 부지런히 읽지 않고 암송을 게을리 하고 있으니 혹시라도 나이 젊음을 믿는 것은 아닌지 모르겠으나
>
> —〈아들 여당에게 부치다〉[32]

태화당의 둘째 아들 여옥은 어려서부터 매우 영특하였다고 한다. 태화당은 이 둘째 아들의 자질을 확인하고는 매우 기뻐하였다. 유배지에 와서도 그는 큰 아들을 통해 여옥의 학업을 당부하고 경계하였는데 이는 바로 여옥에 대한 기대 때문이었다. 그런데 안타깝게도 여옥은 1733년에 돌림병으로 요절하고 말았다.[33]

> 재주가 있건 없건 자식은 자식이라고 한 것은 비록 성인의 교훈이기는 하지만 네가 만약에 재주가 없는 자식으로 평소에 기대하는 바가 없이 하루아침에 이렇게 되었다고 가정한다면 반드시 이와 같이

32) "自余離家居然之頃已經裘葛…汝之所課無或放過耶大可悶者玉兒才非等夷而讀不勤誦至懶其或全恃年齡之妙耶."(『太和堂逸稿』〈寄家兒 汝堂〉)

33) 『太和堂逸稿』〈祭李允卿文〉 참조.

지극하게 원통하지는 않았을 것이다.

—〈죽은 아들 여옥에게 고하는 제문〉[34]

태화당은 자식의 때 이른 죽음 앞에, 그것도 자신이 이루지 못한 과거급제와 입신의 꿈을 이뤄주기를 기대했던 아들의 죽음 앞에 장문의 제문을 남기고 있다. 이 장문의 제문을 통해 자식을 앞세운 부모의 안타까운 심정을 읽을 수 있는 것은 물론이고, 동시에 그가 얼마나 과거를 통한 입신을 꿈 꿨는지를 알 수 있다. '네가 재주가 없는 아이였다면 이토록 원통하지는 않았을 것이다'라는 말은 다소 냉정하게 보일 수도 있지만, 그만큼 그가 아들 여옥을 통해 과거급제의 꿈을 이루고 싶어했다는 것을 보여주는 말이기도 하다. 그는 자신이 이루지 못한 꿈을 아들뿐만이 아니라 가족의 다른 구성원들을 통해 이루고자 희망하기도 한 것으로 보인다. 병오년 2월 6일에는 "밤에 막내동생이 북병사에 제수되어 깃발이 휘황찬란하였는데 깨고나니 한 장면의 꿈이었다."[35]고 하면서 아쉬워하였다. 이 꿈은 동생을 통한 가문의 선양뿐만 아니라, 자신의 문제상황 해결에 대한 기대도 반영된 것이라고 생각된다.

요컨대, 과거 급제와 입신에 대한 갈망은 그가 평소에 늘 품고 있던 꿈이었으며, 이는 유배와는 관계없이 상존하던 결핍상황의 하나다. 따라서 유배지에 와서도 변함없이 과거와 관련된 꿈을

34) "才不才各, 言雖聖訓, 汝若以不才之子, 期待倚仗平日所蔑, 而一朝至斯則其至寃極通亦未必至於此也."(『太和堂逸稿』〈祭亡子汝玉文 癸丑〉)

35) "夜夢末弟得除北兵使, 牙纛輝煌, 心甚壯快, 覺未邯鄲."

꾸었고 그것이 반복적으로 기록되었던 것이다.

그런데 유배의 생활이 길어질수록 과거를 통한 입신에 대한 소망은 부정적인 전망으로 흐려지기 시작한 것으로 보인다. 어쩌면 그 소망의 실현이 어려운 난관에 맞닥뜨려 있음을 그가 무의식적으로 인정하기 시작한 것일지도 모른다. 이미 유배 와 있음에도 불구하고, 또다시 유배를 떠나는 듯한 꿈을 꾸거나 유배지를 옮기는 듯한 꿈을 거듭 꾸고 있음을 보아서도 알 수 있다. 심지어 마지막의 과거 관련 꿈에는 답안지를 잃어버리는 낭패스러운 상황이 등장하고 있다. 이런 꿈들은 주로 유배 후반부에 집중적으로 분포되어 있다. 요약하자면 다음과 같다.

〈유배기간의 경과에 따른 꿈의 양상 변화〉

	(유배 초기)	⇨	(유배 후기)
결핍 상황 (과거급제와 입신에 대한 갈망)	결핍 상황 지속	⇨	결핍 상황 지속 + 부정적인 전망
꿈의 내용	과거 보(러 가)는 꿈	⇨	과거 보(러 가)는 꿈 + 답안지를 잃어버리는 꿈 귀양지로 떠나거나 귀양지를 옮기는 꿈

지금까지 살펴본 것처럼 〈태화당북정록〉에 기록된 꿈에는 태화당의 내면에 존재하는 두 가지 층위의 결핍상황이 투영되어 있었다. 하나는 유배로 인해 발생한 새로운 결핍상황이고, 하나는 유배와 관련 없이 이미 존재하던 결핍상황이었지만 유배로 인해 악화된 결핍상황이다. 요약하자면 다음과 같다.

〈결핍의 층위와 꿈의 양상〉

결핍의 층위	결핍의 내용	꿈의 내용	비고
유배로 인해 촉발된 결핍상황	가족과의 이별, 고향에서의 격리	집에서 가족을 만나는 꿈	결핍 해소 후 사라짐
(유배와 상관없이) 상존했던 결핍상황	과거 급제를 통한 입신 갈망	과거, 귀양 관련 꿈.	유배기간이 길어짐에 따라 꿈의 내용이 심각해짐

4. 유배객의 내면과 꿈의 기록

꿈은 현실의 결핍을 반영한다는 명제에 따른다면 꿈에 대한 기록을 통해 글쓴이의 결핍 상황을 짐작할 수 있다. 태화당의 일기에 기록된 꿈은 그가 처한 결핍의 상황이 어떠한 것인지를 보여주었다. 그 결과 그의 유배일기 〈태화당북정록〉에는 두 가지 결핍의 층위가 꿈에 개입하고 있음을 보여 주었다.

첫 번째 결핍은 유배로 인해 촉발된 결핍 상황으로서 결핍의 내용은 가족과의 이별, 고향에서의 격리이다. 이러한 결핍의 상황은 그로 하여금 끊임없이 집에 돌아가 가족을 만나는 꿈을 꾸게 한 것으로 보인다. 특히 일기의 전반부에 집중적으로 이런 꿈이 등장한다. 그러나 결핍의 해소가 예상되는 상황인 해배가 확정되자, 더 이상 이런 꿈은 등장하지 않았다.

두 번째는 태화당이 평소에 늘 품고 있었던 오래된 결핍의 상황이다. 바로 과거급제를 통한 입신을 속 시원히 하지 못한 것에 대한 안타까움과 갈망인 것이다. 이 결핍은 유배 여부를 떠나 태화당이 평소에 늘 마음에 품고 있던 것이었다. 그러나 유배생활이 기약 없이 길어지면서 입신에 대한 전망이 어두워짐에 따라 귀양을 떠나는 꿈이나 과거장에서 답안지를 잃어버리는 것 같은 절망적인 상황이 등장하는 꿈이 일기의 후반부에 등장하기 시작하였다.

요컨대 유배라는 사건은 조선의 양반들에게 새로운 결핍 상황을 발생시키기도 하고, 기존의 결핍 상황을 악화시키는 계기가 되기도 하는 것임을 알 수 있었다. 그리고 이러한 유배로 인한 이러한 심적 풍경의 변화는 결국 유배객의 작품세계에 직·간접적인 영향을 미쳤을 것이다.

유배라는 정치적 소외가 조선의 엘리트인 양반 지식인에게 남긴 정신적 상처는 다양한 형태로 발현되었으리라고 본다. 그리고 그러한 정치적 소외와 안위에 대한 불안감에서 비롯된 지식인들의 정신적 상처는 옛날과 오늘이 다르지 않을 것이라고 생각한다.

2장 유배 인물 전설의 신원적 성격과 서술 전략 연구

: 단종 전설을 중심으로

1. 귀양 전설과 진혼

귀양(유배)[1]은 오늘날은 존재하지 않는 중세의 형벌이다. 이 귀양이라는 형벌은 귀양객 당사자에게는 문학적 영감을 제공하거나 작품창작의 현실적 계기를 마련해 주기도 하였다. 문학사에서 손꼽히는 작품들 중 유배문학으로 분류되는 것이 매우 많다는 것이 이를 증명한다. 뿐만 아니라 귀양지의 사람들에게도 흥미 있는 이야깃거리를 제공하였다. 낯선 사람들, 그것도 대부분은 양

1) 유배라는 말과 귀양이라는 말은 의미상 동일하다. 그런데 구전하는 이야기 속에는 대체적으로 귀양이라는 단어가 더 흔히 쓰인다. 유배가 형벌의 한 종류를 가리키는 공식적 명칭으로는 더 적절한 것이지만, '귀향'에서 파생된 '귀양'이라는 단어가 이야기 대중에게는 더 친숙하게 여겨지기 때문인 듯하다. 따라서 유배라는 명칭 대신 귀양이라는 단어를 사용한다.

반 계층에 속하는 사람들의 딱한 귀양생활(물론 일부 귀양객은 그렇지 않았지만)을 목격한 귀양지의 사람들은 어떠한 방식으로든 귀양객들에 대한 이야기를 만들고 나누었다. 그러한 이야기들에는 귀양객에 대해 이야기 전승자가 갖고 있는 인식, 혹은 그들을 바라보는 시선이 녹아 있다.

그런데 귀양 인물 전설의 대표적 전설은 단종 전설이라 할 수 있다. '유배 과정, 유배 생활, 해배(혹은 사사) 이후'의 모든 단계의 이야기가 가장 풍부하게 전승되고 있기 때문이다. 따라서 이 글에서는 단종 전설을 중심으로 귀양 전설의 특성을 파악하였다.

불행한 삶을 살다 해배되어 돌아간(혹은 죽은) 귀양객들을 주인공으로 하여 만들어진 다수의 귀양 인물 전설에는 귀양객들을 흉악한 죄인으로 바라보는 시선은 드물다. 그들의 죄가 구체적으로 무엇인지 이야기 속에 등장하지 않는 경우가 많다. 오히려 귀양객들을 측은지심으로 바라보는 시선이 많이 느껴지는데, 단종 전설을 중심으로 한 다수의 귀양 인물 전설에서 발견할 수 있는, 귀양객을 바라보는 이야기 전승자들의 이러한 태도를 '진혼(鎭魂)'을 통한 신원(伸冤)이라고 요약하고자 한다.[2)]

지금까지 귀양 인물 전설에 대한 문학적 측면에서의 종합적 연구는 거의 없는 실정이다. 그러나 단종 설화 연구는 다각도로 이루어졌다. 주로 역사학적 측면에서 단종의 폐위와 유배, 복위라는 일련의 사건을 고증하고 평가하기 위한 사료로 이용되었다. 즉 정사를 보완하는 야사로서 단종 설화를 다루곤 하였던 것이

2) 물론 귀양 인물 전설에 나타난 이야기 전승자들의 태도가 이 하나로만 요약되는 것은 아니다.

다. 민속학적 측면[3]에서는 단종신앙 연구 및 영월지역 제의 및 축제 연구의 기초자료로 주로 이용되었다. 문학적 측면[4]에서는 역사적 실존인물이 신화화되는 과정을 살피는 연구 및 생육신, 사육신 설화와 함께 단종 설화가 주로 다루어졌다. 이처럼 다방면에 걸친 연구에도 불구하고 단종 전설을 귀양 인물 전설이라는 범주에서 본격적으로 살펴본 논의는 거의 없다.

이제 이야기 전승자들이 전설의 주인공인 귀양객 단종에 대해 가지고 있는 측은지심의 시선, 즉 진혼을 통한 신원을 위해 어떤 서술 전략을 사용하고 있는지 살펴보자.

2. 단종 전설의 화소

지금까지 전승되는 단종 전설의 중요 화소들을 요약해 보면 다음과 같다.

가. 유배노정과 유배생활: 유배노정과 관련한 지명 전설, 유배생활과

---

3) 김의숙, 「단종 신앙과 제의 연구」, 『강원문화사연구』 2, 강원향토문화연구회, 1997, 133~170쪽; 허용호, 「'태백산 신령 단종본풀'이의 구성과 '공동의 신비체험'을 위하여: 영월단종문화제에 대한 제언」, 『실천민속학연구』 14, 실천민속학회, 2009, 369~402쪽. 이외에도 단종 신앙과 관련한 연구는 매우 많다. 그리고 축제 관련 논의는 지방자치화시대에 발맞추어 활발해진 경향이 있다.

4) 유인순, 「강원지방 인물전설 연구: 왕 및 왕 관계 전설을 중심으로」, 『강원문화연구』 10, 강원문화연구소, 1990, 29~92쪽; 서종원, 「실존인물의 신격화 배경에 관한 주요 원인 고찰」, 『중앙민속학』 14, 2009, 97~122쪽. 그 외 단종 설화에 대한 종합적 논의는 최명환, 「단종설화의 전승양상 연구」, 강원대학교 박사논문, 2006을 참조.

충신들과의 교류 등

나. 죽음의 순간: 자결이나 교살의 장면

다. 매장 및 장의, 묘: 가매장과 문상(問喪) 등 상장례, 단종의 묘를 지키는 자연물 및 초자연적 존재에 대한 이야기

라. 원혼의 발생과 해결: 단종 원혼의 출현과 해결의 과정

마. 태백산신 신화: 태백산신으로 좌정, 신적 존재로서의 영험

이야기 각편들이 이와 같은 화소들을 어떻게 포함하고 있는지 간략히 표시해 보면 다음과 같다. 아래 표는 『한국구비문학대계』 소재의 단종 전설들을 대상으로 작성한 것이다. 많은 연구자들이 개인적으로 채록한 것들도 있고, 지역에서 발간한 설화집 등의 문헌에도 일부 다른 이야기들이 전해지고 있으나 대부분 이 글에서 제시한 범위에 포함된다. 따라서 『한국구비문학대계』의 작품들을 중심으로 살펴보면 다음과 같다.

〈단종 전설과 화소 구성〉

번호	제목	화소				
		가	나	다	라	마
1	단종의 원혼을 달래 준 박문제	○	○	○	○	
2	단종의 죽음		○	○		○
3	태백산 산신이 된 단종대왕		○	○	○	(○)
4	단종과 충신 엄흥도	○				
5	단종 이야기		○			
6	단종을 죽인 왕방연의 侍臣		○			
7	호랑이를 타고 단종을 뵌 조여			○		
8	단종 유해 수습한 박낙촌				○	
9	무당굿으로 달랜 단종의 원한				○	

10	단종릉과 소나무의 신이			○		
11	단종을 돌보는 도깨비			○		
12	추경엽과 태백산신이 된 단종					○
13	어평리의 단종대왕					○
14	단종의 혼령을 모신 여량 성황당전설					○
15	덕구리 최영 장군신과 내덕리 단종신					○
16	우장군 신을 물리친 단종 서낭신					○
17	상동면 집강 시켜준 단종					○

위에서 제시한 화소들을 중심으로 살펴본 결과 앞에서 제시한 '가~마'의 화소들이 한 편의 이야기 속에 모두 등장하는 경우는 드물고 하나의 화소를 중심으로 한 편의 이야기가 구성되어 전승되고 있는 경우가 많았다.[5] 그런데 이 화소들은 모두 한 편의 이야기를 구성하는 부분들처럼 서로 유기적이다. 단종의 '유배노정과 유배지에서의 생활, 사사(賜死)의 위협과 자결 혹은 교살, 매장과 상장례, 원혼의 출현 혹은 신으로 좌정'이 한 편의 이야기 속에서 시간적 순서에 따라 이어져 있다 하여도 무방해 보인다는 것이다.

요컨대 단종 전설에는 귀양 인물 전설에 걸맞게 유배와 관련한 일련의 과정이 모두 이야기 속에 녹아 있음을 알 수 있다.

그런데 화소 '라'와 '마'의 관계는 좀 더 구체적인 탐색이 요구된다. 두 화소가 동시에 전승되는 경우가 드물고, 간혹 한 이야기 속에서 동시에 전승된다 하더라도 동일한 비중으로 다루어지는

5) 〈1. 단종의 원혼을 달래 준 박문제〉, 〈2. 단종의 죽음〉, 〈3. 태백산 산신이 된 단종대왕〉의 경우에는 단종과 관련한 전설들을 많이 알고 있는 전승자가 여러 가지 화소들을 한 이야기 속에 자연스럽게 이어서 구술한 것으로 보인다.

것이 아니라 한 쪽이 풍부한 전승을 보인다면 다른 한 쪽은 약화된 전승을 보인다는 특징이 있다. 이에 대해서는 본론에서 좀 더 자세히 서술하고자 한다.

3. '진혼(鎭魂)'을 위한 서술 전략

귀양은 엄연히 죄의 대가, 형벌의 일종이지만 단종 전설을 포함한 다수의 귀양 인물 전설 속에는 귀양객을 죄인으로 바라보는 시선이 뚜렷이 드러나지 않는다. 어떤 죄로 귀양을 오게 되었는지 등은 중요하게 다루어지지 않고 있는 것이다. 대부분은 귀양객들이 억울한 벌을 받고 있다는 생각, 그러므로 그들의 가여운 혼을 달래주어야 한다는 생각이 읽힌다. 파렴치한 죄를 짓고 귀양 온 귀양객에 대한 비난이나 징벌의 이야기가 드문 이유는 이야기 전승자들이 아마도 벌 받아 마땅한 그저 그런 죄인을 주인공을 하여 이야기를 전승할 필요를 느끼지 않았기 때문일 것이다. 따라서 단종 전설로 대표되는 귀양 인물 전설에서 전승자들이 귀양객들에 대해 보여주는 중요한 태도는 한마디로 '진혼(鎭魂)'이라고 할 수 있다.

이제 귀양 인물 전설에서 설화적 차원의 '진혼'을 위해 어떤 서술 전략이 사용되었는지 단종 전설을 중심으로 살펴보자.

1) 비극성 강조에 의한 연민의 표출

단종 전설에서 이야기 구술자들이 단종에 대해 가장 자주, 중요하게 드러내는 감정은 '연민', 즉 '불쌍하다'는 것이다. 그리고 그러한 연민의 감정은 단종의 유배생활로부터 죽음에 이르는 전 과정을 묘사하는 데 있어 일관되게 비극성을 강조하는 서술 전략을 통해 표출하고 있다.

비극성을 강조하는 구체적인 방법은 세 가지로 요약할 수 있는데, 첫 번째는 어휘 사용과 관련된 것이다.

> ① (옛날에 단종 대왕이 참 불쌍했다고 하면서 이야기를 구술하기 시작하였다.) 예전에 단종대왕이 세조대왕에게 쫓겨서 올적에, 교자를 타고 올적에 영월까지 내려 오는데 물이 먹고 싶다고 해도 물도 안 떠주고, 대왕님, 물은 영월 가야지 있지 그전엔 없단 말이야. 물도 안 떠주고. 그런 괄세를 받으며, 이렇게 해서 이 더울 고개를 와서, (…중략…) 요기 나가면 청령포라는 데가 있어요. 청령포를 그전에 우리안치라고 그랬단 말이야, 우리, 가두는 우리라고. 그전에 가 보면 산이 뒤에 금각 철산이 뒤에 내려와 가지고 요게 평하게 놓이고요, 강물이 이래 뻥 둘러 싸여서 배가 아니면 가 볼 도리가 없어요. 거기다 가선 단종을 떡 모셔 놓으니 단종이 거게 있으니 참, 한심하지. 그전 궁궐에 계신다가 그런 델 오니 기가 막힌 일이 아니겠소. 자, 밤낮 사람을 귀경하나 그런데 물이 콸콸 나가고 홍수가 져서 그럴 때 처량스러워서 단종이 통곡을 했단 말이야.[6)]

② 밤에 꿈에 사육신이 하나씩 하나씩 와서 하는 말이, (…중략…) 우리 육신들이 와서 조회한 줄 아십시요, 이랬거든. 우리가 와서 조회한 줄 아십시요. 그래 놓니 단종이 들어보니 쉽단 말이지. 충신들이 생각도 나고 신하 생각도 나고 하는데 자기 신세도 참, 딱하게 되고 했으니, 그래서 울었단 말이지.[7]

비극성을 강조하는 방법으로 가장 손쉬운 것은 무엇보다 '원통하다, 눈물이 난다, 불쌍하다, 통곡한다, …' 등 비극성을 직접적으로 표현하는 어휘들을 사용하는 것이다. 구술자들은 이야기 도중에 끊임없이 '(단종이) 원통하게 죽었다', '(단종이) 불쌍하다'고 말하고, '단종이 울었다, 통곡했다, 서러워했다'고도 말하고 있다. ①에서 보이는 것처럼 '단종이 불쌍하다'는 말로 이야기를 시작하기도 한다. 주로 '눈물'을 연상시키는 말들이다.

귀양 인물 전설에서 눈물이 섞인 이야기를 찾는 것은 그리 어려운 일이 아니다. 제주 추자도에는 '황경한의 눈물'[8]이라는 샘이 있다. 황경한은 천주교인이라는 이유로 제주도 대정현에 유배되었던 정난주[9]의 아들인데, 그도 같은 이유로 추자도에 유배되었다. '황경한의 눈물'은 그의 묘 근처에 있었는데 아무리 심한 가뭄이 와도 마르지 않았다고 한다. 황경한이 어머니를 그리워하며

---

6) 〈1. 단종의 원혼을 달래 준 박문제〉(『대계 2-9』, 100~105쪽).
※『한국구비문학대계』 자료 인용의 경우 번호는 앞서 제시한 표를 따른다. 간단히 『대계』로 쓰고 구체적인 권수와 페이지는 ( ) 속에 쓴다. 이후 동일.

7) 〈4. 단종과 충신 엄홍도〉(『대계 2-4』, 465~468쪽).

8) '황경한의 눈물'은 장공남, 『제주도 귀양다리 이야기』(이담, 2012)를 참조.

9) 정난주는 정약용의 형 정약현의 장녀이자, 황사영의 부인이다.

흘린 눈물 때문이라는 전설이 함께 전하고 있다. 생이별한 모자를 바라보는 이야기 대중들이 그들 자신이 흘린 연민의 눈물을 이야기 속에 투영한 것이다. 요컨대 '단종이 눈물을 흘렸다'는 것도 이야기 전승자들의 연민이 감정 이입된 표현으로 볼 수 있다.

이처럼 슬픔을 표현하는 어휘들을 통해 비극성을 강조함으로써 연민을 표출하는 것은 궁극적으로는 진혼을 위한 서술 전략이라고 할 수 있다.

③ "문 닫아라. 네가 깨깽 소리가 없거든 이 개 죽은 줄 알어라." 원통하지. 그래 가지구서 부엌때기에게, "문 닫으라." 해 놓구선 개 모가지를 빼아서 버리구 단종대왕 목을 걸어서, "잡아 댕기라." 그랬단 말여. 아 뭔 소리가 나야지. 기가 맥히지. 눈물이 나올 일이야. 그래 십칠 세에 승하를 했단 말여. 그래 부엌떼기가 아 문을 열고 보니께 개는 방에 돌아 댕기고 아 단종대왕은 고만 흘켜서 잡아 흘켰단 말이여.[10]

④ 그런디 부채루다 이렇게 얼굴을 가렸더라능 기여. 그래서, "아니, 대왕님에 지가 그 얼굴을 좀 뵈구 싶은데 그 부채루 가, 가려서 얼굴을 뵐 수 없으니 부채를 좀 떼셨으면 좋겠읍니다아." 하구 이렇게 말했다능 거여. 그러니깐 "내가 이 부채를 떼면 보기가 흉해서 그렇다"구. "아, 그 흉해두 관계없입니다." 그래 부채를 이룹게 떠구 보니깐, 눈알이 이룹게 데룽 데룽 달렸더라능거여. 그러니까 그 목을 졸릴 적에 눈이 툭 삘겨져 나왔어.[11]

---

10) 〈2. 단종의 죽음〉(『대계 3-3』, 521~525쪽).

비극성을 강조한 방법으로 다음으로 꼽을 수 있는 것은 비극적 장면을 매우 원색적으로 시각화 하였다는 것이다. 특히 단종이 '개 잡는 것처럼 처참하게' 죽임을 당하는 장면을 매우 선명하게 시각화하고 있다.

귀양지에서 후명(後命)[12]을 기다리고 있던 단종은 사약을 가지고 내려온 사신들이 차마 자신에게 약을 올리지 못하고 자결하는 것을 목격하고는 스스로 목숨을 끊을 결심을 한다. 인용한 부분은 단종이 그 결심을 실행에 옮기는 장면이라고 할 수 있다. 단종이 자결을 하지 않고 교살당하는 것으로 그려진 각편에서도 죽는 순간을 묘사한 장면은 이와 매우 유사하다. "복득이가 공명심에 눈이 어두워 (…중략…) 올가미를 만들어, 단종의 뒤로 돌아가 단종의 목을 감아 당겼습니다. 이에 단종은 복득이가 끄는 데로 끌리어 가다가 문지방에 몸이 걸렸는데, 복득이는 한 쪽 발을 문지방에 대고 힘껏 줄을 당겨서 죽었다"[13]고 묘사하고 있다. 줄 끝에 개의 목이 있을 거라고 착각하고 줄을 당겼든, 일부러 단종의 목에 줄을 걸어 당겼든, 단종의 죽음의 순간이 마치 개를 잡는 것처럼 비참하게 묘사되어 있는데 그 묘사가 매우 노골적이다. 단종이 목 졸려 비참하게 죽었다는 생각은 단종의 죽은 혼을 형상화하는 데도 영향을 미쳐서, 그의 혼이 남이 보기 흉할 정도로 눈이 불거져 나온 것으로 묘사하기에 이른다.

요컨대 처참한 장면을 지나칠 정도로 노골적으로 묘사함으로

11) 〈3. 태백산 산신이 된 단종대왕〉(『대계 4-2』, 448~452쪽).

12) 유배지에서의 사사(賜死)를 명하는 것.

13) 최명환, 앞의 논문, 130쪽.

써 단종의 죽음의 비극성을 극대화한 것이다.

⑤ "죽었읍니까?" 그래니, 아무 기척이 없단 말이야. 그래 들여다 보니 대왕님이 목이거든. 이래 복덕이란 놈이 기가 맥히지. 단종대왕님이 승하하셨다고 소리를. 그 뒤에 올라 서서 소리를 냅다 질렀단 말이야. 그래고선 그만 천하 강산에 떨어져 죽어 버렸어.[14]

⑥ 그래 거 낙화암이라고. 시녀가 다섯이여. 뭐 아홉 시녀가 아니고. 떨어져 죽었단 말여. 그래 꽃 화(花)자, 떨어질 락(落)자, 낙화암(落花岩)이지. 아 지금도 가보면 굉-장하지. 한번은 구경할만 하다구. 단종대왕은 참 원통하게 죽었어.[15]

⑦ 사육신(死六臣), 생육신(生六臣) 애 먹었어. 죽을 땐 만신창이가 돼 죽었다구.[16]

⑧ 대왕님이한테다 그 약사발을 올리지 못하고 그 약사발을 가지고 온 사신이 버렸어요. 물에다가. 약을 버리고 그만 물에 빠져 죽고 그래. 대왕님이 가만 생각을 해 보니 기가 막히지. '나 하나 때문에 백성이, 애매한 백성이 몇 십 명이 죽는단 말이야. 이거 안 되겠다 내가 죽어야 겠다.'[17]

---

14) 〈1. 단종의 원혼을 달래 준 박문제〉(『대계 2-9』, 100~105쪽).
15) 〈2. 단종의 죽음〉(『대계 3-3』, 521~525쪽).
16) 〈2. 단종의 죽음〉(『대계 3-3』, 521~525쪽).
17) 〈1. 단종의 원혼을 달래 준 박문제〉(『대계 2-9』, 100~105쪽).

⑨ 사약을 자꾸 보낸 즉은, 그 사약 가주갔던 신하들이 차마 그 단종임금한티 그걸 그 사약을 디릴 수가 읎어, 자기가 고만 먹구 죽어빼리네.[18]

마지막으로, 단종의 주변으로 죽음이 퍼져나간 양상을 이야기하는 것도 비극성을 강조하는 데 매우 중요한 방법이다. 사육신이나 생육신들이 죽음이나 죽음과 같은 은둔, 소멸로 생을 마감했다는 것은 널리 알려진 사실이다. 단종을 모시던 신하들, 예컨대 시녀들과 같은 시신(侍臣)들이 단종과 죽음을 함께 했다는 이야기도 놀라운 것은 아니다. 그러나 자신도 모르는 사이에 단종을 교살하게 된 하인도 자결하고, 심지어 사약을 가지고 내려간 사신들마저 자결하였다는 이야기에 이르러서는 단종을 둘러싼 죽음의 양상이 심상치 않음을 느끼게 된다. 요컨대 '그래야만' 했을 것으로 보이는 죽음뿐만 아니라 '그럴 필요가 없었다.'고 여겨지는 죽음에 이르기까지 단종을 둘러싼 비극의 그림자는 매우 짙게 그려지고 있는 것이다.

이처럼 단종의 유배지에서의 생활과 죽음의 순간에 대한 이야기인 화소 '가, 나'에서 두드러지는 미적 특성은 비극성이다. 단종은 충신을 그리워하며 울고, 통곡하고, 개죽음 같은 비참한 죽음을 당했을 뿐만 아니라, 단종을 따르던 사람과 주변에 잠시 머물렀던 사람들에게까지 단종의 죽음과 비극이 전염되었다고 이야기되고 있다.

이처럼 비극성을 강조한 서술 전략은 단종에 대한 이야기 전승

18) 〈3. 태백산 산신이 된 단종대왕〉(『대계 4-2』, 448~452쪽).

자들의 연민을 표출[19]하는 방법이다. 대상에 대한 연민은 그 대상의 진혼을 위해 가장 필요한 기본적인 감정이라고 할 수 있다.

2) 초월적 힘에 의한 우연적 문제 해결

단종 전설에는 초월적 힘의 개입에 의해 문제적 상황이 손쉽게 해결되는 장면이 종종 등장하는데, 주로 '다'화소에 집중되어 있다. 이러한 우연적 문제 해결은 고전서사에서 주로 주인공이 위기를 극복하는 방법으로 제시되곤 한다. 초월적 존재(힘)에 의해 문제적 상황이 매우 우연적으로 손쉽게 해결되는 것으로 이야기하는 것은 단종의 원혼에 대한 일종의 '위로의 서사'라고 이름붙일 수 있겠다.

> ① 엄홍도라고 하는 양반이 이쪽 편에 단종을 늘 혼자 와 계신다고 조석을 갖다 대접한다 이래가지고 위로를 하고 늘 댕기는데 홍수가 져서 그리로 물이 덜컥 나는데 단종이 우는 소리를 이쪽 편에서 들었다 이거야. "야, 내가 죽더래도 대왕님을 위로해야 되겠다."고 헤엄을 쳐서 물에 달려 들었어. 옷을 벗고 물에 달려 드니. 마, 물이 떡 달라지고 물이 고만 엄충신이 걸어가도 물이 이러금 흐르지 않고 이래고 되는데 (…중략…) 단종 대왕이 청령포에서 혼자 그렇게 외롭게 계신

---

19) 단종이 유배되었다가 생을 마친 영월 지역에는 단종에 대한 애틋함이 묻어나는 지역 전설들이 많다. 단종이 쉬고, 힘들어하고, 물 마신 곳 등 단종의 숨결이 스친 곳은 모두 단종과 관련된 새로운 이름을 얻고 있다. 이름을 붙여 기억하는 행위도 연민을 표출하는 한 방법이 될 수 있다.

다고 와 보질 못하고 편지를 써서 이런 소두배이다(솥뚜껑에다) 담아 서 물에 띄워 보내, 그 관람정에서 그러면 그기 떠 내려 와서 대왕님이 그 편지를, 바가지에 담긴 편지를 꺼내서 이래 읽어 보고 답장을 써서 그 쪽배기에 담아 주면 그기 물에 떠서 그리로 올라 가네, 관람정을. 역수를 해 올라 간단 말이야. 그래 생육신들이 끄내서 보고 아 대왕님이 고생이 이렇구나. 거 눈물을 흘리고 이랬는데[20]

충신 엄홍도가 단종을 위로하려고 청령포로 가기 위해 물을 건너려고 하는데 '물이 갑자기 달라졌다(갈라졌다)'거나, 단종이 쓴 답장이 '거꾸로 흐르는 물' 덕분에 생육신에게 전달되었다는 것은 기적의 서사다. 물이 갈라지거나 거꾸로 흐르는 것은 자연의 섭리를 거스르는 일이기 때문이다.

이처럼 단종 전설에는 이해할 수 없는 신이한 일로 여러 가지 문제가 해결되는 이야기가 많이 있다.

② 엄홍도가 (…중략…) 오니 그때 시월 달인데 그땐 눈이 일찍 왔던 모양이지요. 그래, 눈이 설상하게 왔는데 하기 어려운 판인데, 시방 그 단종대왕님 모신 그 자리를 턱 가니까 놀(노루) 한 마리 누웠다가 사람이 가니까 쪼껴서 내뺐다 이기요. 그래서, 그 자리에다 놓고 쉬었단 말이야. 쉬어가지고 다시 지고 일어 설라고 하니 지게 목발이 딱 들어 붙어서 지고 일어나지 못하겠어. 그래, "대왕님을 여기에 모시랍니까." 하니까, 지게 목발이 떨어져. 그래서, 그 자리다가 파고

20) 〈1. 단종의 원혼을 달래 준 박문제〉(『대계 2-9』, 100~105쪽).

말고 곽을 놓고는 제우(겨우) 흙을 눈 속에서 끌어 모아가지고 제우 감추었다 말이야.[21]

엄홍도는 단종이 돌아가시자 아무도 그 시신을 수습하려고 하지 않을 때 용감히 나선 사람이다. 엄홍도가 처음에 그 결심을 하고 고을 원에게 알렸을 때 고을 원들은 대체적으로 엄홍도를 지지하는데, 나라의 법이 단종의 시신수습을 금하고 있지만 민심은 그렇지 않았다는 뜻이다. 그리고 민심뿐만 아니라 하늘의 뜻도 마찬가지라는 것을 위의 장면이 말해 주고 있다.

엄홍도가 단종의 시신을 묻을 곳을 찾아가는 도중에 노루가 앉았다 간 장소에 이르니 지게가 땅에서 떨어지지 않았다. 한 겨울이었는데도 노루가 앉았다 간 자리에는 눈이 녹아 있었다고도 한다.[22] 그 자리가 바로 명당이라는 하늘의 계시다. 이렇게 하늘의 계시로 천하명당을 찾게 되는 이야기는 전형적인 효자담에서도 볼 수 있다.

③ 조여가 이제 생육신의 한 사람인데 단종을 지극히 흠모하고 있었는데, 단종대왕이 승하하셨다니까 영월을 찾아 왔던 것이죠. (…중략…) 근데, 마침 물은 불었고 건너 갈 수는 없고, 그러니깐 강 이 쪽에서 청령포를 건너다 보면서 동동거리고 있었죠. 어떻게 하면 대왕

21) 〈1. 단종의 원혼을 달래 준 박문제〉(『대계 2-9』, 100~105쪽).

22) "걸방을 짊어지고 층암절벽에 내려와서 거 자리 찾느라고 그랬어. 그래 장릉(莊陵)을 갔단 말야. 가서 보니께 노껭이(노루)가 들어눴다가 일어나는데, 거기가 눈이 녹았어."(〈2. 단종의 죽음〉, 『대계 3-3』, 521~525쪽)

이 승하하신 데 가 봐야겠는데 배는 없고 남한테 배를 빌릴 수도 없고 어떠하느냐 동동거리고 있었는데, 호랑이가 나타났다는 거죠. 나타나 가지고 등을 척 구부리면서 타라는 시늉을 했다는 것이죠. 그러니까, 조여가 그걸 타고 근너 가서 단종 시신을 조의를 표하고 돌아 왔다.[23)]

조려는 단종이 승하하였다는 소식을 듣고 곧 청령포로 건너가려고 하였으나 홍수로 물이 불어나 있고 배도 없어 여의치 않았다. 그런데 갑자기 웬 호랑이가 나타나 그를 등에 태우고 건네주었다. 이처럼 호랑이가 효자의 시묘살이를 돕거나 한겨울 병든 부모님에게 드릴 귀한 음식을 구해 주는 이야기도 효자담에서 볼 수 있다.

부모를 위해 명당을 찾아 장지를 정하는 이야기, 효자를 돕는 호랑이 이야기는 효 설화에 자주 등장하는 모티프들인데, 충신인 엄홍도와 조려가 그들의 '충(忠)'을 실현하는 과정이 효자들이 '효(孝)'를 실현하는 방식과 동일하다. 엄홍도와 조려의 이름 대신 효자의 이름을 써 넣어도 이야기는 완성될 정도이다. 명당을 알아볼 수 있게 하고, 호랑이를 사신(使臣)으로 보내 효자를 돕는 것은 하늘이다. 충신을 돕는 것도 마찬가지라는 것이다.

④ 유난히도 여기 현재 눈에 뜨이는 소나무들은 거의가 이 임금님의 능을 향해서 이렇게 굽어져 있어요. 거기 이 쪽이 좌청룡, 이 쪽이 우백호, 이래서 이제 깃들여져 있는데 거기 이제 서 있는, 비탈에 서

---

23) 〈7. 호랑이를 타고 단종을 뵌 조여〉(『대계 2-8』, 419~420쪽).

있는 소나무는 거의가 임금님을 능을 향해서 읍(揖)을 하고 있다. 이게 이제 소나무조차도 단종의 애석한 죽음을 애도한다고 하는 이런 이야기가 전해지고 있죠.[24]

⑤ 단종 대왕을 항상 흠모하고 염려하던 어떤 촌노인의 꿈에서 나온 얘기예요. (…중략…) 올라 가서 나무를 할려고 막 나무를 찍을려고 그리는데, 도깨비가 우르르 몰려 나왔어요. "너 이놈. 어딜 함부로 들어 오느냐. 여기는 귀하신 어른이 잠 들어 있는 곳인데, 함부로 들어 와서도 안 돼고 나무를 잘라서도 안 된다. 당장 물러 가라." 그러니까 이 사람이 겁 먹어서 내려 왔는데 (…중략…) 이제 나와 숨어 있는데 갑자기 오줌이 마렵드라. 그래, 오줌을 누었죠. 그래 이제 막 또 놀더니, "어디서 함부로 어디라고 오줌을 누는 거냐."고 호령을 하면서 도깨비 방망이로 후려 갈기드라 이거야. 그래 깜짝 놀라 꿈이 깼단 말이야. (…중략…) 그래, 도깨비라도 단종을 보살핀다라고 하는 전설입니다.[25]

위의 이야기들에는 전승자들의 전승 의식이 매우 명확히 표현되어 있다. 바로 '소나무, 도깨비도 단종(의 묘)을 애도하고 보살핀다.'는 것이다. 단종의 능인 장릉 주변 비탈에 서 있는 소나무들이 능을 향해 기울어져 있는데, 그 모습이 마치 임금을 향해 읍하고 있는 것으로 보인다고 하고, 소나무와 같은 자연물들도 단종

24) 〈10. 단종릉과 소나무의 신이〉(『대계 2-8』, 210~212쪽).
25) 〈11. 단종을 돌보는 도깨비〉(『대계 2-8』, 294~295쪽).

에게 애도를 표한다고 해석하였다. 그리고 사람들이 함부로 나무도 베지 못하게 하고 오줌도 누지 못하게 도깨비가 단종의 능을 보살핀다고도 하였다. 그리고 만약 사람들이 제대로 보살피지 못하는 상황이 생기면 '도깨비라도' 단종을 보살핀다고 덧붙인다.

단종(의 묘 등)을 지키고 보살필 뿐만 아니라 단종과 관련된 여러 가지 문제들을 해결하는 그 모든 초자연적 현상과 초월적 힘을 포괄하는 한 단어는 바로 '하늘'이다.

> ⑥ 화산부인이 급한 마음으로 굿거리를 하던 용안 등의 무녀와 함께 내려와 보니 단종대왕의 처지가 너무도 처량하여 보기 민망하잖아요. 그래서 방절리 주민의 도움으로 은밀히 굿을 했는데, 그 굿이 끝나는 날 큰비가 내렸다고 합니다. 청령포는 침수가 되지를 않거든요. (…중략…) 청령포가 침수되자 영월부중의 객사인 관풍헌으로 어소를 옮기시게 되었습니다. 단종대왕이 청령포를 나오시려고 하는데, 비는 쏟아지고 밤중이었거든요. 갑자기 불어난 물은 단종 어소 앞을 범람하면서 깊은 내를 이루어 건너지 못하여 모두 근심하고 있는데 큰 소나무 한 그루가 넘어지면서 다리를 놓아주었다고 합니다. 그래 단종대왕이 건너시는데 캄캄한 밤인지라 앞이 보이지 않게 되므로 그 나무다리로도 건널 수가 없었습니다. 그때 하늘에서 번개가 계속 치므로 번개불빛으로 무사히 건너게 되었으니 하늘도 무심하지 않았다는 이야기입니다.[26]

26) 최명환, 앞의 논문, 51쪽.

단종이 처음 귀양 간 곳인 청룡포는 뒤로는 가파른 절벽이 바투 서 있고, 앞으로는 물이 에워싸고 있어 위리(圍籬) 아닌 위리의 형세를 보이는 곳이었다. 단종의 외조모인 화산부인이 가서 보고 안타까운 마음에 굿을 벌였더니 평소에는 침수가 되지 않던 청룡포가 물에 잠겼다. 그로 인해 단종의 배소를 관풍헌 객사로 옮길 수 있게 되었다. 뿐만 아니라 소나무가 넘어져 다리를 만들어주고, 번갯불이 어둠을 밝혀 주어 단종이 무사히 청룡포를 나올 수 있었다고 한다.

청룡포라는 최악의 귀양지를 벗어날 수 있게 비를 내리고, 어둠 속에서도 물을 건너는데 어려움이 없도록 한 것은 바로 '하늘'이라는 존재라고 구술자는 말하고 있다. 그리고 '민심은 천심'이라는 말처럼 전승자들의 마음 또한 그러한 하늘의 마음과 같다는 생각이 이야기 바탕에 깔려 있다.

이처럼 '하늘'로 요약할 수 있는 초월적 힘으로 문제적 상황을 해결하고 돕도록 하는 서사는 원혼에 대한 위로의 서사라고 할 수 있다. 비록 단종이 억울한 죽음을 당했지만 하늘은 그(의 혼)를 보살피고 있다고 이야기하는 것은 일종의 위로이며, 이는 결국 진혼을 위한 서술 전략이라고 할 수 있다.

3) 복수와 한풀이의 언어적 실현

단종의 한스럽고 비참한 죽음은 결국 원혼을 만들어내었다. 전승자들은 혼을 달래려면 보다 직접적인 해원의 과정이 필요하다고 여겼다. 단종 전설에 복수의 장면과 한풀이의 내용을 직접적으로 묘사하여 서술한 경우가 많은 이유다. 주로 화소 '나'와 '라'에 해당한다.

> ① "내가 죽여 줄 테니 너 돌아가서 세조 대왕한테 내가 죽였다고 가서 하겠니?" (…중략…) 죽였으니 다 죽였다는 걸 왕방연이한테 가서 얘기하는 거예요. 얘기 하는데 구두출혈(九竇出血)이예요. 아홉 구녕에서 피가 토해요. 죽인 사람이 콧구녕, 눈, 입, 귀 글루 구두출혈이예요. 구멍 두재(字) 아홉 구녕(구멍)으로 피가 나왔어요. 그 죽인 사람이.[27]

> ② 복득이가 공명심에 눈이 어두워 옆에 세워놓았던 활줄로 (…중략…) 올가미를 만들어, 단종의 뒤로 돌아가 단종의 목을 감아 당겼습니다. (…중략…) 시간이 흐른 뒤에 복득이는 단종의 죽음을 확인하고 금부도사에게 이렇게 소리를 쳤어요. "만고의 역적 노산군을 죽인 것이 이 복득이니 한양에 오르거든 반드시 이 일을 알리시오." 하고 대문을 열고 나서는 순간 급살을 맞고 죽었다고 합니다.[28]

개를 잡는 것인 줄 알고 단종을 죽였던 하인들은 주로 진실을 알고 난 뒤 스스로 물에 빠져 죽었다고 한다. 그런 경우는 비록 단종을 직접 죽음으로 몰았던 사람일지언정 그 자결에서 숭고함마저 느끼게 한다. 그러나 위의 경우처럼 공명심에 눈이 멀어 단종을 교살한 인물들은 온 얼굴에서 피를 쏟거나 급살을 맞아 죽

27) 〈6. 단종을 죽인 왕방연의 侍臣〉(『대계 2-4』, 475~476쪽).
28) 최명환, 앞의 논문, 130쪽.

는 것으로 그려지고 있다. 일종의 복수라고 할 수 있는데 그 과정이 매우 즉각적이고, 묘사된 장면은 선명하다.

억울한 혼을 달래려면 무엇보다 즉각적이고 명확한 복수[29]가 이뤄져야 된다고 여기는 것은 단순한 듯하지만 매우 소박하고 인간적인 민중의 사고방식이다. 그리고 '급살'을 맞는다거나 '피를 토하며' 죽는다는 설정도 이야기 전승자들의 현실적이고 소박한 상상력에 근거한 복수의 언어적 실현이라고 할 만하다.

> ③ 그런데 영월군에 원이 들어오기만 하면 단종대왕 혼령이 들어와서 신혼해 달라고 하는 바람에 기암(기절)을 해서 죽어, (…중략…) 영월군으로 갈 사람이 없는데 그 박문제라는 분이 활량으로 막 돌아다닐 때, "에이, 날 가라 하면 내라도 가 보겠다." (…중략…) 밤중이 됐는데, 바깥에 뭐이 덜덜 소리가 나더니마는 문을 열고 들어 서는데 보니 대왕님이더라. 대왕님이 때문에 내 기도를 하고 바를 빌려 주고 그래 앉았으니까 대왕님이 아, 인제, '내가 사람을 만났구나 사람을 만났으니 여 날 따라 가자, 밤에.' 그래 능마를 찾아 올라 가는 것을 그때 그게 길이고 마을이고 산으로 갔어요. 산으로 가는데 가만히 따라 가면서 나무를 이래 꺾어 놓고 풀을 이래 뜯어 놓고. 이래며 따라 올라갔단 말이여. 그래, 올라 가서, '내 신체가 여기 있소. 여 있는데, 이 신체를 건들지 말고 낙엽을 썩 쓸어 제끼고 요 자리에 그냥 놔

29) 엄밀한 의미에서 복수의 대상은 한날 복득이 따위가 아니라 단종을 유배 보내고 죽인 정치세력이다. 따라서 이 이야기에서는 복수의 대상이 정확히 지칭되지 않았다고 볼 수도 있다. 신원이 된 이후에 단종전승이 활발해졌다고 한다면, 이미 복수의 대상이 모호해졌기 때문이기도 하고, 정치권력과의 대결을 원치 않는 이야기 전승자들의 의도가 반영되었기 때문이기도 할 것이다.

두고 봉분을 해 다와.' (…중략…) 엄흥도 엄 충신은 그때 충신으로 내세워졌다는 얘기지요.[30]

④ "그 신원(伸寃)을 하면 우떻게 합니까." 이래니, "그런 거이 신원이 별다른 거 아이고, 참 무당을 들이가지고 굿을 하고 말이여 내에 대해서 원통히 죽었다는 그 한을 좀 풀어다오." 말이야.[31]

⑤ 여기 엄웅도라는 사람이 있이니까 그 사람 손자가 있다. 물으면 내 시신(屍身)이 어디 있는 걸 안다 말여.[32]

원혼전설의 대부분을 차지하는 신원(伸寃)형 이야기는 원한 맺기를 극도로 꺼리는 사고방식이 반영된 이야기다.[33] 원혼은 반드시 풀려야 한다는 생각이 바탕에 깔려 있는 이야기들인 것이다. 단종도 여타의 신원형 원혼설화에서처럼 그 해원을 위해 해결자 앞에 직접 나타나는 것으로 그려지고 있다. 해결자들은 벼슬이나 가문만으로는 입증하지 못하는 능력, 예컨대 대범하다든지 세상사에 구애받지 않는다든지 하는, 다듬어지지 않은 원초적이고 근원적인 능력의 소유자들이다. 단종의 원혼은 이러한 '(장한) 사람' 다운 성품의 해결자에게 풀지 못한 한의 내용을 구체적으로 알려

30) 〈1. 단종의 원혼을 달래 준 박문제〉(『대계 2-9』, 100~105쪽).

31) 〈9. 무당굿으로 달랜 단종의 원한〉(『대계 2-8』, 501~503쪽).

32) 〈8. 단종 유해 수습한 박낙촌〉(『대계 4-3』, 467~469쪽).

33) 강진옥, 「원혼설화에 나타난 원혼의 형상성 연구: 〈아랑형〉과 〈사그라진 신부원귀〉설화를 중심으로」, 『구비문학연구』 12, 한국구비문학회, 2001, 40쪽.

주어 완전한 해원을 이뤄낸다. 한의 내용은 주로 버려진 시신의 온전한 매장과 굿을 통한 한풀이인데, 단종 원혼의 해원이 마무리되자 고을의 흉사도 사라졌다고 한다.

이처럼 단종 원혼을 위한 복수와 한풀이를 구체적이고 직접적으로 묘사한 것은 그 묘사가 정확할수록 복수와 한풀이가 완전해진다고 여기는 사고방식에 근거한 것이다. 정확한 언어적 재현을 통한 복수와 한풀이는 단종의 원혼을 달래는 설화적 신원이라 할 만하다.

마지막으로 화소 '라'와 구분되는 '마'에 대해 살펴보자. '마' 화소의 이야기들은 단종신화라고 이름붙일 수 있다. 단종이 태백산 영월지역의 신으로 좌정하게 된 주요 원인은 '억울한 죽음, 국가적 치제(致祭) 내지 억울함에 대한 공식적 인정, 전승지역(태백산, 영월)과의 연관성'[34] 및 '왕은 신이 된다.'[35]는 서사전통에서 찾을

34) 실존인물의 신격화에 대해서는 서종원, 앞의 논문과 홍태환, 『인물전설의 현실인식』, 민속원, 2000을 참조. 역사적 실존 인물이 신적 존재가 되기 위해서는 '억울한 죽음'뿐만 아니라 그에 대한 '공식적 인정'이 있어야 된다. 나라의 공식적 신원(伸冤) 여부가 이야기의 전승에 관여한다는 것은 매우 의미심장한 사실이다.

35) 최명환, 앞의 논문, 105쪽. 그런데 단종처럼 유배되었다가 죽음을 맞은 왕으로 광해군이 또 있다. 조선역사가 끝날 때까지 광해군에 대한 공식적이고 완전한 신원은 이루어지지 않았다. '국가적 치제 내지 억울함에 대한 공식적 인정'이 없었다는 것이다. 그래서인지 광해와 관련한 귀양 인물 전설은 단종과 비교하면 매우 드물다. 그런데 광해가 귀양 간 제주도에는 그의 기일에 비가 내린다는 전설이 있다. 광해가 농경신적 면모를 갖게 된 것을 의미하는데, 이것은 바로 '왕은 신이 된다.'는 서사전통과 관련 있어 보인다. 왕이 농경신적 면모를 보인 것은 혁거세나 수로 등의 신화적 인물뿐만 아니라 태종우(태종의 기일에 내리는 비), 태조우(태조의 기일에 내리는 비)의 존재로도 확인할 수 있다.

수 있다. 이렇게 신으로 좌정한 단종신에 대한 이야기들이 '마' 단락에 해당된다.

〈15, 덕구리 최영 장군신과 내덕리 단종신〉[36]과 〈16. 우장군신을 물리친 단종 서낭신〉[37]은 장군신(최영, 우장군)과의 대결에서 우세한 단종신의 이야기를 담고 있다. 강원도와 경상도가 인접한 지역에서 경상도의 장군신과 강원도의 단종신이 걸립이나 안택굿을 하는 과정에서 마주하게 되었을 때, 경상도의 장군신 신위가 부러지거나 쓰러지는 일이 있었다는 이야기들이다. 경상지역에 대한 강원지역의 우월감에 대한 이야기라기보다는 신화를 구성하는 민중의 현실적 사고방식이 반영된 것이라고 생각된다. 구술자의 '장군보다 왕이 힘이 더 세지 않겠나.[38]라는 생각은 현실세계의 질서 혹은 위계가 신들의 세계에도 이어질 것이라고 상상하는 매우 평범하고 익숙한 사고방식을 보여주는 것이다. 이처럼 현실의 질서가 신들의 세계에도 반영된다는 생각은 〈14. 단종의 혼령을 모신 여량 성황당전〉[39]에서도 이어진다. 어느 해 단종신을 모신 마을에 괴질이 돌았다. 마을을 지나가던 과객이 '복위도 되기 전인데 (노산군이라 하지 않고) 단종이라 하였기 때문에 괴질이 돈 것'이라고 알려주어 단종지신이 아니라 노산군지신으로 신위를 바꾸고 난 뒤 마을에 흉사가 사라졌다는 것이다. 현실

---

36) 『대계 2-8』, 59쪽.

37) 『대계 2-8』, 717~720쪽.

38) "그걸로 보면은 역시 그 왕지신위하고 장군신위가 강약을 일러 줬다는 그 얘기도 되겠읍니다."(〈15, 덕구리 최영 장군신과 내덕리 단종신〉, 『대계 2-8』, 59쪽)

39) 『대계 2-8』, 57~58쪽.

에서 아직 단종이 아니니 신의 세계에서도 단종신이 아니라는 생각이 드러난다. 뿐만 아니라 나라에서 정식으로 신원되지 못한 인물을 신으로 모시는 데 있어서 민중들이 품었을 두려움이나 걱정이 반영된 이야기이기도 하다.[40] 〈17. 상동면 집강 시켜준 단종〉[41]은 단종신이 불경한 자를 벌하고 신심이 돈독한 사람에게 상을 내린 이야기로, 민중의 신들이 일반적으로 보이는 상벌의 행동양상을 이야기하고 있다. 이런 이야기들을 통해 믿음은 유포되고 강화된다.

요컨대 '마'화소는 역사적 실존 인물이 신적존재로 좌정하게 되는 대표적인 유형의 신화다. 신적 존재로 좌정하게 되었다는 것에 이미 귀양객이었던 단종에 대한 보상의 의미, 신원이 내포되어 있다고 할 수도 있다. 그러나 이야기 자체에는 진혼의 의미를 찾기 힘들다. '가~라'단락까지는 귀양객이라는 단종의 정체성이 중요한 이야기의 요소이다. 그러나 마지막 '마'단락은 그렇지 않다.[42] 즉 단종 전설은 '귀양객 단종에 대한 전설'과 '태백산신(혹은 영월지역 동신(洞神))인 단종의 신화'의 두 층위로 이루어져 있다. 앞서 '라'화소와 '마'화소가 한 이야기에 비슷한 비중으로 다루어지지 않는다고 하였는데, 그 이유는 바로 두 화소가 서로

---

40) 실제 단종의 복위과정을 보면 노산군 지위를 회복한 이후 17년이나 지나서야 비로소 최종적으로 단종의 지위를 회복하게 된다. 공식적인 복위과정의 우여곡절이나 망설임이 이야기에 반영된 것으로 보인다. 이 역시 실존인물의 신화화에 나라의 공식적 신원이 관계된다는 것을 보여주는 예이다.

41) 『대계 2-8』, 336~337쪽.

42) 심지어 '마'화소의 〈14. 단종의 혼령을 모신 여량 성황당전〉은 진혼과 다른 방향을 향하고 있다는 느낌마저 준다.

다른 층위에 속해 있었기 때문이라고 할 수 있다. '귀양객 단종에 대한 전설'에는 억울한 귀양과 죽음을 당한 단종에 대한 진혼의 서술이 중심이라면 '태백산신(혹은 영월지역 동신(洞神))인 단종의 신화'에는 신의 영험에 대해 증명하는 신화의 일반적 서술이 중심이다. 따라서 귀양 인물 전설로서 단종 전설을 다룰 때에는 신화의 부분은 또 다른 시각으로 살펴보아야 한다.

요컨대 단종 전설에서 신화의 층위를 제외한 부분, 즉 귀양 인물 전설의 층위만 본다면 억울한 죽음을 당한 귀양객으로서의 단종에 대한 진혼의 서술 전략이 뚜렷이 발견되고 있다.

4. 귀양 전설의 문학적 가치

단종 전설은 억울한 죽음을 당한 귀양객 단종에 대한 이야기로 귀양 인물 전설로 분류할 수 있다. 단종 전설에 나타난 전승자들의 의식의 가장 중요한 특징은 단종에 대한 동정과 호의다. 달리 말하자면 단종의 혼을 달래어 주는 듯한 진혼의 정서가 주를 이룬다는 것이다. 비극성을 강조함으로써 단종에 대한 연민을 표출하고, 초월적 힘의 개입에 의해 문제 상황을 손쉽게 해결하는 서술 전략을 통해 위로의 서사를 전개하는 한편, 복수와 한풀이에 대한 구체적이고 직접적인 묘사를 통해 설화적 진혼을 시도하고 있다.

단종에 대한 공식적인 신원은 중종11년(1516)에 제사가 끊어지지 않도록 하는 것에서부터 시작되어 숙종7년(1681)에 노산대군으로 추봉(追封)하고 24년(1698)에 단종으로 추복(追復)하는 것으로 마무리되었다.43) 이렇듯 정치적이고 공식적인 신원의 마무리는 복위(復位), 복관(復官) 등 이름과 지위를 되찾는 것이라 할 수 있다.

그러나 비공식적 영역, 혹은 설화적(문학적) 차원에서는 억울한 혼이 있다면 가장 바라마지 않을 것이라고 여겨지는 것을 매우 인간적이고 소박한 상상력에 근거하여 서술하고 형상화하는 것으로 신원을 전개하였다. 진정한 신원이라는 것이 만약 가능하다면 절대로 이름과 지위를 되찾는 것만으로는 부족할 것이라고 생각하는 이야기 전승자들의 인식이 단종에 대한 다양한 진혼의 이야기를 만들어 낸 것이다.

정치적·공식적 차원	→	復位, 復官		
		+	⇒	伸冤의 완성
설화적(문학적) 차원	→	鎭魂		

이야기의 전승자들은 만약 단종의 원혼이 있다면 그 원혼이 느꼈음직한 슬픔과 억울함, 분노에 감정이입하여 그 슬픔과 분노에 공감하고 억울함을 풀어 나가는 것을 이야기로 만들어 전승함으로써, 공식적인 신원절차만으로는 완성될 수 없는 온전한 신원을 이루어내고 있다.

설화의 문학적 가치는 이렇듯 인간에 대한 이해와 공감을 이야기로 풀어내었다는 데서 찾을 수 있을 것이다.

---

43) 최명환, 앞의 논문, 25~27쪽.

참고문헌

1. 자료

김려 지음, 오희복 옮김, 『글짓기 조심하소』, 보리, 2006.

김려, 『潭庭遺藁』

김수항, 『文谷集』

김신겸, 『檜巢集』

김신겸 외, 『遺敎』

김신겸·김원행, 『壬寅遺事 夢窩星州遺敎 附竹醉富寧遺敎』

김약행, 〈적소일기〉

김원행, 『渼湖全集』, 여강출판, 1986.

김창집, 『夢窩集』

민진강, 『宋子大全續拾遺』

박조수, 〈남경일긔〉

申錫愚, 『海藏集』

유의양 지음, 최강현 옮김, 『후송 유의양 유배기 남해문견록』, 신성출판, 1999.

유의양 지음, 최강현 옮김, 『후송 유의양 유배기 북관노정록』, 신성출판, 1999.

유진 지음, 홍제휴 옮김, 『역주 임진록』, 영남대학교 출판부, 2000.

이세보, 『李世輔時調集』, 단국대 동양학연구소, 1985.
이재, 『蒼狗客日』, 아세아문화사, 1973.
임재완 편역, 『백사 이항복 유묵첩과 북천일록』, 다운샘, 2005.
정약용, 『牧民心書』
鶴城李氏 越津派 汝堂門會 汝星門會, 『國譯 太和堂北征錄 全』, 다운샘, 2007.
鶴城李氏 越津派 汝堂門會 汝星門會, 『國譯 太和堂逸稿 全』, 다운샘, 2007.
한국정신문화연구원, 『17세기 국어사전』, 태학사, 1995.
『國譯 濟州 古記文集』, 제주문화원, 2007.
『論語』, 「衛靈公」
『孟子』, 「盡心」 上
『惺所覆瓿藁』
『승정원일기』
『안동김씨파보』(智).
『조선왕조실록』
『한국구비문학대계』

2. 연구서

1) 단행본

강명관, 『열녀의 탄생』, 돌베개, 2009.
국립해양문화재연구소, 『서남해 섬과 유배문화』, 2011.
금장태, 『한국의 선비와 선비정신』, 서울대 출판부, 2000.

김상준, 『맹자의 땀 성왕의 피』, 아카넷, 2011.
김슬옹, 『조선시대 언문의 제도적 사용 연구』, 한국문화사, 2005.
김태준, 『한국의 여행문학』, 이화여자대학교 출판부, 2006.
김희동, 『선화자 김약행 선생의 꿈과 생애』, 목민, 2003.
딜타이 지음, 김병욱 외 옮김, 『Poetry and Experience: 문학과 체험』, 우리문학사, 1991.
변학수, 『문학적 기억의 탄생』, 열린책들, 2008.
양순필, 『제주유배문학연구』, 제주문화, 1992.
유기룡, 『한국기록문학연구』, 형설출판사, 1978.
이강옥, 『한국야담연구』, 돌베개, 2006.
이상규, 『한글 고문서 연구』, 도서출판 경진, 2011.
이화한문학연구회, 『우리 한문학과 일상문화』, 소명출판, 2007.
장공남, 『제주도 귀양다리 이야기』, 이담, 2012.
장덕순, 『한국수필문학사』, 박이정, 1995.
정주리·시정곤, 『조선언문실록』, 고즈윈, 2011.
조동길, 『可畦 趙翊 先生의 〈公山日記〉 연구』, 국학자료원, 2000.
조동일, 『인물전설의 의미와 기능』, 영남대 민족문화연구소, 1979.
조동일, 『한국문학통사』 2·3(4판), 지식산업사, 2008.
진도군·전남대 한국어문학연구소, 『진도의 유학과 기록문화유산』, 심미안, 2009
최강현, 『한국문학의 고증적 연구』, 고려대학교 민족문화연구소, 1996.
프로이트 지음, 장병길 옮김, 『꿈의 해석』, 을유문화사, 1997.
한국국학진흥원 연구부, 『국역 조선시대 서원일기』, 한국국학진흥원, 2007.

한영우, 『한국선비 지성사: 한국인의 문화적 DNA』, 지식산업사, 2010.
홍태환, 『인물전설의 현실인식』, 민속원, 2000.

2) 논문

강진옥, 「원혼설화에 나타난 원혼의 형상성 연구: 〈아랑형〉과 〈사그라진 신부원귀〉 설화를 중심으로」, 『구비문학연구』 12, 한국구비문학회, 2001.
권인호, 「선비의 기질과 그 특징」, 『남명학연구논총』 17, 남명학연구원, 2012.
권 호, 「비지 애사류 및 유서류 연구」, 건국대학교 박사논문, 1993.
김경숙, 「이문건: 일기를 통해 본 16세기 한 사대부의 삶」, 『괴향문화』 12, 괴산향토사연구회, 2004.
김경숙, 「조선시대 유배길」, 『역사비평』 67, 역사문제연구소, 2004.
김경숙, 「조선시대 유배형의 집행과 그 사례」, 『사학연구』 55·56, 한국사학회, 1998.
김난옥, 「고려시대 유배길」, 『역사비평』 68, 역사문제연구소, 2004.
김덕진, 「유배인이 남긴 진도 지역정보」, 『호남문화연구』 43, 전남대학교 호남학연구원, 2008.
김문택, 「조선초기 한 인물을 통한 청백리(淸白吏) 고찰」, 『충북사학』 16, 충북사학회, 2006.
김미경, 「珍島 祝祭式 喪葬禮 民俗의 演戲性과 스토리텔링」, 고려대학교 박사논문, 2009.
김유리, 「葵窓 李健 〈濟州風土記〉의 교육적 의미」, 『국학연구』 20, 한국국학진흥원, 2012.
김유리, 「冲庵 金淨의 〈濟州風土錄〉의 교육적 의미」, 『탐라문화』 40, 제주대 탐라문화연구소, 2012.
김유미, 「유언설화연구」, 한국교원대학교 석사논문, 2004.
김태준, 「귀양과 賜死의 가족사: 〈임인유사〉를 중심으로」, 『우리 한문학과 일상문화』, 소명출판, 2007.
김태준, 「연행록의 교과서 『노가재 연행일기』」, 『국제한국학연구』 1, 명지대 국제한국학연구소, 2003.
김 호, 「18세기 후반 진도로 유배된 선화자 김약행의 삶과 고통: 〈적소일기〉를 중심으로」, 『문헌과 해석』 27, 문헌과해석사, 2004.
김 호, 「조선의 食治 전통과 王室의 食治 음식」, 『朝鮮時代史學報』 45, 朝鮮時代史學會, 2008.
류용환, 「尤庵 宋時烈 喪葬禮에 관한 研究: 「楚山日記」를 중심으로」, 한남대학교 석사논문, 2005.
박길남, 「李世輔의 流配時調 研究」, 『한남어문학』 17·18, 한남대학교 한남어문학회, 1992.
박명희, 「문곡 金壽恒의 시문에 구현된 靈巖 유배지에서의 생활」, 『호남문화연구』 43, 전남대학교 호남학연구원, 2008.
박무영, 「거세된 언어와 私的 傳言: 이광사의 유배체험과 글쓰기 방식」, 『한국문화연구』 9, 이화여자대학교 한국문화연구원, 2005.
박을수, 「晦窩 尹陽來의 日記考察: 〈北遷日記〉의 발굴을 통해」, 『연민학보』 9, 연민학회, 2001.
박준원, 「〈坎窞日記〉 연구」, 『한문학보』 19, 우리한문학회, 2008.
백두현, 「조선시대 여성의 문자 생활 연구: 조선왕조실록 및 한글 필사본을 중심으로」, 『진단학보』 97, 진단학회, 2004.
백두현, 「조선시대 여성의 문자생활 연구: 한글 음식조리서와 여성 교육서를 중심으로」, 『어문론총』 45, 한국문학언어학회, 2006.
백두현, 「조선시대 여성의 문자생활 연구: 한글편지와 한글 고문서를 중심으로」, 『어문론총』 42, 한국문학언어학회, 2005.
서동협, 「유배문학고」, 『文湖』 1, 건국대학교, 1960.
서종원, 「실존인물의 신격화 배경에 관한 주요 원인 고찰」, 『중앙민속학』 14, 2009.
송재소, 「선비 精神의 本質과 그 歷史的 展開樣相」, 『漢文學報』 2, 우리한문학회, 2000.
심재우, 「조선전기 유배형과 유배생활」, 『국사관논총』 92, 국사편찬위원회, 2000.
양순필, 「流配文學에 나타난 作家의 社會的 性格考」, 『한남어문학』 13, 한남대학교 한남어문학회, 1987.
양순필, 「李健의 〈濟州風土記〉考」, 『한국언어문학』 16, 한국언어문학회, 1978.
양순필, 「조선조유배문학연구: 제주도를 중심으로」, 건국대학교 박사논문, 1982.
염정섭, 「조선시대 일기류 자료의 성격과 분류」, 『역사와 현실』 24, 한국역사연구회, 1997.
오갑균, 「신임사화에 대하여」, 『논문집』 9, 청주교육대학, 1973.
오용원, 「考終日記와 죽음을 맞는 한 선비의 日常: 大山 李象靖의 〈考終時日記〉」를 중심으로」, 『대동한문학』 30, 대동한문학회, 2009.
이동환, 「선비정신의 개념과 전개」, 『대동문화연구』 38, 성균관대학교 대동문화연구원, 2001.

이승복, 「〈謫所日記〉의 文學的 性格과 價値」, 『고전문학과 교육』 5, 한국고전문학교육학회, 2003.

이승복, 「유배체험의 형상화와 그 교육적 의미: 조선후기 국문일기 자료를 중심으로」, 『고전문학과 교육』 14, 한국고전문학교육학회, 2007.

이승복, 「『遺敎』 원문 및 주석」, 『문헌과 해석』 5, 문헌과해석사, 1998.

이승복, 「『遺敎』의 書誌와 文學的 性格」, 『奎章閣』 20, 서울대학교 규장각, 1997.

이연순, 「미암 유희춘의 일기문학 연구」, 이화여자대학교 박사논문, 2009.

이우경, 「조선조 일기문학연구」, 이화여자대학교 박사논문, 1989.

이인옥, 「한문일기를 활용한 일기 교육 방안」, 성신여자대학교 석사논문, 2005.

이종묵, 「조선전기 圍籬安置의 체험과 그 형상화」, 『한국문화연구』 9, 이화여자대학교 한국문화연구원, 2005.

이종묵, 「황윤석의 문학과 이재난고의 문학적 가치」, 『조선 지식인의 생활사』, 한국학중앙연구원, 2007.

이창희 외 지음, 「제기승첩후(題奇勝帖後)」, 『옥소 권섭과 18세기 조선 문화』, 다운샘, 2009.

이채연, 「실기의 문학적 특징」, 『한국문학논총』 15, 한국문학회, 1994.

이향준, 「호남 지역 유배: 지식인의 몇 가지 양상」, 『호남문화연구』 43, 전남대학교 호남학연구원, 2008.

이헌홍, 「영웅계 소설의 꿈」, 『문학과 비평』 6, 문학과비평사, 1988.

전경목, 「日記에 나타나는 朝鮮時代 士大夫의 일상생활」, 『정신문화연구』

19(4), 한국학중앙연구원, 1996.
정구복, 「朝鮮朝 日記의 資料的 性格」, 『정신문화연구』 19(4), 한국학중앙연구원, 1996.
정시열, 「조선조 제주도 유배 문학의 위상: 孤立無援의 絶域에서 구현한 儒家之敎의 表象」, 『한국고전연구』 24, 한국고전연구학회, 2011.
정우봉, 「이세보의 국문 유배일기 〈薪島日錄〉 연구」, 『고전문학연구』 41, 한국고전문학회, 2012.
정우봉, 「일기문학의 관점에서 본 〈坎窞日記〉의 특징과 의의」, 『한국한문학연구』 46, 한국한문학연구회, 2010.
정우봉, 「沈魯崇의 〈南遷日錄〉에 나타난 내면고백과 소통의 글쓰기」, 『한국한문학연구』 52, 2013.
정우봉, 「조선시대 국문 일기문학의 시간의식과 回想의 문제」, 『고전문학연구』 39, 한국고전문학회, 2011.
정하영, 「朝鮮朝 '日記'類 資料의 文學史的 意義」, 『정신문화연구』 19(4), 1996.
조동일, 「유배문학의 특성과 양상」, 『한국문화연구』 9, 이화여자대학교 한국문화연구원, 2005.
조성환, 「國文學과 謫所關係」, 『논문집』 17, 군산교육대학, 1974.
조수미, 「〈북관노정록〉의 유배 예조몽 연구」, 『석당논총』 57, 2013.
지두환, 「文谷 金壽恒의 家系와 政治的 活動」, 『한국학논총』 32, 국민대학교 한국학연구소, 2009.
지철호, 「朝鮮前期의 流刑」, 『法史學硏究』 8, 한국법사학회, 1985.
진동혁, 「이세보의 시조 연구」, 단국대학교 박사논문, 1982.
진동혁, 「李世輔의 流配時調 硏究」, 『논문집』 15, 단국대학교, 1981.

천혜숙, 「이야기판의 전통과 문화론」, 『구비문학연구』 33, 한국구비문학연구회, 2011.

최강현, 「〈南征日記〉를 살핌」, 『어문논총』 4·5, 충남대학교 국어국문학과, 1985.

최명환, 「단종설화의 전승양상 연구」, 강원대학교 박사논문, 2006.

최상은, 「流配歌辭의 保守性과 開放性: 〈萬言詞〉와 〈北遷歌〉를 중심으로」, 『어문학연구』 4, 상명대학교 어문학연구소, 1996.

최성환, 「유배인 김약행의 〈遊大黑記〉를 통해 본 조선후기 대흑산도」, 『한국민족문화』 36, 부산대학교 한국민족문화연구소, 2010.

최윤영, 「〈蒼狗客日〉의 서술방식과 기록의식」, 경북대학교 석사논문, 2010.

최은주, 「조선시대 일기 자료의 실상과 가치」, 『대동한문학』 30, 대동한문학회, 2009.

한창덕, 「조선시대 유형에 관한 연구」, 연세대학교 석사논문, 1997.

한태문, 「통신사 사행문학 연구의 회상과 전망」, 『국제어문』 27, 2003.

황수연, 「사화의 극복, 여성의 숨은 힘」, 『한국고전여성문학연구』 22, 한국고전여성문학회, 2011.

황위주, 「조선시대 일기자료의 현황과 활용방안」, 『국역 조선시대 서원일기』, 한국국학진흥원, 2007

황패강, 「夢讖考: 眉巖日記草 硏究(2)」, 『국문학논집』 2, 단국대학교 국어국문학과, 1968.

찾아보기

1. 자료

2. 인명

3. 내용